中国皮影木偶戏剧本集成

主编 朱恒夫
副主编 刘衍青

「十四五」国家重点图书出版规划项目

华北东北卷·杨家将（下）

上海大学出版社
·上海·

图书在版编目(CIP)数据

杨家将.下/朱恒夫主编;刘衍青副主编.—上海:上海大学出版社,2023.2
(中国皮影木偶戏剧本集成;2.华北东北卷)
ISBN 978-7-5671-4636-5

Ⅰ.①杨… Ⅱ.①朱… ②刘… Ⅲ.①皮影戏—剧本—中国②木偶戏—剧本—中国 Ⅳ.①I238.7

中国国家版本馆CIP数据核字(2023)第014309号

责任编辑　庄际虹
封面设计　柯国富
技术编辑　金　鑫　钱宇坤

中国皮影木偶戏剧本集成
主编　朱恒夫　副主编　刘衍青
华北东北卷·杨家将(下)
上海大学出版社出版发行
(上海市上大路99号　邮政编码200444)
(https://www.shupress.cn　发行热线 021-66135112)
出版人　戴骏豪

*

南京展望文化发展有限公司排版
江阴市机关印刷服务有限公司印刷　各地新华书店经销
开本710mm×1000mm　1/16　印张23.5　字数394千
2023年2月第1版　2023年2月第1次印刷
印数:1～1100
ISBN 978-7-5671-4636-5/I·674　定价　98.00元

版权所有　侵权必究
如发现本书有印装质量问题请与印刷厂质量科联系
联系电话:0510-86688678

总序：中国皮影戏的历史、现状与剧目特征

皮影戏是我国产生较早的戏剧种类之一，也是一门古老的传统民间艺术。它以羊、牛、驴皮以及纸等为基本材料，制作成能活动的形象造型即影人，由艺人手执竹扦在幕后操作，通过光线的透视，配以演唱及丝竹鼓点的伴奏，在影窗上展现各式的人物和故事。皮影戏是一种集文学、绘画、雕刻、音乐、表演于一体，融进历史、哲学、宗教、民俗、伦理等多种文化的民间艺术形式，是中华民族的艺术瑰宝。

一、皮影戏发展历程溯源

中国皮影戏源远流长，但其最早起源于何时，尚无文献典籍可考。皮影戏，历史上称为"影戏"，关于影戏产生的时间，众说纷纭。近人顾颉刚在《中国影戏略史及其现状》中说："影戏之性质与傀儡全同，不同者只其表现之方法，是以影戏亦必自始即模仿戏剧者，其兴起虽确知当后于傀儡，然或亦在周之世也。"① 他猜测周代就有了影戏。稍有一点根据的是"汉代说"。宋代高承《事物纪原》卷九《博弈嬉戏部》"影戏"条云："故老相承，言影戏之原出于汉武帝。李夫人之亡，齐人少翁言能致其魂，上念夫人无已，乃使致之。少翁夜为方帷，张灯烛，帝坐他帐，自帷中望见之，仿佛夫人像也，盖不得就视之。由是世间有影戏。"② 但是，这出"招魂戏"只是借灯光投影之术，没有"人影"的表演，也没有情节，所以还不是真正意义上的皮影戏。《稗史》亦说汉代就有了影戏，云：秦武王作角

---

① 顾颉刚：《中国影戏略史及其现状》，《文史》第 19 辑，中华书局 1983 年 8 月，第 111 页。
② （宋）高承撰：《事物纪原》，（明）李果订，金圆、许沛藻点校，中华书局 1989 年版，第 495 页。

抵，始皇作曼延鱼龙水戏，汉武帝益以幻眼、走索、寻橦（幢）、舞输（轮）、弄碗、影戏……①大概所说的"影戏"是从武帝"设帷招魂"之事推断而来。

在隋代的佛事活动中，似乎有弄影戏的迹象。《隋书·五行志》云："唐县人宋子贤，善为幻术。每夜，楼上有光明，能变作佛形，自称弥勒出世。又悬大镜于堂上，纸素上画为蛇、为兽及人形。有人来礼谒者，转侧其镜，遣观来生形象。或映见纸上蛇形，子贤辄告云：'此罪业也，当更礼念。'又令礼谒，乃转人形示之。"②用灯光照影作为幻术以惑人，也不等于后代的影戏。

近人多认为影戏产生于唐代。齐如山在《影戏——故都百戏考之四》中认为："此戏当然始于陕西，因西安建都数百年，玄宗又极爱提倡美术，各种伎艺由陕西兴起者甚多，则影戏始于此，亦在意中。"③力主戏曲源起于影戏、偶戏的孙楷第在《近代戏曲原出宋傀儡戏影戏考》中断言："余意影戏殆仁宗时始盛耳。若溯其源，则唐五代时，似已有类似影戏之事。"并进一步说与唐代的俗讲有关："说话与影戏，仅讲时雕像有无之异，其原出于俗讲则一也。"④

齐如山和孙楷第之说均属推测，缺少文献依据。一些唐诗倒是直接说明唐代已经有了影戏。中唐人元稹《灯影》云："洛阳昼夜无车马，漫挂红纱满树头。见说平时灯影里，玄宗潜伴太真游。"⑤很显然，彼时的洛阳已经有了皮影，玄宗与贵妃的故事是表演的内容之一。又，雍裕之的《两头纤纤》诗也对影戏作了描绘："两头纤纤八字眉，半白半黑灯影帷。膉膉脖脖晓禽飞，磊磊落落秋果垂。"⑥影帷即是今日的影窗，"晓禽飞"和"秋果垂"当是表演的一些场景。晚唐韦庄的《途次逢李氏兄弟感旧》诗云："御沟西面朱门宅，记得当时好弟兄。晓傍柳阴骑竹马，夜限灯影弄先生。"⑦康保成认为："'夜限灯影弄先生'就是玩影戏，'先生'即影偶。"⑧

---

① （清）赵吉士辑《寄园寄所寄》卷七"獭祭寄"，清康熙三十五年刻本。
② 《隋书》第三册，中华书局1982年版，第662—663页。
③ 齐如山：《影戏——故都百戏考之四》，《大公报·剧坛》1935年8月7日第12版。
④ 孙楷第：《近代戏曲原出宋傀儡戏影戏考》，《傀儡戏考原》，上杂出版社1952年版，第62、63页。
⑤ 《全唐诗》卷四一二，中华书局1999年版，第4580页。
⑥ 《全唐诗》卷四七一，中华书局1999年版，第5383页。
⑦ 《全唐诗》卷七〇〇，中华书局1999年版，第8131页。
⑧ 康保成：《佛教与中国皮影戏的发展》，《文艺研究》2003年第5期，第91页。

总序：中国皮影戏的历史、现状与剧目特征

随着时间的推移，影戏艺术有了很大的提高，剧目也不断地增加。北宋张耒在《明道杂志》中记载："京师有富家子，少孤，专财，群无赖百方诱导之，而此子甚好看弄影戏，每弄至斩关羽，辄为之泣下，嘱弄者且缓之。"① 可见，此时的影戏剧目中有三国故事。此为高承《事物纪原》证实，该书云："宋朝仁宗时，市人有能谈三国事者，或采其说，加缘饰作影人，始为魏、吴、蜀三分战争之像。"② 影戏为人们喜爱后，玩皮影的人就多了，于是，便出现了著名的艺人。孟元老《东京梦华录》卷五《京瓦伎艺》云："……杂剧、掉刀、蛮牌董十五、赵七、曹保义、朱婆儿、没困驼、风僧哥、俎六姐。影戏丁仪、瘦吉等弄乔影戏。"③ 吴自牧《梦粱录》卷二十"百戏伎艺"条云："更有弄影戏者，元汴京初以素纸雕簇，自后人巧工精，以羊皮雕形，用以彩色妆饰，不致损坏。杭城有贾四郎、王升、王闰卿等，熟于摆布，立讲无差。其话本与讲史书者颇同，大抵真假相半，公忠者雕以正貌，奸邪者刻以丑形，盖亦寓褒贬于其间耳。"④ 由此可见，北宋的影戏已经发展到了相当成熟的水平，其成绩可以归纳为四点：其一，演唱不再随意，而是遵照脚本的内容，其内容相当于彼时开始流行的话本。可以讲述史书，三国故事更是其常演的剧目。其二，已经形成一批专业的艺人队伍，还分为"影戏"与"乔影戏"（"乔"字在当时作"伪装"解。瓦子诸艺中有一种"乔相扑"的表演艺术，就是扮演摔跤的样子，而不是真摔跤。"乔影戏"可能是由真人模拟影人的动作形式，做出种种滑稽的样子，以引人发笑。）两个品种。其三，有了人物的脸谱，并按照性格、品性分别饰以图案色彩。其四，演出水平极高，能使观众忘乎所以，以假当真。影戏艺术在北宋之所以能飞速发展，与当时城市的发展、市民人口的大幅增多有很大的关系。

至南宋，影戏的发展进入一个前所未有的辉煌时代。周密《武林旧事》卷二《元夕》记载道："又有幽坊静巷好事之家，多设五色琉璃泡灯，更自雅洁，靓妆笑语，望之如神仙。……或戏于小楼，以人为大影戏，儿童喧呼，终夕不绝。"⑤

---

① （元）陶宗仪等：《说郛三种》卷四十二，上海古籍出版社1989年版，第2003页。
② （宋）高承撰：《事物纪原》，（明）李果订，金圆、许沛藻点校，中华书局1989年版，第495页。
③ （宋）孟元老撰：《东京梦华录笺注》，伊永文笺注，中华书局2006年版，第461页。
④ （宋）吴自牧：《梦粱录》，浙江人民出版社1984年版，第194页。
⑤ （宋）四水潜夫辑：《武林旧事》，浙江人民出版社1984年版，第31页。

此大影戏，孙楷第认为是人扮演的，相当于"乔影戏"。周贻白认为是人的影子在表演。当时还有一种称为"手影"的影戏形式。南宋洪迈《夷坚志·夷坚三志》辛卷第三"普照明颠"条记载："华亭县普照寺僧惠明者，常若失志恍惚，语言无绪，而信口谈人灾福，一切多验，因目曰明颠。……尝遇手影戏者，人请之占颂。即把笔书云：'三尺生绡作戏台，全凭十指逞诙谐。有时明月灯窗下，一笑还从掌握来。'"① 悬挂三尺生绡做影窗，用手做出各种形状，投影到影窗上，即为手影。华亭为今日之上海松江，当时影戏在江南是比较普及的，宋代《吴县志》云："上元，影灯巧丽，它郡莫及，有万眼罗及琉璃球者犹妙。"②

南宋时，宋金对峙，经常发生战争，故影戏艺人常搬演金戈铁马的故事。张戒《岁寒堂诗话》云："往在柏台，郑亨仲、方公美诵张文潜《中兴碑》诗，戒曰：'此弄影戏语耳。'二公骇笑，问其故，戒曰：'郭公凛凛英雄才，金戈铁马从西来。举旗为风偃为雨，洒扫九庙无尘埃。'岂非弄影戏乎？"③ 当然，主要的演出内容还是历史故事，此时，"历史剧"已涉及汉、三国、唐、五代等朝代的人物和事件。由于艺人队伍进一步扩大，影人制作与影戏表演已经成了一个行业，于是，产生了"绘革社"这样专业的行业组织。

金元的影戏，文献记载不多。既然戏曲在彼时极为兴旺，作为戏剧的一种形式，影戏就不可能衰弱，只不过那时文人的兴趣主要放在人演的院本、杂剧上罢了。不过，有两幅壁画倒是露出了一点影戏的信息。一是金代山西繁峙岩山寺文殊殿壁画，其中有一个场景，我们不妨称之为"儿童弄影戏图"。画面上，有一影窗，前面三个儿童席地观看，后面有一人正在拽拉影人进行表演。还有一个儿童，在影窗的旁边，学着影戏艺人亦在拽拉着小影人。二是山西孝义出土的大德二年（1298）的元墓壁画。壁画上绘着男耕女织的场景，旁边有一人正手拿着影人在玩耍，墓壁上写着"王同乐影传家，共守其职"几个字④。显然，男耕女织是影戏所表现的内容，"乐影传家"则是影戏艺人标榜自己有着渊源的家学。

明代影戏资料目前见于文献的多为诗文和小说。瞿佑《影戏》云："灯火光中夜漏迟，风轮旋转竞奔驰。过来有迹人争睹，散去无声鬼不知。月地花阶频出没，

---

① （宋）洪迈：《夷坚志》第三册，中华书局1981年版，第1406页。
② 《吴县志》，民国三年乌程张钧衡影宋刻本。
③ （宋）张戒：《岁寒堂诗话》，中华书局1985年版，第13页。
④ 中国戏曲志编辑委员会：《中国戏曲志·山西卷》，中国ISBN中心出版社2000年版，第7页。

云窗雾阁暂追随。一场变幻如春梦，线索重看愧儡嬉。"① 瞿佑对影戏的兴趣很浓厚，多次写诗记述他观看的情景，田汝成辑撰的《西湖游览志余》卷二十也引了一首他的关于影戏的诗，云："南瓦新开影戏场，满堂明烛照兴亡，看看弄到乌江渡，犹把英雄说霸王。"②《霸王别姬》是影戏的常演剧目，故徐文长所作的《做影戏》灯谜，也是以这个影戏剧目为素材，云："做得好，又要遮得好，一般也号做子弟兵，有何面目见江东父老？"③

由于影戏在明代是一种普及性的表演艺术，所以，小说所描写的社会生活中亦有所反映。明末无名氏小说《梼杌闲评》第二回就描写了一个家庭戏班的演出情况：

> 朱公问道："你是那里人？姓甚么？"妇人跪下禀道："小妇姓侯，丈夫姓魏，肃宁县人。"朱公道："你还有甚么戏法？"妇人道："还有刀山、吞火、走马灯戏。"朱公道："别的戏不做罢，且看戏。你们奉酒，晚间做几出灯戏来看。"传巡捕官上来道："各色社火俱着退去，各赏新历钱钞，惟留昆腔戏子一班，四名妓女承应，并留侯氏晚间做灯戏。"巡捕答应去了。……侯一娘上前禀道："回大人，可好做灯戏哩？"朱公道："做罢。"一娘下来，那男子取过一张桌子，对着席前放上一个白纸棚子，点起两枝画烛。妇人取过一个小篾箱子，拿出些纸人来，都是纸骨子剪成的人物，糊上各样颜色纱绢，手脚皆活动一般，也有别趣。④

因皮影戏被人们高度认同，它的功能就不仅仅是娱人了，还可以同人戏一样酬神祭祀。明末张仁熙在《皮人曲》诗中有这样的描述："年年六月田夫忙，田塍草土设戏场。田多场小大如掌，隔纸皮人来徜徉。虫神有灵人莫恼，年年惯看皮人好。田夫苍黄具黍鸡，纸钱罗案香插泥。打鼓鸣锣拜不已，愿我虫神生欢喜。神之去矣翔若云，香烟作车纸作黾。虫神嗜苗更嗜酒，田儿少习今白首。那得闲钱倩人歌，自作皮人祈大有。"⑤

明朝影戏初步形成了地方流派，河北、江苏、浙江、山东、陕西、山西、云

---

① （清）俞琰选编：《咏物诗选》，成都古籍书店1987年版，第116页。
② （明）田汝成辑撰：《西湖游览志余》，中华书局1958年版，第356页。
③ （明）徐渭：《徐渭集》，中华书局1983年版，第1066页。
④ 不题撰人：《梼杌闲评》，止戈、韦行校点，齐鲁书社1995年版，第12—13页。
⑤ 邓之诚：《清诗纪事初编》，上海古籍出版社2013年版，第192页。

南等地的皮影艺人结合当地的人文风俗、民间曲调，各自创新，形成了不同于他地的特色。

清代尤其是乾隆之后以及民国时期，影戏进入了中国影戏发展史上的高峰阶段，无论是技艺水平、剧目数量，还是艺人人数和观众人次，都是前所未有的。这与当时戏曲特别是花部戏的整体勃兴的大环境紧密相关。影戏的审美效果，不逊于人戏，富察敦崇《燕京岁时记》云："影戏借灯取影，哀怨异常，老妪听之多能下泪。"① 其普及程度，可以从日常的俗语中看出来，如《红楼梦》第六十五回云："见提着影戏人子上场，好歹别戳破这层纸儿。"②

根据清代各地皮影戏的历史流变及其皮影戏影人的造型特征，可以将我国皮影戏分为北方影系、西部影系和中南部影系三大系统。

北方影系：包括今河北、东北三省、内蒙古等地的皮影戏。这一影系的皮影戏始于金代。1127年金兵入侵中原时，曾经将包括皮影戏艺人在内的各类艺人掳掠到北方，北方的皮影戏由此发展而来，而以河北滦州（今唐山）一带为中心。

西部影系：涵盖陕西、四川、甘肃、青海、晋南、豫东、鄂西、冀中和北京西部等地。该系统的皮影戏是由北宋躲避靖康之乱而向西迁徙的中原皮影戏艺人带来，并经历代发展而形成。西部影系以陕西华县、华阴一带的皮影戏为主要代表。还有晋南皮影戏、川北皮影戏、陇原皮影戏、陇东皮影戏、环县道情皮影戏和青海皮影戏等。

中南部影系：包括中原地区及其以南地区的皮影戏。自北宋灭亡之后，中原地区的皮影戏艺人与其他各类艺人一起随着都城的南迁，到了临安（今浙江杭州），还有一部分艺人流落到江苏、湖北、湖南等地，后又陆续流转到广东、福建、台湾一带。这些地区加上中原地区的皮影戏，属我国中南部影系。中南部影系没有自己单独的唱腔，而是借用当地的戏曲、说唱、民歌小调的唱腔进行演唱。

清代文献中有关影戏的记载较多，尤其是方志中"民俗"栏目，可谓比比皆是。如清代乾隆年间进士李声振《百戏竹枝词·影戏》云："机关牵引未分明，绿

---

① （清）潘荣陛：《帝京岁时纪胜》；（清）富察敦崇：《燕京岁时记》，北京古籍出版社1981年版，第94页。

② （清）曹雪芹、高鹗：《红楼梦》，中国艺术研究院红楼梦研究所校注，人民文学出版社1996年版，第908页。

绮窗前透夜檠。半面才通君莫问，前身原是楮先生。"① 乾隆《永平府志》"岁时民俗"条云："通街张灯、演剧，或影戏、驱戏之类，观者达曙。"② 滦州学正左乔林《海阳竹枝词》有句云："张灯作戏调翻新，顾影徘徊却逼真。环佩珊珊莲步稳，帐前活现李夫人。"③ 清代澄海人李勋《说诀》卷十三云：潮人最尚影戏，其制以牛皮刻作人形，加以藻绘，作戏者于纸窗内爇火一盏，以箸运之，乃能旋转如意，舞蹈应节，较之傀儡更觉优雅可观。④ 说者谓此惟潮郡有之，其实非也。

民国年间，战争不断，社会动荡不安，许多时候，老百姓在生死线上挣扎，这自然会影响皮影戏的演出。但只要局势稍微稳定，皮影戏就会活跃起来，而在兵祸较少的地方，它还得到了长足的发展。

民国二十三年（1934），高云翘对滦州的皮影做了调查，感慨地说："高粱地里，唱影的不绝，梆子或有一二，皮黄绝无。"⑤ 卓之在《湖南戏剧概观》中记述了20世纪30年代湖南一些地方的皮影戏情况："影戏班在湖南，地位远不及汉班（即今之湘剧）及花鼓班，大概用为酬神还愿之工具而已。是以无论在城在乡，到处皆得见之。平日常演于各寺庵内，惟每届旧历中元节，则居民多演以祀祖，该省戏班异常忙碌，甚至从黄昏起演至通宵达旦，可演四五本之多。"⑥ 1934年刊的辽宁《庄河县志》"民间文艺·影戏"条对本县的皮影戏有较为详细的介绍："有所谓驴皮影者，即影戏也。其制，酷似有声电影，不过彼为电灯机唱，此为油灯人唱耳。其法，以白布为幔，置灯其中，系以驴皮制人马牲畜、楼台建筑及飞潜动植等物，用灯幻照，俨在目前，并能活动自如，惟妙惟肖。司事者在幔歌唱，词多俚俗。农民凡有吉庆、酬神等事，多醵金演唱。"⑦

民国年间的影戏在与时俱进上，有三个方面的表现：一是灌制唱片，向全国

---

① 雷梦水等编：《中华竹枝词》，北京古籍出版社1997年版，第81页。该诗自注云："剪纸为之，透机械于小窗上，夜演一剧，亦有生致。"
② 《永平府志》，乾隆三十九年刻本。
③ 张工明编著：《滦县志诗歌集》，河北人民出版社2015年版，第151页。
④ 中山大学中国非物质文化遗产研究中心编：《中国非物质文化遗产第十一辑》，中山大学出版社2006年版，第113页。
⑤ 高云翘：《滦州影调查记》，《剧学月刊》第三卷第十一期，1934年。
⑥ 卓之：《湖南戏剧概观》，《剧学月刊》第三卷第七期，1934年。
⑦ 丁世良、赵放主编：《中国地方志民俗资料汇编·东北卷》，北京图书馆出版社1989年版，第152页。

发行，借此将地方皮影戏声腔与故事传播到全国。冀东的皮影戏艺人就曾经和胜利、百代、昆仑、丽歌、宝利等唱片公司合作，灌制了100多个剧目的唱段。二是借助新的印刷技术，刻印皮影戏的脚本。这当然是文人和出版商合作所为，出于射利的目的，但在客观上对于皮影戏的传播和帮助人们深刻认识其思想内容起到了积极的作用。三是自觉地将其作为救亡图存与革命斗争的工具。如日军占领嘉兴海宁时，皮影戏艺人张九元为揭露日本侵略者的暴行，唤起人们的抗日热情，创编了皮影戏《打皇兵》，演出后产生很大的影响。至于中国共产党建立政权的地区，影戏的政治功能则更为明显，从剧目的名称《田玉参军》《齐心杀敌》《土地改革》《送夫参军》《破除迷信》等，就可以看出它们的思想倾向性。

二、当代影戏的现状与分布

中华人民共和国成立后，因实行新的社会制度和倡导新的思想，无论是生产关系，还是意识形态，都发生了根本性的变化。作为一种艺术形式的皮影戏，在党的方针路线的指引下，在戏班组织、剧目编创、皮影绘制与表演形式上也进行了一系列的改革。新中国成立之初，皮影戏与戏曲的其他剧种一样，"改戏、改人、改制"。在"百花齐放，推陈出新"的政策的指导下，各地皮影剧团对传统剧目进行整理和改编，出现了一批思想性和艺术性较高的表现古代生活的剧目，如浙江海宁的皮影戏《蜈蚣岭》、陕西的碗碗腔皮影戏《快活林》、青海的皮影戏《牛头山》、湖南的皮影戏《梁红玉》《火焰山》，等等。配合不同时期的政治需要，编演了反映现代生活的剧目，如宣传新婚姻法的华阴皮影戏《小女婿》等。内容上的变革，一些地方在"文革"后期特别明显，仅在1972年至1976年间，唐山市皮影剧团就编演了《红嫂》《红灯记》《龙江颂》《智取威虎山》《沙家浜》《杜鹃山》《磐石湾》《山庄红医》《唐山人民缅怀毛主席》等。新中国成立之前的皮影戏班全部是民营的，而在新中国成立之后，能够留存下来的所有戏班都改成国有或集体所有制的剧团，艺人则成了"文艺工作者"。据《人民日报》1960年2月18日报道，至20世纪60年代初，我国的皮影戏班约有1 100多个，从业人员大约在6 200名。当然，地区之间是不平衡的。

自20世纪50年代之后，皮影戏在形式上发生的变革，成绩也是很突出的。例如湖南皮影戏艺人何德润、谭德贵与画家翟翊合作，让"影人比原来大出一倍多，变五分脸为七分身材七分脸，甚至由侧面改为正面。有的面部用赛璐珞着色剪制；有的服饰上嵌以彩色透明纸，又以新颖的灯光彩景和大影幕，使得影窗上的形象极其鲜艳生动。在操纵技术上，他们根据各种动物不同的典型动作，进行了特别的制作，利用卷棒、弹簧、拉线，使影人的表情可以活动自如：双眼可以开闭，嘴能张合；龟的四脚和鹤的头颈可以自由伸缩等。……在表现闪电雷鸣时，用两根炭棒相碰，闪出电光。在电唱机的转盘上，装上圆木板，板边装上一圈灯泡，通电后，灯亮木板转，轮番照射幕布上的火、水、云彩等道具，使影窗上的云、水、火都可以动起来，非常逼真"①。其他地方的影戏艺人，也发挥创造力，有许多推进皮影戏艺术发展的发明，像黑龙江皮影戏就使影人一步一步地走路和骑着自行车前进；唐山皮影戏增加了乐器，由原来的一把二胡，变成了扬琴、二胡、琵琶、三弦、大阮、笙、笛、唢呐等众多乐器，甚至小提琴也加入合奏，比起先前自然好听多了。

"文革"时期，皮影戏的繁荣景象戛然而止。剧团解散，剧目禁演，艺人转业，大量珍贵的皮影道具和文献资料被损毁，这种状况，除了个别地方，一直持续到1976年。

"文革"结束之后，各地皮影艺术迅速复苏，剧团重建，传统剧目解禁，新的剧目不断产生。仅1980年，湖南衡阳一个地区6个县就有大小剧团557个，从艺人员1150人。然而，随着电视的普及和娱乐形式的丰富，皮影戏与人演的戏曲一样，以不可遏制的趋势一天天衰萎下去，而市场的持续性的收缩又使得皮影戏进入了恶性循环，观众愈少，就愈加没有人从事这个行业，而人才缺乏，则会使皮影戏艺术不能与时俱进而得到观众的欣赏。于是，皮影戏艺术的前景便越来越黯淡。以辽宁凌源县为例，全县原有皮影戏班120个左右，进入20世纪90年代之后，不断缩减，现在可以演出的戏班仅存4个，艺人不到30位，而30岁以下的艺人又只有2位，其技艺和知名的老艺人则无法相比。

为了传承民族的优秀文化，保护像皮影戏这类古老的艺术形式，国家于2011年2月25日颁布了《中华人民共和国非物质文化遗产法》。自此之后，皮影戏便得到了中央和地方政府的高度重视，多种皮影戏进入国家级或省市级"非物质文化遗产名录"，得到了财政经费的支持，减缓了衰萎的速度，有的还显示出勃勃的生机。

---

① 魏力群主编：《中国皮影戏全集》第1卷"源流"，文物出版社2015年版，第160页。

如下表所示，现时的大多数皮影戏剧团主要分布在河北、陕西、甘肃、内蒙古、黑龙江、天津、北京、山东、河南、湖南、山西、浙江、广东、辽宁、青海、上海、湖北、重庆、福建、云南、江苏、安徽、江西等20多个省市、自治区，当然，有的地方多，有的地方少。

所属影系	省（市、自治区）	市（县、区、州）	剧团名称	主要演出区域
北方影系	内蒙古自治区	赤峰	阿鲁科尔沁旗皮影艺术团	内蒙古自治区、北京市等
			赤峰玉龙皮影文化艺术团	内蒙古自治区赤峰市红山区等
			宁城董家古装皮影戏	内蒙古自治区赤峰市宁城县等
			宁城龙雨皮影艺术团	内蒙古自治区赤峰市宁城县汐子镇等
	黑龙江	哈尔滨	哈尔滨儿童艺术剧院	黑龙江省哈尔滨市及周边地区
	辽宁	沈阳	浑南顾景恩皮影	辽宁省沈阳市浑南区及周边地区
		朝阳	凌源市旭日皮影艺术团	辽宁省朝阳市凌源市及辽西地区
			凌源英熙皮影文化产业有限公司	辽宁省朝阳市凌源市及周边地区
			喀左红星皮影团	辽宁省朝阳市喀左县洞子沟等
	河北	秦皇岛	青龙满族自治县百灵皮影剧团	河北省、北京市等
			青龙东方皮影剧团	河北省秦皇岛市青龙满族自治县大巫岚镇等
			卢龙县启明皮影团	河北省秦皇岛市卢龙县等地
			昌黎县向东皮影剧团	河北省秦皇岛市昌黎县及周边地区
		承德	平泉市皮影艺术团	河北省平泉市平房乡等
			河北省雾灵皮影艺术团	河北省承德市兴隆县及周边地区
			承德红星皮影剧团	河北省承德市及周边地区

续　表

所属影系	省（市、自治区）	市（县、区、州）	剧团名称	主要演出区域
北方影系	河北	唐山	圣灯皮影工作室	河北省唐山市乐亭县及周边地区
			滦南县皮影团	河北省唐山市滦南县及周边地区
			中国滦州皮影剧团	河北省唐山市滦州市小马庄镇等
			滦州禾丽皮影剧团	河北省滦州市
			周捞爷皮影艺术团	河北省唐山市
			迁西县燕昆皮影团	河北省唐山市迁西县兴城镇等
			郭宝皮影传承馆	河北省唐山市迁安市城区街道
			夕阳红皮影团	河北省唐山市遵化市
			天宇皮影团	河北省唐山市遵化市刘备寨乡刘南山村
		衡水	腾飞皮影戏班	河北省衡水市景县
		廊坊	庆升平乡村皮影民俗演艺文化基地	河北省廊坊市三河市
	天津	蓟州区	蓟州新城皮影队	天津市蓟州区
		宝坻区	海滨街道天锦园皮影队	天津市宝坻区
	北京	西城区	北京皮影剧团	北京市西城区
			小蚂蚁袖珍人皮影艺术团	北京市西城区
		通州区	韩非子剧社	北京市通州区
西部影系	陕西	西安	黄河魂艺术团	陕西省西安市
			小雁塔传统文化交流中心皮影戏	陕西省西安市碑林区
			中国汪氏皮影艺术剧团	陕西省西安市

续　表

所属影系	省（市、自治区）	市（县、区、州）	剧团名称	主要演出区域
西部影戏	陕西	渭南	永兴坊皮影戏班	陕西省渭南市华州区胡磊村
			华县魏氏皮影剧社	陕西省渭南市华州区
			魏金全戏班	陕西省渭南市华州区
			陕西民间艺术演艺社	陕西省渭南市临渭区双泉乡
			白水县古调影子社	陕西省渭南市白水县尧禾镇麻家村
	山西	太原	清徐常丰皮影团	山西省太原市清徐县柳杜乡常丰村
		吕梁	王政仁皮影剧团	山西省吕梁市孝义市高阳镇高阳村
			传统文化展演团	山西省吕梁市孝义市贾家庄村
			武俊礼皮影剧团	山西省吕梁市孝义市梧桐镇
		临汾	侯马市皮影剧团	山西省临汾市侯马市
	甘肃	庆阳	环县杨登义戏班	甘肃省庆阳市环县
		定西	甘肃通渭刘氏皮影班	甘肃省定西市通渭县常家河镇
	青海	西宁	大通县新艺皮影社	青海省西宁市大通回族土族自治县黄家寨镇东柳村
	重庆	巫山县	同兴班皮影剧团	重庆市巫山县罗坪镇
	云南	保山	腾冲刘家寨皮影剧团	云南省保山市腾冲市
		楚雄彝族自治州	表演者：额加寿	云南省楚雄彝族自治州禄丰县
		玉溪	表演者：王文跃	云南省玉溪市
中南部影戏	山东	青岛	西海岸金凤皮影艺术团	山东省青岛市西海岸新区薛家岛
			大嘴巴皮影班	山东省青岛市市南区
		烟台	所城皮影艺术团	山东省烟台市芝罘区

续 表

所属影系	省(市、自治区)	市(县、区、州)	剧团名称	主要演出区域
中南部影戏	山东	泰安	泰山皮影艺术研究院	山东省泰安市
		枣庄	山亭皮影徐庄镇邢氏庄户剧团	山东省枣庄市山亭区徐庄镇
			鲁南山花皮影剧团	山东省枣庄市山亭区山亭街道
			山亭皮影凫城镇韩氏庄户剧团	山东省枣庄市山亭区
		菏泽	定陶荣坤皮影艺术团	山东省菏泽市定陶区张湾镇
			曹县任家班皮影剧团	山东省菏泽市曹县庄寨镇
	河南	三门峡	灵宝西车道情皮影艺术团	河南省三门峡市灵宝市尹庄镇西车村
		郑州	河南精灵梦皮影艺术团	河南省郑州市惠济区良库工舍
		南阳	桐柏县皮影艺术团彭家班	河南省南阳市桐柏县吴城镇邓庄村
			桐柏县皮影艺术团蔡家班	河南省南阳市桐柏县月河镇林庙村
		信阳	平桥区杜光金皮影戏剧团	河南省信阳平桥区平昌镇
			罗山皮影戏新秀剧团	河南省信阳市罗山县彭新镇曾店村
			罗山弘馨皮影戏剧团	河南省信阳市罗山县周党镇同兴社区
			光山县任长明皮影戏文化传播有限公司	河南省信阳市光山县泼陂河镇黄涂湾村
	湖北	孝感	孝感市皮影艺术团	湖北省孝感市孝南区朋兴乡丹阳古镇
			张望明戏班	湖北省孝感市云梦县义堂镇好石村
			余长永戏班	湖北省孝感市云梦县曾店镇
			湖北省云梦皮影队	湖北省孝感市云梦县城关镇
			陈红军戏班	

续 表

所属影系	省（市、自治区）	市（县、区、州）	剧团名称	主要演出区域
中南部影戏	湖北	孝感	大悟县九女潭皮影团	湖北省孝感市大悟县宣化店镇
			应城市皮影艺术剧团	湖北省孝感市应城市汤池镇方集村
			应城市皮影艺术团	湖北省孝感市应城市
		黄冈	红安县华河镇皮影队	湖北省黄冈市红安县华河镇金桥村
			红安县杏花乡秦昌武皮影剧团	湖北省黄冈市红安县杏花乡长兴村
			红安县七里坪镇典明皮影艺术团	湖北省黄冈市红安县七里坪镇典明村
			红安县城关镇易杨家皮影队	湖北省黄冈市红安县城关镇易杨家村
			红安县城关镇倪赵家皮影队	湖北省黄冈市红安县城关镇倪赵家村
			红安县二程镇赵氏皮影戏团	湖北省黄冈市红安县二程镇新街村
			红安传统戏剧皮影艺术队	湖北省黄冈市红安县华河镇陈河村
			红安县杏花乡兴旺皮影队	湖北省黄冈市红安县杏花乡秦家岗湾
			中南皮影戏团	湖北省黄冈市麻城市中馆驿镇马路口村
			李先耀皮影队	湖北省黄冈市麻城市铁门岗乡谭程村
			东山皮影艺术团	湖北省黄冈市麻城市盐田河镇栗花新村
		武汉	新洲区龙丘黄冈皮影队	湖北省武汉市新洲区三店街道
			黄陂区大余湾皮影戏馆	湖北省武汉市黄陂区木兰乡

续　表

所属影系	省（市、自治区）	市（县、区、州）	剧团名称	主要演出区域
中南部影戏	湖北	天门	天门市豪城传承基地	湖北省天门市
		潜江	周矶雷谭仙潜业余皮影队	湖北省潜江市
		仙桃	仙桃江汉皮影团	湖北省仙桃市
			仙桃市江汉皮影艺术剧团	
		宜昌	夷陵区分乡徐氏皮影	湖北省宜昌市夷陵区分乡镇南垭村
			秭归皮影戏太和班	湖北省宜昌市秭归县郭家坝镇百日场村
		襄阳	沮水乐艺术团	湖北省襄阳市保康县马良镇张家岭村
		十堰	房县兴隆皮影戏班	湖北省十堰市房县窑淮乡
		神农架林区	下谷坪堂戏皮影戏剧团永和班	湖北省神农架林区下谷坪土家族乡
		恩施州	巴东皮影协会（大顺班）	湖北省恩施州巴东县沿渡河镇
	安徽	宿州	泗县古韵皮影剧团	安徽省宿州市泗县草沟镇秦桥村
		合肥	安徽省马派皮影戏剧团	安徽省合肥市
		宣城	皖南皮影戏曲艺术团	安徽省宣城市宣州区水东镇
	江苏	南京	姚其德戏班	南京市夫子庙秦淮人家酒楼
	上海	黄浦区	上海市木偶剧团有限公司	上海市黄浦区
		徐汇区	康健街道艺术团桂林皮影戏班	上海市徐汇区康健街道
		普陀区	上海马派影偶剧团	上海市普陀区
		长宁区	上海长宁民俗文化中心青梦园皮影团	上海市长宁区民俗文化中心

续 表

所属影系	省（市、自治区）	市（县、区、州）	剧团名称	主要演出区域
中南部影戏	上海	闵行区	上海七宝皮影馆	上海市闵行区七宝镇
		松江区	泗泾镇非遗传承基地	上海市松江区泗泾镇
	浙江	湖州	安吉孝丰项家皮影艺术团	浙江省湖州市安吉县孝丰镇大河村
		嘉兴	乌镇皮影艺术团	浙江省嘉兴市桐乡市西栅大街乌镇风景区
			海宁皮影艺术团有限公司	浙江省嘉兴市海宁市盐官镇
			海宁市长陆皮影剧团	浙江省嘉兴市海宁市长安镇陆泽村
		杭州	表演者：马群	浙江省杭州市上城区中国美术学院
	湖南	长沙	湖南省木偶皮影艺术保护传承中心	湖南省长沙市雨花区湖南省木偶皮影艺术保护传承中心
			长沙庆明皮影艺术团	湖南省长沙市望城区白箬铺镇
		湘潭	湘潭升平轩皮影艺术团	湖南省湘潭市雨湖区鹤岭镇凤凰村
		株洲	攸县丫江桥皮影一队	湖南省株洲市攸县丫江桥镇双江社区
	江西	萍乡	上栗县天马皮影戏文化艺术团	江西省萍乡市上栗县上栗镇绿塘村
			萍乡市湘东区永发皮影演艺团	江西省萍乡市湘东区东桥镇界头村
	福建	厦门	厦门市弘晏庄木偶皮影戏传习中心	福建省厦门市思明区曾厝垵文创艺术中心
	广东	汕尾	陆丰市皮影剧团	广东省汕尾市陆丰市
		深圳	深圳百仕达皮影艺术团	深圳市罗湖区翠竹街道
			草埔小学皮影艺术团	深圳市罗湖区草埔小学
			深圳三只猴剧团	深圳市宝安区观澜街道
			杜鹃花皮影文化艺术中心	深圳市龙岗区

每个地方的皮影戏因其渊源、剧目、唱腔、影人制法和表演技艺的不同,便和他地的皮影艺术形态有了差异。我们以甘肃省环县道情皮影戏和浙江海宁皮影戏为例,来看看它们的特色。

环县道情皮影戏是秦陇文化与周边族群文化、道情说唱曲艺与皮影艺术相结合的产物,采取"借灯、传影、配声以演故事"的手段,融民间音乐、美术和口传文学为一体。其独特性主要体现在道情音乐唱腔和皮影制作及表演上。戏班演出时,前台一人挑杆表演,并承担所有角色的做、唱、念、白的工作,后台四五人伴奏并"嘛簧",一唱众和,其腔调粗犷高亢。道情音乐为徵调式,分为"伤音""花音",以坦板、飞板两种速度演唱,曲牌体与板式体并存。其伴奏乐器有四弦、渔鼓、甩梆子、简板等。演唱剧目有180多部,以表现古代生活为主。

海宁皮影戏。皮影戏自南宋从中原传入海宁后,与当地的"海塘盐工曲"和"海宁小调"相融合,并吸收了"弋阳腔""海盐腔"等声腔,曲调既高亢激越,又婉转悠扬。其唱词和道白用海宁方言。其开台戏和武打戏,以板胡、二胡伴奏为主,其主腔为【三五七】【文二凡】【武二凡】【文三凡】【武三凡】【回龙】【叫王龙】等;正本戏用笛子、二胡伴奏,其声腔有【长腔】【十八板】【当头君官】【日出扶桑】【深深下拜】【上上楼】等。其影人脸谱造型既接近于京剧,又不同于京剧,它按忠、奸、贤、义的不同性格和喜、怒、哀、乐的不同表情来加以夸张塑造。为了符合剧情发展,适应操作上的艺术需要,在表演剧目时,有时候同一个人物要换几次头面。海宁皮影戏剧目近300个,有大戏、小戏和文戏、武戏之分。其皮影的主要制作特点是"少雕镂,重彩绘,单线平涂";脸形圆活,单眼侧面;少夸张,近实像,富"人情"味;整体以单手、并足(侧身)为主。

三、皮影戏剧目的内容与艺术特征

尽管皮影戏历史悠久,但是由于多种原因,宋、元、明三代的剧本都没有留存下来,现存最早的剧本大概产生于清代中叶。

很可能在早期就没有书写的剧本,即纸质剧本,但并不是说,皮影戏的演唱就没有剧本,剧本还是有的,只不过是无文字的。在新中国成立之前,每一个地区的皮影戏,都有不依文字剧本演唱的戏班。由于多数艺人不识字,演唱的内容全凭着师徒间口传心授。当然,由于内容是靠记忆的,所以变化较大。同一个故事,不同的戏班演出的不一样,就是同一个戏班,甚至是同一个人,在不同的时间、不同的地点演出的也不完全一样。随着粗通文墨之人的加入,开始有了叙写故事梗概的"搭桥本"(湖南称"过桥本""口述本",湖北称"杠子书",河北称"书套子"),文雅的说法叫"提纲本",相当于戏曲的"路头戏""幕表戏"。艺人在把握了所演唱故事的主要情节后,需要当场发挥,既可以添枝加叶,也可以"偷工减料"。为了演唱得好,显示文采,艺人大都会掌握一些"赋子",每出现相同的场景时,就套用一下,如有皇帝早朝的场景时,就唱这样的四句:"金殿当头紫阁重,仙人掌上玉芙蓉。太平皇帝朝元日,五色云车驾六龙。"空守闺房而心情郁闷的年轻妻子上场时,则袭用这样固定的诗句:"闺中少妇不知愁,性惯娇痴懒上楼。想到昨宵春梦恶,对花不语自低头。"当然,这些"赋子"不是文盲艺人编写的,而是文人所作。

到了明代,随着教育的普及,许多原致力于科考的读书人,因为长期困顿场屋、功名无望,便将智力、精力与时间投入到皮影剧本的创作上,于是,皮影戏的剧目发生了根本性的变化。之前的剧目,主要来源于曲艺、民间传说和戏曲,而自此之后,产生了大量的原创性的剧目。如清代乾隆时的陕西渭南县举人李芳桂,在几次春闱失利后,为当地碗碗腔皮影戏创作了十部剧本,即《春秋配》《白玉钿》《香莲佩》《紫霞宫》《如意簪》《玉燕纹》《万福莲》《火焰驹》《四岔捎书》和《玄玄锄谷》。又如清道光时人滦州乐亭县戴家河的高述尧,因为人耿直,得罪权贵,被革除了秀才的名号,于是,他在设塾教书之暇,为皮影戏班编写了《二度梅》《三贤传》《定唐》《珠宝钗》《出师表》《青云剑》等剧目。一般来说,文人编写的剧本,比起"提纲本"或艺人自编的戏,质量上要高得多。这些剧本情节曲折,且符合生活与艺术的真实;人物形象鲜明,其行动具有内在的逻辑性;文通句顺,富有文采,唱词合辙押韵,好念易唱。

自古迄今,皮影戏的剧本,当以万计,真可谓汗牛充栋。仅陇东环县皮影戏,据 2004 年的调查,现存剧本就有 2 277 本,内容不重复的剧本有 188 本。滦州皮影戏的传统连本大戏有 415 部,传统的单出剧目则为 323 卷[①],这些还不包括新中国成立后编创的剧目。

皮影戏剧本从素材的来源上,可以分为五大类。

---

① 魏力群:《中国皮影艺术史》,文物出版社 2007 年版,第 159—168 页。

第一类是讲史，多改编自历史演义。从夏商周起，重要人物和重大事件都有演绎，如《大舜王耕田》《禹王治水》《姜子牙下山》《吴越春秋》《战渑池》《黄泉见母》《伐子都》《马陵道》《将相和》《刺秦》《鸿门宴》《霸王别姬》《貂蝉拜月》《未央宫》《苏武牧羊》《昭君出塞》《骂王朗》《白帝托孤》《打黄盖》《单刀会》《讨荆州》《洛神》《铜雀台》《姚献杀妻》《绿珠坠楼》《秦琼卖马》《陈杏元出塞》《罗成叫关》《唐明皇哭妃》《千里送京娘》《陈桥驿》《下南唐》《打关西》《杨家将》《打銮驾》《精忠报国》，等等。

讲史剧目众多的原因在于我国民众对历史有着浓厚的兴趣，他们通过"知古"来反映自己对今日政治的诉求，并通过历史经验获得为人处世的原则，也正因为此，皮影艺人创作排演历史剧便拥有了厚实的观众基础和市场竞争力。而对于统治者来说，颂扬历史上的忠臣孝子，批判奸臣逆子，为人们树立道德榜样，无疑有利于政权的稳定与阶级矛盾的缓和，所以，具有"风化"功能的历史剧也得到了他们的鼓励。

第二类是民间故事，包括神话与传说。如《嫦娥奔月》《哪吒闹海》《天河配》《孟姜女》《赶山塞海》《大香山》《郭巨埋儿》《雪梅吊孝》《白蛇传》《花木兰从军》，等等。

第三类是非历史演义的小说。但凡著名的小说如《封神演义》《水浒传》《西游记》等，皮影艺人都会将它们改编成剧目。当然，不是原封不动地照搬，而是选择其中精彩的人物故事，重新整理改编，如将《水浒传》中的内容编成《乌龙院》《鲁达除霸》《逼上梁山》《打店》《石秀杀嫂》《丁甲山》《三打祝家庄》，等等。既可以连起来演连本的梁山好汉故事，也可以单独演出其中的折子戏。

第四类是戏曲曲艺故事，即是从戏曲剧目和说唱曲艺的曲目中改编而来，如《六月雪》《西厢记》《赵氏孤儿》《白兔记》《十五贯》《绣襦记》《铡美案》《梁山伯与祝英台》《珍珠塔》《杨乃武与小白菜》，等等。"文革"后期，许多地方的皮影戏也将《红灯记》《沙家浜》《智取威虎山》《杜鹃山》《龙江颂》《平原游击队》等"革命样板戏"映上了影窗。

第五类是根据古今生活创编的剧目。文人编写的剧本多属此类，一些篇幅不长的单出戏也是无所依傍的原创剧目，如传统剧目中的《一匹布》《卖杂货》《偷蔓菁》《怕婆娘》《董烂子卖他妈》《老顶嘴》《二姐娃做梦》，现当代剧目中的《穷人恨》《赤胆忠心》《焦裕禄》《新任支书》，等等。

尽管皮影戏剧目多改编自历史演义、民间故事、戏曲剧目、曲艺曲目等，但有许多剧目改编的幅度很大，不但情节不一样，人物的形象也大不相同，如长沙皮影戏《盘貂》虽然改编自湘剧的《斩貂》，但两者比较，差异很大，念白、唱词迥乎不同。湘剧《斩貂》中的关羽出场时这样唱道："【引】雄心赤胆汉英豪，撩袍勒马破奸曹！丹心耿耿，社稷坚牢，万马营中逞英豪，斩华雄，谁人不晓？"而皮影戏《盘貂》的关羽出场时的唱词为："【引】赤胆忠心，不知何日会桃园，徐州失散好惨凄。兄南弟北各一偏，好似鳌鱼吞钩线，各人肝胆费心间。"湘剧《斩貂》中的关羽有着"红颜祸水"的成见，对貂蝉的所作所为，极度蔑视："（唱）【乱弹腔】一轮明月照山川，推去了云雾星斗全。坐虎椅，看几本《春秋》《左传》。《春秋》内，尽都是妖女婵娟。（白）我想权臣篡位，即董卓父子；妖女丧夫，即貂蝉也！"最后毫不留情地将她杀死。而皮影戏《盘貂》中的关羽在听了貂蝉用美人计引起董卓、吕布父子争风吃醋而致董卓丧命的介绍后，以肯定的语气评价道："若还不把美人计献，眼见这汉江山归了董奸。"他欣赏貂蝉的智慧，准备将她送给兄长刘备，给她更好的前程："貂蝉女她生来嘴能舌变，几句话说得某喜笑连天。但愿某大哥早登金殿，封你个班头女子靠君前。"

依据篇幅的长度，皮影戏又可以分为折子戏、连本戏、单出戏。折子戏是一部戏中的一折，多数有一个相对完整的情节，如《游西湖》《拜佛》《精变》《盗草》《水漫金山》《断桥》《合钵》《宝塔压白蛇》《祭塔》是连本戏《白蛇传》的折子，因全本《白蛇传》需要几天才能演完，若时间不允许，可以演出其中的一个或几个折子戏。连本戏规模较大，没有五六个演出单元时间演不完，有的需连演一个多月，如《封神榜》《西游记》《杨家将》《包公案》《施公案》《江湖二十四侠》等。折子戏和连本戏的关系是整体和部分的关系，将内容相关的折子戏连起来就是一个整体，分开来就是折子戏。单出戏是叙事完整但体量不大的戏，往往又称为"小戏"，如《打面缸》《小姑贤》《教书谋馆》《嘎秃子闹洞房》《八仙过海》《兰香阁》《聚宝盆》等。浙江海宁皮影戏选出一些武打的折子戏做"开台戏"，活跃演出的气氛，常演的开台折子戏有《闹龙宫》《闹地府》《闹天宫》《火焰山》《快活林》《蜈蚣岭》《潞安州》《凤凰山》《打石猴》《南天国》《金沙滩》《两郎关》《烈火旗》等。

皮影戏和戏曲，在叙事的立足点上不完全一样。戏曲完全为代言体，每个角色为所扮演的人物代言，而皮影戏受说唱艺术的影响，为代言体和叙事体的结合。

如滦州皮影戏《珍珠塔》中的一个片段：

  天子：（唱）天子一见吃一惊。这刺客，甚是凶。杀败侍卫，怎把朕容？忙把宫人叫，赶快撞金钟。聚起阖朝文武，救驾保护主公。惊慌失色逃了命。

  陈春：（唱）陈春追，抖威风，提刀前往，上下冲锋，（代白）昏君哪里逃生！

无论是皇帝还是陈春，他们的唱词，代言体与叙述体都是混合在一起的。

皮影戏剧本歌唱多而念白少，唱词的语言通俗易懂，如同常语，但是合辙押韵。如滦州皮影戏《紫荆关》中的一段唱词：

  姑嫂二人寻车辆，庄稼地里把身藏。何处万恶贼强盗，行路竟敢抢女娘。

  不知何人来救护，你我得便逃了祸殃。也不知哥哥/相公怎么样？唯恐追贼受了伤。

  叹咱鞋弓袜又小，不能急快转家乡。恐怕贼人来追赶，汗透衣衫心发慌。

北方的皮影戏唱词，所用韵辙一般有十三道，其名目是：发花、梭波、乜斜、一七、姑苏、怀来、灰堆、遥条、由求、言前、人辰、江阳、中东。之外，还有两道儿化韵的小辙。通常是偶句押韵，压在句末的字上。押平声韵的叫"正韵"，押仄声韵的叫"硬辙"或称"反辙"。南方的方言较多，之间的差别很大，因而南方皮影戏唱词的用韵各地不一样。以吴语地区为例，其唱词的用韵共有十一部，分为阳声韵四部，为东同部、江阳部、真亭部和寒田部；阴声韵七部，为支鱼部、灰回部、萧豪部、皆来部、歌模部、家蛇部和尤侯部。当然，皮影戏的唱词格律没有诗、词或昆曲的曲律那么严格，只要顺口易唱即可。

每一个地方的皮影戏唱腔与流传于该地域的地方戏声腔有着紧密的关系。若皮影戏后起于地方戏，那它就会运用戏曲的曲调，其唱腔与当地戏曲剧种的唱腔基本相同。如陕西、甘肃、宁夏的许多皮影戏多是用秦腔的曲调演唱，长沙一带的皮影戏用湘剧曲调演唱。若是由皮影戏为基础发展起来的戏曲剧种，当然唱的就是皮影戏原先的曲调，如流行于河北唐山一带的影调剧所唱的【平调】【花调】【滦河调】【吟腔】【硬唱】就是当地皮影戏所唱的；现为戏曲剧种的碗碗腔是在皮影戏基础上发展起来的，主要曲调自然还是原先皮影戏所唱的。后一种情况说明，有一些皮影戏已经形成了自己的曲调体系，如滦州皮影的原始曲调为"九腔十八调"，九腔即【梅花腔】【柔腔】【琴腔】【一字腔】【小银腔】【小东腔】【西门腔】【凤凰腔】【纺车腔】，而每腔上下两句的曲调不一样，故成"十八调"；之后，吸收了戏曲和俚歌俗曲的曲调，渐渐由单调而变得丰富起来。

皮影戏剧目的主旨是鲜明的，传统剧目的思想性主要表现在三个方面：一是颂扬忠君爱国之臣的赤诚无畏的精神，二是高度肯定青年男女之间纯真的爱情，三是赞扬慈悲仁爱、行侠仗义、坚忍不拔的品质。而对那些少廉寡耻、自私自利、残忍酷虐、行奸贪婪之人，这些剧目则予以无情的批判。

皮影戏剧目大多故事情节丰富曲折，引人入胜，尤其是连本大戏，能让观众欲罢不能。如海宁皮影戏《聚宝盆》（又名《李金煌买鱼放生》）故事略云：

> 宋时，书生李金煌之父李天笙升为兵部尚书，但不久遭权奸何荣所害而被打入天牢。朝廷命杨文广率军抄家，杨同情李家，掩护其全家逃逸。金煌之叔李天帛与妻为武人，上首阳山为王；金煌与母亲逃至成都，落在瓦窑讨饭度日。其时，成都知府王天佑为官不廉，其女桂香力劝改邪归正，天佑怒，遣家丁上街找一叫花子，逼女嫁之。桂香恨，不带走王家一件衣物，匆匆随叫花子而去。叫花子乃李金煌也。金煌携桂香至瓦窑，见李母，一家相依相亲。桂香有一金钗，让金煌典当后买线绣花度日。不久桂香有孕，金煌欲为桂香煮鱼汤，上街买得鲤鱼一条，然见鱼可怜，放生而去。不料鱼乃是龙宫三太子。后龙王为酬答救子之恩，送来聚宝盆一只，恰逢桂香分娩，生子便名"得宝"。龙王又献大宅予金煌，使之顿成巨富，金煌感恩，改姓为敖，人称"敖百万"。李天帛为惩贪官，劫了绵迪县库银，朝廷命已升为总督的王天佑缉查。王与绵迪县令有隙，不但不查，反而耻笑他。县令怒，上告。王被罚银六十万两，无奈去敖百万家借银，见到了女儿桂香，天佑认罪。后何荣与弟何延海奸事败露，李天笙获释封相；天帛归顺，为兵部侍郎；金煌亦得官，后李得宝被皇上招为驸马。

皮影戏剧目所叙述的故事大都具有传奇性，根本原因是为了迎合观众的审美需要。在旧时的中国，处于底层社会的劳动人民，生活极为单调，日出而作，日落而息，生产与生活是重复的、机械的，因而是乏味的。没有色彩的日子，必然导致身体的疲惫和心理的压抑，而传奇性的故事能如一剂"强心针"，为他们劳苦平淡的生活带来精神的抚慰与快感。另外，再平凡卑微的人都有追求"卓越"的心理，然而，"卓越"并非人人可以实现，但可以借助传奇性的人物和故事来表达自己"卓越"的理想，并获得间接的"卓越"感受。

连本戏的表演和唱白，较为严肃，而小戏因为贴近生活，角色又均为小人物，其言语举止幽默诙谐，或调侃，或自嘲，剧情轻松自如，具有喜剧的风格，如《王七怕老婆》《刘捣鬼》《老渔婆劝架》等。

新中国成立之后，皮影戏界为适应时代需要、拓展观众面，创作了一批短小精悍、生动活泼的童话寓言戏，代表剧目有《鹤与龟》《两个朋友》《野心狼》《东郭先生》《小羊过桥》《小猫钓鱼》《雀之灵》《两只公鸡》《狐狸与乌鸦》《三只老鼠》等。今天皮影戏之所以还有一些生命力，主要是靠为孩子们演出的这类剧目。

历史悠久、曾经遍布全国绝大多数省份的皮影戏，在城市化与现代化进程中，逐渐失去昔日的风光，但是，因受国家非物质文化遗产法的保护和对旅游经济的融入，它会在相当长时间内生存着，或者变更自己的功能，譬如皮影造型像书法、绘画一样成为家庭或一些场所的装饰品。就剧本而言，它们的生命力不会因为整个皮影戏艺术的衰萎而衰颓，反而会因时间的推移而不断地增强，因为它们汇集了千万个故事，能为今日文艺创作提供大量的素材；它们所反映的政治理想、宗教信仰、艺术趣味等会成为今人和后人了解民族过去的精神世界的信息库；它们表现的方言土语、民俗画面、社会活动、生产过程等具有宝贵的学术研究价值。就是作为普通的读物，它们至少也会像明清白话小说一样，给人们带来审美的愉悦。正是考虑到这样的意义，我们才选择它们中的一些精品，整理出版，以飨读者。

编 校 说 明

本丛书第1—10卷主要收录华北、东北地区的皮影戏剧目,对于剧本的编订整理遵循以下原则:

一、所收录的均是当地演出频繁且为百姓喜闻乐见的剧目,剧本以民间手抄本为底本。

二、编校整理时,一律保持剧本原貌,除注释某些较为难懂的方言、俗语外,主要是改正错别字、校补漏字等,在内容上不做改动。对于影响剧情内容的错讹则以按语的形式予以标注。

三、对于演绎历史故事的剧本,其历史人物姓名、地名仍用其称呼,以保持剧本原貌。

四、为便于读者把握剧情,在每个剧目的开篇处设有"故事梗概",在每本戏的前面设"剧情梗概",以总括主要情节、提示剧情进展。

五、由于皮影戏剧本的传承大多是口耳相传,手抄本中的很多人物身份及行当都没有标示清楚,为保持作品原貌,"主要人物及行当表"一仍其旧,缺失部分未予增加。

目 录

华北东北皮影戏概述 …………………………………………… 1

杨家将（下）

主要人物及行当表 ……………………………………………… 9
 第十四本 ……………………………………………………… 11
 第十五本 ……………………………………………………… 38
 第十六本 ……………………………………………………… 66
 第十七本 ……………………………………………………… 91
 第十八本 ……………………………………………………… 118
 第十九本 ……………………………………………………… 145
 第二十本 ……………………………………………………… 168
 第二十一本 …………………………………………………… 194
 第二十二本 …………………………………………………… 217
 第二十三本 …………………………………………………… 242
 第二十四本 …………………………………………………… 269
 第二十五本 …………………………………………………… 293
 第二十六本 …………………………………………………… 319

华北东北皮影戏概述

华北、东北的地域范围，为今日之河北、内蒙古、北京、天津、辽宁、吉林、黑龙江等地，而这一地域的皮影戏当以滦州为中心。

滦州，在今河北省唐山市，乐亭曾隶属于滦州，故外人将产生在这里的影戏称之为"滦州影""乐亭影"或"唐山皮影"等。

那么，这一地域的皮影来源于何处？据现有文献来看，当是中原一带。徐梦莘《三朝北盟会编》卷七十七"靖康二年正月二十五日乙卯"条记载道：

> 金人来索御前祗候、方脉医人、教坊乐人、内侍官四十五人；露台祗候、妓女千人，蔡京、童贯、王黼、梁师成等家歌舞宫女数百人。先是权贵家舞伎内人，自上即位后皆散出民间，令开封府勒牙婆媒人追寻之。……杂剧、说话、弄影戏、小说、嘌唱、弄傀儡、打筋斗、弹筝、琵瑟、吹笙等艺人一百五十余家，令开封府押赴军前。开封府军人争持文牒，乱取人口，攘夺财物，自城中发赴军前者，皆先破碎其家计，然后扶老携幼，竭室以行。亲戚、故旧涕泣，叙别离相送而去，哭泣之声，遍于里巷，如此者日日不绝。①

由此可见，至迟在金代时，北方就有了皮影戏。元蒙时期，皮影戏已经成了皇室欣赏的一种艺术形式。瑞典学者多桑（C. d'Ohsson）在他的蒙古史中说："有汉地人在窝阔台前作影戏，影中有各国人。其间有一老人，长髯，冠缠头巾……"②

然而，北方的"滦州影"却没有在金元明清的文献上出现过，直到了民国年间，才有一位叫李脱尘的皮影艺人说他从别人那里得到了一本《影戏小史》，他在此基础上写成《滦州影戏小史》。此书问世后，多被研究皮影的学者引用，佟晶心在《中国影戏考》中引述云：

---

① [宋]徐梦莘撰：《三朝北盟会编》（影印本）上册（靖康中帙五十二），上海古籍出版社1987年版，第583—584页。

② [瑞典]多桑著，冯承钧译：《多桑蒙古史》（上册），中华书局1962年版，第206页。

> 我国自影戏发端于前明嘉靖年，首创者为永平府属滦县人黄素志君。黄君，一生员也，博学而兼精雕刻、绘画。因连仕不第，遂游学关外（即山海关），至辽阳，设帐教读，启蒙该地幼童。惟黄先生素崇佛教，每见社会人心不古，奸诈邪淫，五伦反覆，思挽救之，始有影戏之作。初编制之影戏脚本为《盼儿楼》，系述周昭王误信偏妃之言致使夫妻父子离散，若许苦痛因而生焉，百姓小民更遭涂炭。黄君作影辞毕，复思如何现身说法以使芸芸众生易于了解，遂用厚纸刻成人形，染以颜色。然纸质易坏，屡经修改未获良法。黄君之弟子裴生，敏慧异常，每见先生雕刻，己则思维。后见先生屡次失望，便思以羊皮刮净毛血而刻之或能奏效。因以其意见述之乃师，黄先生采其言，试用果较纸人美观而坚实。后思忠奸邪正、君子小人宜如何分别方能使人一目了然，后于《孟子》书中得之，以眼目之形状分。大概凡奸人必目似瓜子形，丑角眼外有白圈，即用外表以辨明其内心也。①

但一些学人对于有无黄素志其人持怀疑态度。但无论如何，"滦州影"在明代已经成熟，是一事实，因为在1958年，唐山专区文教局发现了一本标明为"明万历己卯年（1579）手抄"的连台本乐亭影卷《薄命图》，该本行当齐全，唱词有"十字赋"、七字句、"三赶七"等②。

因"滦州影"剧目数以百计，剧旨积极向上，故事内容丰富，情节传奇曲折，人物形象鲜明，唱腔悦耳动人，所以不断地向外扩展，几乎传播至整个华北、东北。自民国年间皮影艺术进入学术研究领域之后，所有的学者都一致认为华北、东北的皮影戏的源发地在滦州。

顾颉刚说："而负盛名之滦州影戏，则河北东部及东北各地尚为其领域。"③

江玉祥将影戏划分为七大系列，其中"滦州影戏，包括河北东部影戏、北京东城皮影、东北皮影、内蒙古皮影"④。

秦振安认为："滦州影系，以河北省之滦州（即今之昌黎、滦县、乐亭三县）

---

① 佟晶心：《中国影戏考》，《剧学月刊》第3卷第11期，1934年11月。
② 庞彦强、张松岩主编：《燕赵艺术精粹：河北皮影·木偶》，花山文艺出版社2005年版，第24—25、36页。
③ 顾颉刚：《中国影戏略史及其现状》，《文史》第19辑，中华书局1983年8月，第135页。
④ 江玉祥：《中国影戏》，四川人民出版社1992年版，第196页。

为中心。活动范围，遍及河北全境、北京及天津两特别市和东北各省。"①

魏力群通过调查后得出这样的结论："清代道光年间至二十世纪三十年代，许多乐亭人到东北各城镇做生意，也就将家乡的影戏带到了东北。起初，这些影戏只在东北农村和小城镇流动演出，后来，乐亭县'翠荫堂班''王华班'等，先后应大商号之邀赴东北大城市沈阳、哈尔滨、营口等地进行职业演出，并获得巨大成功，使乐亭影戏很快风靡东北三省，为东北当地原有影戏充实了新的内容和形式，又结合当地风俗及语言条件的影响，形成了不同的演唱风格和流派。"②

一些地方志也证实了学者们的说法。吉林省《怀德县志》云："光绪末年，河北省乐亭县移民杨德林等人迁来秦家屯，他们组织皮影戏班，并于乐亭县购进全部影箱、影卷，使皮影戏在怀德落了户。王老箭、于和、孙建、孙跃等为当时四大皮影名人。……艺人除在本地坐堂演出外，还到梨树、双辽、长岭、农安、黑龙江等地演出。"③ 因此，我们将华北、东北的皮影戏合成一卷。

华北、东北皮影经历了影经、流口影与翻卷影三个阶段。影经相当于故事提要，艺人在此基础上充实细节；流口影的内容相对于影经要固定一些，是师徒之间、艺人之间口耳相传的；到了翻卷影，才有了文本。之所以有影经与流口影，是因为彼阶段艺人们多是文盲，不具备阅读文本的能力。到了清代中叶之后，不能翻阅文本的艺人，说唱的随意性太大，无法保证表演的艺术质量，基本上是不受欢迎的，因而艺人多成了识字之人。

经过几百年数代艺人的创造，华北、东北的皮影戏影卷繁富，有上千个之多。其中大多数采用了其他文艺形式的故事，有的改编自章回小说，如《封神榜》《凤岐山》《伐西岐》《前七国》《后七国》《五雷阵》《吴越春秋》《六国封相》《反樊城》《重耳走国》《临潼斗宝》《楚汉相争》《九里山》《白莽山》《东汉》《三国》《瓦岗寨》《隋唐》《江流记》《二度梅》《小西唐》《中西唐》《大西唐》《薛丁山征西》《罗通扫北》《薛刚反唐》《打登州》《破孟州》《天汉山》《绿牡丹》《西游记》《五色英雄会》《刘金定救驾》《杨家将》《天门阵》《牤牛阵》《岳飞传》《五虎传》《九龙山》《十粒金丹》《三侠五义》《金鞭记》《飞龙传》《水浒传》《济公传》《大

---

① 秦振安编著：《中国皮影戏之主流——滦州影》，台湾省立博物馆出版部1991年版，第31页。
② 魏力群：《冀东乐亭皮影戏》，《神州民俗》2013年第206期。
③ 怀德县志编纂委员会编著：《怀德县志》，吉林文史出版社1996年版，第769页。

明英烈》《香莲帕》《于公案》《彭公案》《施公案》《刘公案》，等等；有的来自戏曲，如《蝴蝶梦》《昭君出塞》《狸猫换太子》《渔家乐》《灵飞镜》《蕉叶扇》《五龙图》《目连救母》《党人碑》《宝莲灯》《雷峰塔》《六月雪》《百花亭》《混元盒》，等等；还有的源自民间故事、宝卷、评书、鼓词、弹词等文艺形式。

到了清末之后，创作新影卷成了风气。如创作了《二度梅》《三贤传》《定唐》《珠宝钗》《出师表》和《青云剑》六大部影卷、达百万字之多的高述尧，为清嘉道时人，县诸生，居于乐亭城北关帝庙于庄（今代家河于庄），满族。他博学多才，屡试不第后，在家设塾教学。因性嗜影戏，谙熟音律，便在教学之余，创编影卷。他对影戏唱词结构进行了规范化的整理，摒弃了一些"杂牌子"，规范了"大、小金边"的格律，扩大了"硬辙"的使用范围。所编影卷，艺人视为范本之作①。在高述尧之后，华北、东北许多地方的文人热衷于影卷的创作，如清末辽宁锦县大齐屯齐二黑撰写了《五峰（锋）会》，其女又续写了《平西册》；辽宁凌源北炉乡平房村举人任善树（字老玉）撰写了《十粒金丹》；辽宁喀左县李杖子村皮影艺人李文然（1912年生）于二十世纪三十年代编撰了《丝绒带》《鲛绡帐》《万灵针》等。

新中国成立之前的传统影卷在内容与艺术上有三个特点：一是剧旨宣扬忠孝节义，二是情节曲折离奇，三是染上了地方特有的文化色彩。当然，编创者都是站在底层大众的立场上，以他们的伦理观、价值观来衡量是非，并表现他们的生活理想。如歌颂"忠君"的品质，很多故事中的"君"，尽是明君，而绝不是昏君，这明君等同于国家，"忠君"实际上就是忠于国家。而对于昏君，不管是哪朝哪代的，影卷都是大加挞伐。再如对女性形象的描写，虽然也以男性的视角写她们愿意在一夫多妻的婚姻中生活，但她们对于男人的选择却是主动的、积极的、高标准的。

新中国成立之后，为了迎合时代的需要，华北、东北的皮影戏的影卷内容发生了显著的变化。首先在剧旨上，体现出主流意识，即揭露封建社会的黑暗和统治阶级的残酷无道、歌颂劳动人民高尚的品质、宣扬爱国主义精神等。其次多以现当代的社会生活为题材，以革命战争时期的英雄和社会主义建设时期的工农兵为主要人物。再次以神话、童话为题材，充分考虑儿童的审美趣味。作品如《九

---

① 张军：《滦州影戏研究》，大象出版社2010年版，第148—149页。

件衣》《芦荡火种》《女游击队员》《焦裕禄》《红管家》《大闹天宫》《乌龟与兔子》《嫦娥下凡》，等等。

影卷的唱词结构形式有七字句和"十字锦""五字赋""三赶七""大金边""小金边""楼上楼""赞"等，总的来说，较为自由，编创者可以根据叙事、抒情与表现人物性格的需要而选择某种表达形式。

皮影戏艺人在表演时以"影卷"为脚本，依字来建构唱腔。唱词须合辙押韵，一般来讲，有十三辙，即中东、衣期、言前、灰堆、梭波、遥迢、麻沙、人辰、由求、包邪、姑苏、江阳、怀来等。编创者会根据不同行当、人物性格和情节需要，尽量选用适合的辙口。旦行较多使用"衣期""包邪""灰堆""由求"等，生行多用"江阳""中东""言前"等。由于韵母所含的字有多有少，含字多的叫宽辙，含字少的叫窄辙，也叫险辙。如"包邪"辙，平声字少，仄声字多，有文字功底的人才能够运用得恰到好处。押平声的叫"正辙"，押仄声的叫"硬辙"或"反辙"。

以"滦州影"为中心的华北、东北皮影戏，所唱的曲调有平调、悲调、花调、侉调、梦调、游阴调、还阳调、凄凉调等调式。"平调"是基本唱腔，男、女腔皆可用，它既能用于抒情性的唱段，又可用于叙事的唱段。"花调"是在平调基础上通过装饰、加花等手法发展而成，唱腔华丽，用于表现欢快、活泼、诙谐的情绪，在传统剧目中，为彩旦、花旦、小旦和丑专用，板式运用上只有大板和二性板。"凄凉调"也叫"路途悲"，用于表现悲哀凄凉的情绪，女腔专用，唱腔速度慢，擅长抒情和叙述，多用于怀念、回忆和痛苦之处。"悲调"一般为大板、二性板，速度缓慢，男、女腔皆有，用于表现声泪俱下、悲恸欲绝的感情，曲调如泣如诉，线条起伏很大，源于当地妇女失去亲人悲极痛哭的音调。"游阴调"传统上是人死后到阴间变成鬼魂时专用的唱腔，因为用途的局限性，很少演唱，也没有严格的规范。"滦州影"还有一个特殊的唱法，即用手指掐捏着喉头，控制声带而发出声音的歌唱。[①]

华北、东北的皮影戏，近年来一直处于衰落的状态。但由于许多地方将它们列为"非物质文化遗产"而得到传承，政府和业界正在按照"创新性发展、创造性转化"的精神，努力探索，让它能与时俱进，从而重新获得观众的喜爱。

---

① 刘荣德、石玉琢编著：《乐亭影戏音乐概论》，人民音乐出版社1991年版，第137—237页。

杨 家 将

（下）

杨明忠　张长娟　整理

【故事梗概】在八王的帮助下，杨六郎被免去死罪，充军郑州。潘妃欲暗害六郎，六郎伪装吞金而死，潜回京师。辽兵犯界，佘太君率杨门众女眷驰援边关。八王上奏六郎诈死之事的原因，天子将潘妃打入冷宫，赦六郎无罪，让其挂帅退敌。经过太行山，六郎收服山寇孟良、焦赞、岳胜、杨兴等。六郎战败敌帅韩昌，却放过了对方，韩昌声言只要六郎在世就永不进犯。宋太宗驾崩，真宗即位。已任兵部尚书的王强为了制造矛盾，唆使其女婿、新科状元谢经武砸坏杨府下马牌坊。谢经武还打了院子杨洪，推倒佘太君，并反告被杨府殴打。天子欲将杨家满门抄斩，在八王等的力争下，王强、谢经武虽都受到了处罚，但佘太君也因此得病。六郎携孟良、焦赞回京探母，孟、焦二人夜杀谢经武全家，六郎独自承担了责任。天子欲斩六郎，孟良、焦赞大闹法场，六郎率二人来至午门，等候发落。岳胜带兵围住京城，营救六郎。天子听寇准建议，赦免六郎等三人死罪，令六郎劝退岳胜。退兵后，六郎被发配云南，因云南王为其妻柴郡主胞兄，任堂惠亦在云南，故得到了悉心照料。孟良、焦赞烧毁大军粮草，岳胜被迫重新落草。王强乘机请天子赐死六郎，天子派他到云南宣旨，最终任堂惠代六郎赴死，六郎则假扮任堂惠，禀明佘太君后远走他乡。后天子因赴五台山降香，在五台山、雄关、营州接连遭到韩昌大军围困。正值六郎贩牛来到营州，他招回岳胜等人，摆下牤牛阵，大破辽军。天子一一封赏，命六郎带众兄弟仍旧镇守三关。

主要人物及行当表

杨继业：宋名将
佘太君：杨继业妻，风盔
杨大郎：杨延平，杨继业长子，武将
杨二郎：杨延定，杨继业次子，武将
杨三郎：杨延广，杨继业三子，武将
杨四郎：杨延辉，杨继业四子，武将
杨五郎：杨延德，杨继业五子，武将
杨六郎：杨延昭，杨景，杨继业六子，武将
杨七郎：杨延嗣，杨继业七子，武将
杨八郎：杨延顺，杨继业八子，武将
柴郡主：杨延昭之妻，八王义妹，旦
杜金娥：杨七郎妻，旦
张金定：杨大郎妻，旦

赵美荣：杨四郎妻，旦
杨八姐：杨继业女，旦
杨九妹：杨继业女，旦
杨宗保：杨六郎长子，武小生
杨宗勉：杨六郎次子，武小生
杨排风：杨府使女，旦
任堂惠：商人
任道安：道人，任堂惠之叔
柴宗训：云南王，柴郡主之兄
岳　胜：宋将
孟　良：宋将
焦　赞：宋将

天番王：耶律也先，辽国国主

萧太后：辽国女主
耶律碧琼：辽国公主，旦
耶律玉琼：辽国公主，旦
萧金克郎木：辽军都督，反丑将
萧天佐：辽保国都督
萧天佑：辽定国都督
闫　荣：辽护国军师
哈尔密奇：辽国副军师
韩　昌：辽国驸马
韩匡思：辽国大都督，金棍大将军，丑
苏天豹：辽扶国都督
苏达天：苏天豹长子，岐沟关大都督
苏达尔：苏天豹次子，昊天关大都督
苏锦平：苏达尔之女
苏达夫：苏天豹三子，盖天关大元帅
万花夫人：苏达夫之妻，番旦，武装青面

八　王：赵德芳，宋太宗之侄

王　袍：首相
赵　普：左丞相
郑　印：汝南王
高君保：平南王
呼延赞：铁鞭王
呼延丕显：呼延赞之子
潘仁美：东阁太师，国丈
潘　豹：潘仁美之子，丑
潘　龙：潘仁美之子，丑
潘　虎：潘仁美之子，丑
潘　林：潘仁美之子，丑
潘　桂：潘仁美之子，丑
冯秀冈：西台御使
寇　准：下口县知县
陶　仁：京营副将，王勤外甥
王　强：兵部司马，辽国细作，奸面生
谢经武：王强女婿，新科状元

第十四本

【剧情梗概】天子闻听杨六郎将潘仁美一家杀净,怒气冲天,要拿六郎问罪,八王等人力保,天子便将六郎发配郑州充军。潘妃命郭槐打点郑州知州,让他谋害六郎。知州祝成知杨六郎乃国家栋梁之才,不愿谋害,便将潘妃阴谋告知六郎。六郎设计,假称吞金而死,柴郡主扶灵回京。辽兵犯界,朝中无带兵之将,天子让八王设法寻找,八王无计可施,寇准前来保举佘老太君,并且将自己怀疑六郎未死一事告知八王。天子令佘太君挂印为帅,佘太君率杨门女将驰援太原。

(摆朝,众官站,天子坐)

天　子:(诗)干戈未定起狼烟,北国累次来侵边。
　　　　　　只因潘杨两家事,外不防来内不安。
　　　　(白)朕,大宋天子赵光义,今设早朝,不知文武有事无事。

(陈秀章急上)

陈秀章:万岁万岁万万岁,臣黄门官陈秀章见驾。

天　子:何事这等惊慌?

陈秀章:万岁不知,今有狱卒报道说,昨夜晚二更时候,狱官私开牢门,放走仁美父子,狱官狱中人等也不知去向,请我主定夺。

天　子:起过了。

陈秀章:万岁。

天　子:呀,此事叫朕怎办?
　　　　(唱)乍闻黄门一声奏,好叫朕当为了难。
　　　　　　国丈怎么私逃走?狱官也去是何缘?
　　　　　　思想其中有缘故,内里有人设机关。
　　　　　　买通狱官图贿赂,又一思想不当然。
　　　　　　太师本犯杀身罪,按律应当用刀餐。
　　　　　　因为爱妃苦哀告,寡人我无奈把他装入监。
　　　　　　说是秋后把他斩,乃是搪托之言不算数。
　　　　　　等候机会把他放,对得起娘娘求情这一番。

　　　　　二则太师忠于我，多亏他保我坐金銮。
　　　　　他今越狱既然走，正对寡人我心间。
　　　　　才要提笔写圣旨，黄门官上殿跪流平。
　　　　　口尊万岁杨景到，

天　子：哦，
　　　　（白）他见寡人有何事故？宣他上殿。

陈秀章：（白）领旨。
　　　　（唱）领旨下殿说一番。
　　　　　圣上有旨宣杨郡马，

杨六郎：（白）万岁，
　　　　（唱）杨景急忙上金銮。
　　　　　跪倒平川呼万岁，微臣有事奏龙颜。

天　子：哦，
　　　　（白）你浑身是血又是何故？

杨六郎：（唱）前后情由奏一遍，仁美一家杀净干。
　　　　　特意见驾来请罪，

天　子：咦，
　　　　（唱）太宗天子怒冲冠。
　　　　　好个大胆贼杨景，私自杀人胆包天。
　　　　　吩咐一声绑绑绑。不等时刻用刀餐。
　　　　　武士答应不怠慢，七捆八绑下金銮。

八　王：（内白）刀下留人，（上）八王上殿呼万岁。万岁侄臣见驾，侄臣保郡马不死。

天　子：皇侄言之差矣，杨景私杀国丈，不通朕当知道，明是欺君，按律应当斩首，罪责不赦！皇侄不必保他，像这样逆臣，留他何用？

八　王：万岁，那杨景杀的什么人？

天　子：他杀的潘仁美全家数十余口，大胆自来认罪，要不正法，只怕将来还要造反。

八　王：万岁臣请问皇叔，杨景杀的潘仁美，他是何等之人？

天　子：潘仁美现为罪犯，秋后处决。

八　王：潘仁美既然犯了死罪，理应伏法，不该同狱官逃走，拐去狱官狱卒，拐去兵器罪上加罪，是为正理。杨景要不杀他，圣旨也得拿他回来。非法之人，既然杀死，郡马报了一家之仇，也为国家消恨。古语云，乱臣贼子人人得而诛之。何罪之有？

天　子：哦，皇侄所奏杨景，莫非无罪不成？

八　王：依臣看来，杨景私自越律，自来奏明认罪，按罪判他个充军一年二载可以。

天　子：哼，这个不行吧。

八　王：万岁，今日皇叔要斩杨景，文武必说屈杀忠良，赏罚不明，薄待汗马，恐怕文武灰心。再则仁美全家已死，就杀了杨景也不算与他报仇，反惹众臣不服。依侄臣愚见，莫如顾活的，不顾死的，叫杨景知恩，必然报答我主之德，以死尽忠报国。望皇叔上下再思再想。

天　子：咳，罢了罢了，皇侄所奏有理，旨意下：赦杨景死罪，充军一年，发到郑州，不许再留，期限当现今起。潘太师已死，昔日有功，各赐棺椁埋葬，不许再奏，退朝。

八　王：万岁万岁万万岁。

（番帐四将站）

众　将：（诗）头戴金盔发飘摇，身穿铠甲系丝绦。
　　　　　　座下乌骓赶日马，手使三尖两刃刀。

萧天佐：俺北国大都督萧天佐。

瓦尔德寿：左酋长瓦尔德寿。

瓦尔德禄：右酋长瓦尔德禄。

赫连红花：虎贲都督赫连红花。

合：　　都督升帐，在此伺候。

（韩匡思出，坐）

韩匡思：（诗）塞北一带逞英雄，手使金棍挡万兵。
　　　　　　带领军兵十五万，打破雁门往南征。

（白）俺北国大都督、金棍大将军韩匡思，奉了萧太后旨意，带兵十五万，战将十员，出兵来打破雁门关，杀得宋将兵死将亡，宋兵望影而逃，得了城池无数。宋朝并无能将，杨家父子已死，没有我的对手，今日何不起兵，杀奔太原？众番兵，响炮起兵，杀奔太原，不得有误，带马。

（升帐，四将站，白面三髯坐）

孙　杰：（诗）太原镇守挡北番，枪急马快抢人先。
　　　　　　　摆兵布阵玩韬略，威名赫赫天下传。
　　　　（白）本镇太原总兵孙杰，奉旨镇守太原。自从潘元帅回转雄关，北国也不犯界。听说近日番邦起兵，攻破雁门关。已命远探，为何不见到来？
　　　　（卒上）
卒：　　报总爷得知。
孙　杰：所报何事？
卒：　　总爷听报。
　　　　（唱）报子报军情，吓得直打颤。
　　　　　　　连叫总兵爷，听我说一遍。
　　　　　　　小人探军情，昼夜不怠慢。
　　　　　　　北国发兵来，雁门大交战。
　　　　　　　攻破雁门关，军民遭涂炭。
　　　　　　　远近俱投降，顺了贼反叛。
　　　　　　　番兵十分凶，个个都不善。
　　　　　　　前部萧天佐，真乃是好汉。
　　　　　　　领兵大都督，姓韩能观战。
　　　　　　　金棍大将军，率兵十五万。
　　　　　　　离城五十多，埋锅做了饭。
　　　　　　　大炮响咕咚，战鼓连声窜。
　　　　　　　旌旗飘半空，马踏尘土漫。
　　　　　　　不久来攻城，元帅想法办。
　　　　　　　这是以往情，
孙　杰：（唱）说声再去探。
　　　　　　　叫声众将官，上前接令箭。
　　　　　　　兵来用将挡，水来用土掩。
　　　　　　　一拥齐出城，大战贼反叛。
　　　　　　　以逸可待劳，趁他正疲倦。
　　　　　　　杀他望影逃，知咱是好汉。

    吩咐一声看枪马,
  (白)众将官,番兵远来,趁他人困马乏,杀他个片甲不归,就此外厢抬枪带马,杀出城去。
  (红花杀,四将败,杰对花)
赫连红花:好个宋将,杀败我国众将,看枪!
孙　杰:来来来。(杀,花败,杰杀二番死)好好好,连杀了二将,众将官往前攻杀。(天佐对杰)来这番将报名。
萧天佐:你爷爷萧天佐,知我的厉害,快献降书,免得费事,报名上来。
孙　杰:番奴,要问听俺道来。
  (唱)枪一指,骂番奴。
    不通人性,即如狗猪。
    屡把中原犯,叫人气不服。
    今日遇见本镇,叫你去赴阴都。
    哪个不知孙杰勇?镇守太原挡番奴。
萧天佐:(唱)叫宋将,听清楚,
    我来劝你,快献降书。
    开关投我国,算你知时务。
    要是不听我劝,后悔血染衣服。
    叫你眼下城池破,血染浑身命呜呼。
孙　杰:(唱)住口,心大怒,气扑扑,
    少发狠言,把我吓唬。
    总镇不惧你,哪怕贼番奴?
    说罢分心就刺,狠狠奔了胸脯。
萧天佐:(唱)天佐急急用刀架,大战疆场用功夫。
孙　杰:(唱)呀,战几趟,力气无。
    番贼力大,不可疏忽。
    又战十几趟,胜败未分出。
    吩咐一声快退,拨马就把阵出。
    撤了吊桥齐发箭,急急进城跑得速。
  (天佐上)

萧天佐：（白）呀，你看宋将败进城去，乱箭如雨，不敢前进。番兵们，打得胜鼓回营。

孙　杰：（内白）众将官将马带过了。（上）一场好杀一场好战也，好个番将，力大无穷，杀得我力尽身乏，只怕此城难保了。

（唱）总兵大帐心慌乱，无计可施退番兵。
　　　一连伤我几员上将，死了朴冲与吴能。
　　　邵千、吴用败了阵，本帅一怒把气生。
　　　一怒斩了两员将，来了天佐力无穷。
　　　战了几合不中用，只得败阵回了城。
　　　思想无法破此将，只得写书奏朝廷。
　　　求主急发人共马，来救太原一座城。
　　　急忙提起毛竹管，刷刷点点写得清。
　　　霎时之间写完毕，一口大印按当中。
　　　叫声吴用听将令，拿表急急去进京。
　　　事不宜迟急速去，

卒：　　（白）是。

孙　杰：（唱）孙爷吩咐防贼兵。
　　　（白）众将官，多加灰瓶火炮、滚木礌石，护守城池，不得有误。
　　　（潘妃坐）

潘　妃：（唱）可敬寇准机关巧，救出我父得活生。
　　　（白）哀家潘妃，可敬寇准献计，将我父一家救出牢狱，逃回原籍老家去了，哀家定然保举大大升官。
　　　（郭槐急上）

郭　槐：启禀娘娘，可不好了。

潘　妃：有何大事？快快说来。

郭　槐：娘娘不知，太师出狱走至松林之中，杨景带领他府中男女众将，在黑松林中，将太师全家杀死。

潘　妃：怎样？

郭　槐：一个没剩，全都杀死。

潘　妃：呀，此事可是当真。

郭　　槐：奴婢岂敢撒谎？
潘　　妃：哎呀，可不痛死人也。（倒）
郭　　槐：娘娘醒来，娘娘苏醒，娘娘苏醒。
潘　　妃：哎呀。
　　　　　（唱）人不该死难以死，痰堵咽喉倒流平。
郭　　槐：（白）娘娘醒来，娘娘苏醒，娘娘苏醒。
潘　　妃：（唱）只听耳边有人唤，慢慢翻身把眼睁。
　　　　　哭声爹娘死得苦，又哭兄弟好苦情。
　　　　　一不防备丧了命，不想死在杨景手中。
　　　　　指望让你回家转，慢慢奏知赦罪名。
　　　　　有机会好叫你官复原职，一家还是多光荣。
　　　　　不想反倒把你害，落得全家把命倾。
　　　　　哀家住在皇宫院，不能救父苟且生。
　　　　　哭罢多时止住泪，咳呀，大骂杨景狗畜生。
　　　　　不该害了我的父，举家老幼被你倾。
　　　　　数百多口死得苦，你真是个狠毒虫。
　　　　　哀家要不把仇报，枉在世上走一程。
　　　　　待我去见当今主，提拿杨景满门庭。
　　　　　把你全家都开斩，扒皮熬油点天灯。
　　　　　与我全家把灵祭，不枉哀家在皇宫。
　　　　　说罢带怒往外走，
郭　　槐：（唱）郭槐拦住说慢行。
　　　　　娘娘不可太急躁。
　　　　　（白）娘娘，不可呀不可。
潘　　妃：怎么不可？莫非家父白死不成。
郭　　槐：娘娘千岁，方才圣上一闻此言，立刻绑了杨景，罚了充军之罪，去上郑州，一年方可回来，娘娘就见圣上也不中了。旨意已下，哪能退回？于国法也说不过去，娘娘去见圣上，岂不白费一回事吗？
潘　　妃：咳，如此说我一家大仇就不能报了？
郭　　槐：娘娘千岁，奴婢倒有一计，管叫六郎一死。

潘　　妃：哦，你有何计能害杨家？
郭　　槐：娘娘听了。
　　　　　（唱）郭槐尊娘娘，娘娘听我计。
　　　　　　　　要害杨景他，不费吹灰力。
潘　　妃：（白）快说。
郭　　槐：（唱）杨景去充军，是往郑州去。
　　　　　　　　娘娘密旨刷，金银多多预。
　　　　　　　　奴婢走一程，去上郑州地。
　　　　　　　　见了郑州官，如此说详细。
　　　　　　　　应他升了官，黄金与白玉。
　　　　　　　　叫他害六郎，一命归阴去。
　　　　　　　　或是用毒酒，或是茶水里。
　　　　　　　　死了说暴亡，就算没了事。
潘　　妃：（白）他若不应呢？
郭　　槐：（唱）他怎敢不应？就怕咱势力。
　　　　　　　　假意吓唬他，他必心发惧。
　　　　　　　　叫他丢了官，九族全死去。
　　　　　　　　他必得应承，出了咱的气。
潘　　妃：（唱）娘娘闻此言，连声说好计。
　　　　　（白）好，此计太妙，依计而行，待哀家刷旨，悄悄而行，小心在意。
郭　　槐：奴婢领旨，娘娘快写密书，我骑快马一匹走在杨景头部。
潘　　妃：待我写来。（写介）郭槐你揣着密书，急急办来。
郭　　槐：领旨。
潘　　妃：你看郭槐去了，大料必然成功。罢了，我的爹娘兄嫂哇。
　　　　　（二差上）
李　　巴：公差公差。
佟　　强：应该应该。
李　　巴：我李巴。
佟　　强：我佟强。
李　　巴：兄弟。

佟　　强：哥哥。

李　　巴：你我奉刑部的签票发配杨景去上郑州充军。

佟　　强：这个差事真是苦，解别人还是个美差，但是解送杨景这是个苦差事，啥事都得听人家的，人家说了算，由不了咱的主。

李　　巴：咳，你可别瞎说了，只因郡马，皇姑亲自跟着，还带着杨府家将保护，恐怕有人暗算，这个大犯比咱们大六倍呢。人家坐车，咱们步行，方才领了牌票，只得到杨府早早问候起身便了。

佟　　强：有理。

佘太君：（内白）六郎、柴氏媳妇，你们一路多加仔细吧。

（六郎骑马、柴氏坐车上，四家将上）

杨六郎、柴郡主：是，母亲请回吧。

杨六郎：公差。

公　　差：有有有。

杨六郎：头前引路。

公　　差：是，请六爷、六奶奶启程。

柴郡主：知道了。

（唱）柴氏皇姑把车上，

杨六郎：（唱）杨景骑马在路间。

家　　将：（唱）四个家将相保护，两个差人在头前。

杨六郎：（唱）杨景心中好难过，不由一阵好心酸。

柴郡主：（唱）郡马不必太心窄，能屈能伸丈夫男。

杨六郎：（唱）想我本是英雄汉，现如今落个充军受熬煎。

柴郡主：（唱）期满自有回家日，管保官职复旧原。

杨六郎：（唱）咳，纵然报了父兄恨，咱一家走死逃亡好可怜。

柴郡主：（唱）死别生离人常理，颠沛流离理当然。

杨六郎：（唱）不单鄙人受苦难，连累郡主不得安。

柴郡主：（唱）夫妻之间说不道，岂不知夫荣妻贵子孙贤？

杨六郎：（唱）这一到了郑州地，不知道可是清官是赃官。

柴郡主：（唱）不管清浑怎么样，有贵家我来做主不必为难。

杨六郎：（唱）但愿罪后回朝转，侍奉老母到百年。

　　　　　　　不言夫妻路上走，
郭　槐：（唱）再把郭槐言一言。
　　　　　　　晓行夜宿非一日，饥食渴饮不消闲。
　　　　　　　这日到了郑州地，
　　　　（白）咱家郭槐，奉了娘娘密旨，前来行贿，面前就是郑州，不免去见州官便了。

（州官白面三尖出）

祝　成：（诗）为官泽民史无颂，四野讴歌颂太平。
　　　　（白）本州祝成，自到任以来，治得路不拾遗，夜不闭户，倒也无事。
役　　：禀爷，今有太监郭槐府门外下马。
祝　成：这等，起放中门，待我迎接。
　　　　（唱）听说内宫太监到，不知何事急接迎。
郭　槐：（唱）郭槐早就下了马，瞧见知州名祝成。
祝　成：（唱）紧走几步施下礼，有失远迎恕不恭。
郭　槐：（白）好说。
　　　　（唱）咱家径自到贵府，多有打扰望宽宏。
祝　成：（唱）公公大人请入书舍，三揖三让进房中。
　　　　（白）公公大人请坐。
郭　槐：（唱）大家同坐是正理，咱家有事没说明。
祝　成：（唱）吩咐左右把茶看，茶罢落盏尊公公。
郭　槐：（唱）大人请退去众人役，我有秘事对你明。
祝　成：（唱）吩咐一声左右退，请叫公公快说清。
郭　槐：（唱）郭槐取出娘娘旨，交与大人你看清。
祝　成：（唱）祝成接过立身看，从头到尾看分明。
郭　槐：（唱）大人这是升官到，另外金银五十封。
祝　成：（唱）不敢推辞满应口，回去替我谢恩情。
郭　槐：（唱）话不多说告辞了，时刻大了走漏风声。
祝　成：（唱）如此不敢强留住，（请）送出府门各西东。
郭　槐：（唱）不言郭槐回京去，
祝　成：（唱）祝成转回暗思想。

哼，思想这件害人事，本州岂能良心扔？

杨景本是忠良将，父子为国死得不明。

有心不把郡马害，又怕娘娘把我命倾。

左思右想心无定，何不如此这般行？

（白）哦哦哦，有了，此事关系国家大事，朝中若有杨郡马，将来必有大用，宁可得罪娘娘，丢官杀头，绝不害郡马，做那伤天害理之事。不免将此事差心腹家将，秘密送与郡马，或者能脱此难，也未可定。郡马要上我这里来，娘娘是不能轻饶我的。定是这个主意，家人哪里？

祝　祥：来了，大人有何吩咐？

祝　成：我这有密书一封，另外还有密旨一道，悄悄迎着杨郡马交与他，要回书一封，小心在意。

祝　祥：遵命。

祝　成：待我写来。（写介）书字写完拿去，千万小心仔细。

祝　祥：是。

祝　成：你看祝祥去了，听候回音就是。

（唱）宁可得罪皇国母，不害保国将忠良。

（杨六郎夫妇出，坐）

杨六郎：（唱）背井离乡身在外，不知何日转回乡。

（白）杨景。

柴郡主：贵家柴郡主。

杨六郎：咳。

柴郡主：郡马呀，不要长吁短叹的，等咱罪满回朝，我去见了八王，叫他上殿见主，保你官复原职，何必忧虑？

杨六郎：我并非是要升官增职，但求一世无有差错，伺候老母，不离膝下，是我平生之愿。

（家将上）

家　将：启禀六爷，外边有郑州下书人求见。

杨六郎：哦哦哦，我还未到郑州，在此刘家店中，他下书为何？必然有事，郡主请回后房去。

柴郡主：是。

杨六郎：命他进见。
家　将：下书人进见。
祝　祥：来了，上面坐的可是杨郡马老爷吗？
杨六郎：正是，你是哪里下书之人？我本是犯罪之人，与我下的什么书？你奉何人所差？将书呈上来。
祝　祥：我奉郑州太守所差来下书，请郡马观看。
杨六郎：不知书中是何言语，我不免拆开看来。

（唱）上写拜上杨郡马，下官祝成亲笔封。
　　　只因郡马充军去，奉旨要上郑州城。
　　　昨日接到娘娘旨，叫我如此这般行。
　　　叫我酒中下毒饭中下药，暗中害死郡马公。
　　　许我黄金五十两，许我连升一品卿。
　　　为人岂把良心丧？早知郡马为国尽忠。
　　　不忍行此伤天事，故差心腹一家丁。
　　　送书带着娘娘旨，郡马见书做章程。
　　　或是逃走隐在外，或是拿着密旨去进京。
　　　千万别到郑州去，事关重大不非轻。
　　　书不尽言是如此，千万赏面回书一封。
　　　呀，杨景看罢吓一跳，心中乱跳走真灵。
　　　幸亏这位贤太守，不然我命活不成。
　　　急忙写了回书信，回身取了银一封。
　　　叫声贵仆请回去，替我多多拜恩公。
　　　这是银子五十两，给你买些茶与羹。

祝　祥：（白）是。谢过郡马，拿书去也。
杨六郎：（唱）杨景回身呼郡主。
　　　　（白）郡主快来。
柴郡主：来了。（上）郡马方才何人差人下书？
杨六郎：郡主，真是一宗不了又一宗。果然是福无双至，祸不单行，只怕我命难保了。
柴郡主：哦，郡马何出此言？为何这般光景？

杨六郎：原是如此这般。

柴郡主：呀，原来这等，气死我也。

（唱）郡主闻听气炸肺，大骂奸妃狗贱婆。
　　　不顾国法行暗算，累次要与我作恶。
　　　未从行事该思想，贵家不是好惹的。
　　　依仗当今万岁主，赵家江山哪来的？
　　　天下叫你赵家坐，是我柴家锦山河。
　　　恼一恼来怒一怒，闯进宫去找贱婆。
　　　哪怕天子帮着你，贵家再不放心窝。
　　　充军本是国家定，不该暗中起阴谋。
　　　叫声杨府四家将，快快与我套上车。
　　　贵家立刻回京去，去见八王讲明白。
　　　然后再上金銮殿，面见天子说一说。
　　　问一问为何信宠潘妃女，不护忠良理不合。
　　　郡主越说越有气，

杨六郎：（唱）杨景相劝把话说。
　　　郡主不要过动怒，不可猛做欠思索。
　　　我本罪臣充军犯，没到郑州难回国。
　　　天子总信潘妃话，罪上加罪更难说。
　　　又则连累祝太守，恩将仇报理不合。
　　　若依我的愚拙见，方才想起一计谋。
　　　不但能掩我的罪，又能报了太守德。

柴郡主：（白）有何妙计？家将退下。

杨六郎：（唱）今晚三更半夜后，假报我死见阎罗。
　　　不许别人入内看，秘密地叫咱家将买棺椁。
　　　郡主披麻去戴孝，扶我灵柩上了车。
　　　郡主写道报丧表，天子必信而无挪。
　　　将我用被包盖好，藏在郡主坐的车。
　　　此处又无官与吏，两个解差不晓得。
　　　回府将我藏地穴，也不出头隐藏着。

　　　　　　　　不知郡主如意否？
柴郡主：（唱）郡主闻听念弥陀。
　　　　　　　郡马此计太绝妙。
　　　　　（白）好，此计太好，依计而行，单等三更行事便了。
杨六郎：有理。
　　　　　（内打三更，郡主跑上）
柴郡主：哎呀可不好了，郡马吞金而死，家将快来。
家　将：来了。（四家将上）郡主何事？半夜三更大呼小叫。
柴郡主：咳，你们不知，方才鼓打三更，忽然惊醒，见你六爷躺在床上而死，想必是怕到郑州受刑杖之苦，故此而死。
家　将：六爷已死，哭不起作用，况在外乡，不可久留，急急将六爷灵柩扶回汴梁回府才是。
柴郡主：也只好如此，明日回转京中，贵家写本一道，献于八王转奏天子，叫两解差，以免去他二人之职，叫店家到街上买口棺材，装殓起来，扶灵回家便了。
家　将：是，小人遵命。
　　　　　（丑扎巾马上）
吴　用：（诗）心忙急似箭，马跑如飞蝗。
　　　　　（白）俺参将吴用，奉总兵之命，搬兵求救，闯出城来，只得急急前行催马。
　　　　　（唱）吴用催马行，不住自捣鬼。
　　　　　　　可恨北国兵，勇猛真无比。
　　　　　　　大将韩匡思，武艺真可以。
　　　　　　　大棍实在沉，着上挡不起。
　　　　　　　卜将与吴能，疆场做了鬼。
　　　　　　　我与邵将军，杀得扑了底。
　　　　　　　大败回城来，元帅气个死。
　　　　　　　与贼去交锋，起先还可以。
　　　　　　　连杀番将官，稀松在后矣。
　　　　　　　大败入了关，乱箭如下雨。

　　　　　挡回敌将官，大帐无法使。
　　　　　写本求救兵，命我见天子。
　　　　　所以闯出城，行程非一日。
　　　　　饿了把饭吃，渴了喝点水。
　　　　　夜晚就安眠，五更早早起。
　　　　　正走抬头观，瞧见城楼子。
　　　　　不免住馆亭，暂且歇一宿。
　　　　　明日到午门，献表朝天子。
　　（白）眼前来到京城歇息一夜，明日五更，天子登殿，叫黄门官转奏天子便了。
　　（八王出）

八　　王：（唱）叹忠良并无结果，恨老天不遂人心。
　　（白）本王赵德芳，咳，可叹杨郡马半路吞金而死，郡主扶灵而回，叫本御好生伤感，好似折了架海金梁一般。今乃全朝之日，不免拿着报表文章见驾便了。陈林。

陈　　林：伺候。

八　　王：看辇伺候。
　　（唱）吩咐一声看车辇，前呼后拥有威风。（下，又上）
　　　　　午门以外下了辇，（摆朝）随后来了众公卿。

王　　袍：（唱）首相王袍班中立。

赵　　普：（唱）亚相赵普上龙廷。

高君保：（唱）来了将军高君保。

郑　　印：（唱）郑印随班不消停。
　　（天子上，坐）

天　　子：（唱）天子坐上呼众位，各位爱卿听朕明。
　　　　　　　哪家有本出班奏，无事卷帘散朝行。

八　　王：（唱）一言未尽人搭话，八王上殿跪倒把话明。
　　　　　　　微臣接了一道本，特请皇叔看分明。

天　　子：（白）内臣。

内　　臣：伺候。

天　　子：呈上来。

内　　臣：领旨，请主御览。

天　　子：闪过。

内　　臣：遵旨。

天　　子：皇侄归班。

八　　王：万岁。

天　　子：（唱）天子打开八王本，从头至尾看个清。

　　　　　　原来郡马吞金死，好叫朕当痛伤情。

　　　　　　国家不幸朕无福，竟死保国将与兵。

　　　　　　正然悲痛心伤感，

黄门官：（唱）黄门官捧旨上龙廷。

　　　　（白）万岁请看这道表，

天　　子：呈上来。

黄门官：领旨。

天　　子：归班。

　　　　（唱）天子拆表细观瞧。

　　　　　　原是太君报丧本，杨府中剩下寡妇女花容。

　　　　　　更叫朕当心难过，杨家父子俱是为国把命倾。

　　　　　　灵柩回家埋葬了，高僧高道奉皇经。

　　　　　　圣赐皇姑守孝至，七七之日送坟茔。

　　　　　　正要回转昭阳院，黄门官上殿奏事情。

黄门官：（白）万岁，臣接得太原总镇急表一道，差官现在午门候旨。

天　　子：命差官馆驿等候，将表呈上来。

黄门官：领旨。

天　　子：不知太原有何军情，待朕看来。

　　　　（唱）拆急表，从头观。

　　　　　　从上而下，看得周全。

　　　　　　上写孙杰拜，我主御驾前。

　　　　　　微臣把守要地，终日不敢消闲。

　　　　　　北国带兵又造反，攻破雁门几座关。

而如今，困太原。

　　兵强将勇，个个不凡。

　　微臣出城战，死了将二员。

　　大败退回城内，灰瓶火炮守严。

　　实在危急才求救，望求我主把兵添。

　　呀，看此表，吓一蹿。

　　原来番国，又来犯边。

　　朝中无良将，众将在边关。

　　着急往下便叫，众卿听朕细言。

　　表文这般是如此，众卿有何计万全？

　　问几声，无人言。

　　心中着急，汗透龙衫。

　　杨家父子死，何人保江山？

　　哪个敢去上北国，带兵去上太原？

　　无奈又把皇侄叫，

（白）皇侄上殿。

八　王：万岁。

天　子：皇侄，今有太原急表进京，求救发兵，朝中无有出征将官，皇侄出个主意吧。

八　王：万岁，侄臣一时之间也没有主意，回府再思主意吧。

天　子：皇侄，全靠你了。

八　王：臣遵旨。

天　子：散朝。

八　王：（内白）御林军看辇。（上，坐）咳，愁死人也，愁死人也。万岁命我想计，我想边关众将，倒也不少，并无有挂印之才。朝中只有郑印，然他是粗鲁之人，高君保他又年轻，其余都是年老文人，怎能挂印呢？可惜杨郡马死去，要是活着，正好有出头之日。咳，这是枉然了。

陈　林：启禀千岁，寇先生求见。

八　王：就说有请。

陈　林：是，有请寇先生。

寇　准：来了。（上）千岁在上，微臣参见。

八　王：先生，平身请坐。

寇　准：为臣告坐。

八　王：先生来见本御，有何国事？

寇　准：为臣来见千岁，不为别事，因为征北元帅无人，特来保举一人。

八　王：哼，先生保举何人为帅？

寇　准：臣保举无佞府佘太君可以为帅。

八　王：不妥呀不妥，佘太君虽有挂印才能，怎奈比不得昔日，今已到了年迈，怎能挂印为帅？

寇　准：千岁，要是不用佘太君挂印，别人更是不行啦。

八　王：却是为何？

寇　准：千岁，

（唱）别人挂印还有哪？挂印必得佘太君。

休看她的年纪老，不减昔年有精神。

太君要是把兵领，她府还有众钗裙。

大郎夫人张金定，刀马纯热更绝伦。

云氏秀英刀马勇，上阵闯杀抵万人。

赵美荣千军队内无人挡，三郎夫人刘月云。

八郎夫人翠平女，八姐九妹二钗裙。

还有烧火排风女，双手能把大棍抡。

太君要是挂了印，这些女将叫她随军，

再叫那高君保为先锋职，管保马到胜敌人。

更有一件疑惑事，依我看杨郡马未必就吞金。

他素日心宽又大量，焉能短见自归阴？

万一郡马要出世，他母亲要是败了他必然连心。

必要出头去对战，生死必然见假真。

千岁想想对不对？

八　王：（唱）咳，八王不语暗沉吟。

先生之言有道理，孤家明日去面君。

（白）就依先生之言，哦，先生你方才说杨郡马未死，果是真么？

寇　准：咳，那是臣的想法，真假难定，但看老太君挂了帅印，自有分晓。天已不早，为臣告退。

八　王：请。

寇　准：请。

守　卫：请爷下轿。

八　王：尔等午门外伺候。（上）万岁万岁万万岁，侄臣见驾。

天　子：皇侄，可有挂印之人吗？

八　王：万岁，有寇先生说，除非太君为帅，别者难当此任。

天　子：既然如此，恐怕佘太君一家为国尽忠而死，又搭上杨景充军罚罪而死，她怎能挂印呢？

八　王：去不去，将她宣来一问才是。

天　子：倒也有理，就命天官寇准捧旨往天波府，宣佘太君上朝，有事商议。

寇　准：领旨。

八　王：万岁，太君来时要以良言相劝，看是怎样？

天　子：皇侄所见不错。

寇　准：万岁万岁万万岁，臣宣来佘太君午门候旨。

天　子：宣上殿来。

寇　准：领旨，圣上有旨，宣佘太君上殿。

佘太君：万岁。（上）万岁万岁万万岁，臣妻见驾。（跪）

天　子：太君平身。

佘太君：万岁，不知将臣妻宣来，有何国事议论？

天　子：太君不知，朕有一言请教。

佘太君：万岁，有何事论？

天　子：请问太君，何为人臣呢？

佘太君：为人君，止于仁；为人臣，止于忠。国家有难，食君禄以报君恩，哪怕赴汤投火，临阵当先，死于国难。

天　子：如今北国打破雁门关，兵困太原，人民有难，有何计能破番兵呢？

佘太君：自古道兵来将挡，水来土屯，咱天朝大国，岂能怕那番邦小国不成？

天　子：虽然如此，怎奈朝中无有良将，有几个老少不堪，朝外之将，并无元帅之才，太君想想何人能担此任呢？

佘太君：咳，可叹臣妻是个女流之辈，又且年迈，恐怕担不起国家大大的重任。

要不着，微臣情愿挂印为帅，与万岁分忧。
天　子：好！太君要去，正合朕意，朕封你无佞侯外加扫北大元帅，杨府女将俱都随往，高君保为正印先锋，率精兵十五万，战将二十员，即日登台拜将，去平北番，以救太原之危，勿负朕托。望诏谢恩。
佘太君：咳呀，万岁不可，臣妻有个比喻，万岁怎就封起来了？
天　子：太君不必推辞，此乃国家大事，焉能儿戏？一则旨意已出，再无更改，二则太君虽然年迈，精神还在，不减昔日英名，外邦皆知，理当挂帅，乃是正理。
众　臣：太君不必推辞，快些谢恩吧。
佘太君：罢了，我也无得说了，谢主隆恩。
天　子：好哇，太君回府歇息去吧，安置家务，明日点兵征北，朕与文武于十里长亭与太君饯行。
佘太君：为臣领旨。
天　子：散朝。

（六郎、郡主出，坐）

杨六郎：（唱）稳居府中耐岁月，单等时来再出头。

（白）俺杨景。

柴郡主：柴郡主。郡马呀，今早寇天官将母亲宣进朝去，不知何事，叫人放心不下。
杨六郎：莫非有人泄露实情？天子知我没死不成？
柴郡主：大料无人知晓，府中都是忠义之人，大料必有别事。

（太君上）

佘太君：儿们在房。
杨六郎、柴郡主：母亲来了，请转上座。
佘太君：便座可以。
杨六郎、柴郡主：母亲，圣上宣诏，有何国事议论？
佘太君：儿们不知，听娘道来。

（唱）圣上宣诏无别事，北国萧后又发兵。
　　　破了雁门关一座，如今北番动刀兵。
　　　总兵孙杰打败仗，差官求救进了京。

　　　　　　　天子愁着无元帅，宣着为娘上龙廷。
　　　　　　　亲封为娘为元帅，
杨六郎、柴郡主：（白）娘不该接此旨意。
佘太君：（唱）为娘也是无此意。
　　　　　　　国家正在用人际，焉能袖手不领兵。
　　　　　　　你与郡主在府内，一切外事托杨洪。
　　　　　　　内事交与柴郡主，你在地穴隐身形。
　　　　　　　教导宗保与宗勉，习文练武要用功。
杨六郎：（白）是，儿遵命。
佘太君：（唱）明日为娘领人马，去救太原战番兵。
　　　　　　　千万别逆我的意，违我之言祸必生。
杨六郎：（唱）六郎闻听尊声母，孩儿替母去出征。
　　　　　　　母亲年迈休要去，儿就去上南清宫。
　　　　　　　求八王领我见天子，金殿之上领罪名。
　　　　　　　戴罪征北把功立，量着圣上必宽宏。
　　　　　　　说罢起身往外走，
佘太君：（白）且慢。
　　　　（唱）太君说声且慢行。
　　　　　　　我儿不可违我命。
　　　　（白）六郎儿，你想咱杨门父子九人都是阵前身亡，今剩你一人，正应在府，不必出头。我去征北为国分忧，要胜不了北国，哪怕死在北国，年纪花甲也不算什么。你不听我言，真乃不孝，哼哼哼。
杨六郎：是是是，母亲，儿遵命也就是了。
佘太君：这便才是，明日我就登台点将，不许你出头。
杨六郎：（唱）年迈为国挂帅印，母亲此去不放心。
佘太君：（唱）只要我儿听娘命，但愿马到就成功。
　　　　　　　（太君升帐，九女一男站）
众　将：（诗）上阵全凭偃月刀，杀退番贼立功劳。
　　　　　　　男女老少齐上阵，要把北贼剐千刀。
高君保：（白）俺正印先锋高君保。

张金定：奴张金定。

冯赛伦：冯赛伦。

刘月云：刘月云。

赵美荣：赵美荣。

云秀英：云秀英。

翠平女：翠平女。

杨八姐：八姐。

杨九妹：九妹。

杨排风：奴杨排风。

合：　太君升帐点兵，大家在此伺候。

　　　　（太君出，坐）

佘太君：（诗）年迈英雄在，奉旨领雄兵。

　　　　（白）吾无佞侯扫北大元帅佘太君，今日点齐众将，兵发太原。众将官放炮起兵，兵发太原，不得有误。

　　　　（唱）传令已毕下大帐，大小三军上雕鞍。

众　将：（唱）出了汴梁城一座，真乃人马炸又欢。

佘太君：（唱）太君马上执令箭，押着大队在后边。

众文武：（唱）再表阖朝文共武，赵普王袍不停闲。

　　　　　　还有那郑印也随在后，石爷守信走上前。

　　　　　　呼延赞也把行饯，

天　子：（唱）天子下辇宫人挽。

众文武：（唱）文武百官齐来送，宫官太监捧杯盘。（上）

佘太君：（唱）太君下了能行马，急忙躬身把驾参。

　　　　　　恕臣妻军命在身缺少礼，劳动圣上罪如山。

天　子：（唱）天子带笑说免礼，吩咐内臣看杯盘。

　　　　　　朕敬太君三杯酒，愿太君马到成功息狼烟。

　　　　　　单等着鞭敲金镫回朝转，朕与太君解铠甲。

佘太君：（唱）太君谢恩接过酒，不敢口喝敬地天。

　　　　　　吩咐放炮起人马，辞别文武与天颜。

众文武：（唱）文武扶驾回朝转，

卒： （唱）征北人马似虎欢。
　　　　　人马满满如流水，真是渴饮与饥餐。
　　　　　军规齐整路上走，太君军令甚是严。
高君保：（唱）君保当先开着路，遇水叠桥不用言。
佘太君：（唱）太君马上传将令，叫声大小众将官。
　　　　　人马不可乱了队，不可退后与向前。
　　　　　公平买来公平卖，不可欺压老少男。
　　　　　哪个不听我的令，立刻斩首用刀餐。
　　　　　扎营找在河洼地，埋锅造饭在平川。
三　军：（唱）三军答应齐遵令，不敢违令各依言。
　　　　　这日到了太原地，瞧见番国大营盘。
卒： （唱）军兵马前一声报，
　　　（白）报太君得知。
佘太君：何事？
卒： 人马到了太原城外，面前无兵。
佘太君：这等，进城休息几天再去交战。众将官，番兵扎营，并未困城，人马一起进城，不得有误。
卒： （内报）报总兵得知，京中发来人马，进城来了。
孙　杰：（白）排开队伍迎接。（孙、太君上）元帅在上，太原总兵孙杰迎接元帅。
佘太君：总兵免礼，齐入帅府。
孙　杰：遵令。
　　　　（摆场，众站，太君坐）
孙　杰：元帅在上，太原总兵参拜。
佘太君：总兵不要多礼，坐下讲话。
孙　杰：谢过元帅赐座之恩。
佘太君：孙总兵不要多礼，不知番兵情况如何？
孙　杰：元帅容禀。
　　　　（唱）番兵近日攻得紧，累次昼夜把城攻。
　　　　　本帅率领帐下将，灰瓶炮火把守城。
　　　　　免战牌挂好几次，都被番兵砸碎零。

	只因城内无良将，末将左膀中伤痕。
	多亏医生相帮助，日夜把守时刻不松。
	幸亏元帅救兵到，再迟一日城必扔。
佘太君：	（唱）总兵不必心恐慌，不知道番国何人带兵？
孙　杰：	（唱）番兵之中能人广，个个惯战又能攻。
	萧天佐为先锋将，土家弟兄杀法能。
	领兵韩匡思人难挡，大棍也有一丈零。
	末将当场大交战，被他杀得胆颤惊。
	元帅交战加仔细，不可藐视那番兵。
卒：	（唱）正然讲话报子报。
	（白）报元帅得知。
孙　杰：	何事？
卒：	番兵听说来了救兵，前来要战。
孙　杰：	奇怪，再报。
卒：	得令。
孙　杰：	哪位将军愿去出马，去立头功？
高君保：	高君保愿往。
孙　杰：	可要多加小心。
高君保：	不劳嘱咐，枪马伺候。
佘太君：	你看先锋去了，男女众将听真，一齐列阵，擂鼓助威。
	（君保对赫连花）
赫连花：	来这宋朝将官，报名上来领死。
高君保：	番贼问我听真，我乃大宋天子驾下称臣，官职先锋，你少爷高君保，番贼何名？
赫连花：	我乃北国酋长赫连花，看刀！来，来，来。（死）
高君保：	番贼被我一刀挑于马下，众将官，杀！
	（韩匡思对君保）
高君保：	番贼报名领死。
韩匡思：	哈哈哈，原来是你这个小子伤了我国大将，可就是你么？
高君保：	然也。

韩匡思：好个小将，不知你都督的厉害，我乃北国大都督韩匡思，你叫何名？
高君保：你先锋爷高君保。
韩匡思：依我劝你，快快回去，免得费事。
高君保：番贼，少发狠言大话，看枪，来了。
（杀，保枪杆折，败下，又上）
高君保：哎呀不好，番贼力大无穷，将我枪杆磕折，怎能交战？待我回城便了。
（众女将换战，俱败下）
佘太君：（内白）众将官，看本帅刀马伺候。
（太君对韩）
韩匡思：来这老婆子，快些报名。
佘太君：番贼，问我听着，我乃令公之妻佘太君，官封无佞侯扫北大元帅，你叫何名？
韩匡思：我北国金棍将军韩匡思，依我劝你，献了关城，纳贡称臣，免得出丑。
佘太君：住口！番贼胡说，你国不思各守边界，累次兴兵犯界，逼死我夫，杀了我子，今日对头相遇，你奶奶若不杀你，誓不为人也。看刀，来，来，来！
韩匡思：看刀，来，来。来！（太君败下）你看这个老乞婆倒能勇战，然不战自败进城去了。番兵听真，一起努力攻杀。
（杜金娥马上）
杜金娥：（诗）辞别爹爹离家下，太原城中见太君。

（白）杜金娥自从那年招亲，因天降大雨留住丈夫，与杨七郎洞房花烛一夜。因军情紧急，次日疾走而去，可叫我夫妻只有一夜缘分，走后听说遭了陷害，那时又气又恼。

（唱）要找潘贼把仇报，不成想他退回关。
　　　无奈暂忍风火性，候等机会报仇冤。
　　　自从那日成婚配，只觉着浑身遍体不自然。
　　　偏偏身体怀六甲，如今刚刚整一年。
　　　听说北国又造反，攻破雁门到太原。
　　　守将失机败了阵，急表进京把兵搬。
　　　朝中未有能征将，听说太君掌兵权。
　　　心为救困太原府，带领府中众婵娟。

　　　　　我一听说这个信，叫我心中好喜欢。
　　　　　与我爹爹商议好，离家认亲上太原。
　　　　　仗着我的刀马勇，帮着婆母破北番。
　　　　　好在那里临盆月，在家生产人笑谈。
　　　　　晓行夜宿非一日，盘费也有不困难。
　　　　　打听还有一天到，赶到明天就进关。
　　　　　不言金娥路上走，
（太君出，众女站）

佘太君：（唱）佘氏太君犯愁烦。
　　　　　头阵失机败了阵，北国番兵勇非凡。
　　　　　媳妇个个败了阵，先锋银枪被折弯。
　　　　　老身出马与贼战，阵上斩了将一员。
　　　　　又来匡思非凡将，大棍耍得流水般。
　　　　　杀得浑身出躁汗，跳出圈外回了关。
　　　　　这可叫我怎么好？只急得大帐之上打转转。
　　　　　太君正在无主意，

杨排风：（唱）转过排风小丫鬟。
　　　　　口尊太太免忧虑，奴婢明日到阵前。
　　　　　哪怕番将多骁勇，没放奴婢我心间。
　　　　　叫他尝尝风火棍，打他个马仰人也翻。

佘太君：（白）住口！
　　　　（唱）太君闻听心大怒，大骂奴才敢多言。
　　　　　我们尚且不中用，何况你烧火小丫鬟？
　　　　　还不与我退下去，再要多言打皮鞭。

杨排风：（唱）排风带笑尊太太，
　　　　（白）太太，人不可以贵贱而论，我是个丫鬟，自幼跟太太，恩养如亲身女儿一般，众奶奶与小姐也未拿我当作奴仆看待，又教我一身武艺。常言说得好，主亡奴辱，我怎忍心叫太君愁烦？况且北国倘若攻破城池，那时也是死。宁可背城一战，强如坐而等死。太太传令，我去出马与贼交战，若战胜番贼，大家万幸，也算报太太之恩了，叫外人说杨府丫鬟都能与国出力，也与太太增光。
佘太君：哼，罢了罢了，你既愿去出马，明日容你前去，我与你城郊击鼓助威。
杨排风：多谢太太。
佘太君：天已不早，大家歇息。明日五更早用战饭。
众　　将：我等遵命。

（完）

第十五本

【剧情梗概】杨排风用智打败辽国大将韩匡思后,被土家弟兄围攻,在危急时刻,恰巧得到来寻亲的七郎之妻杜金娥的解救,于是,二人一同回营。杜金娥对佘太君说明自己的身份,太君为宋营又添一名女将而大喜。翌日,辽兵叫阵,佘太君派杜金娥前去应战。杜金娥身怀足月胎儿,却不敢讲明,只好接令,与敌对战之时腹部疼痛,逃至树林中产下婴儿,亏得遇到从五台山赶来拜见母亲的杨五郎,一起冲出包围,回到太原城。五郎出战辽军,被韩昌打败。佘太君上表求救,天子一筹莫展。寇准识破六郎诈死之事,与八王访杨府。

韩匡思:(内白)小番们。

番　卒:在。

韩匡思:上前攻城。(上)俺大都督韩匡思连日攻城不破,今日定要打开城池!众番兵,奋勇攻打,只许前进不许后退,违令者斩。

番　卒:哈。

(炮响)

韩匡思:呀,城内炮响连天,城门大开,出来一伙兵马,头前一个女将,好生奇怪。

(唱)勒住马来观对面,城门大开炮响连天。

眼看出来一女将,打扮奇巧甚罕然。

头上未把盔甲戴,身上未把甲胄穿。

坐下并无走阵马,手使大棍甚威严。

看她不像女将样,打扮好像一个小丫鬟。

看罢大笑迎上去,催马对面叫声小丫鬟。

(白)你这小小女子,也来上阵,莫非你国没有英雄上将?打发你这女仆上阵,也太不堪了。

杨排风:住口。

(唱)微微笑,便开言。

你这番将,眼力真尖。

　　　　　　我乃是奴仆，杨府一丫鬟。
　　　　　　拿你这个贼子，何用出奇魁元？
　　　　　　你要敌住我的棍，就算你是将魁元。
韩匡思：（唱）哈哈笑，叫丫鬟。
　　　　　　休说大话，莫非疯癫？
　　　　　　小小的年纪，竟敢到阵前。
　　　　　　看你不是打仗，明明来耍笑谈。
　　　　　　劝你快快回关去，都督放你把恩宽。
杨排风：（唱）我劝你，撤兵还。
　　　　　　免得出丑，命丧黄泉。
　　　　　　看你年纪老，不杀放你还。
　　　　　　要是不听我劝，立刻叫你命捐。
　　　　　　杀你不当杀个狗，怕你染了我棍尖。
韩匡思：（唱）唔呀唔呀，小贱婢，气死咱。
杨排风：（唱）气死老狗，省犯中原。
韩匡思：（唱）大棍照顶打，
杨排风：（唱）好似一架山。
　　　　　　排风大棍又举，二棍响亮连天。
韩匡思：（唱）小小丫头真可恼，
杨排风：（唱）番贼老狗力无边。
　　　　　　大战有，多半天。
　　　　　　不分强弱，哪个占先？
韩匡思：（唱）这个小女子，武艺真不凡。
杨排风：（唱）你这反叛贼子，称起英雄魁元。
韩匡思：（唱）丫头说话真厉害，勉强交战相遮拦。
杨排风：（唱）一边战，自详参。
　　　　　　何不使用，巧妙机关？
　　　　　　用计将他骗，叫他一命完。
　　　　　　想罢用棍一架，叫声番将听言。
　　　　　　你且住手听我讲，我有一事向你言。

　　　　　（白）你且住手。
韩匡思：莫非你是惧战不成？
杨排风：并非惧战，我看你我战上三天三夜，也难分胜败。
韩匡思：依你怎样？
杨排风：你在马上，我在地下，我的棍上三下四左五右六，叉花盖顶，枯树盘根，万一伤了你的马腿，马仰人翻，我就是胜了你，也算不了本事。我今让你使上三十六路，不打你马，如打必然胜你。
韩匡思：哈哈哈，你以为都督不能步战，你都督我最喜的是步战。
杨排风：我劝你不要逞强。
韩匡思：咳，待我下马，与你交战，番兵。
卒：　　在。
韩匡思：将马带过。
卒：　　是。
韩匡思：小小的丫头，你看如何？
杨排风：好，真是一条好汉，看棍打你。
韩匡思：来来来。
　　　　　（唱）抡起青铜一棍根，一百二十一斤重。
杨排风：（唱）风火大棍往上迎，当啷一声火星蹦。
韩匡思：（唱）小小的丫头力真粗，你都督定然把你胜。
杨排风：（唱）番国老狗果然强，今日算把对头碰。
韩匡思：（唱）我要不拿你进营，你也不知都督狠。
杨排风：（唱）我要不把番贼拿，从今更名改了姓。
韩匡思：（唱）来回又战五十合，不分谁输与谁胜。
　　　　　（杀下，太君上，站城上）
佘太君：（唱）太君城上把阵观，连连喝彩又传令。
　　　　　　　　吩咐快把战鼓催，以助排风好得胜。
　　　　　　　　不想排风这丫头，武艺高强把贼胜。
　　　　　　　　大战足有百十合，看得目直呆呆怔。
杨排风：（唱）排风架棍说住手，叫声番将且免动。
　　　　　（白）住手。

韩匡思：你莫非又是惧战？
杨排风：不是惧战，你戴着盔甲甚重，步战不大灵便，你可敢摘盔卸甲，我与你大战三百回合。
韩匡思：好，待我摘去盔甲，捉拿与你，可不要跑了。
杨排风：哪有此理？
（番下，又上，挽袖）
韩匡思：小丫头看棍打你。
杨排风：来来来。
（唱）小排风，性气傲，身强力大不服弱。
抡开大棍快如风，照着番将身上掠。
韩匡思：（唱）韩匡思，哈哈笑，小小丫头真作耗。
大棍一抡打下来，丫头不要泪号啕。
杨排风：（唱）一交手，五十合，姑娘不比你力薄。
你棍沉我的也不轻，你的艺高我艺也不弱。
韩匡思：（唱）战三天，并三夜，谁也不准把气泄。
咱俩见个高与低，倒是谁强与谁弱。
杨排风：（唱）又战了，百十合，不见输赢两不合。
番贼真乃力气大，力战不能胜此贼。
韩匡思：（唱）心中恼，怒冲冠，小小丫头本领全。
本都叫她归阴路，不想丫头真难缠。
杨排风：（唱）小排风，心不服，架着大棍说且住。
咱俩这样打一年，不分胜败赢与输。
韩匡思：（唱）你这样，想罢战，真不如我们男子汉，
女子到底力不足，不能耐久大交战。
杨排风：（唱）只要你，一句话，谁要反复算是怕。
谁输谁赢见高低，胜败不怕分上下。
韩匡思：（白）怎见输赢呢？
杨排风：咱俩莫如文打。
韩匡思：怎么文打？
杨排风：你打我三棍，我打你三棍，你可挡得住？

韩匡思：挡得住。

杨排风：做得主？

韩匡思：好丫头，不要拉钩？

杨排风：番将，你可不要反悔。

韩匡思：谁先打呢？

杨排风：你是顶天立地男子大汉，我是妇女丫头，这句话可让你说吧。

韩匡思：嘿嘿嘿，这句话不要紧，咳，你先打我吧。

杨排风：好排风心生一计，见贼拉棍而立。不免虚打一棍，趁他不防之际。再打他便了，番贼，看棍打你。（虚打一棍）

韩匡思：哈哈哈，你连点力气都没有，好不计事。（笑）

杨排风：好排风，见他大笑之际，用尽十分力量。番贼，你看打。

韩匡思：哎呀！不好。（急下）

杨排风：番贼，你往哪里走？

（唱）时下欢炸排风女，抡动大棍随后追。

大叫番贼哪里走？

韩匡思：（唱）匡思被打跑如飞。

逃回大营把伤养，

土金秀、土金牛：（唱）土家弟兄往上围。（上）

土金秀：（唱）土金秀当先拦住路，并不交言战一回。

（乱杀，围住排风）

土金牛：（唱）土金牛这里忙分派，吩咐番兵抖雄威。

大家一齐拿女将，哪要放走把命追。

番　卒：（唱）番兵答应不怠慢，围住排风女英魁。

杨排风：（唱）排风奋勇大交战，（乱杀）战得体乏力气没。

不言排风身被困，

杜金娥：（唱）再把金娥表一回。（马上）

（唱）催马来到太原府，忽听战鼓响如雷。

远远一望尘垢起，我今赶上解重围。

把马一催赶上去，樱桃小口喊如雷。

猛虎一般杀入队，（杀）刀劈番兵尸成堆。

土金牛：（唱）土金牛一见不怠慢，抛了排风把战围。
杜金娥：（唱）急忙站住金娥女，大杀力劈金牛死。（牛死）
　　　　　　　番将被我一刀挥，叫声被困那女将。
　　　　　　　快快随我闯重围。
杨排风：（唱）排风看见来一女，大棍一抡战番贼。
　　　　　　　番兵番将四下跑，二佳人对面问一回。
　　　　　　　排风连连说多谢，
　　　　（白）多谢这位奶奶，救我性命，请问贵姓高名？
杜金娥：我乃杨府七郎之妻杜金娥，前来报号，正遇你被困，不知你是何人？
杨排风：原来还是七奶奶驾到，恕我不知之罪，我是杨府丫鬟，名叫排风。
杜金娥：为何你临阵呢？
杨排风：众男女将都被番将打败，我见不平，才出马临阵，头一阵打败番将韩匡思，不想番兵齐上，将我围住，多亏奶奶救护。
杜金娥：此处不是讲话之处，进城再叙。
杨排风：有理。
佘太君：（内白）众将官，放排风与那女将进城。
卒：　　哈。
　　　　（摆场，帐上太君坐）
佘太君：一场好杀一场好战，排风真乃武艺高强，打败韩匡思，被番兵围住，多亏来了一员女将，身穿素衣，匹马单枪闯入贼营，将番将土金牛杀死，救了排风，不知这位女将，她是何人？
　　　　（娥、风上）
杨排风：太太在上，排风交令，这是七爷之妻，我七奶奶。上面是太太，上前见过。
杜金娥：婆母在上，媳妇叩头。
佘太君：我与你并不认得，为何这样称呼？起来说明来历。
杜金娥：婆母容禀。
　　　　（唱）叩头已毕平身起，太太要问听明白。
　　　　　　　我在杜家庄上住，父名杜洪我金娥。
　　　　　　　那年天交黄昏后，见一将军找水喝。
　　　　　　　我父领进书房内，问他来历知明白。

原来延嗣杨是姓，奉命搬兵灭番贼。
他说是父亲被困陈家峪，幽州求救从那过。
我父亲喜爱他是一条汉，杨家后代喜爱多。
将我许他成婚配，他见实意不好推脱。
偏偏天又下了雨，天黑大雨如瓢泼。
我父办事本直爽，立刻拜堂成丝萝。
我们二人成婚配，次日天晴他去咧。
国事紧急挡不住，难舍夫妻日子不多。
次后听说身被害，气得我半死与半活。
我要找潘仁美把仇报，不想他撤兵回本国。
听说太太把兵领，故此报号认婆婆。
媳妇自幼刀马勇，来帮婆母杀番贼。
一则是拔刀来相助，二则是苦守贞节在天波。
这是一往实情话，请太太开恩收留我。
说罢俯伏跪在地，

佘太君：（唱）太君听说泪如梭。
今见到女思七郎，想起七郎把心割。
儿死媳妇上门找，叫老身往何处搁？
可惜杨家父子不少，到如今无夫妇人有九个。
咳，哪想前来见了你，媳妇起来听我说。

杜金娥：（白）是。

佘太君：（唱）你今要把贞节守，可称节烈女娇娥。
随娘后边去相见，

（白）媳妇随我一到后堂，与你嫂嫂们相见。军校们，设摆酒宴与排风庆功，与我儿媳妇迎风。媳妇，随我来。

杜金娥：来了。

（升番帐，三人站）

众　人：（诗）塞北一带逞英豪，上阵全凭叉与刀。
忠心扶保萧太后，定要扫平大宋朝。

萧天佑：我萧天佑。

耶律休弟：我耶律休弟。

耶律休哥：我耶律休哥。

众　　人：都督升帐小心伺候。

（韩昌出）

韩　　昌：（诗）百万大兵我为尊，千员战将逞英雄。

二次平南征宋朝，要与北国定乾坤。

（白）我乃大都督韩昌，自从金沙滩大会以后国王一死，众臣共立萧后为君，招兵买马，聚草囤粮，兵精粮足，定报杀主之仇。早知杨家父子死尽，有潘仁美退守边庭，他与我国暗通，宋氏江山不久灭亡。偏偏宋天子把他调回京去，听说死在杨六郎之手，宋主把杨六郎问个充军之罪，说是惧怕吞金而死。宋朝无了杨家父子，还怕哪个？正是机会，已命老都督攻打雁门关，远探报道，一鼓而破，如今兵困太原，宋朝发来救兵。我想宋朝没有好将，老的老，小的小，兵微将寡，难以取胜。太后命军师护国，我亲自带兵去下中原。人马点齐。小番们，人马杀奔太原，不得有误。

（升帐，一男四女站）

众　　将：（诗）将在谋而不在勇，全凭智高守城郭。

高君保：（白）俺正印先锋高君保。

杨八姐：八姐。

杨九妹：九妹。

杨排风：杨排风。

杜金娥：杜金娥。

合：　　太君升帐，在此伺候。

（太君出）

佘太君：（诗）百万军中大将军，上阵冲锋建功勋。

（白）老身佘太君，可恨番贼力大无穷，武艺高强，难得排风将番贼打败，又得媳妇金娥，来到军中，添了兵力。

卒：　　（上）报太太得知，番兵要阵。

佘太君：再去打探。

卒：　　得令。

佘太君：往下便叫杜金娥听令。

杜金娥：在。

佘太君：接我令箭一支，前去堵挡一阵。

杜金娥：是。唉……

（唱）口虽答应身不动，心中有话不敢云。

不去又怕违军令，去了又怕阵上临盆。

佘太君：（唱）杜氏媳妇，你莫非怕那番将厉害不成？

杜金娥：（白）不怕。

（唱）孩儿就此去出马，一到疆场把贼擒。

佘太君：（唱）太君也未加仔细，吩咐上城看原因。

众　将：（唱）男女将官城头去，

杜金娥：（唱）金娥上了马麒麟。

炮响出城疆场去，

（羊上）

土金羊：（唱）土金羊率领众番军。

只见来了一女将，生得俊俏好佳人。（下，对上）

马至对面开言道，女将官名是何人？

杜金娥：（唱）奴家杜氏金娥女，特来把你番贼擒。

土金羊：（唱）原来是你这贱婢，昨日害了我兄身。

今日必要把仇报，拿住贱人抽了筋。

说罢拧枪往心刺，

杜金娥：（唱）金娥招架大刀抡。

只因身子不灵便，累得浑身汗淋淋。

两手只有抬架力，只觉头迷眼发昏。

虚砍一刀败下去，打马如飞不回身。

土金羊：（唱）土金羊随后紧紧赶，

土金辉：（唱）又来番将土金辉。

带领番将赶下去，口口声声拿妇人。

杜金娥：（唱）金娥一见魂不在，哎呀，腹中疼痛实难禁。

后有追兵赶得紧，催马跳入密松林。

坐不住战马溜在地，哎呀妈呀疼死人。

　　　　　只怕今日难逃命，准叫番兵把我擒。
土金羊：（内白）番兵们，把松林团团围住，不许放贼人出去。
杜金娥：（唱）外边喊声阵阵紧，疼得不由泪淋淋。
　　　　　战马拴在松林内，大刀扔在地埃尘。（下）
　　　　　不知不觉昏过去，（孩哭）当时婴儿临了盆。
　　　　　不言金娥生下子，
（五郎师徒三人上）
杨五郎：（唱）再表师徒三个人。
　　　　（白）我乃杨延德，下了五台山，去到太原，拜见母亲，带领法明、法静，方才走进松林歇息，正要进城，忽听人喊马嘶，杀声震耳，因此隐居林中，等大兵过去进城不晚。（内小孩哭）呀，林内为何有小孩哭声？法明、法静，你二人去看看，哪里有婴儿哭声？
法明、法静：是。（下，又上）禀师父，那边树下有一妇人，披头散发，抱着小孩，
　　　　　好像方才生的样子，还有一匹马和一口大刀呢。
杨五郎：哦，这必是宋营的女将，被番兵追得无路，逃入林中，偏偏又遇临月。出家人当以慈悲为本，你二人随我上前搭救。
法明、法静：师父，咱们本是出家人，那能看俗家生产之事，恐怕有污佛门，去不得呀。
杨五郎：住口，出家人不是父母生养的吗？有什么妨碍，快去。
法明、法静：是是是。
（摆树林，金娥坐在树下）
杜金娥：哎呀，罢了我了。（五郎上，在林外听）可叹我杜金娥这样的苦命，偏偏在此产生一子，番兵围困，浑身四肢无力，怎能冲来打仗？又有此子随身。天哪，可说是天哪，这是我尽头之日了。
　　　　（唱）坐在地下心难过，两眼不住泪淋淋。
　　　　　不敢高声暗掉泪，怕是番兵知其情。
　　　　　恨我生来命太苦，自幼母亲倾了生。
　　　　　相随爹爹度日月，跟师学艺整三冬。
　　　　　回家刚刚度二载，不想那夜来英雄。

爹爹爱他是好汉，又是公侯后代英。
将我配与七郎为室，将军次日又登程。
一夜夫妻就失散，将军被害归阴城。
一心要报杀夫恨，老贼仁美回边庭。
闻知婆母把兵带，挥刀相助太原城。
今日大帐接了令，婆母不知内里情。
番兵杀来我逃去，凑巧又把婴儿生。
儿呀，也是你的命儿苦，投胎一回太惨情。
有心把你扔了罢，母亲的肉我心疼。
番贼兵将围困住，只怕母子命都倾。
佳人越说越惨切，

杨五郎：（唱）呀，五郎听罢吃一惊。
原来弟妹身遭困，埋怨母亲理不通。
这样不应叫她上阵，岂不是活活把她倾？
今日幸亏把我遇，只得救她转回城。
大喊一声把林入，
（白）弟妹不要伤悲，愚兄在此。

杜金娥： 呀，你这个和尚突然而来，定不怀好意，谁是你弟妹？

杨五郎： 弟妹不知，方才你所说的话我都听见了，我就是你五哥杨延德，从五台山而来，进太原见母，在林中休息，听见婴儿哭声，故此偷听，才知弟妹在此。

杜金娥： 呀，原来是兄长，小妹不知，多有冒犯。

杨五郎： 不知不罪。弟妹，你把婴儿包好，命法明抱着，叫法静与你牵着马，为兄头前开路，杀出林去。

杜金娥： 好，既然如此，不用牵马，我也提刀上马，将婴儿揣在怀中，用带系好，兄长在前，小妹在后，杀出去才是。（下，又上）

（五郎对羊）

土金羊： 你这和尚有点面熟，为何救这女婆？报上名来。

杨五郎： 哇，番奴真乃瞎眼，我乃杨五郎。

土金羊： 哎呀不好，快跑。

杨五郎：番贼哪里跑？（追上打死金羊），土金羊被我打死，弟妹随我闯过去，进城才是。

杜金娥：来了。

（太君上，站城上）（五郎上）

杨五郎：城上不是母亲吗？

佘太君：原来是五郎，军卒，快些开城，放他们进来。

卒：　　是。

（开城放进）

佘太君：众将官，帅府伺候。（摆场，上坐）

（唱）幸喜金娥产生子，多亏五郎救她回。

杨五郎：（白）母亲在上，不孝儿叩头。

佘太君：我儿起来。

杨五郎：是。

佘太君：你由何处而来？可不苦死咱一家了。

杨五郎：母亲不必过痛，保重身体要紧。

佘太君：儿啦，快对为娘说明来历。

杨五郎：母亲听了。

（硬唱）五郎见问呼声娘，细听孩儿说分晓。
　　　　自从赴会金沙滩，父子中了机关巧。
　　　　不知爹爹与长兄，我被番兵围住了。
　　　　躲入一座树林中，四面围住不能跑。
　　　　幸亏师傅留僧衣，扮作和尚他不晓。
　　　　身上受伤战不能，也不能把父亲找。
　　　　暗暗逃上五台山，舍弃红尘入山岛。
　　　　听说母亲带领兵，奉命下山见你老。
　　　　刚到城边想进城，番兵大战闹吵吵。
　　　　无奈躲入树林中，正与弟妹碰得巧。
　　　　产生婴儿正啼哭，孩儿偷听才知晓。
　　　　救她出了树林中，叫我把贼打归了。
　　　　七弟妹既然到军中，叫她出马太不好。

　　　　　　　　　母亲咋不细留神？这事办得太粗糙。
佘太君：（唱）她是昨日进的城，身怀有孕娘不晓。
　　　　　　　　咱家如此成这般，幸亏许多兵将保。
　　　　　　　　今日母子两相逢，真是做梦想不了。
　　　　　　　　正是太君把话说，
探　子：（唱）探子进来报分晓。
　　　　（白）报太君得知。
佘太君：乞报何事？
探　子：太君听了。
　　　　（唱）报报报军情，听我说一遍。
　　　　　　　　北国又发兵，人马五十万。
　　　　　　　　战将有千员，来得真不善。
　　　　　　　　领兵大都督，威风凛凛现。
　　　　　　　　四面把城围，大炮在对面。
　　　　　　　　攻城甚是急，
佘太君：（白）再探。
探　子：得令。
佘太君：（唱）太君出躁汗。
　　　　　　　　北国大兵来，只怕城要陷。
杨五郎：（唱）五郎气不平，孩儿要出战。
　　　　（白）母亲放心，待孩儿出马会会番贼。
佘太君：我儿多加小心。
杨五郎：不劳嘱咐，众将官，擂鼓助威。
韩　昌：（内白）众番兵攻城。（又马上）俺韩昌，带领大兵五十万来到太原，四面围城。呀，你看城门大开，出来一人，真乃奇怪。
　　　　（唱）勒战马，把叉端。
　　　　　　　　对面留神，仔细一观。
　　　　　　　　出来一员将，打扮不一般。
　　　　　　　　座下并无战马，身上不把甲穿。
　　　　　　　　原来还是一和尚，为何他也到阵前？

看多时，到跟前。（五郎上）

来这和尚，少逞威严。

既然弃红尘，应该念经篇。

为何身临险地，自找欺辱愁烦？

报上名来不用战，本督私放你回还。

杨五郎：（唱）微微笑，把话言。

韩昌番贼，睁眼细观。

莫非不认我，你是混装憨。

我是五郎延德，咱俩杀过几番。

金沙滩上相别后，直到如今我下山。

韩　昌：呀，

（唱）原是你，到阵前。

可惜你们，也太愚顽。

父子都死尽，理应隐高山。

一生永不出世，山寺苦念经篇。

不该还又临险地，自找苦吃太不堪。

杨五郎：（唱）我父兄，死北番。

大仇如同，泰山一般。

我母把兵领，我才到太原。

杀尽尔等番狗，省得累次进关。

说罢举铲往下打，恨不叫你一命完。

韩　昌：（唱）钢叉架，忙遮拦。

大战疆场，虎穴龙潭。

杀有五十趟，不分谁占先。

须用别的主意，胜他巧用机关。

虚刺一叉往下败，（下，又上）流星球儿拿手间。

（白）你看杨五郎武艺高强，力战难敌，等他赶来用流星球打他便了。

杨五郎：哪里走？

韩　昌：看打。

杨五郎：哎呀，不好。（下）

韩　　昌：你看杨五郎大败而逃，小番们，攻杀。

佘太君：（内白）众将官，防守城池。（摆场，太君坐，五郎上）

佘太君：儿啦，伤痕怎样？

杨五郎：哎呀，好打呀，好打，料也无妨。

佘太君：军校们，搀你五爷后面软榻上休养。（搀五郎下）五郎中伤，金娥又在月中，无人出马，番国又添了大兵，只得写表求救才是，待我写来。（写介）排风听令。

杨排风：在。

佘太君：命你骑快马一匹，去闯连营，奔京都求救。

杨排风：是。

佘太君：众将官，城头擂鼓助威，不得有误。

（风持棍马上）

杨排风：我排风，奉太太之命，去奔京都求救。来到番营，只得闯营而过，番兵们闪路，你姑奶奶闯营来也。

（番将对上）

番　　将：好个小小的女子，大胆闯营，不要走，看枪取你。

杨排风：来来来。

（杀一阵，风闯过）

番　　将：径自闯出去咧，过去就过去吧。番兵们。

番　　卒：在。

番　　将：各守番地。

（风上）

杨排风：出番营，赶奔京都便了。

（唱）排风加鞭催马走，一阵闯过贼的营。

　　　　自从兵到太原府，与北国连交几次兵。

　　　　先锋奶奶都败阵，太太出马也没赢。

　　　　那时我一怒气不忿，自愿对敌去冲锋。

　　　　太太不知轻视我，出战去才知我的武艺精。

　　　　疆场上大战番将，韩匪思果然力大劲无穷。

　　　　我二人大战百十趟，不分上下与输赢。

　　　　　我使巧计打败番将，满口吐血逃了生。
　　　　　上来番兵无其数，将我围困在当中。
　　　　　看看正在危急处，来了七奶奶女英雄。
　　　　　将我救出杀番将，土金牛被她一刀倾。
　　　　　见面我就注上意，见她肚子大得凶。
　　　　　太太并未加仔细，我也未对太太明。
　　　　　次日叫她出了阵，她在大帐勉强应。
　　　　　果然阵上闹了彩，松林以内产儿童。
　　　　　要不是五爷他来到，只怕事情有灾星。
　　　　　思想起来真可笑，兄弟媳带月子大伯子赶生。
　　　　　不想北国大兵到，五爷中伤败回城。
　　　　　太太没有别主意，差我进京去搬兵。
　　　　　军令紧急不敢误，晓行夜宿催走龙。
　　　　　一路无事到京内，表文下在南清宫。
　　　　　不免回府去等候，（下，又上）
　　（白）表文下到八王府中。只得回转府中，等候圣旨便了。
（摆朝，六官站）

众　　人：（诗）北国动刀兵，文武胆战惊。
　　　　　　　朝中无能将，个个少条停。
八　　王：（白）本御赵德芳。
王　　袍：本相王袍。
赵　　普：本相赵普。
文彦博：下官文彦博。
吕蒙正：下官吕蒙正。
寇　　准：下官寇准。
合：　　　圣驾临轩，分班伺候。
（天子出）
天　　子：（诗）金殿当头紫阁重，仙人掌上玉芙蓉。
　　　　　　　太平天子朝迎日，五色云车驾六龙。
　　　　　（白）寡人，大宋赵光义在位，可恨北国兴兵犯界，攻打太原，已命佘太君率领府中女将征讨去了，不知胜败。咳，可叹朝中并无良将，有几家国公已经年迈，只有郑印年轻，还得护国，真乃愁死朕也。今设早朝，内臣，传朕口旨，哪家爱卿有事出班奏来，无事散朝。

内　臣：领旨，阶下文武听着，圣上口旨传下，哪家大臣有本早奏，无事散朝。

八　王：慢散朝纲。

内　臣：何人有本？

八　王：赵德芳有本。

内　臣：随旨上殿。

八　王：万岁。（上）侄臣接得太原急表一道，请主御览。

天　子：侍儿，呈上来。

侍　儿：领旨。

天　子：皇侄归班。

八　王：万岁。

天　子：不知是何军情，待朕看来。呀，原来是太君求救的表章，说韩昌发来倾国人马，太原危急，叫朕急发人马。呀，这可怎好？朝中并无能将，可不愁死朕了？

　　　　（唱）看完表，吃一惊。

　　　　　　　不觉头昏，两眼迷瞪。

　　　　　　　身子往后闪，咕咚摔流平。

太　监：（唱）太监急忙扶住，只叫万岁主公。

　　　　　　　文武上前急忙问，

八　王：（上）（唱）八王急忙把话明。

　　　　　　　叫皇叔，把眼睁。

　　　　　　　哎呀哎呀，快快苏醒，好把话明。

　　　　（白）万岁怎么样？

天　子：（唱）头迷眼黑不能动转，皇侄你与文武商议大事。

　　　　　　　朕不能办理国家事了，

众　臣：（唱）呀，众臣个个惊。

　　　　　　　急得手忙脚乱，个个并无条停。

八　王：（唱）侍臣搀主回宫院，快叫太医看分明。

八王主，呼众卿，

太原危急，来求救兵。

众位有何计？大家请说明。

圣上又得重病，真是祸不单行。

众将有何高明见？

众　臣：（唱）众臣低头不做声。

八　王：（唱）吩咐声，散朝廷。

个个回府，慢想章程。

众　臣：（唱）众人齐下殿，

（八王下，又上坐）

八　王：（唱）八王回府中。

思想并无计策，这可叫我怎行？

急得只是出躁汗，只怕江山不久倾。

正忧思，打咳声。

（陈林上）

陈　林：（白）陈林跪倒，禀报事情。

八　王：（白）何事？

陈　林：（唱）寇老先生到，现在府门庭。

八　王：（唱）八王说是快宣，请进书房之中。

陈　林：（白）领旨。（下）

陈　林：（内白）有请先生。

寇　准：来了。

（唱）寇准急忙来答应，（上）进房施礼身打揖。

千岁在上臣参驾。

八　王：（白）先生免参，请坐讲话。

寇　准：为臣告坐。

八　王：先生见孤有何事情？

寇　准：为臣非为别事，只为太君打来急表，太原危急。常言说得好，救兵如同救火。天子又得重病，朝中并无能将，边庭虽有将官，并没有文武全才之人，哪个是韩昌的对手？况且北国大兵八十万，战将千员，萧天佐、

> 萧天佑刀马无敌，韩昌用兵如神，要没有足智多谋之人，只怕太原难保。这还是小事，万一番国一鼓冲入太原，大宋的江山，哎呀，赴与流水了。千岁，你说这可如何是好？

八　王：咳，我把你这老西子，我当你有什么妙计，你原来是让我上火来了，这些话何用你说呢？孤早就知道。快些回府养你的精神去吧。

寇　准：千岁不要动怒，老臣我倒想起一个人来了。

八　王：哦，先生想起何人来了？

寇　准：千岁，此人文武全才，用兵如神，要是此人挂帅，再调来边庭众将，何愁番国不灭？

八　王：倒是何人？

寇　准：此人乃是天波府的。

八　王：哪个？

寇　准：就是郡马。

八　王：哦，咳！

寇　准：可惜他呀。

八　王：可惜什么？

寇　准：就是死得太早了。

八　王：哇，你是要笑孤王来了。陈林，取孤金锏来。

寇　准：慢着慢着，取锏做什么？

八　王：打你这个佞臣，治你戏耍孤王之罪。

寇　准：千岁，为臣不敢。

八　王：哦，莫非郡马还活着不成？

寇　准：这个。

八　王：哪个？

寇　准：我不知道。

八　王：不知道，你说这个何用？真乃非理。

寇　准：千岁，为臣虽然不知详细，但推情查观，郡马乃是能屈能伸之人，怎能吞金而死呢！

八　王：依你怎样？

寇　准：若依为臣意见，今日是郡马五七之日，咱君臣何不以祭奠五七为由，暗中察访察访郡马的生死？或真或假，自然分晓。

八　王：你说得有理，咱君臣就此一往。

寇　准：慢着，要去前先说明，到了杨府，诸事由我做主。我说吃饭就吃饭，我说睡觉就睡觉。祭奠时候，我要哭了，千岁就得陪着哭。我要住声，千岁也得住声。我说在哪里睡，千岁就陪着在哪里睡。千岁若依从，咱就去一遭，不应咱也不去。

八　王：咳，不知你又弄什么鬼八卦，本御依你就是。

寇　准：好，咱君臣就此前往。

八　王：有理。

（唱）只因急表求救兵，君臣一到杨府中。

（郡主出，宗保、宗勉站）

柴郡主：（唱）太太挂印上太原，被困城中把心担。

（白）贵家柴迎春。昨日排风回府搬兵求救。太原危急之际，不知圣上差何人领兵前去，叫人心中挂念，我又不敢当着郡马言讲，怕他惦着母亲，要前去助阵。

（杨洪上）

杨　洪：禀奶奶，八王与寇先生一到。

柴郡主：这等，宗保、宗勉，随娘前去迎接。

杨宗保、杨宗勉：是。

（八王、寇上）

柴郡主：千岁与寇先生请坐。

八　王：有坐。

柴郡主：不知千岁与寇先生到来有何事情？

八　王：并无别事，只因郡马今乃五七之日，因早朝有事，未曾来祭。朝散，我君臣特来灵前一祭，略表心情。

柴郡主：谢千岁与寇先生，费心了。杨洪，看茶来。

八　王：郡主，不知郡马的灵柩在何处停放？

柴郡主：现在花园停放。

八　王：我君臣亲身祭奠一番，略表寸心。

柴郡主：郡马有何德能，敢劳千岁与寇先生一祭？杨洪，吩咐花园设摆祭礼，要

　　　　　　排座位伺候。
杨　洪：是。
柴郡主：丫鬟，厨下预备酒宴。
丫　鬟：晓得了。
　　　　（洪上）
杨　洪：禀奶奶，祭礼齐备。
柴郡主：就请千岁与寇先生，花园一祭。
八　王：请。
柴郡主：请。
　　　　（摆花园、棺木、祭桌椅，八王、寇、柴上）
柴郡主：千岁与寇先生到了灵前了。
八　王：如此待我君臣一祭。
柴郡主：宗保、宗勉，快些陪祭。
杨宗保、杨宗勉：遵命。
寇　准：杨郡马你的灵魂不昧，我君臣祭奠你来了，你今与世永别了。
　　　　（唱）寇天官手拍棺木号啕痛，
八　王：（唱）八贤王坐在灵前大放声。
寇　准：（唱）郡马你阴灵要不昧，
八　王：（唱）听我君臣诉哀声。
寇　准：（唱）可叹你父子九人九只虎，
八　王：（唱）可叹你投宋立下十大功。
寇　准：（唱）可叹你忠心保大宋，
八　王：（唱）可敬你一心不二一片忠。
寇　准：（唱）可敬你枪马无敌多英勇，
八　王：（唱）可敬你排兵布阵韬略精。
寇　准：（唱）可敬你抢关取州灭反叛，
八　王：（唱）可敬你收回失去几座城。
寇　准：（唱）可敬你五台山上救过驾，
八　王：（唱）可敬你幽州城内破番兵。
寇　准：（唱）可敬你金沙滩替主赴会，

八　王：（唱）可敬你双龙会上抖威风。

寇　准：（唱）苏武庙上掩埋伏，

八　王：（唱）单枪匹马闯贼营。

寇　准：（唱）可怜你仁美乱棍打，

八　王：（唱）可怜你死去活来又还生。

寇　准：（唱）可怜你担惊受怕在路上，

八　王：（唱）可怜你三法司内受苦刑。

寇　准：（唱）好容易告倒老贼潘仁美，

八　王：（唱）好容易假扮阴曹冤屈得明。

寇　准：（唱）好容易说出清白大冤枉，

八　王：（唱）黑松林内刺死奸贼。

寇　准：（唱）好容易龙楼自己去认罪，

八　王：（唱）可叹你充军发配郑州城。

寇　准：（唱）不料想半路途中吞金死，

八　王：（唱）不料想半路途中把命倾。

寇　准：（唱）实指望罪满回朝官复职，

八　王：（唱）实指望保你为帅把北平。

寇　准：（唱）不成想狠心到底身先死，

八　王：（唱）不成想在世无敌心自横。

寇　准：（唱）抛得我一腔情语没处讲，

八　王：（唱）抛得我满怀心事向谁明？

寇　准：（唱）这如今国家去了擎天柱，

八　王：（唱）这如今好像天塌一样同。

寇　准：（唱）这如今北国发兵又犯界。

八　王：（唱）这如今叛贼抢去几座城。

寇　准：（唱）这如今朝中并无智勇将，

八　王：（唱）这如今大宋江山风里灯。

寇　准：（唱）这如今太君带着几女将，

八　王：（唱）这如今失机败阵急表进京。

寇　准：（唱）这如今天子见表有了病，

八　王：（唱）这如今满朝文武都吓慒。

寇　准：（唱）这时候若有杨家父子一个在，

八　王：（唱）妹夫呀，哪一条路儿想罢我也不伤情。

寇　准：（唱）郡马呀，哪一宗儿不可想？

八　王：（唱）萧太后再也不敢来进兵。

寇　准：（唱）郡马呀，你要有灵来暗助，

八　王：（唱）妹夫呀，暗中保护我愚兄。

寇　准：（唱）寇天官越哭越痛越悲叹，

八　王：（唱）八王主二事交加更伤情。

寇　准：（唱）哭了声郡马今何在？

八　王：（唱）叫声妹夫怎不应？

柴郡主：（唱）这君臣追念前情悲痛无了。

　　　　　　柴郡主这边劝一声，千岁与寇先生少悲痛。

　　　　（白）千岁与寇先生不可过于悲伤，人死不能复生，酒饭齐备，快些请前边用饭。

寇　准：郡主，我因思念郡马，就是龙胆凤髓也难咽下了。

八　王：我思念妹夫，就是美酒羊羔难充口了。

柴郡主：二位不必如此，快些用膳吧。

寇　准：郡主，我见郡马灵柩，多瞅一时，心里痛快一刻。郡主既备宴席，就请命人抬到这里，我君臣就在郡马灵前用吧，也算陪着郡马吃了。

柴郡主：哪有此理？

八王、寇准：恭敬不如从命。

柴郡主：既然如此，宗保、宗勉，随娘前边吩咐厨下送来。（三人下）

寇　准：千岁，可见什么破绽没有？

八　王：哎呀，你可把我糟贱苦了，你哭个死去活来有什么破绽呢？

寇　准：千岁就这样哭，只怕还哭不活了郡马啊。

八　王：哦，你还想着怎哭？

寇　准：千岁，为臣倒看出破绽来了。

八　王：你看出什么破绽来了？

寇　准：我一边哭一边偷看郡主，只见她并无痛酸之样，无非有意以袖遮面。宗保、宗勉也不痛哭。为臣一边哭着，一边用手拍棺木，里边本是空声，不像有尸之样。以此看来这棺木定是空的了。

八　王：既然如此，待本御用金铜劈开来看。

寇　准：不可呀不可，千岁不可莽撞，无故开棺，不是开棺检验，使不得，使不得。等酒饭到了用完酒饭，咱君臣今夜就在此床榻上存宿，再看动静。

八　王：倒也有理。

（杨洪上，郡主摆宴）

杨　洪：千岁与寇先生用宴吧。

八王、寇准：知道了。

寇　准：千岁请饮。

八　王：请。

寇　准：（唱）寇爷急忙用酒宴，

八　王：（唱）八王执杯不消闲。

酒过三杯菜无味，酒饭已毕撤杯盘。

饮酒之间天色晚，忽听更锣一更天。

柴郡主：（白）请千岁，寇先生客厅休息。

寇　准：我俩陪灵在此睡。

八　王：好，我也要宿在此间。

柴郡主：哪有此理？快些到客厅。

八　王：恭敬不如从命好，御妹不要太相谦。

寇　准：郡主走了请安息。

八　王：御妹就请回房间。

寇　准：寇准说罢穿衣卧。

八　王：八王也就扶桌眠。

寇　准：寇天官装打呼噜睡了觉。

八　王：八王也就入梦间。

柴郡主：（唱）郡主一见心欢喜，只见二人小死一般。

还没与郡马去送饭，耽误过了一更天。

郡马不知怎样饿，（又慢慢看二人）见他俩沉睡急回房间。（下，内唱）

慌忙来到厨房内，酒菜装了一个盘。

　　　　　　　复又从二人面前过，鸦雀无声不敢言。
　　　　　　　提环潜踪走过去，（做悄悄走过样）回头慢慢仔细观。
　　　　　　　见他君臣身不动，心中这才略觉宽。
　　　　　　　不言皇姑奔地穴内，
寇　准：（唱）寇准早已暗中观。
　　　　　　　看见郡主过去了，慢慢爬起不语言。
　　　　　　　千岁果然真睡了，皆因白日劳碌一天。
　　　　　　　我也不必来惊动，脱下靴子把袜子穿。
　　　　　　　悄手蹑足弯腰走，（撒场）
　　　　（柴头里走，寇后跟，看看又跟着过花园葡萄架。假山石，小角门，轻轻过场，进门不关，下）
寇　准：（上）（唱）寇爷门外偷偷观。
　　　　　　　　　默默暗听不言语，
　　　　（摆角门，另设一门床）
　　　　（柴上）
柴郡主：（唱）郡马低声把饭餐。
杨六郎：（唱）为何这晚来送饭？眼见都到二更天。
　　　　（白）娘子为何这般晚了，才将饭送来？
柴郡主：郡马不知，八王爷与寇先生前来与你祭奠五七，并未回去，现在花亭灵前安眠。我趁他们睡着了，才悄悄地与你送来。
　　　　（寇外边听）
杨六郎：哦，原来如此。不知母亲征北可有什么动静？
柴郡主：咳，不消问了，郡马呀，
　　　　（唱）母亲如今身被困，番兵围了太原城。
　　　　　　　先锋君保打败仗，咱府女将俱不中。
　　　　　　　多亏排风去上阵，棍打番将吐血红。
　　　　　　　排风被困番营内，多亏七弟妇救回城。
杨六郎：（白）哪个七弟妇？
柴郡主：（唱）就是七弟收的女，名叫金娥武艺精。
　　　　　　　五兄如今有了信，五台山上当和尚。

　　　　　　奉师之命子见母，如今负伤在城中。
　　　　　　韩昌亲身带人马，兵强将勇实在凶。
　　　　　　排风回京来求救，天子看表吓个懵。
　　　　　　身得大病不理事，文武百官无计生。
杨六郎：（唱）杨景听罢一席话，不由心中吃一惊。
　　　　　　原来母亲身遭困，我明日急急赶奔太原城。
　　　　　　宁可母子死一处，不能当个不孝名。
柴郡主：（唱）郡主相劝说不可，你本有罪把主蒙。
　　　　　　倘若天子见了怪，你的性命得倾生。
　　　　　　暂且忍耐有时候，困龙得水再飞腾。
　　　　　　你我不可多讲话，
　　　　（白）郡马，千万不可出头，你我不可多谈，我就回房去了。
杨六郎：郡主回去吧，与我素茶一壶，我正困倦。
柴郡主：好，待我与你烹茶去，你把门关上，我一会便与你送来。
　　　　（寇下，郡主启门，下）
　　　　（摆八王睡觉，棺木）
　　　　（寇急上，扶桌睡，郡主偷过，下）
寇　准：（推八王，小声叫）千岁醒来。
八　王：好困好困。
寇　准：千岁，咱君臣做什么来了？为何只是睡觉呢？
八　王：哦，身体困得很呐。
寇　准：千岁随我来。
八　王：上哪里去？
寇　准：我到哪里，你就跟到哪里。
八　王：你又做什么怪？
寇　准：快随我来，自然明白。
八　王：来了。
　　　　（又摆角门、地穴场，寇拍门，不言声，六郎上）
杨六郎：门外何人？
寇　准：（装女声）是我与你送茶来了。

杨六郎： 哦，待我开门。（开门）

寇　准：（抓住六郎大声白）哦，我看你还说什么？

（六郎惊）

八　王： 好个大胆杨景，你敢诈死，蒙君作弊，欺哄圣上，隐藏地穴，该当何罪？待孤用金锏将你打死，以正欺君之罪。

（寇拉）

寇　准： 千岁不可，别用锏吓他。千岁你能将他打死吗？依臣愚见，叫郡马说了为何装死，有何用意。

八　王： 杨景你说，为何诈死欺君，停空灵报丧？要不实说，叫你锏下废命。

（杨不言）

八　王： 你为何不言？为何不语？

杨六郎： 我也没有什么说的，君叫臣死，臣怎敢不死；父叫子亡，子不敢不亡。我就一死，我活也活够了，请千岁用锏打死我。死在千岁手内，比死在别人手还强得多呢。

寇　准： 千岁请坐，等为臣问来。你拿个锏，他就有话也不说了。

八　王： 哼。

寇　准： 郡马不要害怕，你把为何诈死之事细细说来，自有千岁做主。

杨六郎： 要叫我说，也不瞒哄。提起此事，叫我们做臣的没有一分活路了。

（唱）一阵心酸说不出话，千岁与大人听其详。

　　　　我杨家父子为国死个净，现如今只剩下个杨六郎。

　　　　出生入死多少次，也亏千岁做主张。

　　　　又得大人费尽力，辨明我家大冤枉。

　　　　指望问罪潘仁美，不成想娘娘行贿逃出汴梁。

　　　　寇先生设了一条计，不为潘来只为杨。

　　　　黑松林内劫杀他家眷，那老贼被我刺了二百零六枪。

　　　　投案判个充军罪，此事多亏八贤王。

　　　　走到半路刘家镇，夜晚接来书一张。

　　　　郑州知府亲笔写，原来是娘娘使毒方。

　　　　叫郑州知府害死我，许他升官入朝堂。

　　　　又赐他黄金五十两，只要害死我六郎。

    知府生来心忠正，不忍狠心做不良。
    星夜与我送书信，带着那国母娘娘密旨一张。
    为臣一见无主意，无奈想出这个方。
    假设吞金丧了命，郡主扶灵装报丧。
    杨景我想活一日，娘娘绝不死心肠。
    定与他父报仇恨，叫我小心她那椿。
    因此隐藏不出世，千岁与大人想一想，
    做臣的好当不好当？说罢不由泪如雨。

八　王：（唱）八王闻听气满腔，娘娘密旨在何处？
   （白）密旨在哪里？拿来我看。

杨六郎：千岁请看。

八　王：待我看来。（看介）上写密旨晓谕郑州知府祝成，今有杨景，他乃是哀家之仇敌，与我有切齿之恨，因为国法，无法可报，今发配你处，要你用毒药之法，将他害死，与我一家报仇。事成之后保你连升三级，另外赐黄金五十两，要你照旨行事。如要抗旨不遵，哀家奏知圣上，杀你满门家口，祸灭九族。命太监郭槐奉旨前去，旨到遂行，切切勿违。国母潘妃。哎呀，竟有此事，不怪郡马诈死。寇先生与我去上金殿奏知圣上，把潘妃治罪。

寇　准：千岁不要着急，天还未亮，咱君臣各自回府。明日千岁进宫，一则问安，二则说明此事，看万岁喜怒如何。圣上果治国母之罪，千岁趁机再保郡马出头。

八　王：先生之见有理。趁天未亮，你我各自回府第。郡马万安，此事都在孤家身上了。
   （柴上，惊）

柴郡主：你君臣为何来到这里？皇兄恕郡马之罪吧。

八　王：御妹不要担惊，事已说明。

柴郡主：可把我吓死了。

八　王：（唱）今日得了擎天柱，哪怕北国百万兵？（同下）

                     （完）

第十六本

【剧情梗概】八王将潘妃为报父仇贿买郑州知州，让其杀害六郎一事禀告天子，天子大怒，将潘妃打入冷宫，潘妃自尽而亡。天子让八王举荐率军人才，以破太原之围。八王乘机将六郎未死之事告知天子，天子赦其无罪，让六郎挂帅退敌。六郎经过太行山时，收服山寇孟良、焦赞、岳胜、杨兴等人，一同前去边关。

（天子出，病状）

天　子：（诗）病来如墙倒，病去如抽丝。
　　　　（白）寡人赵光义，自从太君急表进京，寡人一看，大吃一惊，得个惊吓之病。这几日茶饭懒进，不知朝中之事怎样？

太　监：启奏万岁，八王与天官前来问安。

天　子：宣进宫来。

太　监：领旨。（下，内白）圣上有宣，八王、天官入宫。

合：　　万岁。（上）万岁万岁万万岁，臣侄赵德芳，寇准见驾。

天　子：皇侄与先生平身，坐下讲话。

合：　　谢过万岁赐座之恩。

天　子：皇侄与先生有何国事？

合：　　并无国事，竟来问安，不知圣上病体如何？

天　子：哎，并未痊愈，御医诊脉说是惊吓而得，又有老病复发，必须宽心，方可痊愈。皇侄你想，自从杨家父子一死，朕知大事不好，又且国丈起了横心，只因未诛，难免内乱。如今内无股肱之臣，外无安邦之将。北国犯边，刀兵不息，老太君被困，急表进京，并无领兵之人。何人是韩昌的对手？寡人如何有个宽心之处？恐怕大事去矣，但有人救出佘太君，哪怕黄河以北落于北国，朕也心愿。

八　王：皇叔，依侄臣看来，国家大事，坏在内里，与外边无关。

天　子：哦，皇侄，朝中有何事故？莫非有卖国之人不成？

八　王：非也。皇叔，自古国家强盛，必须将帅一心，咱国呼、杨、高、郑乃保国之将，奈不得其人所用，就关、张、赵、马、黄之勇也得有诸葛亮运筹帷幄之人。咱国杨家父子百战百胜之将，奈有潘仁美为帅，忌才害贤，把杨家父子害得一个不剩，去了国家栋梁。又见我家皇婶掌理国朝，偏向其父，在审潘、杨两家之事时，她暗行贿赂，使冯秀冈贪赃卖法，寇准回京他又暗暗行贿，密买狱官放走其父，一家逃生。这还事小，郡马充军之时，他又密用郭槐，买通郑州知府，叫他用毒药害死六郎，逼得保国忠良，上天无路，入地无门，吞金而死。此皆坏于皇婶身上。皇叔还不以为然，不怕万里江山要丧于妇人之手？

天　子：哦，皇侄，你说此事，有何见证？

八　王：现有皇婶密旨，万岁请看。

天　子：待我看来，呀，真有此事。奸妃呀，奸妃呀，真正气死朕也，传宫太监听旨。

太　监：万岁。

天　子：命金瓜武士将郭槐、潘妃押在御书房，待朕审问。

太　监：领旨。

天　子：皇侄与寇先生略歇片时，好帮朕审问奸妃。

八王、寇准：领旨。

天　子：（唱）只谈大乱由外起，不想还是内宫生。

（潘妃出，槐站）

潘　妃：（唱）因父被害太苦情，倒叫哀家痛心中。

（白）哀家潘赛花，自从害死杨景略解心中之恨，万岁也未深究于我，等着机会再把杨家老少男女尽皆害死，与我父兄偿命，我也不枉在宫一回。细想我自入皇宫以来，真是说一无二，甚是得宠。

（唱）自我入了皇宫院，诸般事情倒遂心。
　　　天子面前甚得宠，万民之母人上人。
　　　头戴凤冠披霞帔，身穿山河地理裙。
　　　三宫六院归我管，执掌群妃剑一根。
　　　三千粉黛尊敬我，真是国母贵又尊。
　　　可恨杨家父与子，与我冤仇似海深。
　　　自从立擂劈潘豹，时时叫人记在心。
　　　我爹爹用尽千方与百计，害得杨家绝了根。

　　　　　　可怜我家也遭害，哀家用尽万两金。
　　　　　　买通郑州城知府，叫他害杨景归了阴。
　　　　　　不想那半路之上逆贼死，已经自己吞了金。
　　　　　　也算解了心头恨，不枉宫中为贵人。
太　监：（唱）太监进宫把住门，国母娘娘快接旨。
　　　　（白）国母接旨。
潘　妃：（跪）万岁万岁万万岁。
太　监：昭曰：兹尔潘妃，身为国母，不思国家安危，竟然擅敢为私图报父仇，假传密旨，贿买郑州知府①陷害忠良，迫使杨景吞金而死。今事已漏，理应问罪。钦命管宫太监率御林军到正宫院把潘赛花打去官戴，连同郭槐绑赴御书殿听审。望诏谢恩。
潘　妃：万岁万岁万万岁。
太　监：御林军，就此绑去御书殿听审。
御林军：哈。（绑下）
　　　　（天子出，坐，八王、寇站）
天　子：（唱）可恨潘妃太不良，偏心向父坏主张。
　　　　（白）寡人大宋天子，太宗赵光义。
八　王：本御赵德芳。
寇　准：下官寇准。
天　子：已命公公去拿潘妃、郭槐，为何不见到来？
　　　　（太监上）
太　监：启奏万岁，将潘妃、郭槐拿到。
天　子：带上来。
太　监：领旨。（带二人上，跪）
潘　妃：万岁，为何将小妃绑来？
天　子：好个奸妃，朕当有何亏负与你？不该偏心向父，屡次行贿，要害杨家父子，你又暗差郭槐贿买郑州太守，用毒药害死杨景，你还有何说的？
潘　妃：万岁屈死小妃了。

---

① 郑州知府：即郑州太守。知府相当于古之太守，故在非正式场合亦称太守。

天　子：我也不与你争论，这有你的密旨，拿去看来。

潘　妃：（看介）哎呀，万岁，看我久侍万岁之分，赦过小妃之罪吧。

天　子：哈哈哈，好个奸妃，险乎把江山丧于你手。朕念你陪我多年，又是正宫国母，不忍动刑杀你。宫人，将她打入冷宫，叫她自寻死路，带下去！

宫　人：领旨。

潘　妃：苦哇。

天　子：郭槐。

郭　槐：万岁。

天　子：你身为太监，理应遵守宫中法度，不该为非作歹，屡次行贿，该当何罪？

郭　槐：万岁，这都是娘娘差遣，不敢不遵。

天　子：哈哈哈，朕也不用问你，宫人，将郭槐打入高墙，休要断他饮食。

宫　人：领旨。（带下，又上）启禀万岁，今有国母自尽而死。

天　子：好，死得好，也不用告表。看他为国母一场，赐她棺木秘密埋葬。

宫　人：领旨。

天　子：皇侄，内患已除，快快想扶国良将，好救太君，堵挡北国，上安朕心，下救百姓。

八　王：皇叔，我倒想起一人，文武双才，足智多谋，布阵排兵，不亚孙武，北国闻他之名，个个惧怕，可以为帅。

天　子：他是何人？快快说来。

八　王：万岁，此人本身有罪。

天　子：有何罪过？

八　王：他有误国之罪。

寇　准：敌人犯界，他隐而不出，乃为误国。

天　子：今即出世，不算误国。

八　王：他还有蒙君之罪。

天　子：怎么蒙君？

八　王：他诈死蒙君。

天　子：那也不算有罪，就是十大罪犯过，也一概全赦，倒是何人？

八　王：此人就是郡马杨景，原来如此这般。多亏寇天官用计访出真情，恐怕皇叔见罪，不敢出头。

天　　子：哦，郡马果然在世吗？

八　　王：正是。

天　　子：哈哈哈，朕无忧矣。寇爱卿，急急宣上金殿，朕好封官赠职。

寇　　准：为臣领旨。

天　　子：（唱）吩咐宫官鸣钟鼓，寡人即时把殿升。

太　　监：（唱）太监领旨不急慢，（摆场）钟鼓齐鸣不住声。

众　　官：（唱）忙了阖朝文共武，霎时来了众公卿。

王　　袍：（唱）首相王袍站班立，

赵　　普：（唱）赵普相随不消停。

众　　官：（唱）文彦博与吕蒙正，来了郑印将英雄。

　　　　　（唱）又来了将军石守信，罗延威也随后行。

　　　　　（唱）张光远上殿来侍主，等候圣驾把殿升。

天　　子：（唱）天子出了御书院，相随伴驾南清宫。

　　　　　　　　太宗身坐九龙椅，

寇　　准：（唱）万岁，为臣宣来郡马公。

天　　子：（唱）太宗说是快宣上，

寇　　准：（唱）寇准领旨下龙庭。

　　　　　　　　有宣郡马上金殿，

杨六郎：（白）万岁，

　　　　（唱）杨景上殿跪流平。

　　　　　　　为臣我有欺君罪，

　　　　　　　望祈圣上把臣容。

天　　子：（唱）天子带笑说请起，朕不想郡马跪流平。

　　　　　　　以往不究不用论，你的冤枉朕知情。

　　　　（白）潘妃已经处死罪，郡马你就放心吧。

　　　　　　　只要你忠心耿耿保朕躬，听朕当殿加封你。

　　　　（唱）朕当封你永安公，外加兵马大元帅。

　　　　　　　带领大兵往北征，搭救太君回朝转。

　　　　　　　再叫那石守信先锋职，

　　　　　　　张光远、罗延威左右监军，

汝南王子名郑印，都随郡马往北征。
择选吉日起人马，国事紧急不可停。
朕今有了擎天柱，何愁江山不太平？
外赐你一口尚方剑。斩杀提调任你行。

杨六郎：（唱）杨景叩头把恩谢，

天　子：（唱）太宗离了九龙庭。

众　官：（唱）文武百官各散去，一宿不表到天明。
　　　　　　元帅升帐要点将，

中　军：（唱）中军上帐喊一声。
　　　　（白）呀呔，元帅点将，出鼓伺候。

（升帐，五人站）

众　将：（诗）甲叶叮当响，刀枪耀眼明。
　　　　　　伺候新元帅，个个听令行。

郑　印：（白）本王郑印。

石守信： 俺正印先锋石守信。

张光远： 左监军张光远。

罗延威： 右监军罗延威。

杨排风： 奴杨排风。

合： 　元帅升帐，小心伺候。

（六郎帅出）

杨六郎：（诗）三韬六略论熟读，布阵排兵胜孙武。
　　　　　　奉旨钦封大元帅，去平鞑儿挡匈奴。

（白）本帅永安公都招讨兵马大元帅杨景，奉旨征北，率兵十万。今日黄道吉日，辞别郡主，拜了八王，登台点将，兵奔太原。我想韩昌攻取边关不下，又一齐攻打太原，必须抄道而走。传令往下，叫石守信、郑印听令，你二人逢山开路，遇水叠桥，带五千人马先行，由太行山而过，直奔太原，这条道近一百八十里路。千万小心。

石守信、郑印： 是。

杨六郎： 张光远、罗延威听令，在左右两边前进，莫误我令。

张光远、罗延威： 得令。

杨六郎： 排风听令，命你在后营押运粮草，不得有误。

杨排风： 得令。

杨六郎： 众将官，祭了天地，放炮起兵，直奔太原，不得有误。

众将官： 哈。

（孟良、焦赞升帐）

孟　良：（诗）哨聚深山崎岭，专劫来往行人。
　　　　　　要遇赃官污吏，挖眼扒皮抽筋。
　　　　（白）俺孟良。

焦　赞： 俺焦赞，只因郑州惹下大祸，杀了潘仁美的同党，惧罪逃在此处。西北有座金顶太行山，上有两个大王，一名叫花刀岳胜，一名叫金枪将军杨兴，武艺高强，因赴京考试，没敬潘仁美，被老贼赶出武场，便在此为王。我二人路过那里，与他二人大战，不是他俩的对手，无奈投降。他俩见我二人是条好汉，拜为生死之交。我们至死不降大宋，那天有边关大将郎千、郎万，从此处运粮而过，被我二人杀得大败。远近官兵，不敢来拿我们。奉了岳大哥之令在这锯齿狼牙山据守。此离金顶山四十里之遥，带领喽兵八百，倒也逍遥自在。

（喽啰上报）

喽　啰： 报二位寨主得知，有征北宋将，从此经过，乞令定夺。

孟　良： 哎呀，我们不去惹他，竟敢由此而过。喽啰们，一齐下山，抢他的粮草，不得有误。

（石枪马上）

石守信： 俺前部先锋石守信来到山下，山上锣声响动，必有山寇。众将官，压住阵脚，待我迎上前去。

（孟对上）

孟　良： 来这宋将，少往前进，留下买路金银，放你过去。如若不然，休想过去。

石守信： 住口，好个大胆的山贼，吃了熊心豹胆，敢劫夺官兵？报上名来，你先锋老爷枪下，不死无名之辈。

孟　良： 哈哈哈，你还称先锋，要依我说，你给先锋丢人啦。
　　　　（唱）孟良在马上，不住哈哈笑。
　　　　　　叫声宋将官，你真不害臊。

　　　　　　敢称先锋官，我替你讨臊。
　　　　　　武艺必稀松，没经多人教。
　　　　　　看家几路枪，前后是瞎绕。
　　　　　　你去征北番，倒叫脑袋掉。
　　　　　　要依我劝你，回家把孩抱。
　　　　　　不是我损你，你去命不要。
　　　　　　年岁太老了，力气也衰弱。
　　　　　　不忍把你杀，回去快禀报。
　　　　　　好将把马出，次将我不要。
　　　　　　不是把口夸，说得没虚套。
　　　　　　孟良还要说，
石守信：（唱）哎呀，石爷火星冒。
　　　　　　两手拧钢枪，山贼休胡道。
　　　　　（白）山贼不要狂口，看枪。
孟　良：看斧子吧。（大杀，孟把石打下马）喽啰们，绑回山寨。（绑下）喽啰们，踏他的营盘。
　　　（郑印对焦上）
焦　赞：来者宋将，报上名来。
郑　印：住口，山贼擒去我国先锋，我乃大宋天子驾下称臣，官拜汝南王之职，杨元帅帐下先锋，郑印是也。山贼，我劝你把我家先锋放回，饶你不死，你叫何名？
焦　赞：我乃狼牙山三寨主焦赞，方才擒去你家先锋的，他名叫孟良，是我家二寨主。我劝你急急回营，告诉你家元帅，多送金银，粮草，就把你家先锋放了。如若不然，杀进营去，一个不留。
郑　印：住口，休要胡言，看枪。
焦　赞：看叉。（杀一阵，印中叉，败下）你看宋将被我一叉挑破征袍，败回营去。喽啰们，攻杀。
　　　（内报）报元帅得知，石先锋被擒，郑先锋收伤大败。
杨六郎：这还了得，众将官，看本帅枪马伺候。
　　　（对上孟）来者山寇，报上名来。

孟　　良：你寨主孟良，你叫何名？
杨六郎：本帅永安公扫北大元帅杨景。本帅早就听说太行山有个强盗，甚是厉害，官兵不敢抄拿，今日相遇，听本帅相劝。

（唱）面带笑，把话云。
　　　叫声山寇，要你听闻。
　　　本帅相劝你，自己细思寻。
　　　你本英雄好汉，又且武艺超群。
　　　理应保主学正道，不该失身在绿林。
　　　抢镇店，掠乡村。
　　　倾害过客，搅乱黎民。
　　　男儿当立志，扶主保明君。
　　　本是英雄之志，邪正须得要分。
　　　不能一生做草寇，留下骂名万古存。
　　　你自觉，艺绝伦。
　　　能人背后，还有能人。
　　　雪山高万丈，就怕日光临。
　　　万一有日失败，岂不耻笑万人？
　　　况且大宋成一统，君正臣良四海闻。
　　　本帅我，带三军，
　　　帐下英雄，并非一人。
　　　大兵十余万，俱各艺超群。
　　　都有万夫之勇，哪怕山寇来临？
　　　要依我的良言劝，投降归宋立功勋。

孟　　良：（唱）孟良闻听心不悦，

（白）杨元帅你要劝我投降，倒也不难，你要能拿我三个下马，我就归降与你，哪怕牵马坠镫，也不反悔。

杨六郎：好个山寇不识时务，倒要试试你的本领。
孟　　良：来来来。（大杀，孟下，又上）好个杨景，名不虚传，倒是一条好汉，久战难以取胜，等他赶来，用镖枪打他便了。

（六郎上）

杨六郎：山贼用镖打我怎得能够？待我与他接住打回。

（打介，接住，孟上对打镖，三次接住）山贼倒也武艺超群，有心伤他，又爱他是好汉。

孟　良：呔，你再来呀。

杨六郎：好，杨景心中暗想，我何不虚喊着镖？他必躲闪，趁他躲闪之际，冷不防打他的马腿，他必掉下马来，定是这个主意。

孟　良：呔，你为什么不回镖？你打多少，你孟爷能接多少。

杨六郎：好！山寇看仔细，镖到了，看镖。

（孟躲，没镖，六郎打马，孟掉下马）

孟　良：哎呀，不好。

杨六郎：得罪。

孟　良：你这算不了什么本事？不打人单打马。这镖暗算，不为出奇，我虽落马，至死不服，绝不降你。

杨六郎：好汉既然不降，请回山，明天换了马匹，再来见个高低上下如何？

孟　良：一言为定，明天再见。

杨六郎：你要再被擒，可肯降我？

孟　良：你要将我拿下马来，我就降你。

杨六郎：大丈夫一言既出，如白染皂，明日早来，请。

孟　良：请。（下）

杨六郎：众将官，收兵回营。（下，内白）众将官，将马带过。（摆场，将立，六郎上）好个孟良，倒也是条好汉。

众　将：元帅既将他打下马来，为何放他回去？

杨六郎：众将不知，本帅早知此山有几名山寇，都是潘仁美计害，不得出头，才落草为寇。本帅欲收服他们，归降王化，与国效力。

众　将：元帅高见，我等敬服。

杨六郎：我料孟良晚间必来抢营劫寨，正好将计就计，擒他易如反掌。众位听我密计，各加小心留神。

（唱）山寇孟良败回去，今晚必来劫营盘。

　　　　正好将计就计了，拿他犹如反掌间。

　　　　叫声众军听吩咐，扎个草人帅府间。

	坐在大帐看书样,帐下须设刀枪掩。
	帐前边挖下深坑芦席盖,咱的兵埋伏营两边。
	但等山贼中了计,号炮一声齐向前。
	将他来兵全拿住,不可把他性命捐。
众　　将:	(白)是。
杨六郎:	(唱)又叫郑印听将令,
郑　　印:	(白)在。
杨六郎:	(唱)你带兵将整三千。
	暗暗躲在山寨后,去听信炮莫迟延。
	救了将军石守信,山头立起咱的幡。
	山贼要是回山营,乱箭齐发把他拦。
郑　　印:	(白)是。
杨六郎:	(唱)又叫众军带着银两,随着本帅在后边。
众　　军:	是。
杨六郎:	(唱)吩咐已毕下大帐,(下)暗暗埋伏且不言。
	(升帐)
孟　　良:	(唱)再表孟良与焦赞,大帐一上便开言。
	叫声喽啰听吩咐,快带被擒宋将官。
	(白)喽啰们,将被擒宋将与我带上来。
	(带石上,不跪)好个宋将,你今被我擒,还不下跪求生?这等傲气,莫非不怕刀枪吗?
石守信:	哈哈哈,瞎眼的山贼,无名的草寇,你爷爷堂堂大宋朝廷大臣,还能跪你这狗贼?
孟　　良:	你要顺我叫你做个寨主,不是好吗?
石守信:	哇,要依我劝,你们放火烧山,投降大宋,跟元帅征北,强如落草为寇,你竟不识抬举。
孟　　良:	要不看你家元帅放我之情,定然将你碎尸万段。
石守信:	山贼既不杀我,解劝与你:
	(唱)虎气昂昂开言道,大叫山贼听其详。
	有句良言奉劝你,不用为寇在山冈。

现在北国造了反，挂印的就是杨六郎。
带领大兵去扫北，帐下兵勇将又强。
你们既然称好汉，何必为寇占山冈？
不如随将投奔主，争一个玉带横腰立朝堂。
名也正来言也顺，比着当寇十分强。
抢了百姓万民恨，恶名留与后人扬。
你要不听我的话，不知早晚灭山冈。
你想想既然敢上北国战，小小的山寨怎能挡？
石爷还要往下讲，

孟　良：（白）住口！
（唱）座上气坏小孟良。
吩咐一声带下去，扒皮抽筋大开膛。

焦　赞：（唱）焦赞拦挡说不可。
（白）哥哥不可，先将他押在一旁，等把来兵杀败，再杀他不晚。

孟　良：有理，喽啰们，将他押在后寨看守。（带下）焦贤弟，我想今夜二更以后，前去偷营劫寨，不知贤弟意下如何？

焦　赞：好，正合我意。

孟　良：如此，喽啰们，留下几名看守山寨，其余都随我俩去劫寨，不得有误。
（唱）吩咐已毕下大帐，（下）马去鸾铃人含枚。（又上）
悄悄出了高山口，秘密而行马如飞。
霎时到了宋营外，听得更锣两下捶。
吩咐一声齐杀入，呀，闯入辕门闪光辉。
见大帐坐着一个人，正是杨景睡如雷。
活该咱们成功也，他营并未加防备。
一马当先往上闯，呀，不好，只觉坐马一哆嗦。
说声不好掉坑内，（掉下）

焦　赞：（唱）焦赞一见魂吓飞。
带领喽兵回里跑，（内炮响）忽听炮响大如雷。
四面八方人马到，八百喽兵都被围。（乱杀一阵）

宋　将：（内白）军校们，下绊马索，不许放走一人。

(唱) 焦赞中了绊马索，军校上绑用绳勒。（绑介）

　　　　八百喽啰全拿住，前边拦着后边推。

　　　　这边早把孟良绑，齐上大帐后定规。

杨六郎：（唱）杨景急忙升了帐，吩咐绑上二山贼。

（带上孟、焦，不跪）下帐来手解绑绳，和颜悦色把笑陪。

（白）二位好汉多有受惊了，本帅请罪，不知二位可肯降否？

孟　良：哼。

焦　赞：多谢元帅不斩之恩，焦赞情愿投降，帐下听用。

杨六郎：好，好汉，知时务者为俊杰，暂为帐下护卫，有功另加升赏。

焦　赞：谢过元帅。哦，孟兄，你我不如投降，胜如落草为寇。

孟　良：住口！我把你这个负义之徒，在神前庙明愿之时，有言在先，至死不降大宋。你今怕死贪生，归降大宋，真乃可笑，真乃可耻。

杨六郎：孟好汉，既不愿降，本帅也不杀你。三军们，交还他的斧子马匹，放他回去。孟好汉，你去重整人马，明日再战。

孟　良：我就去也。

杨六郎：众将官，各守本营，设摆酒宴与焦将军压惊，将军请。

焦　赞：请。

（孟急上）

孟　良：气死人也，气死人也，可恨焦赞这个匹夫，背义投降。如今剩我一人，不免回到山寨，先杀了被擒宋将，然后收拾细软之物，去奔金顶太行山，告诉岳大哥报仇便了。（下，又上）来到山口以外，呀，看山上都是宋兵旗号，是何缘故？待我问来。

（摆旗，山头上）

石守信：孟良，你的山寨已被我们占了，你还不投降，等待何时？你想被擒两次，元帅并不加害于你，还这样非礼，真乃可耻。像你这样无义之徒，有何脸活在世上？军校们，放箭！

卒：　　放箭了，放箭了。

（孟下）

石守信：众将官，紧守山口。

（孟急上）

孟　良：羞死人也，羞死人也。我今有国难奔，有家难投，这可如何是好？哦哦，有了，我不免回转原籍，隐遁深山，永不出世。

（又对上）

杨六郎：孟好汉，慢走。本帅知你路上并无盘费，今特来亲身送你白银二百两，以作路上酒饭之资，好汉收过。

孟　良：呀，羞死人也，羞死人也。人非草木，焉能无情？我孟良受元帅两次不杀之恩，今又亲送路费，再不投降，何以为人？（下马，跪）咳，元帅，罪人情愿归降，给元帅牵马坠镫，万死不辞。

杨六郎：贤弟请起，既然投降，乃是一家，何必多礼？快些随我进营。

孟　良：是，来了。

（平桌，摆场。六郎、孟上）

杨六郎：孟贤弟，请坐。

孟　良：元帅在上，哪有我坐之礼？

杨六郎：请坐讲话。

孟　良：告坐。

杨六郎：贤弟，不知太行山还有多远，有多少人马？有几位好汉？

孟　良：元帅听了。

（唱）要问太行山寨事，你听小弟细禀明。
　　　离此不过四十里，那里就是金顶峰。
　　　有名花刀名岳胜，外人送号美髯公。
　　　不但刀马无人挡，兵书战策件件通。
　　　排兵布阵韬略有，足智多谋比人能。
　　　还有金枪白脸将，他的名字叫杨兴。
　　　性如烈火枪法好，万夫不挡力大无穷。
　　　粮草俱足无其数，官兵不敢动山峰。
　　　今遇元帅路过此，不想宽宏仁道公。
　　　两次不杀无可报，我情愿金顶山寨走一程。
　　　去劝他俩同归顺，齐心合力保江山。
　　　兵发太原挡番寇，黎民百姓得安宁。
　　　不知元帅意如何？

杨六郎：（唱）好，杨景闻听长笑容。

　　　　　　此言正合我的意，事不宜迟你就行。

　　　　（白）好，事不宜迟，你就前去，小心在意。

孟　良：得令。

杨六郎：众将官，人马齐奔金顶太行山，不得有误。

　　　　（出岳胜、杨兴，平桌）

众弟兄：（诗）弟兄结义如同胞，两寨居住任逍遥。

杨　兴：俺金枪将杨兴。

岳　胜：俺花刀岳胜。

合：咱弟兄四人各占山寨，召集喽兵，聚草屯粮。咱二人占领金顶太行山金斗寨，孟、焦二人聚在锯齿狼牙山，倒也无拘无束，自在逍遥。

　　　　（孟上）

孟　良：大哥、四弟，二弟拜见。

岳　胜：二弟来了，请坐讲话。

孟　良：告坐。

岳　胜：二弟不在本寨而到此何事？三弟可好么？

孟　良：咳，大哥、四弟，不消问了。

　　　　（唱）口尊我大哥，又叫四贤弟。

　　　　　　要问做啥来，听我说仔细。

　　　　　　我与焦赞他，占据狼牙地。

　　　　　　抢掠过往人，倒也很得力。

　　　　　　金银堆成山，衣服与首饰。

　　　　　　不料宋兵来，去上太原地。

　　　　　　路过山寨下，我俩下山去。

　　　　　　拦住不叫行，宋将有了气。

　　　　　　有个姓石的，一见动了气。

　　　　　　我俩大交锋，他中我的计。

　　　　　　走马活擒来，绑上高山去。

　　　　　　出来宋元戎，武艺了不得。

　　　　　　镖枪他也中，被他搂了去。

　　　　　忽又打起来，中了我坐骑。
　　　　　栽下马能行，啪嗒摔在地。
　　　　　他忙用手挽，劝我多少句。
　　　　　说是在绿林，多数没出息。
　　　　　叫我归顺他，我就生了气。
　　　　　大骂不绝声，这人真仁义。
　　　　　放我回了山，我又定一计。
　　　　　夜晚去劫营，只说必得意。
　　　　　不想中牢笼，人家也设计。
　　　　　掉入陷坑中，绑上大帐去。
　　　　　又劝我归降，可恨焦贤弟。
　　　　　他先投了降，不计真不计。
　　　　　我就骂起来，他还不生气。
　　　　　又把我放回，回山看仔细。
　　　　　人家早占山，大宋旗号立。
　　　　　气得我想回，宋营元帅遇。
　　　　　送我二百银，是做路费的。
　　　　　这样好的人，感动气悲泣。
　　　　　无奈也投降，来见把兄弟。
　　　　　劝你也归降，弟兄宋营去。
岳　胜：（唱）岳胜来开言，
杨　兴：（唱）杨兴双眉立。
　　　　　拔出剑钢锋，劈头砍下去。
　　　　　定杀负义贼，
岳　胜：（唱）岳胜说不必。
　　　　　贤弟不可太粗鲁，
　　　　（白）四弟不可粗鲁行事。
杨　兴：大哥不必拦挡，这样无义之人，留他何用？你我在结拜之时，对天盟誓，至死不保宋朝。这个无义之徒，竟自背盟，私投宋国，忘却前言。我定要斩此贼子，方消我恨。

岳　胜：贤弟不可，他虽不仁，咱不能无义。暂将他留在山上，等擒住宋朝元帅，再一起发落。

杨　兴：便宜这个负义之徒。

喽　啰：报寨主得知，宋兵山下要战。

岳　胜：再去打探。

喽　啰：得令。

岳　胜：喽啰们，随我下山捉拿宋将，不得有误。

孟　良：哎呀，好险哪好险，你看他们下山去了，我只得看他的胜败便了。

（卒上）

喽　啰：二爷走吧，寨主有令，不叫你下山，叫我们看着你呢，你可别跑了哇。

孟　良：哪有逃跑之理？

喽　啰：走吧，上小屋呆着去吧。

孟　良：咳，这真是把我看起来了。

（岳刀马上）

岳　胜：（诗）宋兵临山下，必然恶战争。

（白）我乃花刀岳胜，耳闻杨景是天下无敌的好汉，我今日倒要与他见个高低，（炮响）敌营炮响连天，出来一支人马，队伍整齐，正门旗下，闪出一员大将，好生威武人也。

（唱）岳胜勒马看军队，宋营出来将一员。
　　　帅旗以下写金字，斗大杨字放光寒。
　　　此人必是杨元帅，果然名儿不虚传。
　　　头上杀气高万丈，不亚天蓬降临凡。
　　　金盔一顶头上戴，珠缨就在顶上安。
　　　面如圆月一般样，额下风幡三缕髯。
　　　身穿锁子连环甲，护心宝镜如月圆。
　　　铠外挂着九头兽，马头战靴两足穿。
　　　左挎弯弓右别箭，鞍鞒挂着打马鞭。
　　　手使丈八枪一杆，坐下白龙战马欢。
　　　见面就有三分爱，催马上前去交言。

杨六郎：（唱）杨景早已留神看，对面来了一勇男。

耀武扬威生杀气，威风凛凛透碧天。
彩缎扎巾寒光射，二龙戏珠左右盘。
面如重枣朱砂染，丹凤眼睛眉卧蚕。
三缕胡须胸飘洒，不愧外号叫美髯。
绿罗袍朵朵翻荷叶，内衬锁子甲连环。
护心宝镜如秋月，绊胄丝绦九股粘。
前后纱锦十字判，杀人宝剑腰中悬。
两扇征裙金钉锁，虎头战靴插镫间。
胯下一匹赤兔马，手使那青龙大刀闪电一般。
若得此人归大宋，何愁北国起狼烟？
不免善说他归顺，只可以礼待魁元。
不可以勇苦争战，打定主意迎上前。
霎时之间对了面，

（白）来者好汉，你且报上名来。

岳　胜：我乃花刀岳胜，莫非你就是杨景吗？

杨六郎：正是本帅。既知我名，就知我的厉害，好汉我有一言说出，请勿见怪。

岳　胜：你且讲来。

杨六郎：好汉，你想人生天地之间，不可以将有用之身做无用之事。本帅早知将军，文能治国，武能安邦，岂能失身于绿林之中？以好汉之才，却作了废用之料，虽然不做伤天害理之事，也难免落于寇盗之名，大失英雄之体，有污豪杰之志。现下大宋天子，本是有道的明君，用贤除佞，纳忠信良，清理朝纲，废奸妃以正宫阙。求贤若渴，以我杨某本是罪犯，天子仁慈，不但赦罪，还官封高爵，为兵马大元帅，何况好汉文武全才，何不投宋，随营立功，平服北国，为国分忧，与民除害，使百姓不受刀兵之苦？等回朝之日，金殿龙楼，封官赠职，凌烟阁上标姓，驰名天下，万人敬仰，留名与后世，岂不强如为寇多矣？本帅拙言及此，好汉再思再想。

岳　胜：哼，听你之言，倒也有理，但有一件。

杨六郎：哪一件？

岳　胜：你要能胜过我手中这口刀，我就降你；如若不然，想要过山，比登天还难。

杨六郎：哈哈哈，好汉既要比拼三合，本帅讲不起奉陪，但是刀枪，可要各加小心。

岳　胜：好，你我皆不用兵将帮扶，看是谁胜谁败。

杨六郎：有理。众将官，人马退回，无令不许妄动。

岳　胜：喽啰们，无令不许上前，不许暗放冷箭，违者立斩！撒马过来。

杨六郎：来来来。

　　　　　（唱）二马一冲交了手，刀枪并举各用功。
　　　　　　　　杨景金枪如怪蟒，上下左右不透风。

岳　胜：（唱）岳胜花刀如闪电，六十四路门路精。

杨六郎：（唱）真是好汉与好汉，

岳　胜：（唱）果然英雄遇英雄。

杨六郎：（唱）一个天朝大元帅，

岳　胜：（唱）一个山寨有威名。

杨六郎：（唱）杨景一心收好汉，

岳　胜：（唱）岳胜要擒帅元戎。

杨六郎：（唱）大战也有一百趟，

岳　胜：（唱）不分谁胜与谁赢。

杨六郎：（唱）只杀得天昏与地暗，

岳　胜：（唱）只杀得尘土把日蒙。

杨六郎：（唱）暗夸山寇刀法好，

岳　胜：（唱）心里佩服郡马公。

杨六郎：（唱）收他本想平山寇，

岳　胜：（唱）战败他山寨更有名。

众　人：（唱）两边儿郎齐喝彩，催战打鼓响咕咚。

杨六郎：（唱）辰时杀到申时刻，

卒：　（唱）两下鸣金各收兵。

杨六郎、岳胜：（唱）二人住手开言道，

杨六郎：（白）你听，两下鸣金，今日天晚，明日再战。

岳　胜：请。

杨六郎：请。

岳　胜：（内白）喽啰们，将马带过。（上帐，兴站）一场的好杀，一场的好战，好个杨景，真乃名不虚传，果然枪法神出鬼没，我二人大战二百余合，不分胜败，天晚各自收兵，明日再与他见个高低上下。

杨　兴：大哥，小弟有一拙计，不知可行？

岳　胜：四弟有何妙计？快些说来。

杨　兴：大哥听了。

　　　　（唱）带笑开言尊兄长，细听小弟说从头。
　　　　　　　杨景厉害人难挡，莫如智取用良谋。

岳　胜：（白）有何妙计？快些说来。

杨　兴：（唱）明日差人把书下，去请杨景上山头。
　　　　　　　咱这里设下酒与宴，请他赴会当与讲究。
　　　　　　　就说咱们归大宋国，情愿弃山把他投。
　　　　　　　两廊埋伏刀斧手，摔杯为号不把情留。
　　　　　　　擒住宋朝大元帅，他要不降割他头。
　　　　　　　不知此计可行否？

岳　胜：（唱）连说好计理很投。
　　　　　　　吩咐喽啰听号令，
　　　　（白）喽啰们，请你孟二寨主。

喽　啰：哈。（下）有请二寨主。

孟　良：来了。（上）大哥在上，叫我上帐有何事故？

岳　胜：你既投降大宋，我也不怪罪于你。今放你回宋营，我这里有书信一封，要你拿去，见那杨景，叫他照书行事。书字在此，收过，去吧。

孟　良：是。

岳　胜：你看这个鲁夫欣然而去，四弟你去埋伏。

杨　兴：得令。

岳　胜：喽啰们，小心巡山。

　　　　（升帐，五将站）

众　将：（诗）英雄平北胆气豪，腰中常悬带血刀。
　　　　　　　男儿要挂封条印，疆场杀敌立功劳。

郑　印：（白）郑印。

张光远：张光远。

罗延威：罗延威。

石守信：石守信。

焦　赞：焦赞。

合：　　元帅升帐，在此伺候。

　　　　　（杨六郎出）

杨六郎：（诗）大兵来到太行山，山寇拦路动征战。

　　　　　（白）本帅杨景，字延昭，带领大兵扫北，来到太行山下，不想这里的山寇真乃英勇无比，昨日与他交战一天，未见胜败。今晚收兵，愁思一夜，并无良策。今日早用战饭，定要与岳胜决一死战。

卒：　　（上）报元帅得知，今有孟良回营，在外伺候。

杨六郎：命他进见。

卒：　　（下，内白）元帅有令，命你进见。

孟　良：来了。（上）元帅在上，孟良参见。

杨六郎：孟将军，你去说服山寇，为何今日才回？

孟　良：咳，元帅不消问了。

　　　　　（唱）孟良身打躬，连连说羞愧。

　　　　　　　奉令去上山，不济真累赘。

　　　　　　　只说仗交情，必然他归顺。

　　　　　　　见面我一提，惹他气炸肺。

　　　　　　　岳胜未开言，杨兴真不对。

　　　　　　　抽出剑龙泉，要把我命废。

　　　　　　　说我失前盟，说我非人类。

　　　　　　　多亏岳胜他，相拦离座位。

　　　　　　　将我送后边，喽兵派两对。

　　　　　　　令人把我看，也不叫受罪。

　　　　　　　也给我饭吃，不叫出屋内。

　　　　　　　昨晚叫我出，吩咐好一会。

　　　　　　　说是下高山，冲锋带大队。

　　　　　　　拿来书一封，元帅你理会。

说罢献上书，

杨六郎：（唱）杨景用目窥。

（白）不知来书是何意？（看介）呀，原来是请我前去赴宴，商议投降之事。好，众将军，岳胜叫孟良带来书信，原是这般如此，众位以为如何？

众　将：元帅，若依我等看来，和金沙滩一样，也是宴无好宴，会无好会。自古道，大将不临险地，况元帅乃是千军之主帅，何必与几个小小毛寇苦苦地征战？就是胜了他，也不足为奇。依我等拙见，明日大起合营的十万人马，四面放火烧山，管叫他一个难逃，平灭山寨，好奔太原要紧。

杨六郎：众位之言，虽然有理，但本帅素以仁义待人，焉能行此毁山之事？我看岳胜本是盖世的英雄，他要投降大宋，岂不添了一条臂膀？本帅心意已决，不必拦挡。孟良，你快回去说与岳胜，本帅也不写回信，随后就到。

孟　良：得令。

杨六郎：本帅也不带兵，只带随从二十人，寸铁不带，前去赴会。左右，外面带马伺候。

焦　赞：元帅既不带别人，末将焦赞情愿相随，保护元帅。

杨六郎：你去倒也可以，众位将军，好好保护大营，千万小心。

（唱）说罢起身往后去，（下）摘盔卸甲手不停。
　　　　换了便衣与便帽，（上）带领焦赞往外行。

众　将：（唱）众将俱各心不放，不敢拦挡暗担惊。

杨六郎：（唱）杨景营外上了马，

焦　赞：（唱）焦赞相随在后行。

卒：　　（唱）二十兵丁相保护，个个心中不安宁。

杨六郎：（唱）不言杨景到山下，

喽　啰：（唱）喽兵报事进帐中。
　　　　宋营元帅到山下，

岳　胜：（唱）岳胜听罢往外行。（上）
　　　　出了大寨留神看，看见来了大元戎。
　　　　呀，素体常装无甲胄，寸铁未带上山峰。
　　　　二十名随从也一样，哼，此人真乃太老成。

     又见相随焦贤弟，令人佩服在心中。

     紧走几步对了面，未去远迎恕不恭。

杨六郎：（唱）轻造宝山多得罪，大王相请我有荣。

岳 胜：（唱）元帅请入大寨内，寨外下马入帐中。

杨六郎：（白）请。

岳 胜：请。元帅请坐。

杨六郎：告坐。

岳 胜：（唱）吩咐一声看酒宴，

    （白）喽啰们，摆酒宴上来，请元帅入席。

杨六郎：岳寨主相邀本帅，有何事情相议？请道其详。

岳 胜：并无别事，竟为投降之事，恐怕元帅不允。

焦 赞：大哥呀，既然愿降，就请快些拜过元帅，散了兵，烧了山寨，齐归大队，好去征北，何用再议？

杨 兴：住口，焦赞，我把你这万恶的匹夫，忘了神前结拜之情，还敢在席前多言语？我今对你实说了吧，今日把宋朝元帅诓到山上，要想下山，比登天还难。一边说着，把酒杯往地下一摔。两边武士，还不拿人，等待何时？（内喊，武士上）

焦 赞：住口，我看你们哪个敢动手，叫你在鞭下脑浆崩裂，你们哪个敢来？（执鞭下）

杨六郎：焦将军不可粗鲁。二位寨主，容我一言相劝，动手不迟。我今上山，因二位相邀，常言说得好，将酒待人，并无恶意，就此我才素体常装，寸铁未带。况且二位乃是当世的豪杰，天下的英雄，人所共知，绝不能做那不仁不义的事。本帅未来之时，众将疑虑及此，乃俱各拦挡我。但本帅素以忠信待人，故而不避刀斧，轻身而入虎狼之地，早知有凶无吉。但古语云，忠信乃立身之本，我宁可失一性命，也不失信于朋友。尚请二位，以轻重大事来论：想我杨景乃大宋天子的主帅，奉旨扫北，堵挡番兵，为国为民，保守边界，使黎民百姓免受刀兵之苦，干系非轻。我与二位往日无冤，近日无仇，今要把我杀死，我杨景生而何欢，死而何惧？但我死之后，无人扫北，倘若番邦杀入中原，百姓有累卵之危，黎民受倒悬之苦，那时二位一则遭万民之咒骂，恶名传于后世，二则是中原之人士食用于华夏，今做此事，可对得起死去的祖宗三代么？话已说完，不可费事，就请动手，待我自己伸头受诛。来！来！来！就请二位施刑吧。

岳胜、杨兴：（白）咳，愧死人也。

（唱）只说得，羞惭惭。

无言可对，热汗直蹿。

自恨自己错，做事太蠢憨。

枉称英雄好汉，自古文武齐全。

失身绿林就不对，又与元帅使机关。

设巧计，暗藏奸。

以为计巧，使得万全。

诓哄宋元帅，到了太行山。

埋伏刀斧武士，暗算不是英贤。

听听人家说的话，句句都是金石言。

便衣帽，入龙潭。

寸铁不带，上了高山。

武士要动手，并不把惊担。

劝敌依仗大义，生死搁在一边。

再不投降归元帅，活在世上无面颜。

急忙忙，跪平川。

二目流泪，面带羞惭。

元帅相指教，我等太愚顽。

望求元帅赦罪，宽恩恕我不端。

情愿元帅收留下，牵马坠镫也心甘。

杨六郎：（白）呀，岂敢？

（唱）面带笑，用手搀。

二位请起，我有话言。

既然为大宋，都是一殿官。

心中不必惭愧，大家各叙心田。

我心喜爱二位好汉，本帅我愿与二位结为金兰。

(白）二位既然归降，乃为识时务者，本帅情愿与众位好汉结为生死弟兄，不知众位意下如何？

合： 我等焉敢与元帅结拜？

杨六郎：众位不可太谦。

（孟上）

孟　良：岳大哥，我说杨景是好人呢，你看到底是好人还是坏人哪？

岳　胜：二弟不要说了，我们如今也投降了。

孟　良：早就应该投降嘛。

杨六郎：众位，咱五人各叙年庚，同心结义，好去征北。

孟　良：我知道我知道，杨元帅为兄是老大，岳大哥为弟弟是老二，我为老三，焦赞为老四，杨兴为老五。喽啰们，摆香案，杀猪宰羊，大排筵宴，歇兵一夜，明日放火烧山，兵合一处，杀奔太原，不得有误。

（诗）真是好汉爱好汉，果然英雄惜英雄。

杨六郎：请。

（完）

第十七本

【剧情梗概】 佘太君带领女将回京，杨五郎也回五台山去了。六郎调来边庭众将，带领二十万大军，兵发两狼山。然辽将韩匡思骁勇，死伤宋将多名，营中无人能敌，六郎只得挂起免战牌。六郎听从建议，派孟良回杨府请来排风，排风赶来，战胜韩匡思。杨景与韩昌大战二百余合不分胜败，后韩昌被打下马，然六郎未取其性命。韩昌感动，主动提出南北议和，并说只要六郎在世，永不犯南朝边界。天子驾崩，太子登基，年号大宋天皇元年（历史上应为开宝元年）。

（五更升帐，众站）

杨六郎：（内白）众将官，人马杀奔太原，不得有误。（上）本帅杨景，太行山收下四位好汉，三千人马，歇兵一夜，兵发太原。众将官，人马不可乱队。
（唱）杨景马上传将令，炮响三声起了兵。

众　将：（唱）三军答应不怠慢，如狼似虎有威风。
刀枪如同麻林样，旌旗招展遮蔽空。
走过州城与府县，渴饮饥餐不消停。
这日正走抬头看，远远望见太原城。

卒：（唱）摇旗跪倒忙禀报，报与元帅得知情。
面前太原离不远，外面番兵扎下营。

杨六郎：（唱）杨爷吩咐再去探，吩咐一声扎下营。
带领着岳、孟、焦、杨四员将，上了一座土山峰。（摆山，五将上）
呀，只见番兵无其数，太原围得不透风。
不知城内怎么样，母亲吉凶不知情。
必得一人闯入内，好叫城中放心胸。
看罢下了土山岗，（下，摆场，众将随上）入营围坐把话明。
（白）众位将军，你看番兵将太原城围得如同铁桶一般，本帅有心差人闯进城去，下书说与母亲放心，约定日期，城内由里往外杀，咱们从外往里杀，内外夹攻，何愁番兵不灭？不知哪位将军愿往？

孟　良： 元帅，末将孟良愿往。

杨六郎：好，贤弟千万小心在意。

孟　良：不劳嘱咐，军校们，马来。

杨六郎：你看孟良去了，众将官紧守营盘。

（孟马上）

孟　良：（唱）奉令闯营进太原，去送家书不惮烦。

（白）俺孟良奉了元帅将令，闯营进城，来到番贼营外。呀咧，番贼闪路，你孟祖宗来也。

（硬唱）大斧抢开喊如雷，祖宗闯营快快闪。（下）

番　兵：（内唱）番兵报与主将知，有一蛮将来闯营。

苏天豹：（内唱）苏天豹闻听气红眼。

吩咐一声闪营门，提枪上马一声喊。（对上）

大胆宋将敢闯营，自来送死少撑脸。

孟　良：（唱）孟良并不通姓名，斧子抢开搂头砍。

大战也有几十合，孟良诈败回里转。

苏天豹：（唱）天豹紧追不放行，马临且近不甚远。（上）

孟　良：（唱）孟良一闪抓过来，（擒住）大叫番兵快躲闪。

我今拿他当挡牌，刀枪往他身上砍。

番　兵：（唱）番兵一看不敢拦，怕伤主将俱躲远。

孟　良：（唱）孟良得便往里杀，心中欢喜大了胆。

韩匡思：（唱）来了大将韩匡思，大骂宋将气死俺。

匹马敢闯我连营，（对上）叫你立刻鲜血染。

孟　良：（唱）孟良松手扔了贼，（豹跑下）二马一冲抡斧砍。

大战也得二十合，愣爷累得吁吁喘。

浑身热汗往下流，两膀无力筋骨软。

心中着忙巧计生，急忙败回把马转。（下，又上）

腰中取出火葫芦，冒出火焰照人眼。（火）

韩匡思：（白）呀，不好！

孟　良：（唱）只见番兵大败逃，哈哈大笑不追赶。

（白）哈哈，好了哇，好了，番贼被我烧得大败而逃，不免急到城下叫关便了。

（出丑番将，对孟）

番　将：我把你这个死不了的宋将，真乃撒野，看我也徒自擒你。

孟　良：看斧子。（杀丑死）这厮已死，不免割下人头叫关报功便了。

（下，摆城，孟又上）城上的军校听着，快快报与太君知道，就说京中救兵杨元帅帐下孟良求见。

卒：　稍等。（下，内白）报太君得知，有京中救兵杨元帅帐下将官孟良闯过连营，提着番将的首级在城下叫关。

佘太君：（内白）这等开放关门，放他进城，在大帐见我。

卒：　哈。（上）太君有令，命你进城。（下）开城了。

孟　良：来了。

（升帐，众站，太君坐）

佘太君：（唱）番兵困太原，不久要破关。

（白）老身佘太君，方才军校报道，说京中发来人马，有一将官闯营进城，已命军校去领那人进帐问话。

卒：　（上）那位将军，随我来。

孟　良：来了。（提人头上）太君老母在上，孟良叩头。

佘太君：你是何人？为何这等称呼？

孟　良：老母不知，原是如此这般，命我闯营下书，被我活捉苏天豹，火烧韩匡思，斧劈番将人头，在此请母亲验看。（递）

佘太君：好，果然不错，军校，将人头号令城门。

卒：　哈。（拿下）

佘太君：我儿可有书信吗？

孟　良：书信在此，太君请看。（递上）

佘太君：军校们，叫你孟爷用饭去吧。

卒：　孟将军随我来。

孟　良：来了。

佘太君：我儿的书中，不知何事，待我拆开看来。

（唱）太君拆开留神看，慢闪残目观分明。

上写着母亲贵体可康泰？孩儿杨景问安宁。

自从母亲领兵后，为儿日夜惦心中。

因戴罪名不敢漏，谁想事情有变更？
那日八王到咱府，带着天官寇莱公。
祭奠为名暗查访，假哭喊暗中窥测儿死生。
半夜未回灵前睡，郡主送饭到穴中。
不想寇准暗随后，一切事情被他偷听。
郡主取茶门关闭，寇准假装女花容。
外边叫门儿不晓，孩儿开门吃一惊。
将我抓住难挣脱，八王举铜动无明。
孩儿说透被屈事，八王立刻入皇宫。
奏明圣主其中故，天子大怒拿正宫。
立逼潘妃自缢死，算与咱家报冤恨。
母亲急表把京进，朝中缺将帅领兵。
八王趁机把儿保，封我当朝永安公。
提起母亲被困事，又封儿扫北大元戎。
带兵十万太原奔，路过金顶太行峰。
收下了岳、孟、焦、杨四员将，各个武艺甚精通。
儿与他们同结拜，命孟良闯营下书到城中。
母亲见书早准备，打发孟良急回行。
定准外面信号响，城内大兵往外冲。
孩儿带兵由外杀入，里外冲杀破贼兵。
书不尽言儿谨叩，好哇，太君看罢面笑容。

（白）好，既然救兵到来，正好奔踏贼营。人来，急唤孟良上帐。（下）

卒：　　太君有令，孟将军上帐。
孟　良：来了。（上）太君在上，孟良参见。
佘太君：孟良，你与你五哥相见。
孟　良：是。
佘太君：五郎上前见过。
杨五郎：是。
孟　良：五哥可好？
杨五郎：孟贤弟可好？

孟　　良：五哥，小弟早知你的英名，今日相见，真是我孟良的造化。
杨五郎：好说，不敢。
佘太君：孟良，你快回去见你六哥，定准今夜里外夹攻，大破番兵。
孟　　良：得令。
佘太君：今已定下连环计，准备一举破番营。
　　　　（五郎、孟马上）
杨五郎：孟贤弟，为兄在前你在后，将你送出我再回去。
孟　　良：五哥，你是送我的，还是你在后，我在前，看我这斧子砍得猛。
杨五郎：也好，闯呀。
　　　　（番卒上报）
番　　卒：报都督，两名宋将闯营。
韩　　昌：看叉马伺候。
　　　　（对五郎上）
韩　　昌：好个死不了的宋将，竟敢闯营，看叉。
杨五郎：来来来。（对杀下）
　　　　（孟上）
孟　　良：你看五哥与番贼杀在一处，趁此机会闯出番营便了。
　　　　（昌、五郎杀上，五郎败上）
杨五郎：你看韩昌真正厉害，孟良已闯出，单等番贼赶来，金枪打他便了。
韩　　昌：哪里走？
杨五郎：着哇。
韩　　昌：哎呀，不好。
杨五郎：你看韩昌大败，待我回城交令。
　　　　（升帐，九人站）
众　　将：（诗）甲叶叮当响，刀枪耀眼明。
　　　　　　　　齐集将台下，专听将令行。
郑　　印：（白）俺郑印。
石守信：俺石守信。
张光远：张光远。
罗延威：罗延威。

岳　　胜：岳胜。
孟　　良：孟良。
焦　　赞：焦赞。
杨　　兴：杨兴。
杨排风：杨排风。
众　　将：元帅升帐，小心伺候。

　　　　　（六郎坐）

杨六郎：（诗）孔孟文章吴子兵，前人留下后人行。
　　　　　　　排兵布阵按三略，出兵带马效黄公。
　　　　（白）本帅扫北大元帅杨景，孟良闯营回来，约定今夜二更，里应外合，攻打番营，众将官侍立两旁，听本帅吩咐。
　　　　（唱）杨景座上开言道，众位将军听其详。
　　　　　　　今夜二更破番贼，只要大家努力帮。
　　　　　　　内外夹攻这一阵，杀他片甲不归乡。
　　　　　　　平灭番贼回朝转，圣上加封祖宗光。
　　　　　　　叫声将军石守信，

石守信：（白）在。

杨六郎：（唱）又叫郑印汝南王。

郑　　印：（白）在。

杨六郎：（唱）你二人带领两万人共马，去闯番营正东方。
　　　　　　　只许进来不许退，违命斩首按法章。

石守信、郑印：（白）得令。

杨六郎：（唱）又叫延威张光远，

罗延威、张光远：（白）在。

杨六郎：（唱）带领二万众儿郎。
　　　　　　　违令斩首正北去，

罗延威、张光远：（白）得令。

杨六郎：（唱）又叫岳胜听其详。
　　　　　　　命你率兵正南去，违令斩首命必亡。

岳　　胜：（白）得令。

杨六郎：	（唱）	又叫杨兴与焦赞，带兵两万刀共枪。
		去闯敌人正西方，杀敌立功只一场。

杨兴、焦赞：（白）得令。

杨六郎：（唱）排风上帐听吩咐，你守老营护草粮。

杨排风：（白）得令。

杨六郎：（唱）又拔令箭往下叫，叫声二弟勇孟良。

孟　良：（白）在。

杨六郎：（唱）仗你会把火来攻，偷烧粮草叫贼慌。
军无粮草兵必乱，叫番贼不知奔哪方。

孟　良：（白）得令。

杨六郎：（唱）吩咐已毕下大帐，上马提枪上山岗。
预备信炮与信火，等候更锣起二梆。（二更）
鼓打二更该动手，
（白）天已二更，火炮手点起信炮来。（炮响）炮声响动，众将官一起往里冲杀。

众　将：（硬唱）众将大喊往里冲，如同天塌与地陷。
四面宋将闯番营，

番　兵：（唱）番兵番将心忙乱。
黑夜之间未提防，爬将起来心打颤。
也有拿鞋头上戴，也有帽子脚下垫。
也有摸不着马鞍子，也有找不到弓和箭。
自伤自残乱了营，番兵番将死大半。

韩　昌：（唱）韩昌传令快撤兵，黑夜之间没法办。
一声令下往外逃，

宋　兵：（唱）城里兵将早听见。
将门大开杀出来，

番　兵：（唱）番兵好像包子馅。
遇着刀的刀下亡，遇着枪的扎稀烂。
遇着鞭的脑袋崩，遇着斧子劈两半。

韩　昌：（唱）韩昌大败头里行，

众　　将：（唱）天佐天佑在后面。
　　　　　　　匪思不敢再战争，土家兄弟心胆颤。
　　　　　　　霎时退出一百多，到了两狼山对面。
　　　　　　　喊声杀声离远了，吩咐埋锅快造饭。
　　　　　　　安下行营查番兵，然后想计再交战。
　　　　　　　不言番兵两狼山。
宋　　兵：（唱）里外宋兵对了面。
　　　　　　　追了也有七八十，鸣金收兵齐会面。
　　　　　　　鞭敲金镫响叮咚，东方天明不黑暗。
杨六郎：（唱）杨景马上传将令，
　　　　（白）众将官，人马扎在城外，掩埋尸首，不许乱队，各位将军，随我进城。
　　　　（摆场，大帐）
佘太君：（内白）六儿随母，一入帅府。
杨六郎：是。（上）母亲，孩儿救护来迟，望乞恕罪。
佘太君：儿啦，不想你得见天日，救出娘来，你五哥也在这里等候与儿相见，吩咐五营四哨，杀牛宰羊，大摆筵宴，犒赏三军。
杨六郎：母亲，番兵已退，孩儿带兵北伐，母亲带领女将，一起回转汴梁。
佘太君：我儿言之有理。
　　　　（五郎上）
杨六郎：五哥一向可好？小弟有礼。
杨五郎：六弟免礼，自己弟兄，不必如此。哦，母亲，如今番兵已退，孩儿不可在此久住，我回五台山去见师父，咱母子还有见面之时。
佘太君：我儿，你既身入佛门，为娘也不强留在此，歇息三日之后，回转京都，你再回山，你六弟就去北伐了。
杨五郎：孩儿遵命。
杨六郎：中军拿我令箭一支，去上三关，调来众将共灭番贼。众将官，犒赏三军，歇兵三天，兵发两狼山。
　　　　（升帐，十六人站）
众　　将：（诗）边庭守要地，将勇兵也强。

番兵不犯界，威名震四方。

陈　　林：（白）俺陈林。

柴　　干：柴干。

郎　　千：郎千。

郎　　万：郎万。

吴　　凯：吴凯。

刘　　奇：刘奇。

戴朝风：戴朝风。

戴魁章：戴魁章。

黄　　虎：黄虎。

孙　　明：孙明。

鲁　　杰：鲁杰。

马　　逊：马逊。

刘德海：刘德海。

崔文秀：崔文秀。

鲁　　魁：鲁魁。

陈　　雄：陈雄。

合：　　元帅升帐，小心伺候。

（何帅出）

何忠海：（诗）带领边关众儿男，忠心赤胆保江山。

（白）吾边关总帅何忠海，自从呼丕显拿去潘仁美，命我暂管边庭。前日韩昌带兵攻打，并未取胜，转到太原去了。又听说杨景挂了帅印，解了太原之危，番兵退守两狼山，也不知怎样？

（卒上）

卒：　　报元帅。

何忠海：何事？

卒：　　差官到了辕门，乞令定夺。

何忠海：这等待我迎接。

差　官：边关总兵何忠海听令，今有韩昌退回两狼山，老太君率领女将回朝，太原兵将不多，命将留一二名上将把守边庭，其余兵将急赴太原，合兵听令，以备北伐，令到即行。

何忠海：得令，差官请入馆驿歇息，本帅即刻遣将，明日随令而行。

差　官：请。

何忠海：请。（送下，又上）众位将军，方才有扫北大元帅差官调取人马征北，此乃大事，不可违令。此处留吴凯、刘琦与本帅把守，其余众将各带本部人马去太原助阵。

众　将：我等遵命。

何忠海：（唱）边庭众将虎一般，奉命调遣破番兵。

杨六郎：（内白）众将官，人马杀入两狼山，不得有误。（马上）本帅杨景，调来边庭众将。母亲带领女将回京，五哥也回五台山去了，太原留孙杰镇守。本帅带领二十万大军，兵发两狼山。众将官，人马前进。

（升番帐，众站）

众　将：（诗）损将又折兵，退守两狼峰。
　　　　　　重转整队伍，定然见输赢。

韩匡思：（白）我乃无敌大将军韩匡思。

萧天佐：萧天佐。

萧天佑：萧天佑。

苏天豹：苏天豹。

土金辉：土金辉。

韩大赖：韩大赖。

韩大力：韩大力。

合：都督升帐，小心伺候。

（昌出）

韩　昌：（唱）带领兵将征中原，不想大败甚不堪。
　　　　　　两狼山下安营寨，定与杨景战一番。

（白）我乃征南大都督韩昌，奉太后旨意，带兵征宋，不料杨景在世，太原一战，死伤酋长五十余名，兵丁五万有余，兵撤两狼山，养足锐气，定与杨景决一死战。

（卒上）

卒：报都督，可不好了。

韩　　昌：何事不好？快快报来。
卒　　：听报。
　　　　（唱）探子战兢兢，都督听一遍。
　　　　　　　南朝大兵来，不知多少万，
　　　　　　　战将九十员，个个是好汉。
　　　　　　　也有红脸的，也有黑脸汉。
　　　　　　　白的似粉团，黑的如木炭。
　　　　　　　旌旗遮太阳，盔明甲光现。
　　　　　　　长枪如竹林，大刀似闪电。
　　　　　　　离此三十多，埋锅造下饭。
　　　　　　　大炮震天庭，必要来讨战。
韩　　昌：（白）再探。
卒　　：得令。
韩　　昌：（唱）闻听喊一声，气得颜色变。
　　　　　　　好个杨延昭，欺人太不善。
　　　　　　　哪位去迎敌？头功第一件。
韩匡思：（唱）恼怒韩匡思，上帐接令箭。
　　　　　　　待我去迎敌，杀他大营乱。
　　　　　　　叫他知道咱，北国有好汉。
　　　　　　　说罢下中军，（下）提棍把马牵。
韩　　昌：（唱）韩昌把令传，随我去助战。
　　　　（白）众番兵，随我城头列阵，擂鼓助威。
韩匡思：我乃金棍无敌将韩匡思，宋将要阵，定与他见个高低。呀，你看宋营炮响连天，出来无数人马，待我迎将上去。
　　　　（对郑上）
郑　　印：来这番贼，报名上来。
韩匡思：我乃韩匡思，宋将何名？
郑　　印：我乃大宋天子驾下汝南王郑印，知我厉害，快快献了降书顺表，免得费事。
韩匡思：小小的幼儿，口出大言，看棍打你。

郑　印：来来来。（大杀一阵，郑败，又上）呀不好，番贼棍沉力大，震得两膀酸麻，不能取胜，只得回营便了。

韩匡思：宋将战有三十回合，逃命去了。番兵们往上攻杀。

（对石上）

石守信：番贼何名？

韩匡思：我韩匡思，宋将何名？

石守信：我石守信，番贼看枪。

（杀石死）

韩匡思：宋将被我打死，往上攻杀。

（张、罗上）

张光远：吾乃张光远。

罗延威：罗延威。番贼打死石守信，你我上前捉拿番贼报仇便了。

张光远：有理。

（对上，杀张、罗，二人死）

韩匡思：哈哈哈，一连打死三将。番兵们，杀。

（孟、焦上，败。岳上）

岳　胜：好个番奴，连伤数将，看我岳胜擒你。

韩匡思：来来来。

（大杀一阵，岳败，又上）

岳　胜：番贼果然厉害，不可久战，天色已晚，只得收兵回营。

韩匡思：宋兵败回，不必追赶。众番兵，打得胜鼓回营。

（升帐，众站，杨出）

杨六郎：（唱）死了国公好几名，好叫本帅闷心中。

（白）本帅杨景，方才一仗，死了张、罗、石三家国公，又败了几将，好个韩匡思，真有万夫不当之勇。这且怎好？

（唱）杨景闷坐中军帐，心中犹如扎万刀。

　　　好个番将真厉害，力大无穷丈二高。

　　　众将俱各败回阵，郑印也被打败了。

　　　别人出马不中用，再去也是枉徒劳。

　　　一个番将敌不住，怎能征北把贼抄？

　　　　　　本帅意欲去出马，又怕也是落下梢。
　　　　　　千军主帅要败阵，众将三军必发毛。
　　　　　　这可叫我怎么好？急得热汗往下飘。
　　　　　　着急不住团团转，
高君保：（白）元帅，
　　　（唱）上来君保小英豪。
　　　　　　元帅不必心烦躁，末将想起事一遭。
杨六郎：（白）将军有何高见？
高君保：（唱）当日太君领人马，曾在城外动枪刀。
　　　　　　男女众将皆战败，多亏一位女英豪。
杨六郎：（白）却是哪个？
高君保：（唱）就是排风小侍女，风火棍打得番将望影逃。
　　　　　　元帅何不把她请？叫她前来走一遭。
　　　　　　不知元帅如意否？
杨六郎：（唱）杨景听罢喜眉梢。
　　　　　　既有此女把他挡，就此差人去相约。
　　　　　　孟良上帐听吩咐，你去京都莫辞劳。
　　　　　　去到天波我府内，见了太君说根苗。
　　　　　　去请排风来助战，急去快来莫误了。
孟　良：（唱）说声遵令下大帐，
杨六郎：（唱）杨景传令众军校。
　　　（白）众将官，番贼要战，不可出马，免战牌高悬，等请来排风再做定夺。多加防范，小心番兵偷营。
　　　（孟马上）
孟　良：（唱）奉了元帅令，去请女花容。
　　　（白）俺孟良奉命求救，想起来令人可笑哇。
　　　（唱）哈哈哈，打马加鞭路上行，思想起来笑个饱。
　　　　　　自从占山为了王，太行山上落了草。
　　　　　　弟兄四人心意投，处处遂心也都好。
　　　　　　我本山上二大王，吃喝玩乐没处找。

不想京中发来兵，路遇高山犯争吵。
头阵我就把彩抓，一员宋将逮住了。
次日杨景把马出，武艺精通门路巧。
镖枪打他也不行，战马忽然被打倒。
把我摔下马能行，并不杀害放我跑。
偷营又中计牢笼，陷入深坑绊住脚。
绑上大帐劝我降，被我咒骂他不恼。
二次放我回山中，山寨被人占去了。
进退无路要回家，杨景为人世间少。
来送路费我感恩，我才投降把他保。
我两结义为兄弟，气得杨兴他烦恼。
设计诓哄杨延昭，暗中定下机关巧。
摔杯为号伏兵出，杨景英雄天下少。
寸铁不带上高山，英雄虎胆世上少。
面不改色讲一番，说得岳胜言语少。
马上投降拜弟兄，合兵一处把北扫。
一阵破了北国兵，令我用火烧粮草。
番兵退守两狼山，两下交兵失机了。
死了大将整三名，众将大败计策少。
元帅回营无计谋，出来献计高君保。
设计要打韩匡思，必得进京把排风找。
叫人心中气不平，又怕多言添烦恼。
怎么一个小丫头，搁不住老孟一顿脚。
在营我也见过她，算个什么出奇宝？
将令在身只得行，晓行夜宿打马跑。
并非一日到汴京，逢人问信杨府找。

（白）逢人问信来到杨府，不免进府便了。

（太君出）

佘太君：（唱）由太原归回杨府，思我儿日夜不安。

（白）老身佘太君，因我儿挂印，救得老身回朝，回到天波府，倒也无事，不知我儿胜败如何？

（洪上）

杨　洪：禀太太，门外有六爷打发帐下孟良求见太太。

佘太君：快些命他进见。

杨　洪：是。（下，内白）太太命你进见。

孟　良：来了。（上）老母在上，孟良叩头。

佘太君：快些起来。杨洪看座，孟良坐下讲话。

孟　良：孩儿告坐。

佘太君：孟良你进京，有何事故？

孟　良：母亲不知，原是如此这般。奉元帅哥哥之命，来请排风前去助战。

佘太君：那厮厉害，老身是知道的。既然军事紧急，就命排风前去，排风哪里？快来。

杨排风：来了。（上）太太呼唤哪边使用？

佘太君：只因你六爷与北国交锋，与韩匡思交战数阵，死了三家国公，你六爷命你孟爷请你助阵，你可愿去？

杨排风：为国家出力，万死不辞，不知哪时动身？

佘太君：军事紧急，明日五更登程。

杨排风：是，奴婢遵命。

孟　良：老母哇，要我一看，排风不过是个软弱女子，没有捉鸡之力，不过学几路拳脚，岂能是韩匡思的对手？太君若叫她去，恐怕难敌住金棍无敌将。咱国出乎其类、拔乎其萃的上将上上下下千千万万，死败无数，何况一个小小女子，岂不白送性命吗？

佘太君：孟良你是不知，别看她年轻，论起本领来，你也未必是她对手。

孟　良：咳呀，气死我也，太君不要长她威风，灭我志气。排风，你可敢与我比拼三合？你若胜我，就随我前去，若不然，就不去，免得丢丑。

杨排风：孟爷，不要暴躁，吾一个烧火的丫头，岂敢与你老动手？况且与我六爷结拜，如同我主人一样，岂敢以奴欺主？

孟　良：得了，我老孟是个粗鲁之人，不懂那些道理，你若有本领的话，就比拼三合。

佘太君：排风，既然你孟爷不怪你，你就陪他走上几趟，倒也无妨。

杨排风：是，奴婢遵命，孟爷我先请罪了。
孟　良：不必啰唆。
　　　　（唱）孟爷心中不服气，迈步急忙出了房。
杨排风：（唱）排风随后去打扮，汗巾扎头换衣裳。
佘太君：（唱）太君拄杖也跟去，恐怕孟良受她伤。
孟　良：（唱）孟良来到演武场，拉衣挽拳气昂昂。
杨排风：（唱）排风心中暗着笑，好个愣头太也狂。
　　　　　　　叫你搬兵来求救，不该小视女红妆。
　　　　　　　不看太太六爷面，叫他浑身着重伤。
　　　　　　　只得慢慢将他耍，叫他心里暗着忙。
　　　　　　　轻轻扫他打几下，叫他不疼只痒痒。
　　　　　　　想罢主意安排定，也不忙来也不慌。
　　　　　　　挺身站立等动手，
孟　良：（唱）孟爷伸手打姑娘。
　　　　　　　老虎扑食打下去，
杨排风：（唱）排风一躲闪一旁。
孟　良：（唱）孟良用力十分勇，咕咚摔倒地当央。
　　　　　　　闹个满嘴都是土，撞破鼻子冒血光。
　　　　　　　爬将起来心起火，怨我自己没提防。
　　　　　　　泰山压顶又一下，
杨排风：（唱）排风一纵到身旁。
　　　　　　　反手就是大嘴巴，手贴脸儿你尝尝。
孟　良：哎呀，
　　　　（唱）好打好打真好打，打得眼睛冒火光。
　　　　　　　顺手双掩来捂耳，
杨排风：（唱）排风一见笑断肠。
　　　　　　　使个就地十八滚，一脚踢到地当央。
孟　良：（唱）爬将起来还动手，二目圆睁脸气黄。
　　　　　　　才要伸手把她打，
杨排风：（唱）排风随手把土扬。

|||一把沙土扔出去，
孟　　良：（唱）哎呀，迷了二目用手搪。
　　　　　　连说厉害真厉害，
佘太君：（唱）太君闻听笑声扬。
　　　　　　叫声排风一旁站，
孟　　良：（唱）孟良揉眼面无光。
　　　　　　太君带笑开言道，
佘太君：（白）孟良你可知道她的厉害了吧，要是出马打仗，就有九十个孟良也不是她的对手。
孟　　良：厉害厉害，佩服，佩服。
杨排风：孟爷，奴婢多有得罪了。
孟　　良：好说好说，见愧见愧。
佘太君：杨洪，吩咐厨下预备酒宴与你孟爷迎风，明日五更与排风同行。
杨　　洪：孟爷，随我来。
孟　　良：来了。
佘太君：排风，禀知你姑娘与你打点行头，明日随你孟爷前去助战。
杨排风：遵命。
　　　　（五更响）
孟　　良：（内白）排风呀，催马赶路。（上）
　　　　（唱）孟良打马头里走，心中好生不自在。
　　　　　　怨我自己太傲性，不该小视女英才。
　　　　　　不该与她来比武，交手我就地下摔。
　　　　　　鼻子嘴脸都撞破，可口血儿喷出来。
　　　　　　心中不服又动手，没提防一个嘴巴脸上拍。
　　　　　　火星乱冒看不准，左边腮帮鼓起来。
　　　　　　眼睛叫她迷一个，左揉右擦强睁开。
　　　　　　哑巴亏儿算吃了，自恨自己得改改。
　　　　　　这一回到了大营寨，何不如此巧安排？
　　　　　　挑唆焦赞愣头鬼，叫他也把巴掌挨。
　　　　　　阖营闹个哈哈笑，也算解了闷心怀。

　　　　　　　孟良思想正得意，
杨排风：（唱）排风马上把口开。
　　　　　　　孟爷慢走我有话，
孟　良：（白）有话请讲。
杨排风：听了。
　　　　（唱）一路上多亏孟爷费心怀。
　　　　　　　我本年轻女流辈，如有不到请担待。
　　　　　　　千万别记比武恨，那本是孩子与孟爷耍乖乖。
孟　良：（白）得咧得咧，别糟践我咧！
　　　　（唱）二人说笑非一日，孟良说是要到来。
　　　　（白）一到大营，随我进营交令。
杨排风：是，来了。
　　　　（升帐，众将站，杨坐）
杨六郎：（唱）难敌贼寇挂免战，多日不见救兵来。
　　　　（白）本帅杨景，韩匡思力大无穷，厉害无比，无奈命孟良去请排风前来助战。番贼连日要战，无奈免战高悬。至今不见孟良到来，莫非路上有差错不成？
孟　良：（内白）孟良告进。（孟、风进）元帅在上，孟良交令。
杨排风：六爷在上，排风叩头。
杨六郎：起来，孟贤弟一路多有辛苦了。
孟　良：为国尽忠，何言辛苦？
杨六郎：排风，你明日出马与韩匡思交战，可要小心。
杨排风：无妨，他乃手下败将，怕他何来？
　　　　（孟对焦）
孟　良：哎呀，贤弟呀，你听听人家一个小女孩子就敢与韩贼交战，你我往日自称英雄，还不如一个小丫头。
焦　赞：哇呀，哇呀，元帅我焦赞不服。
杨六郎：你怎不服呢？
焦　赞：我不服一个小丫头就能打败韩匡思，叫人不信。
杨六郎：依你怎样？

孟　良：焦贤弟拉倒吧，莫非你还敢与排风比试比试呀？
焦　赞：那是自然，她若能胜我，就叫她上阵；如胜不了我，赶快回去，省得惹起番贼耻笑。
杨六郎：倒也有理，你二人随我到辕门外比试三合。
合　　：是。（又同上）
杨排风：焦将军，奴婢多有冒犯了。
焦　赞：闲话少说，看拳吧。
杨排风：是。

　　　　（打焦倒）

焦　赞：哎呀哎呀，再来再来。（又倒）再来！再来！（又巴掌）哎呀。
杨排风：再来再来。
焦　赞：来不得了，来不得了。
孟　良：哈哈哈，焦贤弟呀，真糠包，连一个小女孩都打不过，丢人丢人。
焦　赞：好个鲁夫，我算上你的当了。
杨六郎：你二人不必多舌，排风回后帐歇息去吧，明日祝你一战成功，我随后踏他连营，攻他城池便了。
杨排风：是，遵命。
杨六郎：（唱）今日调来小排风，准备明日便成功。
韩匡思：（内白）番兵们。上前骂阵。（上）韩匡思带兵前来骂阵，再不交战砸碎免战牌，杀入营内，不活捉杨景，誓不为人。众番兵，堵营骂阵。
番　兵：哈。（又上）咧，宋营儿郎听着，报将进去，叫好将出马，不然杀进营去，孩子老婆人牙不留。
宋　兵：候歇吧。（报）报元帅得知，番贼又来骂阵。
杨六郎：起过，排风听令，摘去免战牌，出营会阵。
杨排风：得令。（上）韩匡思，你乃手下败将，还敢前来出丑？
韩匡思：呀，原来你这个丫头还在营内，今日正好报昔日之仇，看棍打你。
杨排风：来来来。（杀匡败）你看番贼被我一棍打中左胯，抱鞍吐血而逃，不免踏他连营。（大杀，匡败）
杨六郎：（上）排风，你且回营歇息。
杨排风：是。

（韩昌上）

杨六郎：番贼韩昌，本帅今与你战上三百回合。

韩　昌：杨景，你若胜过本督，情愿献表投降，永不犯界。

杨六郎：君子言下，不可失信，大丈夫一言出口，驷马难追。

韩　昌：好，撒马。

（唱）话不投机动了手，枪叉并举显奇能。

棋逢对手难取胜，将遇良才各用功。

杨六郎：（唱）一个南朝大元帅，

韩　昌：（唱）一个北国驸马公。

杨六郎：（唱）一个如同下山虎，

韩　昌：（唱）一个好似出水龙。

杨六郎：（唱）一个祖传枪法好，

韩　昌：（唱）一个名人传艺精。

杨六郎：（唱）大战足有一百趟，

韩　昌：（唱）不分胜败与输赢。

杨六郎：（唱）杀得天昏与地暗，

韩　昌：（唱）杀得尘土把目蒙。

杨六郎：（唱）二人又来百余趟，

韩　昌：（唱）只见红日要归宫。

众　人：（唱）两阵儿郎齐喝彩，战鼓齐鸣响咕咚。

韩　昌：（唱）韩昌钢叉把枪架，

杨六郎：（唱）莫非你是怕不成？

韩　昌：（唱）我有句话你敢允？

杨六郎：（唱）有何言语只管明。

（白）韩昌有话快讲。

韩　昌：一看天色已晚，你我大战二百余合不分胜败，未见高低。依我之见，把两阵兵将，退回三箭以外，无令不许前进，咱二人战乏了就在阵上歇息歇息，歇过来再战。当中划一道边界，歇息之时，谁也不许暗放冷箭，只叫君子战法，不知你意下如何？

杨六郎：好，正合我意，就此各自传令。

宋兵、番卒：（同传）众将官，人马倒退三箭以外，无令不许进前，违令者斩。

    （杨六郎、韩昌同下，又同上）

韩　　昌：杨景，你我决一死战，各自小心。

    （杀，昌落马）

杨六郎：韩昌，本帅不伤你命，上马回营去吧。

韩　　昌：咳，羞死人也。

杨六郎：韩昌已回，众将官，打得胜鼓回营。

    （番帐内）

韩　　昌：小番们，将马带过。（上）羞死人也，愧死人也，好一位大宋元帅，真乃令人可亲可敬可服也。

  （唱）韩昌回帐心辗转，不由一阵心发酸。
    暗暗敬服杨元帅，为人忠厚称英贤。
    两国为仇大交战，死活相争互相残。
    我俩要战三百趟，被打下马放我还。
    这样好人世上少，愧死人也相差远。
    我要再与他交战，岂不被两国兵将笑？
    不如暂时把兵退，以后另设巧机关。
    明日设宴把他请，南北讲和不动争战。
    南朝如有杨景在，永世再也不犯边。
    主意已定把书写，

  （白）待我修书。（写介）将书写完，人来，将这封书字下到宋营。

番　　卒：哈。

韩　　昌：众番兵，杀牛宰羊，设摆酒宴。

    （升帐，众将站，杨出）

杨六郎：（唱）屯兵已待两狼山，大战一夜并一天。

  （白）本帅杨景，昨日番贼退兵回营，也未交战，已差人去探番兵动静，不知怎样。

    （卒上）

卒： （上）报元帅得知，番营差人下书。

杨六郎：叫他进来。

卒：哈，叫你进见。
番　卒：来了。（上）大宋元帅在上，下书人叩头。
杨六郎：起来，将书呈上来。
番　卒：是，请元帅过目。
杨六郎：待我看来。（看介）哦，原是**请我赴宴**。哦，下书人听真，本帅也不回书，借你口传我心中之事，**就说我随后就到**。
番　卒：是。
杨六郎：众位将军，韩昌下书，请我赴宴，本帅意欲前往。
众　将：不可呀，不可呀。

　　　　（唱）众将打躬呼元帅，千万不可入番营。
　　　　　　　北国之人心奸诈，必是又设计牢笼。
　　　　　　　岂能忘金沙滩上双龙会，北国埋伏刀斧兵。
　　　　　　　元帅父子死得苦，前车之辙不可行。
　　　　　　　元帅本是三军主，岂可轻入虎穴中？
　　　　　　　常言大将不临险，倘有差错了不成。
　　　　　　　万一中了番贼计，悔之已晚大树倾。
　　　　　　　我等之见是如此，

杨六郎：（唱）杨景带笑众位称。
　　　　　　　凡事不可太拘泥，此宴不比赴双龙。
　　　　　　　疆场大战不伤他命，请此宴料想不有别情。
　　　　　　　本帅要是不赴宴，反倒耻笑我无能。
　　　　　　　仁义待人把他对，焉能狠毒把我倾？
　　　　　　　众位放心我亲去，

孟　良：（唱）孟良又把元帅称。
　　　　　　　小弟情愿保护你，看看番兵是何能。

杨六郎：（唱）好，贤弟同去更无虑。
　　　　（白）贤弟要去更好，就此换了便衣素装，寸铁不带前去便了。

众　将：元帅一定要去，必须多带人马，焉能寸铁不带？叫我等放心不下。

岳　胜：元帅，要依小弟拙见，莫如多带人马，以防不测。小弟再带兵一万，在番营外扎住，倘有不测，杀入番营，保护元帅无事。

杨六郎：贤弟，此言倒也有理，但是咱要带兵前去，叫韩昌看见，好像咱们怕他，岂不被他耻笑？

孟　良：元帅决意不带人马，那还是小弟保护吧。

杨六郎：好，贤弟随去，也就足矣。众将官各守巡地，明日前去番营内，看看韩昌何意思。

（番帐，韩昌上）

韩　昌：（诗）两狼山设摆酒宴，欲和好另想别图。

（白）本都督韩昌昨日下书请杨元帅赴会，两国各不相争，大料他必然前来，以便讲和。

卒：报都督得知，南朝元帅已到。

韩　昌：这等大开营门，排开队伍，列开旗门，待我迎接。

（唱）听说来了杨元帅，吩咐众将动乐相迎。

番　兵：（唱）番兵答应不怠慢，鼓乐响奏喇叭声。

鼓手吹的是三眼炮，打的乐器是忽龙。

（内吹迎上）

韩　昌：（唱）韩昌带领众番将，远远瞧见宋元戎。

呀，素体常装无甲胄，寸铁不带貌谦恭。

后边跟着一员将，原是孟良愣头青。

此外并不带兵将，真是胆大逞英雄。

紧走几步施下礼，（对上）迎接来迟恕宽容。

杨六郎：（唱）杨景打躬说不敢，轻造贵营有罪行。

韩　昌：（唱）携手相搀往里走，请进大帐叙友情。

杨六郎：（白）请。

韩　昌：（唱）请，宾主前后上大帐，（上，又下）

杨六郎：（唱）但只见帐上摆设甚鲜明。

韩　昌：（白）大国元帅请升正座，

杨六郎：都督请坐。

韩　昌：大家同坐，哈哈哈。

（唱）吩咐小番献茶羹。

茶罢搁盏又见礼，

孟　　良：（唱）孟良后边不言声。
韩　　昌：（唱）吩咐一声摆酒宴，亲自把盏甚虔诚。
杨六郎：（唱）杨景接酒说请饮，都督敬酒受之不恭。
韩　　昌：（唱）打下马来不伤害，刻骨难忘这段情。
杨六郎：（唱）些许小事何挂齿？本帅可有何德能？
韩　　昌：（唱）酒席宴前话说透，我情愿明日就退兵。
杨六郎：（唱）都督撤兵因何故？莫非国内有事情？
韩　　昌：（唱）国内并无军情事，因为那不伤我命大恩情。
杨六郎：（唱）都督哇，那本私情非国事，不可因私而废公。
韩　　昌：（唱）北国大兵我执掌，萧后不应我担承。
　　　　　（白）杨元帅从今以后，我有言在先，今日宴上南北讲和，宋朝有你杨景在世，我韩昌永不犯界。
杨六郎：好，都督既然如此，我也奏明天子，说明两国讲和之事，我就退守三关，两国从今以后各不犯界。
韩　　昌：元帅之言有理。
杨六郎：酒足饭饱，我也不可以久留，恐营内将官盼望。
韩　　昌：不敢久留。
杨六郎：请。
韩　　昌：请。（送下，又上）众位番官，今与宋朝和好，吩咐五营四哨，收兵回国。
众　　将：都督不可。咱领萧太后旨意，与国主报仇，侵占中原，都督怎能因私事而退兵？恐萧太后见罪。
韩　　昌：无妨，凡事由我一人承担，众位不必过虑。吩咐大小番兵，拔营起寨，人马回国，不得有误。
　　　　　（升帐）
杨六郎：（内白）众将官齐集大帐。（众随上）
众　　将：元帅回来了。
杨六郎：回来了。
众　　将：番营何事，请元帅赴宴？
杨六郎：原是如此这般，我已应下南北讲和。

众　　将：元帅不可撤兵，番人奸诈无比，其心叵测，恐中他计。

杨六郎：无妨，咱今大兵镇守三关，以防不测，打表进京，奏明天子南北讲和之事。

众　　将：元帅高见，倒也不错。

杨六郎：中军传我将令，命排风回朝，待我写表求八贤王转奏天子。众将官，拔营起寨，兵发三关，不得有误。

（诗）南北多年苦战争，一旦和好得太平。

（天子出，病状，坐）

天　　子：（诗）病势重危入膏肓，魂梦颠倒不久长。

（白）朕大宋天子太宗赵光义，自从北国进犯中原，担惊受怕，身染重病。杨景挂印征北，捷报进京，昨日接得郡马表章一道，说是南北讲和，永不犯界。寡人听了倒也放心。已命差官去上边关，加封郡马三关一带督抚总帅，永镇三关，大封帐下二十四员战将。又赐天波府佘太君玉印龙头拐杖，上殿不告，下殿不辞，十二道免死金牌，无事永不朝参。府外修下两座下马牌坊，不管朝中文武、朝郎驸马，不许在府外动乐，必须下马走过，以表对杨家为国尽忠之义的敬仰。咳，寡人这几天心神恍惚，不能料理朝事，只怕不久要脱离人世，不免把国家大事托付，一旦归天，死也瞑目。宫人，去南清宫宣八王进宫，再命东宫太子前来。

宫　　人：领旨。

天　　子：哎呀，一阵心如火烧，二目发昏，气息渐短，只怕一命休矣。

（八王、太子上）

八　　王：皇叔玉体可觉好些吗？

太　　子：父皇龙体如何？

天　　子：咳，皇侄进前些，寡人有话嘱咐与你。朕颇知，人之将亡，其言也善；鸟之将亡，其鸣也哀。皇侄呀，

（唱）带泪拉住皇侄手，有话难言强把口张。

　　　　自从寡人登宝殿，并无一日得安康。

　　　　南征北战终不息，好容易几载功夫降南唐。

　　　　回国并无安息睡，又反北国天庆王。

　　　　五台山上受过困，幽州城内断草粮。

　　　　　　出生入死多少次，多亏杨家保家邦。
　　　　　　为江山死了多少英雄将，怨朕我不明真伪信奸党。
　　　　　　潘杨之事刚完毕，北国发兵犯边疆。
　　　　　　郡马发兵去征讨，昨日表文到汴京。
　　　　　　皇侄交与寡人看，心中略微得安康。
　　　　　　昨日忽然病沉重，只怕旦夕一命亡。
　　　　　　又恨我临危不得见郡马，不能当面托忠良。
　　　　　　皇侄呀，朕要有个好和歹，寡人要你扶助太子定家邦。
　　　　　　国内大事全托你，外事托与杨六郎。
　　　　　　太子年幼不知事，凡事要你作主张。
　　　　　　招贤纳士朝纲正，远奸近贤理应当。
　　　　　　朕也无力多嘱咐，一阵气喘心烦忙。
　　　　　　才要嘱咐皇太子，哎呀，身子无主往后张。
　　　　　　说声不好断了气，（死）

太子、八王：（唱）吓坏太子与八王。
　　　　　　　　　二人扶住一齐唤。
　　　　（白）皇叔／父皇醒来，皇叔／父皇醒来呀，径自驾崩。罢了。皇叔／父皇哇。

八　王：哦，御弟不可过于悲痛，人死不能复生，哭也无益。急急晓谕宫中嫔妃置办丧事，出旨晓谕阖朝文武齐来吊祭，全国挂孝一月。一面重立新君，国家不可一日无主。宫人，将老主抬上龙床。

太　子：是。

八　王：御弟随我上殿，宫官击撞景阳钟，汇集文武。

宫　官：遵旨。
　　　　（唱）太监答应不怠慢，霎时撞起景阳钟。
　　　　　　　忙了阖朝文共武，听到钟响各心惊。
　　　　　　　霎时来到午门外，顺序而进候贤听。

众　官：（唱）来了王袍与赵普，又来天官寇莱公。
　　　　　　　兵部王强班中站，枢密院王勤上殿中。

八王、太子：（唱）八王太子上殿立，众卿俱到请听明。

如今万岁已晏驾，众卿不必来担惊。
天子托孤有遗嘱，叫太子即位把基登。
不知众卿如意否，

众　官：（唱）文武百官愿意从。
国中不可一日无主，就请太子把衣更。

太　子：（唱）太子闻听不怠慢，宫人搀扶更衣庭。（下，又上）
冠戴已毕登了殿，

八　王：（唱）八王扶在九龙廷。

众　官：（唱）众卿跪倒齐拜贺，献上国号放桌中。

太　子：（唱）太子拿过留神观，
（白）上写大宋天皇元年。

众　臣：万岁万岁万万岁。

天　子①：众卿平身。

众　臣：万岁。

天　子：朕还年幼，却登大宝，全仗众卿辅佐。殡葬皇父，大赦天下；在朝在外，文武百官，各升一级；减轻赋税钱粮，显庆殿大摆宴席。然后全国挂孝一月，殡葬老主。不必再奏。

众　臣：万岁。（下，出）

（完）

---

① 按：自此至剧终，"天子"指真宗皇帝赵德元。

第十八本

【剧情梗概】已经做了兵部尚书的辽国密探王强为了离间天子与杨家的关系，故意让自己女婿、新科状元谢经武在夸官游街时，打碎天波府门前的文武下马牌坊，还打了杨府院子杨洪。太君前来责问时，谢经武竟然推倒太君，并抢先奏告天子，诬陷杨府藐视朝廷，殴打天子钦点状元。太君上朝奏本，天子却偏听偏信，以犯上为由，将太君绑出午门问斩。众大臣先后恳请宽谅，一概遭拒绝。杨门众女将得知太君遭遇，欲到法场救人。后凭借呼、高、王、赵、寇等大臣以及八王的帮助，太君才得以获救。

（升番帐，萧太后出）

萧太后：（唱）女主为长掌朝纲，要与大宋动刀枪。
　　　　（白）哀家萧太后，国号银宗①，自从国主在金沙滩丧命，国家无主，众卿扶我为君，已命韩驸马带兵去平大宋，多日不见捷报，不知情况如何？
韩　昌：（内白）小番们，将马带过。（上）千岁千岁千千岁，臣韩昌见驾。
萧太后：驸马，我命你带兵征南，为何回国，莫非失机不成？
韩　昌：千岁。
　　　　（唱）呼千岁，尊主公。
　　　　　　　为臣回国，本有罪名。
　　　　　　　自从把兵带，直打太原城。
　　　　　　　两下战过多次，互相都有输赢。
　　　　　　　南朝发来救兵到，杨景带兵大元戎。
　　　　　　　臣与他，大交锋。
　　　　　　　大战一日，未分雌雄。
　　　　　　　次日又交战，微臣拜下风。
　　　　　　　栽下马来不斩，微臣大感恩情。
　　　　　　　因此南北讲和好，永不相犯息战争。

---

① 银宗：国号为辽，戏曲小说中常称萧太后为"银宗"，然不见于正史。

萧太后：（白）驸马言之差矣，国主之仇就不报了？
韩　昌：（唱）千岁，尊千岁，细调停。

　　　　　　臣有一计，管保成功。

　　　　　　王强在他国，太宗把他封。

　　　　　　让他慢思良策，暗害杨景命倾。

　　　　　　宋朝没有杨元帅，再去出征把宋平。

萧太后：（唱）驸马之言很有理。

　　　　（白）就依你所奏，待哀家休书一封，晓谕王强，命他用计害了杨景，与他平分天下。驸马一路劳乏，休息去吧。

韩　昌：谢过千岁。

　　　　（诗）冲锋打仗英雄汉，难敌文墨计牢笼。

　　　　（王强出）

王　强：（诗）阳奉阴违用计谋，暗算无常死不知。

　　　　（白）下官王强，自领萧太后旨意，投到中原，幸喜半路救下杨景，替他写下御状一张，经八王支持，太宗准下御状，告倒潘仁美，替他杨家报了仇。因此杨景将我引见给八王，推举于朝，身得荣耀，官封兵部尚书之职，这也不在其言。昨日萧太后与韩驸马差人下书，责备我失了前言。我已作了回书，应的百日之内杨景不死，也叫他回朝，三关命别人镇守。昨夜我想了一计，命贤婿以夸官为名，路过杨府。他府外有两座下马牌坊，乃是老祖所立，我命贤婿给他砸破。太君必然不让，必要凌辱状元。那时老夫上殿，奏上一本，天子必然听信，一定把杨家问罪，或者有机会见机而作。正是：见机行事人难料，定与北国夺江山。

谢经武：（诗）势力威威有才能，富贵功名陡然升。

　　　　（白）下官谢经武，祖居东京人氏，先父也做过蔚县的知县，下世去了。下官娶妻王氏，乃是兵部尚书王强之女，多亏他老人家提拔，真宗皇爷御笔钦点我为头名状元。琼林宴罢，奉旨夸官，我岳父秘密托付，叫我到在杨府门前砸坏他的下马牌坊。他老怎么吩咐，我就怎么办。人来，吩咐排开执事，外面带马伺候。

　　　　（唱）欠身离座出了府，奉旨夸官甚威严。（马上）

　　　　　　府门以外上了马，耀武扬威乐个颠。
　　　　　　两面铜锣开着道，旌旗招展列两边。
　　　　　　半朝銮驾排队伍，大炮三声震地天。
　　　　　　肃静回避牌四面，金瓜钺斧镫朝天。
　　　　　　青衣红帽喊着道，绳索竹板抗在肩。
　　　　　　多亏岳父为兵部，天子才点我为状元。
　　　　　　文武大臣我不拜，国公王爷我不参。
　　　　　　依仗岳父有势力，藐视他们不相干。
　　　　　　今日夸官到杨府，试试杨家多大威严。
　　　　　　思思想想往前走，看热闹之人堆成山。
　　　　　　正然得意中喜，

青　　衣：（唱）青衣跪倒禀一番。
　　　　（白）禀状元老爷，人马不可前进。
谢经武：前面来到哪里？
青　　衣：来到天波府门外，有下马牌坊，不论朝中公伯王侯、大小官员，到杨府门外，不许鸣锣击鼓，必须下马步行走过。
谢经武：本院要不下马怎样？
青　　衣：要不下马，太君知道，其罪不小。
谢经武：住了。她不依别人倒还罢了，难道她还敢怪罪状元老爷不成吗？
青　　衣：启禀状元，那太君是老祖钦封的御印龙头拐杖，无论公伯王侯、朝郎驸马，打死无论。
　　　　（唱）有青衣，把话明。
　　　　　　状元老爷，在上细听。
　　　　　　提起天波府，功劳数不清。
　　　　　　父子忠心耿耿，扶保大宋江山。
　　　　　　为国身亡死多少，才封太君老诰命。
　　　　　　天波府，修得精。
　　　　　　银安宝殿，金砖砌成。
　　　　　　一口国公印，现在她府中。
　　　　　　她的龙头拐杖，老主亲口御封。

专打朝郎与驸马，不论文武众公卿。

无有罪，法不行。

因她功大，哪不知情？

还有杨郡马，镇守在边庭。

率领二十四将，个个都是英雄。

鞑子叫他杀破胆，北国闻名脑袋疼。

状元爷，细叮咛。

理应下马，徒步而行。

过了天波府，再上马能行。

不是把她来怕，是把圣旨依从。

青衣还要往下讲，

谢经武：（白）住了。

（唱）经武闻听怒气生。

骂奴才，混奉承。

我早知道，杨府门庭。

仗他功劳大，要把众人轻。

闻知太君乞婆，依仗拐杖逞凶。

别人怕她我不怕，哪怕和她见朝廷。

她虽是，老主封。

老爷夸官，不是私行。

夸官游街道，白马衬红缨。

我今要是下马，众人笑我无能。

豁出状元与她碰，她不该下马牌坊把路横。

说着恼，火上升。

吩咐青衣，要你是听。

一齐快动手，执事一边扔。

手使金瓜钺斧，牌坊砸碎流平。

违我之命全打死，

（白）左右，听我吩咐，把鼓乐吹得热热闹闹的，把鼓打得响响的，拿金瓜钺斧把牌坊砸碎，违我之命，重责不恕。

卒： 遵命，砸去。

杨　洪：可恼哇可恼，可恨谢经武夸官，为何砸坏我家牌坊？待我上前拦挡。你们这些人好无道理，为何砸我家牌坊？岂不知这牌坊是老主封的吗？

谢经武：左右，把这个老头与我打倒。

（众打，洪跑，又上）

杨　洪：气死人也！气死人也！好个状元，无故砸坏牌坊，我去拦挡，并不讲理，将我打了一顿。我一人如何是他们对手？眼见砸了西牌坊，又往东牌坊去了。我也拦不住，急急报与太太知道便了。

佘太君：（唱）全凭报国尽忠心，一家才得身受荣。

（白）老身佘太君，老主封我养老太君。自从他父子闯幽州金沙滩赴会，死了多半，后来两狼山遭困，七郎被潘仁美所害，老令公撞死在李陵碑下，剩下六郎杨景逃进京来，告了御状，多亏八王做主，才能报了大仇。如今南北讲和，天子命我儿六郎镇守三关，排风回府说了南北战争之事，倒也觉着放心。

（内八姐、九妹，排风接马上）

杨八姐、杨九妹：母亲万福。

佘太君：儿们又在花园演武来着吗？

杨八姐、杨九妹：正是，方才一同侄儿宗保、宗勉在花园跑马射箭，以备长大成人与国家效力。

（唱）八姐九妹腮含笑，一齐开口笑盈盈。
　　　方才花园演武艺，一同侄儿他二人。
　　　射了几回金心眼，又把大刀双手抡。
　　　鞭锏爪矛连眼刃，斧钺钩叉甚惊人。
　　　宗保箭法胜似我，连射金钱整七根。
　　　二侄手段也不错，花枪耍得亮如银。
　　　大侄今年芳十四，二侄今年十一春。
　　　他兄弟是英雄辈，定与皇家保乾坤。
　　　再有三年并五载，兄弟两个俱成人。
　　　我姐妹领他二人三关去，叫我六哥回家门。
　　　宗保挂了元帅印，左右先锋我二人。

　　　　　阻挡胡人显威武，也叫那萧银宗得知闻。
　　　　　不枉杨家忠良辈，男女报效尽忠心。
佘太君：（唱）太君闻听心大悦，儿们听娘对你云。
　　　（杨洪上）
杨　洪：（唱）杨洪急忙来报事。
　　　（白）启禀太太，可不好了。
佘太君：有何不好之事？快快说来。
杨　洪：小人由街上回来，见谢经武来到咱府门外，见下马牌坊，不曾下马，倒还罢了，吩咐金爪武士将下马牌砸得粉粉碎。
佘太君：想是他们不下马，你得罪了他们。
杨　洪：我们并未与他说话，他就给砸了。老奴上前拦挡，不但不听，还把老奴打了一顿。
佘太君：呀，竟有此事，真乃无礼！杨洪，传齐府中家将，杨忠、杨孝、杨林、杨豹随我出府，看我龙头拐杖伺候。
　　　（唱）太君闻听杨洪报，心头火起上顶门。
　　　　　骂声状元好大胆，行出事来太欺人。
　　　　　下马牌坊老主赐，指挥众人把石抡，
　　　　　打了东面牌坊一座，又把那西面牌坊砸得碎纷纷。
　　　　　太君一见气加气，叫声家将听我云。
　　　（白）家将还不与我打，等待何时？
家　将：遵命。
　　　（唱）杨府家将们，个个都不弱。
　　　　　见把牌坊砸，心中倍焦躁。
　　　　　听得太太言，个个心欢乐。
　　　　　大喊说拿人，大家齐来到。
　　　　　杨忠气冲天，恼怒小杨孝。
　　　　　杨林不消停，气坏小杨豹。
　　　　　瞧着众武士，按到底下掠。
　　　　　夺过金瓜来，一举与一落。
武　士：哎呀，

（唱）打倒众武士，哭爹把娘叫。

　　　　个个着了伤，人人把血冒。

　　　　也有倒溜平，也有溜了号。

　　　　一齐都走开，执事全不要。

谢经武：（唱）状元看得真，（马上）不由心中跳。

　　　　才要回马逃，

家　将：（唱）杨府家将到。

　　　　一齐把手伸，又把腿来抱。

　　　　拉下马鞍鞒，

谢经武：（唱）状元连声叫。

　　　　（白）咳呀，好大胆的奴才，真正反了，竟敢把新科状元拉下马来，该当何罪？

佘太君：家将闪过。

谢经武：你就是杨景的母亲佘太君吗？

佘太君：老身就是太君，我这本是老主封的，难道是你这状元抬举的不成吗？

谢经武：你虽是老主封的太君，我也是新科状元，新君封的，你叫家将这样凌辱于我，该当何罪？

佘太君：住口！好个小辈，这样刁嘴，你就是奉旨夸官，不该毁坏我的下马牌坊。毁坏牌坊，难道也是圣旨不成吗？

　　　　（唱）太君说着冲冲怒，骂了一声小冤家。

　　　　下马牌坊老主立，你给砸坏犯王法。

谢经武：（唱）吾本奉旨游街去，自找烦恼不怨咱。

佘太君：（唱）毁坏牌坊是欺主，

谢经武：（唱）凌辱状元就该杀。

佘太君：（唱）明明欺负我杨门，

谢经武：（唱）明明把我状元压。

佘太君：（唱）狗官就该活打死，

谢经武：（唱）你罢呀，撞到汗毛用手拉。

佘太君：（唱）难道我就打不得你？

谢经武：（唱）你得另换脑袋瓜。

佘太君：（白）可恼！

|（唱）举起拐杖搂头打，看打！

谢经武：（唱）经武闪过怒气发。

照着太君用头撞，

佘太君：（唱）哎呀，太君闹个仰巴叉。（倒）

家　将：（唱）家将一齐往上闯，就把奸贼往后拉。

按在地上用脚踹，

谢经武：（白）哎呀，罢了我啦。

杨排风：（唱）排风用棍身上砸。

谢经武：（白）哎呀，你们真反了。

杨排风：（唱）一连打了十几下，见他脸上血滴答。

谢经武：（唱）经武疼得连声叫，

柴郡主：（唱）郡主出府用目撒。

只见太君一边倒，围着一个直哎呀。

走上前来连忙问，

（白）家将们，不必打他，先看看太太吉凶怎样。

杨排风：郡主奶奶，这狗官真该万死，他奉旨夸官，无故砸坏牌坊，太太与他分论，不但不认罪，反把太太撞倒了。

柴郡主：先把太太扶起来，看看吉凶怎样。

杨排风：遵命，待我先看太君，若好了没事，要有好歹，拿你是问。（松手，武跑）这个狗官径自跑了，且不理他，太太醒来，太太醒来。

佘太君：哎呀，哎呀，罢了。

（唱）一口浊痰吐在地，哎呀一声气又还。

慢慢睁开昏花眼，又是气来又心酸。

骂声贼子好大胆，干的事儿反了天。

拆了牌坊还不算，还把老身撞平川。

老身明日上金殿，动本把你奸贼参。

万岁准了我的本，把你奸贼眼睛剜。

柴郡主：（白）母亲暂且回府去吧，以后再做主意。

佘太君：（唱）老太君又是气来又是恨，

（八姐、九妹上）

杨八姐等四人：（唱）来了八姐、九妹二婵娟。

后随金娥秀英女，太太怎么倒平川？

柴郡主：（白）原来如此这般。

杨八姐、杨九妹：呀，

（唱）怎么一个小贼种，这样胆大包了天。

一起快到状元府，拿住奸贼问根源。

恼一恼连那王兵部，一起拿住用刀餐。

然后再上金銮殿，看那真宗怎么言？

吩咐一声看刀马，

佘太君：（白）住着。

（唱）我儿不要混胡言。

扶我回到上房去，明日坐辇上金銮。

万岁必准我的本，必把经武用刀餐。

众　人：（唱）众位佳人说遵命，服侍太太老年残。

一起回府且不表，

王　强：（唱）再表王强坐府间。（出）

（唱）执掌兵部管大权，要谋大宋锦江山。

（白）兵部王强，官居大司马之职。我乃塞北奸细，金沙滩国主丧命，萧太后命我混入中原，以作内应，明保宋主，暗保北国。还有枢密院王勤，我二人同心，商议大事。贤婿谢经武才学出众，天子御笔钦点状元，昨日奉旨夸官，去找杨府错缝，好害杨景一死，三关另换别人，何愁北番不入中原？天已不早，为何不见到来？

（谢经武上）

谢经武：岳父大人，与我做主吧。

王　强：贤婿请坐，莫非受了杨府的凌辱不成？不然，怎么这样狼狈？

谢经武：岳父，听小婿道来。

（唱）谢经武，把话说。

口呼岳父，留神听着。

提起这件事，叫人气堵脖。

小婿夸官拜客，临行岳父嘱托。

　　　　　　果然到了天波府，下马牌坊把路隔。

王　　强：（唱）是他家，功劳多。

　　　　　　当日老主，御口亲说。

　　　　　　牌坊立两座，文武俱明白。

　　　　　　不论朝郎驸马，过此必下轿车。

　　　　　　不许门前动音乐，哪个违拗罪难挪。

谢经武：（唱）小婿我，从此过。

　　　　　　吩咐人役，一声吆喝。

　　　　　　武士齐动手，仗着咱人多。

　　　　　　如狼似虎一样，盘龙柱子打折。

　　　　　　把他牌坊全砸碎，一个没留真快活。

王　　强：（唱）闻此话，心快活。

　　　　　　砸坏牌坊，后来怎着？

　　　　　　杨府定不让，必得费唇舌。

　　　　　　他府家将厉害，个个武艺都高。

　　　　　　贤婿一定要吃苦，告诉老夫作定夺。

谢经武：（唱）出来了，人一窝。

　　　　　　打跑人役，筋断骨折。

　　　　　　小婿上前去，与他把理说。

　　　　　　太君举杖就打，被我撞倒平坡。

　　　　　　恼了一个小仆妇，好硬的拳头把我捉。

王　　强：（唱）打状元，了不得。

　　　　　　天子贵客，哪不晓得？

　　　　　　借此这一款，参他有话说。

　　　　　　凌辱状元有罪，轻者得把职革。

　　　　　　明日贤婿去上殿，如此这般奏明白。

　　　　　　管保没有你的罪。

　　　　（白）贤婿，你明日先上金殿，如此而奏，管保无事，必把太君问罪。贤婿随我用宴去。

　　　　（摆朝，众臣站）

众　　臣：（诗）香烟缭绕降吉祥，五色云车露光芒。

　　　　　　　　　文东武西分班立，金钟三响上朝堂。

王　　袍：（白）本相王袍。

赵　　普：下官赵普。

寇　　准：下官寇准。

王　　强：下官王强。

王　　勤：下官王勤。

狄　　尧：下官狄尧。

陈秀章：下官陈秀章。

合　　：　　圣驾临朝，分班伺候。

　　　　　（天子出）

天　　子：（唱）烟尘扫灭指日升，不动干戈四海宁。

　　　　　　　　　八方进贡归王化，刀枪入库乐太平。

　　　　　（白）朕，大宋三帝真宗皇帝赵德元在位，自从老主驾崩，我朕登基，真是海宴同庆，四海升平，朝有股肱之臣，外有杨郡马三关镇守，北番不敢犯边。今设早朝，内臣，传朕口旨，晓谕文武百官，有事出班早奏，无事散朝，

内　　臣：领旨。阶下文武老先生听真，哪家有事早奏，无事散朝。

陈秀章：慢散朝纲。

内　　臣：何人有本？

陈秀章：陈秀章有本。

内　　臣：随旨上殿。

陈秀章：万岁万岁万万岁，今有新科状元夸官游街，被天波府杨家凌辱不堪，候旨见驾。

天　　子：如此宣上殿来。

陈秀章：万岁。（下，内白）圣上有旨，宣状元上殿。

谢经武：万岁，（上，跪）万岁万万岁，臣谢经武见驾。

天　　子：谢爱卿如何这般光景，面带血迹，却是为何？慢慢奏来。

谢经武：万岁，听臣细细奏来。

　　　　　（唱）为臣蒙恩受封赠，奉旨夸官拜公卿。

各府大臣未曾拜，先到天波府门庭。

本心要参拜太君到杨府，街上人多乱哄哄。

那时为臣下了马，见那牌坊倒流平。

杨府闯出众家将，打的武士走西东。

老太君吩咐家将将臣打，排风抓住我不放松。

打坏我的乌纱帽，扯坏臣的袍大红。

不着皇姑来到了，为臣早已归阴城。

还赖为臣把牌坊砸坏，太君还要见主公。

经武奏罢一些话，

天　子：（唱）真宗天子怒气生。

（白）哦，且住，想来状元夸官，四巷人多，拥挤观看。天波府的牌坊，本是老主所立，日久年深，被风雨损坏腐烂，也是有的。佘太君，你这就不是了，你也当前来见朕，朕给你修上一座新的何妨？不该凌辱状元。你即不看状元，也当看朕御笔钦点，你把状元官诰打坏，于朕面上何光？真乃可恼。状元，平身归班。

谢经武：万岁万万岁。

天　子：当驾官何在？（在）速到天波府拿来太君问罪。

王袍、赵普：旨意慢行。（上，跪）万岁，臣王袍、赵普见驾。

天　子：二卿见朕，有何事故？

王袍、赵普：万岁，方才听状元所奏，杨府家将凌辱与他，太君未必知道，要是知道，岂不来见圣驾？何用前去拿来问罪？而且杨家功高，老主封的玉印龙头拐杖，一十二道免死金牌，杨郡马又在三关镇守，因为些许小事就去拿问，这个"拿"字关系重大呀，万岁。

陈秀章：启奏万岁，天波府佘太君自来见驾，午门候旨。

天　子：好，二卿平身，宣佘太君上殿。

内　臣：遵旨，圣上有旨，宣佘太君上殿。

佘太君：（上）万岁万岁万万岁，臣妻佘太君有本奏闻陛下。

天　子：哼哼，太君有本奏来。

佘太君：万岁快与臣妻做主吧。

（唱）龙头拐杖举三举，口呼万岁把话发。

　　　　　　我与状元何愁恨？竟敢上门欺杨家。
　　　　　　下马牌坊老主立，他为何吩咐众人砸？
　　　　　　家将报与我知晓，我才出府问根芽。
　　　　　　要与他金殿来见主，他不遵国法怒气发。
　　　　　　把我一头撞在地，险乎性命染黄沙。
　　　　　　我主要不问他罪，我情愿辞宋不做转回家。
天　子：（唱）真宗天子心不悦，太君说话理太差。
　　　　　　状元夸官是奉旨，也不是狂徒到你家。
　　　　　　乌纱帽打得粉粉碎，红袍扯得乱如麻。
　　　　　　上殿你就把功讲，动不动拿着辞官降孤家。
　　　　　　不过是仗你儿子挂帅印，你说怎么就怎么。
　　　　　　越说越恼心起火，
　　　　（白）佘太君，你动不动就拿着辞官吓唬我朕，你还不是仗着你儿三关为帅，朕当今日偏不问状元之罪，看你怎样？
佘太君：昏君哪，昏君，我杨家父子为你赵家江山死去多半，老主念我杨家功高如山，我立下两座下马牌坊，被那小奸贼谢经武与我拆坏，把我撞倒险乎一死，你还不问他之罪，反倒给我个大大的无脸，昏君哪，昏君，你真正可恼。
　　　　（唱）可恼可恶真可恨，莫非你是昏了心？
　　　　　　你想想江山何人赚？都是我杨家保乾坤。
　　　　　　从前功劳且莫论，现今我儿挡胡人。
　　　　　　边关不是我儿镇，昏君你未必得安稳。
　　　　　　我儿要是知此事，未必与你尽忠心。
　　　　　　太君越说心越恼，
天　子：（唱）真宗天子大动嗔。
　　　　　　大叫乞婆真没礼，金銮殿上敢胡云。
　　　　　　又仗你的功劳大，当着文武骂主君。
　　　　　　今日要是不正法，后来必然生反心。
　　　　　　喝叫武士快动手，推出午门刀碎身。
　　　　（白）金瓜武士，推出午门斩首正法。

佘太君：住着，昏君哪，我有先皇封的一十二道免死金牌。

天　子：内臣，将金牌摘下入库。

内　臣：领旨。

佘太君：我还有御印龙头拐杖。

天　子：内臣，将拐杖入库。

内　臣：领旨。

天　子：武士们，将乞婆推出午门斩首。（推下）

佘太君：冤枉啊冤枉。

（四奸不跪，其余全跪）

众：　　吾皇万岁，为臣等保太君不死。

天　子：佘太君欺君傲上，毁骂我朕，斩之不屈，众卿因何保他？

众：　　万岁，想杨门是有功之臣，杨元帅如今镇守三关，今日斩了太君，郡马知道，岂不报杀母之仇？那时节只怕江山不稳哪，万岁。

（赞唱）文武跪金銮，齐把万岁尊。

　　　　臣等虽未见，常听老臣言。

　　　　太祖火山王，曾经蒙他恩。

　　　　铜锤换玉带，哪个不知闻？

　　　　三朝杨令公，保宋挡胡人。

　　　　塞北双救驾，立下十大功勋啊，万岁。

（唱）头一件状元把牌坊砸坏了，就该重修理当然。

　　　不该又把太君斩，这事做得太也偏。

　　　二一件杨家功劳如山重，凌烟阁上把名添。

　　　三件当看杨郡马，未必保主掌兵权。

　　　要在三关调人马，怕的是江山不平安。

　　　额外施恩赦了吧，休斩太君老年残。

　　　臣等是一为太君二为国，

天　子：（唱）真宗天子不耐烦。

（白）众卿所言，三件俱不在行。头一件拆了下马牌坊，难道众卿你们亲眼看见不成？二件说杨门有功，若不是杨家有功就盖下无佞天波府银安殿，封太君龙头拐杖吗？三件郡马镇守三关，这个越发的不在行。她就仗着她儿子挂帅就欺压人吗？欺压别人倒还罢了，难道我朕也是她欺压的不成吗？像她这样毁骂天子，若不加罪，成什么王法？众卿退下，逢赦不赦。

呼延赞： 万岁，臣就是死了，还有一本奏闻陛下。

天　子： 呼王爷还有何本奏来？

呼延赞： 万岁听臣奏来。

（唱）铁鞭王爷呼万岁，心中不悦气昂昂。
　　　想当日令公保大宋，三次三请进汴梁。
　　　父子九人九只虎，天下无敌刀与枪。
　　　南征北战死得苦，为主江山戴月披霜。
　　　凌烟阁上三千人，功高无数世无双。
　　　银安宝殿不易做，拿命换来下马牌坊。
　　　些许小事把太君斩，岂不叫忠良灰心肠？
　　　依我说快些赦了吧，你的江山得安康。

天　子：（白）王爷，你说得差了，有功则赏，有罪则罚，若是不问她罪，国法何在？不必多言，逢赦不赦。

众　官：（唱）挺身而立心大怒，君保站起抖衣裳。
　　　寇准蒙正齐站起，王袍赵普面无光。
　　　众人带怒下殿去，大家商议护法场。
　　　看他哪个敢处斩？

王　强：（唱）王强出班奏君王。
　　　口呼万岁万万岁，为臣有本奏其详。

（白）万岁，为臣有本，奏闻陛下。

天　子： 王爱卿有何本章奏来？

王　强： 万岁，臣知天波府打手无数，杨景不在京，他府中女将甚多，倘若劫了法场，如何是好？

天　子： 依卿怎样？

王　强： 依臣愚见，先差刑部副堂狄尧监斩佘太君，然后再点一支人马抄拿杨家家口，岂不是两全其美？

天　子： 好，依卿所奏，狄尧上殿。

狄　尧：万岁。
天　子：狄爱卿领朕旨意，监斩佘太君，午时三刻，人头落地，不准徇私。
狄　尧：万岁，天波府男女颇多，恐有不测。
王　强：狄年兄放心，我再点三千人马与你保护法场，再点一支人马抄拿杨府，岂不是好？
狄　尧：要那么着，我还有啥说的呢？
天　子：爱卿，速速照旨行事去吧。
狄　尧：是，为臣领旨。
天　子：王爱卿，速速点兵去吧。
王　强：是，为臣领旨。
天　子：（唱）正是：可恨太君真傲上，定要斩首不赦行。

（杨忠急上）

杨　忠：（白）哎呀，不好，我乃杨府家将杨忠，跟随太君上朝见驾，不知怎么把太太绑到法场，只得急急回府报与众位奶奶知道，好搭救太太便了。

（唱）谢经武奸贼，王法全不管。
　　　得中状元公，天子御笔点。
　　　奉旨来夸官，果然威名显。
　　　来到我府中，要把势力展。
　　　看见下马牌，怒气攻心坎。
　　　砸得碎纷纷，众人齐呐喊。
　　　大家都上前，要问长和短。
　　　奸贼不顺情，撞倒身体闪。
　　　太太气攻心，坐上龙凤辇。
　　　上朝见主君，天子不给脸。
　　　我等多半天，听见一声喊。
　　　推出老太君，法场身被斩。
　　　可恼万岁爷，问的罪不浅。
　　　急急回府来，跑得吁吁喘。
　　　报与众夫人，准备要造反。
　　　俩腿跑如飞，

杨　洪：（唱）杨洪站门槛。

　　　　　　　太太去上朝，半天没回转。

　　　　　　　奶奶叫我来，打听长和短。

　　　　　　　才要往前行，

杨　忠：（唱）杨忠往上赶。

杨　洪：（唱）一见杨忠忙忙问，

　　　　（白）杨忠这样慌慌张张，为着何事？

杨　忠：哎呀，院公，太太上朝见驾，我在午门外伺候多时，见几个御林军将太太推出午门，往法场去了。

杨　洪：呀，竟有此事？快快预备刀马，准备劫夺法场，我去报与众夫人便了。

柴郡主：（诗）无意之中犯是非，太太上朝不见回。

　　　　（白）贵家柴郡主，谢状元夸官，拆了我府下马牌坊，太太上朝见主，怎么不见回来？好叫人放心不下。

杜金娥、云秀英：嫂嫂万福。

柴郡主：二位贤妹来了，请坐。

杜金娥、云秀英：这边有座，太太上朝去了，半天也不见回，应该打听打听才是。

柴郡主：已命杨洪打听去了。

杨　洪：（急上）众位夫人，可不好了。

合：　　杨洪，为何这样惊慌？

杨　洪：只因太太上朝见驾奏本，天子不准倒还罢了，反将太太推出午门。

合：　　推出午门怎样？

杨　洪：绑赴法场，但等午时三刻，人头落地。

柴郡主：杨洪，看我的凤辇伺候。

杜金娥、云秀英：六嫂，看凤辇何用？

柴郡主：我上南清宫去找八王保本。

杜金娥、云秀英：六嫂之言差矣，老母现绑法场，还去求别人何故？依我二人看来求人不如求己。杨洪，（有）吩咐外厢抬刀带马。

柴郡主：二位贤妹，想是要造反不成？

杜金娥、云秀英：住了，我们就要造反，你敢把我们怎样？

　　　　　　　　（唱）老母现被绑法场，你还装你皇姑腔。

　　　　　　　　　　一步去晚丧了命，你我面上有何光？
　　　　　　　　　　先到法场救了母，然后上朝见君王。
　　　　　　　　　　问问状元那狗子，为何拆了下马牌坊？
　　　　　　　　　　恼一恼杀了昏君主，叫他那三宫六院一命亡。
　　　　　　　　　　太太犯了什么罪，怎么就该绑法场？
　　　　　　　　　　叫他江山不姓赵，改了国号叫他姓杨。
　　　　　　　　　　二人带怒才要走，
杨宗保：（唱）杨宗保闻听此事进了房。
　　　　（白）二位婶母可安好？
杜金娥、云秀英：（唱）一见宗保喜洋洋。
杨八姐、杨九妹：（唱）八姐九妹也来到，
冯赛伦、赵美荣：（唱）赛伦美荣气满腔，
张金定、刘月云：（唱）张氏金定月云女，
合：　　（唱）一齐披挂整行装。
　　　　　　　　　　顶盔掼甲齐预备，
杜金娥、云秀英：（唱）金娥秀英把口张。
　　　　　　　　　　你们在府保家眷，奸贼必然动刀枪。
　　　　　　　　　　来一个来杀一个，叫他片甲不还乡。
　　　　　　　　　　叫声侄儿杨宗保，随我法场救老娘。
　　　　　　　　　　三人一齐出了府，门外上马执刀枪。
柴郡主：（唱）郡主一见无法办，
　　　　（白）二位姑娘与众位嫂嫂，带着排风，保护府门，防备前来抄家。
　　　　（是）杨洪，吩咐府中家将各执刀枪守住府门，若有动静，报我知道。
杜金娥、云秀英：（唱）正是：安排妥当等奸贼，叫他试试女花魁。
　　　　（升帐，六将站）
众　将：（诗）勇将是天生，大将八面风。
　　　　　　　　上山能打虎，下海敢擒龙。
柴　文：（白）我柴文。
周　彪：副将周彪。
曹　唯：参将曹唯。

王　志：我王志。
陈　永：我陈永。
陈　威：我陈威。
合　　：今有总兵升帐，在此伺候。
谢　交：（坐，诗）身似貔貅胆似天，上阵交手敌人寒。

　　　　　　　　　执掌兵权我为首，兵强将勇万万千。

（白）本帅总兵谢交，今有佘太君欺君傲上，绑赴法场被斩，恐怕杨府有变，我领了王兵部之命，带领大兵一万，前去抄拿杨府满门家眷。众将官，（有）人马起队，一到杨府去者。

（唱）吩咐一声下大帐，人欢马炸如草烧。
　　　各拿兵刀上了马，旌旗招展空中飘。
　　　人如南山斑斓虎，马如北海出水蛟。
　　　盔缨照得红似火，鞭锏锤爪与枪刀。
　　　藤牌如刀就地滚，抓钩套锁多少条。
　　　一直奔了天波府，要把杨门家口抄。
　　　不言总兵行人马，

杨门众将：（唱）再表杨门女英豪。

　　　　　　一同侄儿杨宗保，急催战马好心焦。
　　　　　　恨不能一时到法场，好救太太命一条。
　　　　　　然后杀上金銮殿，拿住昏君剁千刀。
　　　　　　再把狗子经武斩，王强老贼也不饶。
　　　　　　推倒真宗换国号，大家齐心反宋朝。
　　　　　　差人与六哥去送信，三关众将都带着。
　　　　　　叫咱六哥坐了殿，方显闺中女多娇。
　　　　　　你言我语往前走，呀，前面人马如草烧。

杨宗保：（唱）宗保马上声断喝，

　　　　（白）嗯，你等何处人马，快快闪路你少爷在此。

曹　唯：呀，你不是天波府的杨宗保吗？你太太犯了抄家之罪，你还不下马受绑，看你全身甲胄，想是要造反吗？

杨宗保：咦，你这贼子，说的倒也不错，报上名来领死。

曹　唯：我叫曹唯，特来擒你。
杨宗保：休走，看枪。
曹　唯：来来来。（杀曹死）
　　　　（王志对金娥）
杜金娥：来者贼子，报名领死。
王　志：我乃王志，来者女将何名？
杜金娥：不必多问，看刀！
王　志：来来来。（王死）
　　　　（周彪对秀英）
云秀英：来者，报名领死。
周　彪：我乃副将周彪，奉总兵之命，来抄你们杨家满门家口，女子何名？
云秀英：哪有工夫与你通名道姓？看刀！
周　彪：来来来。（死）
　　　　（内报：报元帅得知，法场来了二女一男，甚是厉害，连伤三员大将乞令定夺）
谢经武：众将官，看本帅枪马伺候，一齐往上围裹。（杀一阵）
杜金娥、云秀英：呀，不好，你看官兵一齐围裹，越杀越多，等几时杀到法场？
　　　　（唱）心中着急忙催马，
杨宗保：（唱）宗保头前把路开。
　　　　　　碰着刀的刀下死，遇着枪的枪下哀。
杜金娥、云秀英：（唱）只杀得死尸遍地倒，血流成河淌满街。
　　　　　　越杀越勇人马广，一万大兵齐上来。
　　　　　　几时杀到法场去，救了太君放心怀。
　　　　　　看看午时三刻到，太太性命保不来。
　　　　　　想到此间心急躁，精神抖起怒满怀。
　　　　　　不言三人困疆场，
吕蒙正：（唱）再表吕爷蒙正马跑开。
　　　　　　保本不准无可奈，靠山王爷把我差。
　　　　　　他们几人奔法场，叫我到南清宫请八王来。
　　　　　　请来贤王八千岁，保本见驾上金阶。

     千岁要知这件事，一定心中怒满怀。

     定找昏君去算账，凹面金铜谁不惧哉？

     一边走着急催马，

众　　官：（唱）再表几家栋梁材。

     王赵寇呼高，一齐来到法场外。

呼延赞：（白）高王兄与众位大人，咱们保本，圣上不准，莫非就看着太君死去不成？

众　　官：呼王有何高见？

呼延赞：依我有个主意，与大家商议商议。

众　　官：呼千岁，有何高见？我等无有不从。

呼延赞：依我主意，咱到法场护住桩橛，到了时辰，暂不叫开刀，单等八王到来，太君就有救了。

众　　官：千岁言之有理。纵是八王不到，杨门总有劫夺法场之人。

呼延赞：那是自然。

众　　官：纵然他们都不来，你我舍出性命也要保住太君的性命。

   （唱）眼看午时三刻到，大家快走莫消停。

     君保走着心急躁，恨天子做事太不公。

     王袍赵普心中忿，暗暗憋气不吱声。

寇　　准：（唱）天官寇准如火烤，怨天子不该把忠良倾。

     纵然到了午时候，不叫他开刀难施刑。

     拿定主意闯一闯，只要大家意实诚。

众　　官：（唱）自从太宗驾崩后，才出真宗做事昏蒙。

     果然要把太君斩，只怕国家不太平。

     社稷江山咱不管，单保太君命不倾。

     杨家待咱恩情重，也曾救我出幽州城。

     可惜忠心付流水，遇见这个昏主公。

     众人议论往前走，

狄　　尧：（唱）再把狄尧明一明。（上，坐）

   （诗）身披大红袍，刽子手提刀。

     午时三刻到，砍头把旨交。

（白）下官狄尧，奉旨监斩犯人佘太君，人在哪？（有）埋上桩橛，把犯人绑上来！（绑介）吩咐两旁，弓上弦，刀出鞘，把住法场，等待午时三刻，人头落地。

卒：众兵听真，老爷吩咐：弓上弦，刀出鞘，围住法场，小心伺候。

狄尧：左右，看看天是什么时候？

卒：禀爷，午时一刻。

狄尧：时辰未到，人头不掉，叫犯人饱哭一场，死也不屈。

卒：老太君，大人吩咐下来，叫你饱哭一场呢。

佘太君：苍天呐苍天，我这大年纪，受一刀之苦。昏君哪，昏君！你只顾听信奸臣之言，害了老身不要紧，你这皇帝休想再做了。

（唱）太君被绑桩橛上，仰面朝天泪淋淋。
　　　可惜杨门忠为国，临危落个血染身。
　　　出生入死多少次，父子九个只剩一人。
　　　孟良焦赞与岳胜，虎将杨兴枪法如神。
　　　还有郎千与郎万，还有柴干与陈林。
　　　俱与我儿结一拜，比着那同胞弟兄亲又亲。
　　　这些人知我身被斩，一定调齐众三军。
　　　大兵杀到东京地，未必饶了小昏君。
　　　拿住奸贼谢经武，剥了皮来抽了筋。
　　　千刀万剐凌割肉，开膛破肚挖了心。
　　　边关众将且莫论，又想起府中众钗裙。
　　　叫声媳妇柴郡主，你坐家中倒也放心。
　　　杜氏金娥秀英女，怎么不来看老身？
　　　八姐九妹哪里去？再要不来娘命难存。
　　　想到这里心难过，不由两眼泪纷纷。
　　　叹罢闭目等着死，

刽子手：（炮响）追魂炮响似雷音。
　　　　时候到了要动手，刽子手提刀要杀人。

狄尧：（唱）狄尧座上要分派，

卒：（唱）军卒跪倒在埃尘。

（白）禀爷，可不好了。
狄　　尧：何事这等惊慌？
卒：　　今有呼王爷等五人闯进法场来了。
狄　　尧：哎呀，快开刀，快开刀！
卒：　　众将拦挡不住，你看进来了，我要跑了。
呼延赞等五人：（跪）老太君我等救护来迟，望乞恕罪。
佘太君：呀，我当是何人，原是两家千岁和众位大人。你们快快起来，折杀老身了。我有何德能，敢劳众位大人来祭。
呼延赞等五人：太君不知，我等上殿见君保本，天子不准，叫我等无计可施，故此前来看望，略表寸心吧。
佘太君：难得众位大人的好心，此恩何日得报？
呼延赞等五人：太君何出此言？我等不能保护太君免罪，只好法场保护，等八王到来，自有主意，搭救太君。
　　　（唱）五人说罢流下泪，滴滴点点湿衣衫。
　　　　　　今日天子失仁政，不信众臣只信奸。
　　　　　　我等上殿同保本，昏君执意不放宽。
　　　　　　万般无奈没办法，表表我等一点心田。
　　　　　　太君若是身被斩，我等也不做宋朝官。
　　　　　　宋氏江山不长久，各回故土守庄田。
　　　　　　五人说罢泪如雨，
佘太君：（唱）太君不住泪涟涟。
　　　　　　众位请起快请起，天意该当乾坤翻。
　　　　　　拿着状元当珠宝，把咱忠良扔一边。
　　　　　　拆了牌坊还无罪，倒把老身用刀餐。
　　　　　　就死阴间也冤枉，无缘无故一命捐。
　　　　　　看起来不是把我老身斩，分明是刀刀斩你的锦江山。
　　　　　　太君说罢不言语，
狄　　尧：（唱）狄尧座上把话言。
　　　　　　列位大人且闪闪，
　　　（白）二位千岁与列位大人暂且回避了，天已到了时辰，卑职就要吩咐开刀了。

呼延赞：住了，有我们在此，你想放炮开刀，万万不能，我看你们哪个敢动手?!

狄　尧：我的千岁爷，卑职乃奉旨而来，若是误了时辰，卑职吃罪不起呀。

呼延赞：住了，你就是奉旨，我来不叫你开刀。

狄　尧：哎呀，若叫千岁这么一说，我这个监斩官还做不做呢？

呼延赞：你爱做不做，就不让你开刀，你敢把孤怎样？

狄　尧：卑职是奉圣旨，难道千岁敢违抗圣旨吗？

呼延赞：什么，哇呀呀呀，你仗着圣旨，吓唬孤家，真乃可恼！

（唱）呼延赞，气昂昂。

一伸虎腕，抓住衣裳。

按在流平地，用脚踏胸膛。

你仗皇王圣旨，前来和我发狂。

犯罪无非犯到底，先杀你这恶豺狼。

狄　尧：（唱）哎呀，狄尧怕，心着忙。

身子难动，只把口张。

叫声呼千岁，仔细再思量。

我本不是私至，奉旨下了朝堂。

这样无礼糟践我，天子知道罪难当。

呼延赞：（唱）心起火，气满腔。

早知有罪，敢作敢当。

不怕天与地，不怕死与亡。

定要追你狗命，咱俩一起命亡。

刽子手快把钢刀借给我，先将奸贼大开膛。

狄　尧：（唱）哎呀，说不好，泪汪汪。

心中害怕，无有主张。

只得软哀告，不可再逞强。

不服再要使硬，小命准见阎王。

千岁祖宗饶了我，有事大家慢商量。

高君保：（唱）高君保，在一旁。

不言不语，故意装腔。

王袍、赵普：（唱）王赵二丞相，也不问其详。

寇　准：（唱）寇准心中暗笑，

卒：（唱）军卒不敢拦挡。

　　　　　　刽子手也把热闹看，也不躲来也不藏。

呼延赞：（唱）气不出，怒满腔。

　　　　　　没有钢刀，左手高扬。

　　　　　　一拳打下去，脸上冒血光。

　　　　　　一定将你打死，我也随你命亡。

狄　尧：（白）王爷饶命吧。

呼延赞：（唱）我与你阴司去作伴，前世对头两相当。

狄　尧：（唱）打得狄尧连叫苦，

卒：（唱）军校跪倒报其详。

　　　　（白）禀千岁与众位大人，八王千岁到了。

高君保：呼王爷，将狗官放了，前去接驾要紧。

呼延赞：你这狗官，还不该死，日后再犯在我手，再与你这狗官算账，去你娘的吧。（踢下）

众　官：大家前去接驾，千岁千千岁，臣等接驾来迟，望乞恕罪。

八　王：众卿平身，随我一到法场。（上）高、呼二卿，快把太君放下桩来。

高君保、呼延赞：（放介）太君醒来，太君醒来。呀，太君怎么样了？太君二目只瞪，人事不知，想是气绝而亡了。

八　王：哎呀，太君昏迷，苍天啊，可有些不好了。

　　　　（唱）八王一见心惊惧，

高君保：（唱）高君保一见更着急。

赵　普：（唱）赵普心中也害怕，

寇　准：（唱）寇准只说了不得。

八　王：（唱）八王着急连声喊，太君醒来莫归西。

　　　　　　叫了多时不言语，只怕要扔锦华夷。

　　　　　　一统江山哪个管？谁在边关把兵提。

　　　　　　八王越哭越悲痛，

众　官：（白）太君醒来，太君醒来。

佘太君：哎呀，

   （唱）太君缓过气长吁。

     哎呀一声罢了我，

众　官：（白）好了好了，缓过来了，谢天谢地。

佘太君：（唱）微睁二目只悲啼。

众　官：（唱）众人一见也伤感，个个心软泪直滴。

八　王：（唱）八王止泪开言道，太君不要心憋屈。

    可恨状元小贼子，可恨昏君不问虚实。

    暂且回府好好养，我上金殿见高低。

    定找昏君去算账，凹面金锏手中提。

    叫声呼高听分派，

   （白）高、呼二卿，快弄一乘软轿，将太君送到天波府去。

高君保、呼延赞：领旨，人来！（有）看软轿伺候。

佘太君：千岁救命之恩，不知何日得报？

八　王：太君不必如此，暂且回府，我今日上殿，管叫那昏君心服口服。若是去得晚了，众位夫人反出汴梁，那还得了。

卒：禀千岁，软轿已到。

八　王：起过，请太君上轿回府去吧！

佘太君：多谢千岁。

八　王：来来来，带马一到金殿。

   （唱）八王搬鞍上了马，心中好生不乐哉。

    可恨状元谢经武，行事刁恶坏又歪。

    又恨昏君仗奸党，不问青红与皂白。

    竟把太君绑法场，多亏学士送信来。

    真是要把太君斩，昏君休想坐金銮。

    不言八王奔金殿，

杜金娥、云秀英：（唱）再表这天波府的二裙钗。

     官兵不住齐围裹，左冲右撞杀不开。

     累得粉面流香汗，只使得玉腕发麻手难抬。

     看看天时过了午，太太性命保不来。

　　　　　　　　心里焦急使勇力，杀得军卒苦哀哉。
杨宗保：（唱）宗保银枪如怪蟒，杀得兵将尸体栽。
　　　　　　越杀越勇往上闯，
柴　文：（唱）副将柴文走上来。
　　　　（白）杨公子不要动手，我有话问你。
杨宗保：原来是柴叔父，莫非也是抄拿满门家眷吗？
柴　文：论理我也是领了总兵之命，我可没有抄你杨门之心。我且问你，你与这些官兵有何仇恨？
杨宗保：我与官兵没有仇恨，只因他们拦挡去路，不能得进法场，如何是好？
柴　文：要像你这样杀法，杀到几时才能杀到法场？
杨宗保：柴叔父，这却如何是好？
柴　文：我给你一支令箭，叫官兵闪开一条道路，就可以到了法场了。
杨宗保：多谢叔父。
柴　文：你我假战三合，好交你令箭。
杨宗保：来来来。（杀，交令箭，柴下）

　　　　　　　　　　　　　　　　　　　　　　　　　　　　（完）

第十九本

【剧情梗概】天子偏袒新科状元谢经武，要将佘太君一家满门抄斩，八王大闹金殿，天子惧怕八王，答应不问罪杨门，并将谢经武革职为民，罚白银一千两为天波府重修下马牌坊，罚王强三年俸禄。佘太君自从法场回府后，得了伤寒之症，日夜思念六郎，命杨排风前去三关请六郎回府探望。孟良、焦赞二人执意一同回京。因佘太君无心说了要吃谢经武的心肝才能病愈，孟良、焦赞二人乘夜杀了谢经武一家四十八口，挖了谢经武的心肝拿与佘太君，并留下诗句，王强向天子告状，天子命八王及众大臣勘察杀人现场，墙上的题诗与杀人者留下的血迹都表明与杨家有关。经王强推荐，天子命陶仁为三关统帅，将六郎替换回来受审。

（杨上）
杨宗保：众将军听着，快些闪路叫我过去，如若不然，不要怪我手下无情。
（唱）令箭一举手中拿，单手提枪一声喊。
叫了一声众将官，快快与我把路闪。
哪个不听往上冲，刀枪林内无有眼。
死了莫要埋怨咱，生死少爷全不管。
喊了几声往前行，马倒人翻身子闪。
谢　交：（唱）总兵早已看得真，手拧长枪往上赶。
杜金娥、云秀英：（唱）两个佳人架住枪，交手不问长与短。
三人大战在一堆，（杀下）佳人用力大刀砍。（谢死）
卒：（唱）军校一见四下逃，众将个个吓破胆。
见着总兵一命亡，咱们快往一边闪。
这里乱营且不言，
高君保、呼延赞：（唱）高呼二人把路赶。
看见杨府宗保来，就知他们要造反。
扶着太君把轿下，
（佘太君上）
佘太君：媳妇与宗保不要做出无礼之事，急速上马回府去吧。

杜金娥、云秀英：哦，母亲，昏君发来无数人马抄咱满门，我们焉能容得？母亲请上轿回府，我二人杀上金殿，问问昏君，咱杨家身犯何罪，抄家问斩？

（唱）金娥秀英尊声母，方才那大厅上人马纷纷。
那本是小昏君发来人马，正要去抄拿咱杨家满门。
儿媳妇与你孙去救老母，众军卒挡去路战马难伸。
眼前是老母亲得了活命，不孝儿目下也放了宽心。
老母亲且回咱天波杨府，我二人上金殿去找昏君。
问问他咱杨家犯了何罪？怎么该抄拿咱合家满门？
恼恼怒杀了那真宗天子，扶保着我六哥坐了龙墩。
二佳人说罢了就要上马，

佘太君：（白）且住，

（唱）老太君说不可细听我云。
媳妇们不可行无理之事，你公爹保大宋一世忠臣。
断不可说出那反叛之话，且看那八千岁待咱情深。
想当初七郎儿劈死潘豹，就是那昭阳院一母同人。
多亏那八千岁上殿保本，不叫他去偿命七郎儿存。
潘仁美边关外七郎害死，你公爹李陵碑一命归阴。
六郎儿回京来告了御状，若不是八贤王也难诚心。
虽然是真宗主一时之错，也当看南清宫八王一人。
老太君说罢了一些言语，

高君保、呼延赞：（唱）呼丕显高君保又把话云。

（白）太君之言有理，虽然当今天子有错，八王是位贤臣，先把太君放回府来，叫咱俩相送也算有体面了。

佘太君：儿们不必性急，快些上马回府。

杜金娥、云秀英：是，儿们遵命。

佘太君：（诗）不看真宗喜奸党，且看八王是明君。

（摆朝，四臣站）

众　臣：（诗）一统太平喜，逍遥锦乾坤。

王　勤：（白）下官密枢院王勤。

王　　强：下官兵部王强。
谢经武：下官新科状元谢经武。
陈秀章：下官陈秀章。
合：　　圣驾临轩，在此伺候。
　　　　（天子出）
天　子：（诗）圣旨发下不见面，心惊肉跳有是非。
　　　　（白）朕，大宋天子真宗在位，已命狄爱卿去斩佘太君，天已过午，不见回来交旨。方才有黄门官奏道，说有天波府一男二女，杀了多少兵将，看起来真是罪上加罪。
　　　　（狄急上）
狄　尧：万岁万岁万万岁，臣来见驾。
天　子：哦，狄爱卿，朕命你去监斩佘太君，为何这般光景？
狄　尧：呀，万岁，快与为臣做主吧，万岁。
　　　　（唱）气喘吁吁跪金殿，细听为臣奏一番。
　　　　　　　金殿领了皇圣旨，法场去做监斩官。
　　　　　　　铁鞭王爷呼千岁，一同高爷寇天官。
　　　　　　　把住法场不叫斩，还把为臣打平川。
　　　　　　　为臣说是奉圣旨，他说为臣是胡谈。
　　　　　　　声声还把圣上来骂，要把为臣一命捐。
　　　　　　　多亏八王千岁到，方把为臣我放宽。
　　　　　　　未敢去接王爷驾，怕的是千岁得知命难全。
　　　　　　　狄尧说出八王到，
天　子：呀，
　　　　（唱）真宗天子心胆寒。
　　　　　　　心急暗暗说不好，他要上殿就麻烦。
　　　　　　　想当初老主尚且服他管，这回更比从前严。
　　　　　　　先皇亲封玉金锏，单打昏君与权奸。
　　　　　　　他认太君为义母，他与那杨景如同一母添。
　　　　　　　后悔我做一时错，悔不该绑出太君用刀餐。
　　　　　　　正是真宗心害怕，

八　王：（唱）八王带怒火上金銮。
　　　　　　站立阶下呼万岁，
　　　　（白）万岁万岁万万岁，臣来见驾。

天　子：免礼，坐了讲话。

八　王：为臣告坐，哦，狄尧。

狄　尧：有哇，千岁。

八　王：我把你这个奸贼，本御听说你是监斩官，到了法场，怎么没见你呢？天过午时，你怎么不开刀？误了圣旨，该当何罪？

　　　　（唱）一行说着冲冲怒，手拿金锏气难消。
　　　　　　你既领圣旨该问罪，该让太君赴阴曹。
　　　　　　先来见驾参本御，必有许多瞎话学。
　　　　　　也罢，犯了无非犯到底，当着圣上撒撒娇。
　　　　　　一行说着举起金锏，看打，

狄　尧：（白）嗨呀，罢了我了。

八　王：（唱）一起一落身上交。（打介）

狄　尧：（唱）哎呀，打得狄尧连叫苦。
　　　　　　哎呀，罢了我了，口呼千岁把我饶。

八　王：（白）看打。（打介）

狄　尧：（唱）疼得浑身实难受，不敢躲来不敢逃。
　　　　　　伤心不把别人怨，兵部王强倾我了。

八　王：（唱）八王越打心越火，（打介）

天　子：（唱）真宗不语偷眼瞧。
　　　　　　不敢说来不敢劝，

八　王：（白）看打。

天　子：（唱）还怕我也把殃遭。
　　　　　　眼见狄尧不动了，莫非他是归阴曹。
　　　　　　忍耐不住开言道，
　　　　（白）皇兄不必打了，狄尧只怕是死了。

八　王：住口！你是天子，本御将他打死，难道说你还叫本御与他偿命不成？

天　子：咳，皇兄，纵然将他打死，倒是让人明白他身犯何罪呀。

八　王：哼，你不知他身犯何罪，那佘太君他身犯何罪，绑到法场问斩？
天　子：他凌辱状元，毁骂朕，怎不该斩？
八　王：咳，难道她无故凌辱状元，无故前来骂你？依我看来，骂你也是应当。我且问你，凌辱状元，按律也应当抄家不成？昏君哪，昏君哪，我看你这皇帝懒得做了。

　　　（唱）八王爷，怒冲发。
　　　　　这件事情，做得太差。
　　　　　状元谢经武，奸贼真可杀。
　　　　　虽说夸官奉旨，不该牌坊来砸。
　　　　　你不依法从公断，反说太君欺负他。

天　子：（唱）真宗主，把气压。
　　　　　口呼皇兄，不知根芽。
　　　　　听我告诉你，皇兄细详查。
　　　　　提起夸官之事，状元前去拜她。
　　　　　人多势众牌坊倒，就赖状元给她砸。

八　王：（唱）住口，胡言语，信口发。
　　　　　真是昏君，断事不佳。
　　　　　状元这贼子，早知他奸猾。
　　　　　太君为人正派，来打不越王法。
　　　　　金殿与她无体面，不是昏君是什么？
　　　　　你坐殿，亏哪家？
　　　　　不叫杨门，祸把天塌。
　　　　　江山谁家挣？骂她就该杀。
　　　　　想是懒坐皇帝，与我下殿来吧。
　　　　　说把举铜望下打，

太　监：（唱）忙得太监用手拉。

天　子：（唱）皇兄且息雷霆怒，真宗天子战答撒。
　　　　　皇兄怒气难消恨，他与太君是一家。
　　　　　有心回了后宫院，宫院哪敢拦挡他？
　　　　　倘若闯入昭阳院，当着那三宫六院羞孤家。

　　　　　寻思一回开言道，

　　（白）哦，皇兄不必生气，也罢，朕当一时之错，叫我泼水难收，你说叫朕怎办？朕依皇兄之言就是了，你何必生这样大气呢？

八　王：哼，你要依我，你这皇帝还得多坐几日，若不依我，万里江山顷刻就与他人了。

天　子：是，皇兄说得很是。

八　王：我先到法场放了太君，差人把太君送回府中去了。

天　子：对，送得好，送得有理。

八　王：谢经武当革职为民。

天　子：就将他革职为民。

八　王：还得罚他白银一千两，与杨门重修下马牌坊。

天　子：是，修个新的。谢经武上殿。

谢经武：万岁。（上，跪）

天　子：留下官戴，革职为民，与太君重修下马牌坊，下殿去吧。

谢经武：是，万岁。

天　子：皇兄你打了狄尧，算他未迎接亲王之罪，是应当打的了。

八　王：还有一事，圣旨发兵，抄拿杨府，出来二女一男，伤了多少兵将，也得白死。

天　子：是，就算他们活该死了。

八　王：杨家去劫法场，也不算造反。

天　子：是啊，那算什么，他没杀上金殿，又没杀了皇上，算什么造反？没罪没罪。

八　王：谢经武见驾之话，必是王强所教也，该罚俸三年。

天　子：是，就罚俸三年。

八　王：圣上就该刷旨叫天官照旨行事。

天　子：是，内官。

内　官：伺候。

天　子：宣天官上殿。

内　官：领旨，有宣天官上殿。

寇　准：万岁。（上）万岁臣来见驾。

天　　子：寇爱卿，朕刷旨意，照旨行事。
寇　　准：是，为臣领旨。
天　　子：皇兄请回南清宫去休息罢。
八　　王：是，谢过万岁。
天　　子：御林军，将狄尧抬回他府中，自己将养去吧。
御林军：领旨。
　　　　（抬下，王强上）
王　　强：万岁，这事与我何干，为何罚我三年俸禄呢？
天　　子：咳，你也不用报屈，你要觉着不服，你自己去见八王去罢，散朝。（下）。
　　　　（王强怒下）
　　　　（排风马上，男装）
杨排风：（诗）奉了郡主命，三关送信音。
　　　　（白）杨排风，自从太太被绑法场，多得南清宫八千岁解救回府，身体不爽，得了伤寒之症，这几天越发沉重，睡梦之中思想元帅，郡主无奈，命我三关送信，因我武艺高强，路上放心。天气尚早，只得马上加鞭。
　　　　（唱）催马奔了关塘路，不分昼夜走如梭。
　　　　　　出门正遇三春景，风和日暖美景多。
　　　　　　游春之人也不少，牧童樵夫唱山歌。
　　　　　　走些山来过些岭，走些岭来过些河。
　　　　　　见些狐兔满山走，见些黄鹰把兔捉。
　　　　　　走过村庄与店舍，见些划拳把酒喝。
　　　　　　也有贫来也有富，也有骑马也有坐车。
　　　　　　遍地农夫耕田地，都是勤劳苦奔波。
　　　　　　无心眼看路上景，加鞭打马催征驼。
　　　　　　太太病得十分重，思想六郎睡不着。
　　　　　　奉命三关去送信，临行郡主把我托。
　　　　　　诓说太太身有病，谢经武这事不叫我说。
　　　　　　叫他思着来探母，这正是忠孝不能两全者。
　　　　　　晓行夜宿非一日，远远看见三关城。
　　　　　　只得进城把六爷见，

　　　　　（白）眼前到了三关，只得进城，一到帅府，去见六爷便了。
　　（升帐，六将站）

众　　将：（诗）杀气凌云万丈高，北国闻名远远逃。
　　　　　　　冲锋打仗敌将怕，北国闻之胆发毛。

岳　　胜：（白）俺岳胜。

孟　　良：孟良。

焦　　赞：焦赞。

陈　　林：陈林。

杨　　兴：杨兴。

合：　　　元帅升帐，小心伺候。

（六郎坐）

杨六郎：（诗）盖世英雄素有名，胡兵闻名胆战惊。
　　　　　　忠心耿耿扶社稷，一片丹心定太平。

　　　　（白）本帅兵马大元帅、都招讨杨延昭，领众将镇守三关。韩昌与我南北讲和，宋朝由我领兵，他们永不犯境。几年以来，倒也安宁。京中文书到来，言说太宗驾崩，新君即位，理应还京朝拜，怎奈无有圣旨，不敢妄动。帐下众将俱有万夫不当之勇，这也不在其言。

（卒上）

卒：　　　报元帅得知，今有京中天波府家将，辕门候见。

杨六郎：哦，府中来人，必有大事，令她书房相见。
　　　　（唱）吩咐一声众将退，下了大帐上书房。

中　　军：（唱）中军传令书房见，

杨排风：（唱）排风近步问安康。
　　　　（白）六爷可好？
　　　　（唱）皆因太太身有病，想念六爷回家乡。

杨六郎：（唱）老母得了什么病？莫非如今临在床？

杨排风：（唱）说是气恼伤寒风，服药无效不见强。

杨六郎：（唱）有心回家去探母，私离藩地犯王章。

杨排风：（唱）郡主临来曾嘱咐，说叫六爷私下见老娘。

杨六郎：（唱）圣上知道必有罪，要哄天子理不当。

杨排风：（唱）虽然尽忠为国事，孝道也是第一章。
杨六郎：（唱）三关众将谁执掌，还怕北国犯边疆。
杨排风：（唱）兵权交与岳帅官，大略北国不知详。
（焦、孟听声）
杨六郎：（唱）罢了哇，罢了。
　　　　　　　如此我就私探母，必须改扮平人装。
　　　　　　　来回无非一个月，急急回来把关防。
　　　　　　　排风后边去用饭，我就急急办妥当。（孟下）
　　　　　　　退去三军书房入，改扮已毕把口传。
　　　　　　　吩咐军校唤岳胜，
军　校：（白）有请岳副帅。
岳　胜：（唱）岳胜闻听入书房。
　　　　　　　元帅有何军情事？请对末将讲其详。
杨六郎：（唱）如此这般去探母，贤弟你，执掌兵权莫荒唐。
岳　胜：（白）是，末将遵令。
杨六郎：（唱）吩咐中军快备马，不分昼夜奔汴梁。
中　军：（唱）中军拉马府外等，
杨排风：（唱）排风早已备妥当。
杨六郎：（便衣马上）（唱）府门以外上了马，打扮如同买卖商。
岳　胜：（唱）岳胜回房也不送，
杨六郎：（唱）主仆二人抖丝缰。
　　　　　　　刚刚走了五六里，不走小路奔官塘。
（孟、焦便衣上）
孟良、焦赞：（唱）早在松林暗暗躲，随着六哥看老娘。
　　　　　　　　就怕明说不叫去，故意大喊震天堂。
　　　　　　　　来了客商快下马，
　　　　　（白）此山是我开，此树是我栽，要想从此过，留下买路财。
杨六郎：哼，我当是拦路强盗，原来是你二人。两个鲁夫，身为国家大将，竟做此抢劫之事，难道不怕王法么？真乃无理。
孟良、焦赞：哈哈，六哥呀，别搞那王法咧，我看知道王法的人更犯得厉害。

杨六郎：哦，你说何人犯法，告诉本帅定不饶。

孟良、焦赞：哈哈哈，不是别人就是你。

杨六郎：住口，本帅自挂印以来，赏罚分明，号令森严，与士卒同甘共苦，临阵当先，奉公守法，有什么犯法之处？

孟良、焦赞：你身为国家大将、兵马元帅，奉旨镇守三关，堵挡北番，关系重大，你今并无圣旨，私自回家，擅离藩地，倘若北国趁势而入，破了三关，直入中原，罪莫大矣。你今身为元帅，自己不正，焉能正人？许你回家就不许我们做这买卖？

杨六郎：哦哦哦，二位贤弟不知，因老母有病，昼夜想念于我，故此私自回家，二位贤弟与岳副帅在三关用心保城池，为兄感恩不尽。

孟良、焦赞：得咧得咧，你太也心小了，既然老母有病，也应该说与我们一声，咱们是一拜之朋友，你的母亲也是我们的母亲，你惦着母病，我们就不惦着么？而且老母待我们二人太厚，你既然回家探母，我们两个得去。

杨六郎：贤弟，为兄乃是私行，你二人去不得。

孟良、焦赞：你是私行，我们也不是明走。三关大料无事，我二人跟随六哥同去，管保路上，方便无事。

杨六郎：贤弟，你们去不得。

孟良、焦赞：去不得就不去，你走我俩跟着在后面。

杨六郎：二位贤弟，为兄怕你二人惹祸。倘惹出祸来，岂不连累为兄？

孟良、焦赞：放心吧，连话也不说，看看老母就回来。

杨六郎：好，既然如此讲不起，让你们去去就是了。

孟良、焦赞：这不就得了。

杨六郎：如此二位贤弟上马赶路。

孟良、焦赞：好六哥啊，我还带着家将来咧，叫他说于岳胜，点名的时候别招呼我们俩。

杨六郎：有理。

孟良、焦赞：家将出来吧。

（家将上）

家　　将：来了。

孟良、焦赞： 你回去告诉岳胜，就说我二人跟元帅进京去了。
家　将： 遵命。
杨六郎： 就此上马赶路。
　　　　（唱）人生在世忠与孝，莫忘古语圣人言。
孟良、焦赞：（唱）要是尽忠难尽孝，要想着忠孝双全实在难。
杨六郎：（唱）这一回家去探母，秘密而行要谨言。
孟良、焦赞：（唱）料想没有什么事，急去快来就回还。
杨六郎：（唱）倘若泄露人知晓，奏知圣上罪难担。
孟良、焦赞：（唱）你我二人藏得好，一路之上把人瞒。
杨六郎：（唱）怕是到了汴梁地，有人泄露巧机关。
孟良、焦赞：（唱）就是知道也不怕，谁敢大胆来多言？
杨六郎：（唱）如今朝中出奸党，与咱作对祸塌天。
孟良、焦赞：（唱）他吃了熊心与豹胆，犯在我手把眼睛剜。
杨六郎：（唱）贤弟不要太粗鲁，千万不要惹祸端。
孟良、焦赞：（唱）哥哥放心休多虑，我俩依从你的言。
杨六郎：（唱）如此说来是正理，为兄才觉心放宽。
合：　　（唱）四人催马路上走，
王　强：（内唱）再把王强言一言。
　　　　（上，坐）坐在房中心中虑，
　　　　（白）老夫王强方才上殿，面奏天子，用花言巧语说得圣上心活，将谢经武官复原职。可恨呼王不服，与天子顶撞，圣上将他贬到营州去了。八王久不上朝，并不知晓。就是知道，天子已经出旨，也难挽回。大料贤婿下朝，必到我府。
　　　　（卒上）
卒：　　禀爷，状元来拜。
王　强： 请进书房。
卒：　　里面有请状元。
谢经武： 来了。（上）岳父大人在上，小婿拜揖。
王　强： 贤婿免礼，请坐。
谢经武： 告坐。

王　　强：贤婿呀。

（唱）庆贺贤婿天大喜，官复原职又光宗。

谢经武：（唱）多得岳父相帮助，小婿如同死复生。

王　　强：（唱）也是我口才犹如苏季子，说转当今主真宗。

谢经武：（唱）听了岳父你的话，才把小婿又重封。

王　　强：（唱）唯有黑贼呼延赞，他却不服把气生。

谢经武：（唱）快快想法把他害，才去咱们眼中钉。

王　　强：（唱）这些事八王不知晓，知道定然不依从。

谢经武：（唱）小婿听说他有病，与太君病是一日生。

王　　强：（唱）倘若病好去上本，万岁见他就发蒙。

谢经武：（唱）再有十天半个月，就是上本也不中。

王　　强：（唱）贤婿暂且回府去，万事小心谨慎行。

谢经武：（唱）小婿告辞回府去，

王　　强：（唱）王强欠身回后厅。

（杨、孟、焦、排风马上）

杨六郎等四人：（唱）四人催马抬头看，眼前来到京都城。

杨六郎：（白）贤弟天色已晚，急急进府才是。

孟良、焦赞：有理。

佘太君：（内白）八姐、九妹，挽为娘到外边凉爽凉爽。

杨八姐、杨九妹：晓得。

（挽太君上）

佘太君：（诗）一腔怒气中风寒，堪堪一命归九泉。

（白）老身佘太君，自从法场回府，得了气恼伤寒，病症一日重如一日。听说谢经武官复原职，这病越发沉重了。郡主说差排风与我儿三关送信，也不见到来，只怕见不着了。

（洪上）

杨　　洪：禀太太，六爷回来了。

佘太君：好，我正念叨他，他就来了。

（六郎上）

杨六郎：母亲在上，孩儿叩头。

佘太君：我儿起来。

杨六郎：是。

（八姐、九妹上）

杨八姐、杨九妹：哥哥，一路多有劳苦了。

杨六郎：彼此一样，母亲病症好些了么？

佘太君：咳，儿啦，提起我这病来，叫我又气又恨，咱杨门这官也不应做了。

（唱）太君未语先流泪，我这病起于谢状元。

谢状元仗岳父做兵部，找上门来欺负咱。

两座牌坊全砸碎，还把为娘撞平川。

我上金殿去见驾，昏君传旨把我斩。

若不是贤王八千岁，为娘早已一命捐。

自从那日得了病，只觉不久辞世间。

今日我儿见一面，就是一死也心甘。

杨六郎：（唱）听罢此言尊老母，宽心养病莫心酸。

常言道大人不见小人怪，宰相肚子能行船。

小小状元何足道？咱不与他结仇冤。

佘太君：（白）儿哪，

（唱）是你一人前来，还是有别人呢？

杨六郎：（唱）带来孟良与焦赞，现在前堂设杯盘。

佘太君：哦哦哦，

（唱）怎说他俩也来了？快叫来为娘看看。

杨六郎：（白）是，

（唱）答应一声急去唤，二位贤弟随我来。

孟良、焦赞：（白）来了。

（唱）二人闻听进门栏，叩头问安老娘好。

佘太君：（白）你二人起来。

孟良、焦赞：是，

（唱）母亲你想吃啥对儿言。

佘太君：（唱）我这病症若能好，除非是吃了谢经武他心肝。

杨六郎：（唱）忙接言，呼贤弟，母亲因病胡乱言。

孟良、焦赞：（唱）六哥不用瞒哄我，此事我俩早知全。

母亲病由奸贼起，要想病好大报冤。

我二人去到状元府，杀了经武取心肝。

好与母亲来治病，吃了心肝病就痊。

杨六郎：（唱）二弟不可胡乱讲，叫人听去祸塌天。

咱本私自回家转，等着五更回三关。

若到天明人知晓，有人知道祸来缠。

八姐九妹搀老母，

杨八姐、杨九妹：（唱）八姐九妹不消闲。（搀佘下）

杨六郎：（唱）二位贤弟去安息，

孟良、焦赞：（白）是，下。

杨六郎：（唱）回到后堂设杯盘。

（孟良、焦赞上）

孟　良：（唱）兄弟二人出府外，

（白）俺孟良。

焦　赞：俺焦赞。听太太之言怒气难消，假装闲情，悄悄出府，宰杀贼子，方消心头之恨。明日五鼓去上三关，料也无人知晓。这天波府正与谢府相对，你我越墙而过。（跳过上）你看房中俱亮灯光，你我听上一听。

孟　良：有理。

（出三男三女）

谢经武：（诗）官复原职又重新，花开能多几时春。

（白）下官谢经武。

谢百武：我谢百武。

谢小武：我谢小武。

王　氏：奴状元夫人王氏花儿。

杨　氏：奴百武夫人杨氏枝儿。

柳　氏：奴小武夫人柳氏叶儿。

谢经武：二位贤弟，自我官复原职，多亏我岳父在天子驾前上本，咱们才能得这荣耀。

谢百武：那是自然，大哥你今寿宴之日，我二人也来在府，今日晚上给你叩上个寿头吧。

杨氏、柳氏： 我二人给伯伯叩个头，庆贺千秋。

谢百武： 对呀，你吩咐丫鬟们摆酒宴上来。

（唱）今日庆贺千秋日，愿哥哥福如东海寿比南山永不垂。

杨氏、柳氏：（唱）哥哥你福如东海长流水，寿比南山不怕风吹。

但愿荣华长富贵，但愿官高一品为。

哥儿三个把官做，我俩也把夫人为。

今日吃个酩酊大醉，你一盏来我一杯。

王　氏：（唱）喝酒喝得高了兴，王氏花儿也乐飞。

吩咐一声唤大盏，丫鬟快去取大杯。

众　人：（唱）大盏小盏喝高兴，只喝得谁也不认识谁。

坐不稳来立不稳，倒在地下睡如雷。

丫　鬟：（唱）丫鬟各自去吃酒，俱各喝得眼发黑。

孟良、焦赞：（唱）两人耳中听得准，俱都睡熟没把灯吹。

手提钢刀往里走，

（白）好哇好哇，这些人吃得大醉，如同小死，该着命尽，我先挖状元的心。

（二人杀六人死）

丫　鬟：（内白）哎呀，是啥玩意咔嚓咔嚓，走，看看去。（上）哎呀，不好啦。

孟　良： 哪里跑？手提钢刀往外追。

（硬唱）手提钢刀往外追，量你难逃我的手。

五殿阎君把我差，拿着票儿把你取。

恶贯满盈已命亡，叫你个个喂了狗。

赶上一个一个亡，深更半夜没处走。

不管男女一样杀，哪管年少与老叟。

撞了就像遭了瘟，一有杀你九十九。

这屋找到那个屋，一个人儿也没有。

杀的人儿记不清，大约杀了几十口。

进房扒了状元心，鲜血淋淋拿在手。

明人不做暗事情，墙上留诗叫他瞅。

　　　　　　　要拿凶手三关行，这才出屋往外走。（下，又上）

　　　　　　　叫声六哥与母亲，要吃心肝这里有。

　　　　　　　或是熬药与熬汤，或是煮炒就着酒。

杨六郎：（唱）闻听急忙出后堂，叫声贤弟快住口。

　　　　　　　仔细一观吓一跳，什么东西拿在手？

　　　　（白）呀，贤弟哪里去来？怎么浑身是血？拿的什么东西血淋淋的？

孟　良：六哥呀，原是如此这般，将谢经武的心肝取来给老母治病。

杨六郎：住口，你这鲁夫哇鲁夫，这祸事惹得可不小啊。

　　　　（唱）杨延昭，眼气红。

　　　　　　　这样大祸，惹得不轻。

　　　　　　　天亮人知晓，看见血儿红。

　　　　　　　知是咱家杀害，不用拷问口供。

　　　　　　　奏与当今万岁主，准备杨门被刀倾。

孟　良：（唱）六哥你，莫心惊。

　　　　　　　不必烦恼，听我说清。

　　　　　　　这个人命事，不用惦心中。

　　　　　　　杀的人虽不少，并无一人敢哼。

　　　　　　　算来也有四十口，东邻西舍不知情。

杨六郎：（唱）咳咳咳，闹哄哄，也不中。

　　　　　　　这个祸事，推脱不能，

　　　　　　　一定有人报，去到刑部中。

　　　　　　　报与王强知晓，差人来验分明。

　　　　　　　咱与状元是邻舍，怎么分辩也不行。

孟　良：（唱）愣汉子，孟火星。

　　　　　　　六哥不必，胆战心惊。

　　　　　　　天才交四鼓，咱们快登程。

　　　　　　　趁着无人知晓，出了汴梁东京。

　　　　　　　到了边关就无事，哪管他们天闹红？

杨六郎：（唱）咳，无奈何，回里行。

　　　　　　　禀知母亲，凶事一宗。

（佘太君上）

佘太君：（唱）太君闻此事，吓得打激灵。

急得出了躁汗，病症去了八成。

我儿们星夜快出府，吉凶祸福不用明。

杨六郎：（唱）说遵命，不消停。

准备行礼，走出府中。

家将快带马，三人上能行。（三人马上）

方　主：（唱）无有动静出来看。

（白）天差黑煞神，下界来杀人。不该咱俩死，吓走咱的魂。我方主，郑悬，兄弟呀，夜晚不知哪里来的天神一黑一红手执钢刀把咱府的夫人、老爷、坏小子杀了不少，吓得我猫到炉坑里了，郑悬猫在酱缸里，待了一宿，天亮了，咱俩看看去吧。

（下，又上看）哎呀，一共死了四十八口，状元心肝也没有了，这关系可不小，你我只得禀知他丈人去吧。

郑　悬：必须如此。你我快上兵部府走走。说着说着到了，你我进去报事。

方　主：有理。

（王强出）

王　强：（诗）无功受赂是虚情，暗保北国萧银宗。

（白）老夫王强，自从贤婿官复原职，佘太君气了一场大病，这几天越发沉重了。

（院子上）

院　子：禀爷，有状元府家将报说，有要紧之事禀报。

王　强：命他进来。

院　子：命你进见。

方主、郑悬：来了。（上）大人在上，小人叩头。

王　强：起来，你二人来到我府，有何事故？

方主、郑悬：禀大人，可不好了，昨夜三更以后，不知哪里来了二人，手执钢刀，将我家老爷夫人杀害，家将仆夫一共死了四十八口。

王　强：呀，此话可是当真？

方主、郑悬：焉敢撒谎？

王　　强：哎呀，这是哪里所起？你二人头前带路，我随后前去看来。

（唱）闻听家人报凶信，魂魄飞上九重天。

哪里来的贼强盗，无仇无恨做此冤？

怎么进的状元府？看来胆子包了天。

一共杀了四十八口，女儿女婿丧黄泉。

真是一个另样事，真是无头案子冤。

必有能人暗算事，邀请响马下了山。

凶手必是贼强盗，必有对头把他烦。

一边思想一边走，

方主、郑悬：（唱）两个家人汗直窜。

霎时到了状元府，

王　　强：（唱）进了大门仔细观。

留神一看吓一跳，看见尸首倒平川。

女儿女婿死得苦，

（白）女婿呀，你怎么该着这样横死？可怜你这头名状元正在高升之时，叫我多费心机，如今烟息火灭，俱做刀头之鬼了。

（唱）王兵部，哭号啕。

眼望尸首，心如油浇。

女儿与女婿，鲜血染衣袍。

身子俱各两半，脑袋个个掉了。

血染方砖倒在地，横躺竖卧呜呼了。

可惜你，在当朝。

御笔亲点，金榜名标。

才把状元做，寿短亡故了。

并未轰轰烈烈，顿时火灭烟消。

莫非一生命里造，不该在世逞英豪。

我为你，把心操。

真宗驾下，显你才学。

不想有今日，横祸你遇着。

哪里来的强盗？杀人望影而逃。

  老夫无法干跺脚,哭死你也活不了。

  无法使,好心焦。

  泪如雨下,湿透衣袍。

  心中实难受,如扎万把刀。

  看看男男女女,尸体令人难瞧。

  也有穿着衣服死,也有赤身赴阴曹。

  止住泪,把话学。

  叫声家丁,你们听着。

  小心看尸首,老夫就上朝。

  此事奏知万岁,出旨去拿恶刁。

  吩咐已毕抬头看,呀,粉壁墙上血字描。

(白)粉壁墙上有血迹大字,待我念来。

(念)怒气不消贯斗牛,万丈杀气勇不休。

  可恨贼子谢经武,打倒管家拆牌楼。

  手使钢刀三更后,越墙斩断贼的头。

  要是拿我偿人命,杀人祖宗不能留。

(白)哼哼,这杀人之事,定是天波府。佘太君与状元不睦,仇恨不消,因此她得了重病,命家人偷上三关送信,杨景差人假扮强盗,将状元满门杀死,暗暗逃上三关。杨延昭哇,可惜老夫与你写过状纸告倒潘仁美,恩情不报,却杀死我的门婿。有老夫在朝,你想无事怎得能够?人来,带马上朝。

(摆场,天子坐)(王跪)

王　强:万岁万岁万万岁,为臣有本奏闻陛下。

天　子:王爱卿有何本奏?

王　强:万岁,这关系不小哇,万岁。

  (唱)昨夜三更人雅静,状元府进去两个人。

    各拿钢刀凶如虎,状元满门刀碎身。

    整整杀了四十八口,

天　子:(白)这个凶手是谁?

王　强:(唱)杀人之事臣访真。

　　　　　　凶手却是天波府，
天　子：（白）怎见得？
王　强：（唱）粉壁墙上有诗文。
天　子：（白）凶手是何言语？
王　强：（唱）如此如此题诗句，杨景三关暗差人。
　　　　　　一来他两家有仇恨，二来他们是近邻。
　　　　　　血迹大字为凭证，并未无赖情实真。
　　　　　　只求我主刷旨意，速拿杨景和太君。
　　　　　　审问口供好问罪，
天　子：咳，
　　　　（唱）真宗听罢闷在心。
　　　　　　此事难辨真与假，若论血迹却是真。
　　　　　　有心立刻拿问罪，此事重大怕错拿人。
　　　　　　若是不问杨家罪，哪里去把凶手擒？
　　　　　　想罢多时有有有，
　　　　（白）爱卿平身。
王　强：万岁。
天　子：（唱）这件事得与八王把语云。
　　　　（白）内臣，奉旨去到八王府，
　　　　　　请他快快到来临。
内　臣：领旨。
　　　　（唱）内臣领旨不怠慢，南清宫内把话云。
八　王：（内唱）八王遵旨急来到，（上）三呼万岁臣见君。
　　　　（白）万岁万岁万万岁，臣来见驾。
天　子：皇兄平身，内臣看座。
八　王：谢坐。万岁宣为臣来有何国事？
天　子：皇兄，方才王爱卿奏道昨夜不知哪里来的强盗，将状元满门杀了四十八口，粉壁墙上留诗，定是三关之人杀害。
八　王：万岁这关系非小，如果是边关之人杀了谢经武满门家口，也不能把祸移到杨家身上。

天　子：皇兄言之有理，你与六部大臣去到状元府从新验来再议。

八　王：为臣领旨。

　　　　（唱）说声领旨下金殿，一同六部众公卿。

　　　　　　　午朝门外上了马，去到那状元府中看分明。

　　　　（寇、文、吕、强、勤、陈六人马上）

　　　　　　　霎时之间来到了，（下马）府门下马上大厅。（摆场）

众　官：（唱）六部大臣留神看，眼看死尸地下横。

　　　　　　　看了这个看那个，忽然看见血迹踪。

　　　　　　　顺着血迹留神看，滴滴点点过墙东。

　　　　　　　那边就是天波府，定是杨家无改更。

　　　　　　　纵是忠良难偏相，

八　王：呀，

　　　　（唱）闻听此言吃一惊。

　　　　　　　带我亲身验一遍，出了中厅看分明。（下，上）

　　　　　　　果然不假看真切，血迹点点过墙东。

　　　　　　　凶手必是天波府，有心偏相也不中。

　　　　　　　此事重大难做主，还得上殿见主公。

　　　　　　　一来诗句为凭证，二来又有血迹踪。

　　　　　　　又且近邻有关系，如何无心把本上。

　　　　　　　无可奈何又上马，霎时来到午门厅。（摆场）

　　　　　　　上殿跪倒呼万岁，

　　　　（白）万岁万岁万万岁，臣来见驾，同六部大臣往状元府查验，原是死了四十八口，墙上诗句是实，状元心肺皆无，血迹滴到杨府后院，求我主额外施恩。

天　子：呀，原来这等，皇兄坐了。

八　王：为臣谢坐。

天　子：内臣传朕口旨，命御林军先到天波府将佘太君拿来问罪。

八　王：万岁，不可呀不可，太君一来有病，二来是诰命夫人，问不得罪呀，万岁。

天　子：哦哦，若依皇兄说来，状元满门家口，白死了不成么？

八　王：万岁，墙上诗句乃是边关口气，就当宣郡马前来问罪，审明口供，按律问罪。

天　子：就依皇兄，但不知三关何人代替前去？

王　强：万岁，三关重地，为臣保准一人可当此任。

天　子：王爱卿保准何人？

王　强：京营副将陶仁，文武双全，可以去得。

天　子：好哇，爱卿所奏，你就奉旨前去晓谕。

王　强：领旨。

天　子：皇兄，回府歇息去吧。

八　王：万岁。

天　子：散朝。

（陶仁出，平坐）

陶　仁：（诗）京营提调任我行，赫赫威威掌权横。

（白）我乃京营副将陶仁，多亏舅父王勤保举，由游击升为京营副将。真乃权高事大，这也不在话下。

（内白：禀爷，朝命下）

陶　仁：待我接旨。（下。内白：大人请）

（王强、陶仁同上）

王　强：圣旨到，跪听宣读。

陶　仁：万岁万岁万万岁。

王　强：诏曰：兹尔副将陶仁，文武全才，钦命急赴三关，替回郡马，暂且代理三关兵权重任。旨到即日起程。钦此。谢恩。

陶　仁：万岁万岁万万岁。人来，旨意供奉龙亭，酒宴伺候。兵部大人请坐。

王　强：告坐。

陶　仁：不知老大人到来，未去远迎，望乞恕罪。

王　强：好说。贤契，你此去三关，老夫有心事告诉于你。因你不外，有事不瞒你，退去左右，有秘事相告。

陶　仁：左右退下，大人有事讲来。

王　强：贤契听了。

（唱）你舅父与我是契友，凡事并不把你瞒。

我本奉了萧后旨，来到中原做勾连。

明保大宋暗保北，必须把大宋忠臣害个净。

萧后好进中原地，咱的功劳重如山。

今日保你三关去，要你去调杨景还。

大权到在你的手，三关众将用刀餐。

抓着错缝不容恕，好叫北国进中原。

千万小心加仔细，不可粗心只当玩。

但等平灭宋朝后，必封你开国元勋做高官。

自己之人莫多虑，即刻启程莫延迟。

陶　仁：（唱）大人只管把心放，不用你老挂心间。

王　强：（唱）话已说完告辞去，

陶　仁：（唱）陶仁送出又回还。

吩咐家将快带马，带领随从上三关。

出了汴梁城一座，饥食渴饮非一天。

这日到了三关界，吩咐人马急进关。

（白）眼前来到三关，左右就此进关，不得有误。

（完）

第二十本

【剧情梗概】天子为彻查杀害状元一家案件,差遣陶仁来到边关替回六郎。陶仁按照奸臣王强之意,欲寻机杀死边关众将,在将副帅岳胜绑出即将开斩之时,孟良闯上点将台,将陶仁杀死。孟、焦二人不放心六郎回京,遂连夜赶赴汴梁。天子亲自审问六郎,六郎决意一人揽责,以保护孟、焦二人。天子大怒,欲将其斩首,八王保本,将其押入三法司。后孟、焦二人大闹法场,在杀死监斩官陶义后,六郎带着他们一起来到午门,听候天子发落。就在这时,岳胜带着三关大军将京城团团围住,要天子交出杨景元帅。

(升帐,岳、孟、焦、杨、柴、陈与郎千、郎万站,六郎出)

杨六郎:(诗)无端大祸起萧墙,机关泄露难隐藏。

(白)本帅杨景字延昭,自从汴梁探母回来,孟、焦二弟杀了谢家四十八口,虽然夜晚无人知道,恐怕天明,机关泄露,大祸不小,来到边关,众将俱各不知底细。

(卒上)

卒: 报元帅得知,京中圣旨已到,差官辕门下马。

杨六郎: 起过了。

卒: 是。

杨六郎: 京中钦差到来,左右设摆香案前去接旨。

孟良、焦赞: 慢着,元帅这个圣旨接不得。

杨六郎: 哦,怎么接不得呢?

孟良、焦赞: 岂不知前日回家之事,惹得塌天大祸?圣旨到来,必是调元帅回京问罪,岂不是自投罗网?

杨六郎: 依你怎样?

孟良、焦赞: 依我二人之意,将圣旨扯碎,杀了差官,另立旗号。

杨六郎: 住口,你们是满口胡说!我杨门世代忠良,扶保大宋,不能做那反叛之事。就是前者所做之事,也在本帅身上。不必拦挡,本帅情愿受死。

(唱)我情愿,赴帝邦。

　　　　　　杀人偿命，死也应当。

　　　　　　既做英雄汉，岂怕死与亡？

　　　　　　本帅前去接旨，尔等不能拦挡。

　　　　　　别的事情不许讲，且随圣旨赴帝邦。

孟良、焦赞：（唱）尊元帅，慢思量。

　　　　　　现今天子，不信忠良。

　　　　　　竟听奸臣话，该他乱朝纲。

　　　　　　就是前者之事，太君险呼命亡。

　　　　　　咱们结拜同生死，哪肯叫你一命亡。

杨六郎：（唱）少害怕，免惊慌。

　　　　　　本帅北去，自有主张。

　　　　　　所仗人一个，千岁八贤王。

　　　　　　他若知道此事，必然去上朝纲。

　　　　　　纵然万岁不准本，就死阴曹不冤枉。

孟良、焦赞：咳，

　　　　　（唱）元帅你，错主张。

　　　　　　这一前去，定主不祥。

　　　　　　我俩早议论，大宋乱朝纲。

　　　　　　情愿一齐反了，保着元帅为王。

杨六郎：（白）住口！

　　　　　（唱）一派胡言欠杀剐，再提反字命必亡。

焦　赞：（唱）有焦赞，把口张。

　　　　　　尊声六哥，细听端详。

　　　　　　这件人命事，小弟去应当。

杨六郎：（唱）不必贤弟挂念，不用尔等着忙。

　　　　　　反乱之事不必讲，稳坐高官得安康。

孟良、焦赞：（唱）我们杀人，死应当。

众　将：（唱）我等还有，大事商量。

杨六郎：（唱）还有什么事，快快讲其详。

孟　良：（唱）小弟情愿偿命，不叫哥哥代偿。

焦　赞：（唱）元帅进京去认罪，哪个可把反叛降？
众　将：（唱）这件事，有主张。
　　　　　　　元帅一去，搅海翻江。
　　　　　　　鞑子要知道，必要动刀枪。
杨六郎：（唱）胡人个个丧胆，再不敢来逞强。
　　　　　　　后事休提且接旨，抗违圣旨罪难挡。
众　将：（唱）元帅下了中军帐，众将发愣暗思量。（下）
陶　仁：（内唱）陶仁辕门早下马，
杨六郎：（唱）元帅接迎到帅堂。（同仁上）
陶　仁：（唱）陶仁高声宣圣旨，
　　　　（白）圣旨到，跪。
杨六郎：万岁万岁万万岁。
陶　仁：听宣读。诏曰：皇帝喜出忠臣，庶民爱出孝子。如今朕新登大宝，未与元帅见面，甚是想念。今差京营指挥，替回郡马回朝，三关重任委陶仁执掌。旨到交印，早早回朝，以慰朕心。望诏谢恩。
杨六郎：万岁万万岁。人来，将旨供奉龙亭，看酒宴伺候。
陶　仁：郡马，朝命急忙，尽快些办理军机，交付帅印，准备启程要紧。
杨六郎：圣旨到，怎能抗违？钦差暂回大帐，休息去吧。本帅办理完毕，明日启程。
陶　仁：好，千万不可延迟时间。
杨六郎：那是自然。
陶　仁：请。
杨六郎：请。
　　　　（唱）送出钦差归了座，口虽不怕心也慌。
　　　　　　　今日天晚各去吧，明日交付早事忙。
　　　　　　　吩咐已毕归后帐，（众下，孟、焦上）
焦　赞：（唱）气坏焦赞与孟良。
　　　　　　　元帅也太能包办，这样大事欠主张。
　　　　　　　什么圣旨不圣旨，什么君王不君王。
　　　　　　　应杀钦差造了反，带领人马攻汴梁。
　　　　　　　天下本当轮流坐，哪用一家总坐皇上？

　　　　　　钦差元帅一屋睡，真乃叫人气满腔。
　　　　　　有心杀他不好动手，又在六哥一个房。
　　　　　　有心杀他偷偷看，要有机会有良方。
　　　　　　咱俩一个门外等，一个进去杀豺狼。
孟　良：（白）有理。
守　兵：（唱）守兵并不相拦挡，因为平时常入后堂。
孟良、焦赞：（唱）不言两人要行刺，
　　　　（内钦差睡，六郎明场坐）
杨六郎：（唱）忽听更锣响叮当。
　　　　　　思想往事心不稳，明日进京有祸殃。
　　　　　　不是让我把京进，是为经武事一桩。
　　　　　　可惜我乃遭不幸，无缘无故要灭亡。
　　　　　　独对孤灯刚要睡，
　　　　（孟执斧上）
杨六郎：（唱）忽见月影上了窗。
　　　　　　见一大汉执板斧，好像行刺起不良。
　　　　　　待我轻轻将他拿住，问明缘故做主张。
　　　　　　手中宝剑暗出鞘，
孟　良：（唱）照着床头看其详。
　　　　　　必是钦差狗男女，对准他的脖子腔。
　　　　　　大斧一举用尽力，
杨六郎：（唱）轻轻一搏说混账。
　　　　　　好个贼子真胆大，
孟　良：（白）呀，不好。
　　　　（唱）声音好像杨六郎。
　　　　　　不敢声张往外跑，
杨六郎：（唱）杨景相随出了房。（孟、焦跑，六郎追上）
　　　　　　你们二人好大胆，为何行出这勾当？
　　　　　　快快说出免处死，
　　　　（白）你二人行此粗鲁之事，岂不与我罪上加罪？

孟良、焦赞：元帅，不是我俩粗鲁，因惹祸事，我俩焉能叫你进京领罪？依我看这个钦差狗头狗脑的，不是个好东西，莫如杀了他，以免后患。也不进京。常言说，将在外，军令有所不受。焉能自投罗网呢？

杨六郎：二位贤弟，言之差矣。古言道，君叫臣死，臣不得不死；父叫子亡，子不得不亡。我杨门世代忠心为国，焉能做那无父无君之事？

孟良、焦赞：六哥言之差矣。常言说得好，君不正，臣投外国；父不正，子奔他乡。如今天子无道，宠信奸臣，苦害忠良，保他何益？莫如另立一番事业。

杨六郎：住口，你二人再要不听，我情愿与你们划地绝交。

孟良、焦赞：六哥不可，我二人依从六哥就是了。

杨六郎：好，快快歇息，等候新元帅点将，小心伺候。

孟良、焦赞：是。

（打五更，仁上）

陶　仁：哎呀，一觉天色大亮，杨景也该走了呀，早起去了，待我上前帐催促一番便了。

（杨六郎出，升帐，将站）

杨六郎：（诗）一夜心惊睡不安，交代箭印离三关。

（白）本帅杨延昭。

陶　仁：元帅也该起身了。

杨六郎：大人请坐，本帅诸事交代齐备，等候大人接印。

陶　仁：好，元帅交印。（拜印，接）

杨六郎：（唱）交了箭印出帅府，（下，六郎、孟、焦、众将又上）（焦、孟下）

众　将：（唱）众将相随到辕门。

杨六郎：（唱）郡马一见心内软，强忍泪珠把话云。

众将且回帅府去，伺候元帅要殷勤。

操兵点将休怠慢，防备大兵起反心。

紧守边疆加仔细，既食君禄当报恩。

忠臣至死心不改，怕死岂可做忠臣？

只要大家齐心力，一点丹心保乾坤。

嘱咐几句扬长去，

岳　　胜：（唱）岳胜不舍随后跟。

杨六郎：（唱）贤弟请回不远送，怎不见焦孟他二人？

莫非不知我回转，不然必是睡沉沉。

别人我倒不惦念，他俩性鲁我担心。

贤弟千万多指教，

岳　　胜：（唱）岳胜犹如泥塑人。（六郎下）

眼看元帅去远了，无精打采回城门。

（焦、孟上）

孟良、焦赞：（唱）孟良焦赞林中等，

（白）哥哥，我二人久等多时了。

杨六郎：你二人不回城去，到此何事？

孟良、焦赞：哥哥回京我俩总不放心，情愿与哥哥进京，死要死在一块，活也活在一块。

杨六郎：不可，边关事大，你二人不要别扭，我去一月半月，无事急回，大料无事。

孟良、焦赞：哥哥执意不要我们去，我们也不相拗，但有一件，哥哥要没有一差二错则罢了，要有一差二错，我要不把大宋江山推倒，誓不为人。哥哥路上保重吧。

杨六郎：是，你二人回去吧。

孟良、焦赞：咳，走得真叫人难舍，你我二人回城喝两盅酒去。

陶　　仁：（内白）中军击鼓升帐。

卒：哈。

（摆场，二十人站）

众　　将：（诗）刚刚送走元帅，聚将鼓响雷鸣。

必是新帅升帐，大家遵命而行。

陈　　林：（白）我陈林。

柴　　干：柴干。

郎　　千：郎千。

郎　　万：郎万。

杨　　兴：杨兴。

吴　凯：吴凯。

刘　齐：刘齐。

黄　虎：黄虎。

孙　明：孙明。

鲁　杰：鲁杰。

马　训：马训。

戴朝风：戴朝风。

刘德海：刘德海。

崔文秀：崔文秀。

鲁　魁：鲁魁。

陈　雄：陈雄。

刘　永：刘永。

杨　成：杨成。

张　立：张立。

张　胜：张胜。

合　　：新帅升帐，在此伺候。

（陶仁出）

陶　仁：（诗）一朝权在手，便把令来行。

（白）我乃陶仁，方才击鼓升帐，齐聚众将，先给他们一个下马威风才是。众将官，站东列西，听本帅一点。岳胜。

卒　　：岳胜不到。

陶　仁：起过。孟良。

卒　　：孟良不到。

陶　仁：起过。焦赞。

卒　　：不到。

陶　仁：起过。本帅初次点将，不到真乃无礼，藐视本帅。陈林，柴干，郎千，郎万，杨兴，吴凯，刘齐，黄虎，孙明，鲁杰，马训，戴朝风，刘德海，崔文秀，鲁魁，陈雄，刘永，杨成，张立，张胜。

卒　　：禀元帅，岳胜辕门外求见。

陶　仁：哈哈哈，好个岳胜，真乃大胆！传我的将令，弓上弦，刀出鞘，叫他钻刀而进。

卒：哈，元帅有令，叫岳胜钻刀而进。

岳　胜：来了。（上）元帅在上，末将参拜。

陶　仁：好个大胆岳胜，本帅点将，点卯不到，明明藐视本帅，抗违将令，该当何罪？

岳　胜：元帅，因我送杨元帅来迟，望元帅恕罪。

陶　仁：住口，你送杨元帅要紧，误了点卯，哪里容得？左右，将岳胜绑出辕门斩首报来。

卒：哈。（绑下）

众　将：刀下留人。元帅，岳胜乃是三关副将，屡立大功。元帅不可因小事而斩自己大将，于军不利。请元帅开恩。

陶　仁：他既为三关副将，更知军法。点卯不到，本应斩首！将令一出，谁再保留，一律问罪。

（卒上）

卒：禀元帅，孟、焦二人辕门外候命。他们见绑了岳胜，焦赞护住法场，孟良硬闯辕门，众将拦挡不住，乞令定夺。

陶　仁：哎呀，这还了得。

（孟执斧上）

陶　仁：你是孟良么？

孟　良：正是你祖宗。

陶　仁：哎呀，这是啥东西？你为大将，为何点卯不到？竟敢这样放肆。军校们，绑出开刀。

孟　良：哇哇哇，我看你们哪个敢动手？我把你这个狗子，你绑哪个？你孟二爷不怕你，给我打下来也。（抓住仁，按地）

（硬唱）一手抓住贼陶仁，一手举起加钢斧。

抓住胸膛按流平，我今叫你狗啃土。

叫你试试孟二爷，尝尝我的加钢斧。

你到三关一天多，装腔作势显威武。

未从行事该打听，胆敢要惹孟二虎。

点将你也早通知，谁知你又打战鼓。

明知我们送元戎，你是杀人不对付。

　　　　　边关众将谁不知？屡次立功挡鞑虏。
　　　　　元帅恩情重如山，他与我们同甘苦。
　　　　　你今替掌兵权来，无故杀人理不符。
　　　　　看你不是掌兵权，明明另有别心腹。
　　　　　就是奸臣一党人，想卖大宋江山土。
　　　　　倘若不说实情话，叫你立刻埋在土。
　　　　　按住胸膛用脚踢，

陶　仁：哎呀，
　　　（唱）一声巴子吾。
　　　　　我的祖宗饶了我，那就是我重生父母。

孟　良：（白）饶你不难，你说实话，就饶你不死。

陶　仁：是啦，
　　　（唱）事情是由谢状元，奉旨夸官到杨府。
　　　　　看见牌坊把路拦，把他当时气个苦。
　　　　　吩咐手下砸碎了，又打杨府老奴仆。
　　　　　太君出来不让啦，与他说理去见主。
　　　　　天子偏心向状元，绑出太君用刀斧。
　　　　　八王千岁保下来，状元被革回故土。
　　　　　多亏王强兵部官，保他官复见圣主。
　　　　　太君气得生病了，偏偏又把大祸出。
　　　　　不知哪里贼强人，夜晚入了状元府。
　　　　　男女杀了四十八，不管奴呀不管主。
　　　　　粉壁墙上留诗句，口气三关这群虎。
　　　　　六部大臣验过诗，天子才把我派遣。
　　　　　明着来调杨元帅，叫他进京是没福。
　　　　　临行兵部把我托，因我本是他心腹。
　　　　　保我执掌大兵权，三关众将任凭吾。
　　　　　一个不留都杀了，好让北国占中土。
　　　　　王强本是北国人，明保中原暗保北主。
　　　　　这本前后一往情，并没半句虚言吐。

望求将爷把我饶，就算我的老宗祖。

孟　良：（唱）大喊一声气死人，用力举起加钢斧。

咔嚓一声头掉了，（仁死）叫你阴间见阎主。

（白）这个老官，被我一斧劈开。军校们，快快放开岳副帅。

（岳上）

岳　胜：呀，这是为何？

孟　良：岳大哥不知，原是这般如此，我才将钦差杀了，出口恶气。

岳　胜：哦，孟贤弟，你也太粗鲁了，既然问出真情，理当留他活口，让他招供，差人进京押解，与他上殿见主，奏明王强通连北国，并把杨门与谢经武之争，怎样托差官，如何要把三关众将全灭。这样，一则免了元帅之罪，二则去了奸党。你把他杀了，没有活口，这事怎办？

众　将：岳大哥，事已至此，骑虎难下，泼水难收。依我的主意，先差人进京探探元帅吉凶，天子要是赦了元帅无罪，万事皆休；不然的话，咱们进兵攻打汴梁，推倒昏君，另立新皇，保着元帅坐殿，岂不是好？

岳　胜：好，孟良、焦赞听令：你二人各骑快马一匹，星夜赶奔京都，保护元帅。倘又差错，拿你俩问罪。（得令）众将听令，点齐三关大兵，随我杀奔汴梁，不得有误。

（佘太君出）

佘太君：（诗）听得家人杨洪报，叫人肉跳心不安。

（白）老身佘太君，自从孟、焦二人杀了谢经武全家四十八口，把我这回病也吓好了，连夜打发他三人回三关去了。终日甚不放心，秘密差人打听，杨洪来报，说是六个朝臣去状元府验尸，说墙上有血诗，又有血迹淋滴到我后花园内。有此干证，定是我杨府所做的事。天子要拿我问罪，多亏八王谏本，去上三关，调回我儿审明此事，只怕难以推脱了。我儿回来，再做商议。

（洪上）

杨　洪：启禀太太，六爷回来了。

佘太君：叫他上房见我。

杨　洪：是，六爷随我来。

杨六郎：是。

佘太君： 孩儿啦，你可知圣上因何调你回京么？

杨六郎： 孩儿虽不知晓，大料事因谢家之事犯了。

佘太君： 咳，儿啦，只怕是大祸不远矣。

（唱）自从你们回去后，为娘差人去打听。

　　　　王强次日奏天子，六部大人问分明。

　　　　一共死了四十八口，不该留诗做证凭。

　　　　摘心滴血入园内，明明告诉咱行凶。

　　　　天子出旨把你调，专为这事要审清。

　　　　你千万地不可认，一口咬定不知情。

　　　　没有招供难定罪，要认了全家便倾生。

　　　　天子与经武同学诗书念，又是王勤亲外甥。

　　　　王强是他亲岳父，要想饶咱万不能。

杨六郎：（唱）母亲要把宽心放，孩儿早知有调停。

　　　　天已不早安歇吧，明日上殿见主公。

　　（八、九上）

杨八姐、杨九妹：（唱）来了八姐与九妹，哥哥一向可安宁？

　　（柴上）

柴郡主：（唱）又来皇姑柴郡主，郡马劳乏受雨风。

　　　　吩咐外面看酒宴，一家入席饮几盅。

　　　　不言杨府闲议论，

孟良、焦赞：（唱）再表焦孟二英雄。（上）

　　　　追赶元帅到京内，咱也不进杨府中。

　　　　找个地方住一宿，

　　（白）我孟良/焦赞奉了岳大哥之命，先行到了京都，天色不早，找个僻静处存宿一宿，吃个酒足饭饱，明日打听吉和凶便了。

　　（诗）世上无难事，只怕有心人。

　　（摆朝，六官站）

众　臣：（诗）侍立金阙下，候等主临轩。

八　王：（白）本御赵德芳。

王　袍： 本相王袍。

寇　准：下官寇准。

王　勤：下官王勤。

陶　义：下官陶义。

合：　　圣驾临轩，分班伺候。

（天子出）

天　子：（诗）九龙口香烟飘飘，钟鼓鸣响设早朝。

　　　　　　　太平年军民同乐，洪福齐透遍九霄。

（白）朕，大宋真宗在位，自状元满门被害，六部大臣与八皇兄前去验看，原是天波府行此凶事，已命去调郡马回京问罪，为何不见到来？（黄门官上）

黄门官：启奏万岁，郡马回朝，午门候旨。

天　子：如此宣上殿来。

黄门官：领旨。

天　子：八皇兄上殿。

八　王：万岁。

天　子：皇兄，郡马回朝，大家议论他的罪过才是。

八　王：万岁，但看他父子屡立大功，为国身亡，求万岁开天地之恩，罪责轻减。

天　子：皇兄说的既是，无罪按功而论。

（杨六郎上）

杨六郎：万岁万万岁，臣杨景见驾。

天　子：朕自登基以来，并未与你见面，知你在三关功劳不小，南北讲和，皆郡马之功。贤卿，另有一事，因状元谢经武被害，八皇兄与六部大臣去验有血迹和血诗一首为证，血迹滴到你府后花园，你可知是你府何人所做？

杨六郎：哎呀，此事并不相瞒，不是臣府之人所作，是为臣我。

（代板唱）因为状元太可恨，不该砸碎下马牌坊。

　　　　　　分明是把杨府辱，看我杨门太不强。

　　　　　　砸碎牌坊还不算，还把臣母撞倒地当央。

　　　　　　我母见主亦受绑，这口冤气聚胸膛。

　　　　　　暗暗离了三关口，私自一人到汴梁。

　　　　　　手使钢刀把墙跳，杀了状元留诗在墙。

　　　　　　后挖其心带回府，所走路上带血光。
　　　　　　不用拷打全招认，就请万岁照法章。
　　　　　　自古杀人得偿命，欠债还钱理应当。
　　　　　　也把我府人绑出四十八口，一命抵命不偏不相。
　　　　　　望万岁别斩臣的母，他是老皇封的免死亡。
　　　　　　免死金牌十二道，龙头拐杖不参王。
　　　　　　头个先杀我杨景，二个宗保宗勉小儿郎。
　　　　　　八姐九妹人两个，柴氏郡主死也应当。

天　子：（白）住口，
　　　　（唱）你不用扯了皇御姐，她本是金枝玉叶。
　　　　　　先王之根，你做之事不能扯拉别人。

杨六郎：（唱）万岁不斩柴郡主，就是办得不正当。

天　子：（白）怎么办得不正当？你讲。

杨六郎：（唱）柴氏既然不当斩，我那弟妇嫂嫂不抵偿。
　　　　　　弟兄们为国身亡故，抛下妻子守冰霜。
　　　　　　万岁怎忍把她们斩？留着她们扶我的娘。

天　子：（白）好，依你所奏，我准本。

天　子：寡人格外施恩，其余不究，一人做事一人当。你既承认是你所做，就将你一人斩首，给状元偿命，殿下武士，将他推出午门斩首。

杨六郎：哎呀，万岁不可，臣本是老主封的永安公扫北大元帅，焉能受一刀之苦？求我主看臣南征北战，东挡西杀，堵挡鞑虏的多年之功，赐臣一条忠孝带。

天　子：御林军，绑下去。

御林军：哈。

　　　　（绑下）

寇准、王袍：且慢动手。万岁万万岁，臣有本奏闻陛下。

天　子：爱卿，有本奏来，

王袍、寇准：万岁，郡马犯罪，理应斩首，但我主开恩，一看他父子功高如山，二看他弟兄为国身亡，三看他忠心赤胆，舍生忘死，在边关镇守，堵挡胡人。鞑子闻名，惊破丧胆，倘若去了郡马，北国闻之，前来犯界，请问我主，中原除了郡马，何人敢挡鞑虏哇！万岁。

（唱）三呼万岁施恩典，他父子为国身亡命归阴。

从先之事且不论，现今驸马震慑番人。

边关去了杨元帅，鞑子定要起反心。

萧后倘若发人马，哪位敢去把阵临？

因小失大多惹事，怕是江山不安稳。

咱国要有杨郡马，明是顶天立柱根。

我主上裁想后事，断不可拿着忠良当敌人。

忠臣奏罢连头叩，

王强、王勤：（唱）王强王勤气纷纷。

口中不言心暗想，他们是一党同谋瞒哄君。

明明偏向杨郡马，什么叫做有功之臣？

自古杀人得偿命，王子犯法与庶民。

状元府死了四十八口，难道说偿命没一人？

有心金殿去奏本，又怕八王铜一根。

心中憋气不敢讲，

天　子：（唱）连拍龙案说胡云。

你等满口胡言语，

（白）先皇建国律有明条，杀人偿命，况且又杀国家的状元，他既承认，还保留什么？一派胡言心偏向，寡人定按公问罪，逢赦不赦，退下。

寇准、王袍：万岁。

（八王上）

八　王：万岁，臣来见驾。

天　子：皇兄，也要保杨景不成么？

八　王：万岁，不是我保他不死，我想杨郡马镇守三关，绝不能来京，夜入状元府行凶，明明是他帐下之人所做。万岁，只斩杨景一人，杀人凶手太平无事，逃出法外。

天　子：依皇兄呢？

八　王：依为臣愚见，莫如将杨景，送到三法司审问，揪出杀人凶手，一齐正法，岂不是好？

天　子：皇兄所言正是，就命皇兄与寇准、兵部王强、枢密院王勤、宰相王袍五堂会审，务必揪出凶手，回朝交旨，散朝。

八　王：万岁。（同下）

（出五堂会审）

八　王：（诗）五堂会审三法司，定要追出行凶人。

（白）本御赵德芳。

王　袍：本相王袍。

寇　准：下官寇准。

王　强：下官王强。

王　勤：下官王勤。

八　王：众位爱卿，请了。

合：　　千岁请了。

八　王：今奉圣旨，审问郡马，杀人大案，众位请升正座明判。

合：　　还是千岁正位，我等旁审。

八　王：如此有谦了，人来。

卒：　　有。

八　王：带杨景。

（带杨六郎）

杨六郎：众位请了。

八　王：杨景，你快招出谁是行凶之人。

杨六郎：哼，八王千岁，你也太多事，我金殿已经招认，还叫我招的什么？自古道，一人做事一人担，我杀人，我偿命，何必拉扯别人？岂是英雄所做？

八　王：住口！你明明是看天子软弱，藐视王法，你做官是做够了，情愿一死省心。本御看来，杀人之事，明明不是你本身所杀。你本三关大帅，焉能私离营地进京杀人？而你怕连累别人，欺哄天子，是呀不是？

杨六郎：哦，千岁说得差矣。我本是世代国公，亦是扫北元帅，焉能受此冤枉？一怒进状元府将他杀死，以消心中之恨，无有别人。要杀就杀，要砍就砍，何必问长问短？怕死不算汉子。

八　王：哼，杨景杨景哪，你真气死本御了。可惜我为杨门一片诚心，连一句真情实话都问不出来，真乃可恼。

寇　准：千岁不用着急，代为臣问问。

八　王：罢了，寇先生请升正座。

寇　准：千岁。（正座）郡马我且问你，杀人者倒是何人？

杨六郎：杀人是我，并无二人。

寇　准：哈哈，说得太也轻巧。你能瞒得别人，难以瞒我，你可知道我寇老西子断过多少无头之难案？审过多少覆盆之冤？我且问你，因何杀死状元？

杨六郎：因他欺我杨门，砸我牌坊，撞倒我母，气恨难消，天子不肯做主，把我母亲气得大病临床，我为老母出气，把他杀死。

寇　准：哦，再问你，你怎知此事？

杨六郎：家人送信。

寇　准：家人叫何名字？

杨六郎：杨忠。

寇　准：人来。（有）到杨府将杨忠找来。（是）

寇　准：郡马，杨忠送信，你何时回到汴梁？

杨六郎：天黑夜晚。

寇　准：带着何人？

杨六郎：自己一人。

寇　准：你进京先到府中，还是去行刺？

杨六郎：先到府中，趁着他家睡着，前去行刺。

寇　准：你什么时候进京？

杨六郎：天有定更。

寇　准：什么时候由府中出来？

杨六郎：二更天。

寇　准：什么时辰到状元府？

杨六郎：三更多天。

寇　准：由哪个门而入？

杨六郎：越墙而入。

寇　准：你怎知状元住处？

杨六郎：楼上有灯光，所以才知道。

寇　准：那楼上可是状元一人，还是和别人？

杨六郎：只有状元啊和他妻子。

寇　准：先杀状元还是先杀他妻子？

杨六郎：先杀状元后杀妻子。

寇　准：先挖心肝，还是先杀死的？

杨六郎：先杀死的，后挖心肝。

寇　准：后到哪里？

杨六郎：府内全到，一处未剩。

寇　准：由哪门而出？

杨六郎：也是越墙而出。

寇　准：到你府由哪门而入？

杨六郎：由花园而入。

寇　准：墙上血诗几句？

杨六郎：有个七八句。

寇　准：都写的什么？

杨六郎：记不清楚。

寇　准：可带别人么？

杨六郎：就是我一人。

寇　准：哈哈，好狡猾，你说的前言不搭后语，一派虚假，要不看你是当朝国公、朝中郡马、扫北元帅，就打你隐瞒不实，欺哄万岁，搪塞上官之罪。

杨六郎：我哪点不实？

寇　准：咳，你哄得别人，焉能哄得我寇准呢？

（唱）一派虚词是假话，处处说得不实情。

你本三关大元帅，素日为国苦尽忠。

考查起来事不对，你怎离关私进京？

状元府里墙高大，你怎能越墙而行？

你又不会飞檐走壁，要论马上算你能。

你说楼上人二个，本是男三个女三名。

你说先杀后把肝取，先挖心肝后命倾。

我问你诗句有几句，抄呼大影向我明。

自己写的不知道，七句八句把人蒙。

问你写的什么话，言语回答记不清。
你说杀人你自己，有人报知是两名。
你本白面长须者，凶手乍腮胡子一黑一红。
前言不答后边话，信口开河把我蒙。
明明是你手下将，不说是你府家丁。
你不肯叫他去偿命，自露好汉把罪顶。
别说难瞒高明者，难哄三岁小儿童。
三个问官叫你做，难道也不问分明？

杨六郎：（唱）你也不用多词问，无故杀人把命顶。
闭目低头不言语，

寇　准：（唱）尊声千岁可听清。
为臣拿他所招供，去见圣上问分明。
赃证不实难定罪，
（白）千岁，此事也难以细问，莫如把他带到金殿，说明就里，看天子喜怒如何？

八　王：也只好如此，左右。（有）将杨景带到午门，交旨复命。

王　袍：有理。

（八王、寇、袍三人下）

王　强：这也不是问案呢，明明是叫杨景不承认杀人之事，灭清罪状。

王　勤：有八王在此，你我也不敢多言。咳，只好听候圣上发落。

王　强：请。

（摆场，天子坐，王强、勤站，寇跪）

寇　准：万岁万岁万万岁，臣寇准见驾交旨。

天　子：爱卿，你可审出杀人之事么？

寇　准：万岁，臣等审问杨景，他未说出别人，但他前言不搭后语，杀人之事，处处不对，望我主定夺。

天　子：既不承认别人，他自承认。御林军，（有）将杨景推出正法。

寇　准：慢着。依臣看来，杨景不是杀人之人，定是他手下之人所做，他不忍招出，情愿自己认罪。望我主额外开恩，赦了元帅，慢慢访查凶手，留着元帅，好抵挡北番。

天　子：满口胡说，就是手下之人所做，家奴有罪，与主有关，何必多言？还不退下？西台御史陶义上殿。

陶　义：万岁，臣来见驾。

天　子：爱卿，领朕旨意，监斩杨景，不可徇私。

陶　义：遵旨。

　　　　（八王上）

八　王：万岁，臣保杨景不死。

天　子：咳，皇兄，你太啰唆了，杨景罪犯天诛，罪不容赦。

八　王：万岁，杀了杨景，北国犯边，何人敢挡？

天　子：皇兄，因无人抵挡北国，杨景造反也不治罪？朕意已决，定斩不容。

八　王：住口！昏君哪昏君，你要把大宋江山断送，要你这昏君何用？叫他丧命，也省着大宋江山失落在你手，看锏！

天　子：呀，不好。

八　王：你看这昏君跑入后宫去了，难道这三宫六院，孤也进不得么？待我闯后宫，找昏君算账。

　　　　（唱）八王爷手拿金锏往后闯，

众文官：（唱）文官害怕归朝房。

天　子：（唱）天子吓得直打颤，跑得慢了命必亡。

　　　　　　　霎时入了后宫院，

　　　（白）宫人，

　　　（唱）禁门关闭快顶上。

八　王：（唱）八王赶到禁门外，大骂昏君无道王。

　　　　　　你今不放杨郡马，闹你个搅海与翻江。

　　　　　　禁门紧闭不中用，待孤劈开有何妨？

　　　　　　用锏劈门乒乓响，

天　子：（内唱）天子吓得面发黄。

　　　　　　　倘若劈开门两扇，小命今日定要亡。

　　　　　　　无奈又把皇兄叫，我今赦了杨六郎。

　　　　　　　再上金殿同商议，仗着文武定王章。

　　　　　　　不知皇兄如意否？

八　王：（唱）八王门外把话讲。

　　　　　　既然如此快上殿，

天　子：（唱）吩咐开门心内慌。（上）

　　　　　　二人复又上金殿，

　　　（监斩上，坐）

陶　义：陶义芦棚把口张。

　　　（白）左右，（有）把杨景用忠孝带勒项，等候炮响施刑。

　　　（绑上杨）

杨六郎：咳，可叹我南征北战，遭此结果，死得倒也轻易。

　　　（内炮响）

陶　义：人呢。（有）追魂炮响，准备施刑，旨意为何不见到来？（下）

焦赞、孟良：（内喊）哎呀，不要屈杀好人，杀人凶手在此。

　　　（陶、焦、孟上）

陶　义：这是哪里来的？快快出去。

焦赞、孟良：我俩真是凶手，前来投案，快快放了元帅。

陶　义：没有圣旨，谁敢放人？

焦　赞：我敢放。（刀挑绳子）六哥呀，救护来迟，多有罪了。

杨六郎：二弟到此何事？

焦　赞：什么何事不何事的？自从元帅进京，我等不放心，不想新任元帅陶仁这个狗贼，无故要杀岳大哥，众将求情不准，我二人送你回去也要杀我们，一怒杀了钦差，岳大哥命我二人前来保护于你。

杨六郎：哎呀，可不气死我也。（倒）

焦　赞：六哥醒醒，六哥醒来。

杨六郎：哎呀，可罢了我了，我杨景只好罪上加罪了。

　　　（唱）听了二弟说一遍，气恼攻心又复生。

　　　　　　真乃福无双至日，果然有祸不单行。

　　　　　　私来探母本有罪，偏又杀了状元公。

　　　　　　满门家眷四八口，天子把我调回京。

　　　　　　金殿龙楼将我审，并不隐瞒全招承。

　　　　　　八王一心偏向我，五堂公审问口供。

　　　　　　再三问我杀人案，说出要减我罪名。
　　　　　　明知孟焦二人做，焉能叫他把命倾。
　　　　　　认我自己一生死，不能叫二人受苦刑。
　　　　　　至死不把别人漏，宁可一死不屈情。
　　　　　　不想你们又造反，杀了钦差又进京。
　　　　　　挑了法绳将我放，罪上加罪更难容。
　　　　　　天哪，杨景一死还犹可，只怕全家难逃生。
　　　　　　你俩快快逃出去，不能在此再胡行。
　　　　　　再要不走我先死，一头撞死在你手中。
　　　　　　照着二人撞了去，

孟良、焦赞：（唱）二人拉住不放松。
　　　　　　六哥既然把忠尽，我二人情愿一路行。
　　　　　　生在一块死在一处，情愿认罪见主公。

杨六郎：（白）好，
　　　　（唱）这样才算我好友，快快自绑上龙庭。

孟良、焦赞：（白）是。

陶　义：（唱）陶义上前一声喊，
　　　　（白）我把你这两个大胆的奴才，我当你是哪个，一来是杀状元的凶手，又把我哥哥杀了，这还了得，左右，快把他二人上绑。

孟良、焦赞：哇呀哇呀，哪个敢绑？你叫什么名字？

陶　义：你老爷西台御史，陶仁是我兄长，你竟敢前去劫夺法场，又杀了钦差，明明是造反。

孟良、焦赞：住口，我当你是何人，原来是你狗官。
　　　　（硬唱）要是别人还罢了，原来是狗官亲兄弟。
　　　　　　今日一定不能饶，爷爷一见就生气。
　　　　　　你若不说哪里知，活该窄路来相遇。
　　　　　　什么御史监斩官，今日叫你命归阴。
　　　　　　急快上前抓手中，抄起大腿按在地。

陶　义：（白）哎呀，你们这是反了。

孟良、焦赞：（唱）要说反了就反了，你说啥也得归阴。

    两手用力响一声,(死)劈死狗官归阴去。

杨六郎:(唱)杨景一见走真魂,这祸越闹难躲避。
    塌天大祸怎么担?两个鲁夫太淘气。
    天子脚下敢行凶,恨我当时行错事。
    不该收留山贼寇,野心不退没法治。
    大喊一声二鲁夫,劈了陶义想怎的?

孟　焦:(唱)犯罪不如犯到底,无非脑袋拿出去。
    六哥既然苦尽忠,怕死不是胞兄弟。
    拿着首级往前行,闯进午门见主去。

杨六郎:(唱)杨景相跟胆战惊,又是心疼又是惧。
   (白)事已至此,讲不起上金殿领罪便了。
   (摆朝,强、勤、寇上)

寇　准:二位大人,你看八千岁追赶圣上去了,不见回来,你我外官又不敢进宫,这可怎好?也只好如此等候回音。
   (八王拉天子上,坐)

八　王:万岁,为臣有罪。

天　子:皇兄为国之事,何罪之有?

八　王:万岁,郡马之事,怎办才好?

天　子:皇兄说怎办就怎办,朕无不依从。

八　王:依臣愚见。
   (孟、焦急上,跪)

孟良、焦赞:万岁,为臣上朝来打官司来了。

天　子:吓死人也,你二人是哪里来的?手提半个死尸,浑身是血,闯到金殿,打什么官司?

孟良、焦赞:万岁听奏。
   (硬唱)站立金殿气昂昂,我叫孟良他焦赞。
    只因好打抱不平,在家惹祸外边窜。
    太行山上为过王,哪个不知是好汉?
    自从元帅把我收,屡次立功杀反叛。
    北国要闻我俩名,吓得个个胆肝颤。

>　　因为状元把官夸，圣上信宠臭尿蛋。
>　　砸了牌坊欺杨门，万岁还不给脸面。
>　　绑了太君就开刀，这事你做得好混蛋。
>　　太君因气把病生，因为状元那一段。
>　　家人送信到三关，我们二人把母见。
>　　问明太君的病情，气得我俩一身汗。
>　　我俩带刀入府中，跳进状元他的院。
>　　一面杀了四十八名，墙上留诗我们干。
>　　摘了状元他的心，与太君治病了心愿。
>　　太太一见吓掉魂，立刻叫我出府院。
>　　逃回三关躲是非，知道此事必起案。
>　　你差钦差叫陶仁，装腔作势真讨厌。
>　　升帐不问皂与白，绑了岳胜把头砍。
>　　我俩一见气不平，一下叫他分两半。
>　　进京探问我六哥，果然被绑要命断。
>　　解了绑绳救了他，情愿认罪上金殿。
>　　不想陶义他多言，要绑我俩把你见。
>　　一怒把他就劈开，前来领死心自愿。
>　　或杀或剐任你行，愿意怎办就怎办。

八　王：（唱）八王闻听低下头，
天　子：（唱）真宗大怒拍御案。
　　　　　　这样野人无王法，绑出午门快碎尸万段。
　　　　（白）将这两个恶贼一并杨景，不待时刻，绑出午门千刀万剐。

孟良、焦赞：我告诉你，我六哥执意尽忠，不然你也杀不到我们。

天　子：绑下去。

御林军：领旨。

（宫官急上）

宫　官：启禀万岁，可不好了，今有三关岳胜，带领二十四员大将，发来倾城人马，杀到城外，口口声声，只要杨元帅，如若不然，攻破城池，人牙不留。

天　子：呀，这可怎好？皇兄快拿主意。

八　王：哼，依我之见，先将郡马、孟、焦一同下狱，君臣上城，看看三关兵将，倒是怎样？

天　子：咳，只好如此。御林军，（有）将他三人放回，下在狱中，听候发落。（是）众卿随寡人上城看来。宫官，（有）外厢带马。

宫　官：遵旨。

天　子：（唱）万岁下了金銮殿，

众文武：（唱）文武百官随后行。

天　子：（唱）午门上了逍遥马，

众文武：（唱）众卿陪驾列西东。
　　　　　　霎时到了城门下，（摆城）

天　子：（唱）上了城楼看分明。
　　　　　　呀，只见城外兵无数，兵将围着无数层。
　　　　　　正东一带立营寨，旌旗招展遮半空。
　　　　　　刀枪如林一般样，盔明甲亮照眼明。
　　　　　　大炮震动天和地，战鼓如雷响得凶。
　　　　　　一片杀声惊人胆，有一将官好威风。
　　　　　　马大人高生杀气，浑身上下一片红。
　　　　　　朕从生来皇宫内，哪里见过这样兵？
　　　　　　玉体不摇而自颤，体似筛糠一般同。

（岳、杨马上）

岳胜、杨兴：（唱）岳胜催马到城下，杨兴催马把枪拧。
　　　　　　马临且近城上望，看见城上人几名。
　　　　　　俱是蟒袍和玉带，用枪一指喝一声。
　　　　　　城上官员是哪个？快快报与君王听。
　　　　　　今日要放杨元帅，无事无非无话明。
　　　　　　若不放出元帅来，血流成河尸满城。
　　　　　　把你金殿烧个尽，三宫六院一扫平。
　　　　　　鸡犬不留杀个尽，拿住昏王点天灯。
　　　　　　保我六哥当皇上，我们都是皇国公。

八　王：（唱）八王城上往下问，穿白将官叫何？

杨　兴：（唱）我的名字人人晓，花枪将军叫杨兴。
八　王：（唱）你是来夺宋天下，还是来救元帅戎？
杨　兴：（唱）放了六哥无别事，如若不然夺江山。
天　子：（唱）真宗闻听大声喝，大胆强徒了不成。
　　　　　　　清平世界无王法，带兵前来要反京。
岳　胜：（唱）岳胜马上一声喝，
　　　　（白）城上穿黄袍的是何人？
天　子：我乃当今天子，你叫何名？
岳　胜：哼，昏君问我，听着，我乃三关副帅花刀岳胜，我正要见你说明底细。
　　　　（唱）勒座马，把话言。
　　　　　　　昏君要你，细听周全。
　　　　　　　老主归龙位，你就坐江山。
　　　　　　　边关从此稳定，再也不能犯边。
　　　　　　　你今如若不听劝，一定叫你地覆天翻。
杨　兴：（唱）你坐稳，太平年。
　　　　　　　把我武将，扔在一边。
　　　　　　　洪福你享受，信宠谢状元。
　　　　　　　你拿他当活宝，成了你的心肝。
　　　　　　　功臣牌坊他砸碎，你不问罪心太偏。
岳　胜：（唱）把太君，用绳拴。
　　　　　　　汗马功劳，当作等闲。
　　　　　　　又把郡马调，偿命谢状元。
　　　　　　　岂知内里详细，有人暗通北番？
　　　　　　　差官陶仁从实讲，原是如此与这般。
杨　兴：（唱）快放出，元帅还。
　　　　　　　仍然镇守，要地三关。
　　　　　　　边境如此稳，黎民得平安。
　　　　　　　北国不敢来反，你还稳坐江山。
　　　　　　　如果不听我们劝，目下叫你翻了天。
天　子：（唱）这一派，强盗言。

野心不改，无法无天。

哪个通北国？捏造是谣言。

量你一群反叛，灭你反掌之间。

城上急忙传口旨。

（白）御林军，传朕旨意，急选郑印、高君保带兵出城，捉拿佞党，重重有赏。

御林军： 领旨。（下）

（完）

第二十一本

【剧情梗概】天子令郑印、高君保二人出城战三关众将,郑、高二人同情杨家遭遇,不想大动干戈,假装战败。天子宣佘太君出战,太君不应。危急之时,寇准献计,允诺不杀杨六郎与孟良、焦赞,让六郎劝说三关将士退兵,仍回边防,以抵挡辽国。岳胜率将士回关后,朝廷将杨六郎发配云南充军三年,将孟良、焦赞发配郑州充军。杨六郎带着柴郡主和两个儿子在途中经过一番周折后,到了云南,结义兄弟任堂惠在此热情接待。

(高、郑二人马上)

郑　　印：(白)我乃汝南王郑印。

高君保：我乃振国侯高君保。

郑　　印：皇兄。

高君保：御弟。

郑　　印：你我出城,奉旨来拿三关众将,依我说,慢说咱俩不行,就是行,咱俩也别真拿呀。

高君保：对呀,杨郡马乃是与咱世代的交情,亦是保国忠良,三关众将因杨郡马冤屈才起兵前来,咱哪能做那不仁义之事?

郑　　印：咱二人何不见了岳胜说明心事,假战几合,败回城去?就说是三关众将,勇不可当,天子他有啥法呢?

高君保：有理。众将官,摆开队伍,无令不可乱动,看我二人前去迎敌。

(岳、杨对上)

岳胜、杨兴：来者不是高、郑二位千岁吗?

高君保、郑印：然也。你们不是岳胜、杨兴吗?

岳胜、杨兴：正是,二位千岁,莫非交战不成?

高君保、郑印：论理,我二人奉旨来拿你们。

岳胜、杨兴：好,就请松驹过来。

高君保、郑印：慢着,话没说完。我们都是一殿之臣,杨元帅之事,我们也是屡次保本。天子不准,八王与天子大闹金殿,把天子赶入禁门。天子无奈，赦了元帅。不想赦旨未出，来了焦、孟二人，挑了绑绳，放了郡马，劈了监斩官，上殿领罪。天子大怒，绑出三人，偏你们大兵就到了。天子万般无奈，才把他三人暂且下了监狱，又派我二人出马。我和你们实说吧，凤死鸾鸣，感伤其类。别说打不过你们，就是打过你们，我们也不打呀。告诉你们一个法儿，你们今夜加紧攻城，务定要献杨元帅。如若不然，定杀皇上。厉害着点说。天子年轻，他一害怕，就会把杨元帅放了。咱也不可多说，假战三合。

岳胜、杨兴： 好，请。

（杀，郑、高败下）

岳　胜： 看他二人大败，众将官，多用云梯火炮攻城。

（天子出，八王、强、勤站）

天　子：（诗）可恨叛逆太猖狂，胆敢兴兵困汴梁。

（白）朕，大宋天子真宗在位，方才在城上观看，可恨岳胜，出言无礼，命高、郑二人出马，不知胜败如何？

高君保、郑印：（内白）左右将马带过。（上）万岁万岁万万岁，臣等领罪。

天　子： 爱卿，胜败如何？

高君保、郑印： 万岁，三关众将，十分骁勇，臣等焉能是他们的对手？

（唱）谁不知三关二十四将，杀得北国闻风逃？
　　　谁不知美髯名岳胜，天下有名一口花刀？
　　　杨兴本是英雄将，鬼没神出枪一条。
　　　韩昌尚且把他惧，臣等焉能把他超？
　　　而且是他手下败将，见着不战心发毛。
　　　大战几合不中用，无奈败阵城内逃。
　　　不说众将齐来战，岳胜杨兴够一招。
　　　我主快差能征将，望乞我主把臣饶。

天　子：（唱）胜败乃是兵家常事，赦你无罪去下朝。

高君保、郑印：（白）万岁。

天　子：（唱）复又传旨叫文武，哪位爱卿走一遭？
　　　出城捉拿众反叛，管保增职升官高。

　　　　　　问了几声无人语，见文武好像朽木雕。

　　　　　　低着头儿真难看，好像是死人站当朝。

　　　　　　心中大怒拍桌案，用手一指喊声高。

　　　　　　太平年间嫌官小，有了战争往下猫。

　　　　　　要你们这些有啥用？莫如来个大散朝。

寇　准：（唱）寇准上前忙跪倒，口呼万岁莫心焦。

　　　　　　为臣保本一个人，文武精通本领高。

　　　　　　若要叫他去出马，马到成功得胜还朝。

　　　　（白）万岁，兵部王强才高志大，叫他出马，管保成功。

天　子：好，王兵部上殿。

王　强：万岁。（跪）臣王强见驾。

天　子：爱卿寇天官保你出城，去灭反叛。寡人知你才高志大，急下教场，挑兵一万，出城灭寇。

王　强：哎呀，为臣虽是兵部，不常上阵，怕是误了大事，万岁。

寇　准：兵部大人，不必推辞。自古道，有文谋者必通武略，况且大人身为兵部，专管军机，将在谋不在勇，大人不必太谦虚，以吾主江山为重，去吧。

王　强：哎呀，万岁，臣实实去不得，万岁。

天　子：好个佞臣，竟敢推辞，违抗圣旨，再要推辞，定斩不容，快去！

王　强：是，万岁。

天　子：散朝。

（王强马上）

王　强：可恼呀可恼，可恨寇准，明知我与杨家不睦，当殿保我出城退敌，只怕凶多吉少。众将官，开城交战。

（对上）

岳　胜：来这官儿报上名来。

王　强：老夫兵部王强，奉天子之命，来收服你等。要知王法，快快下马投降，老夫当殿定保你无罪，如果不然，自取灭亡。

岳　胜：哈哈哈，我当你是何人，原来是兵部老贼，你明保大宋，暗通北国，一心要害杨元帅，灭我三关众将，好叫北国进兵，不要走，看刀！

王　强：来！来！来！

（杀，岳活抓王）

岳　　胜：众将官，绑着老贼刀押脖子，硬要杨元帅，努力攻城。

卒：（内报）报万岁得知，可不好了，王兵部被擒了，刀押脖子，硬要杨元帅。

天　　子：吾呼呀，众卿快随朕，到城头观看。

（天子上城看）

岳　　胜：城上昏君听着，你要放出杨元帅，万事皆休，如若不然，一刀两断。

王　　强：万岁救命吧。

天　　子：呀，这可怎好？

（王勤上）

王　　勤：万岁，为臣有计。

天　　子：爱卿，有何计策？

王　　勤：依臣看来，何不命人去杨府叫佘太君，带着杨府女将，前来歼敌，平灭反叛？他们本是朋友，太君出马，他们不敢动手。再向外边言明，他若杀了兵爷，咱也将杨景、孟、焦一齐开刀，他不敢杀了兵部。

天　　子：好，城下听着：你要杀了朕的大臣，朕就将杨景他三人斩首。

岳　　胜：昏君，你杀了我六哥，我叫你全城消灭。

天　　子：你不杀兵部，朕也不杀他三人。今日天晚，明日再议，各自收兵。

岳　　胜：好，容你多活一夜。

（同下，天子又上，坐）

天　　子：太监陈洪上殿。（陈洪上）你领朕旨意上杨府，叫佘太君带领女将，出城退敌，退了三关兵将，杨景从轻治罪，退不了三关兵将，将二罪归一。

陈　　洪：领旨。（同下）

（佘太君出，排风站）

佘太君：（诗）只因状元小奸党，致使我儿一命亡。

（白）老身佘太君，可恨昏君，屡次三番，欲将我儿斩首，多亏八王保本。听说孟、焦二人挑了法绳，砍了监斩官，硬闯金殿，天子将他三人绑出，幸得岳胜带兵前来，天子将他三人绑下。御城外号炮连天，天子不知怎样了。

（杨洪上）

杨　　洪：启禀太太，圣旨到。

佘太君： 待我接旨。

（太监上）

陈　洪：（白）圣旨到，跪接。

佘太君： 万岁万岁万万岁。

陈　洪： 听宣读，诏曰：兹尔杨景犯罪，理当诛灭，只因八王保本，暂且寄监。今有三关岳胜，大反朝廷，带兵攻困都城，目无王法，命佘太君带领杨府女将，出城灭叛。成功之后，杨景从轻治罪；若不能退叛，二罪归一，绝不宽恕。

佘太君： 万岁，老公公大人，多有劳乏了。

陈　洪： 为国办事，何劳之有？

佘太君： 这旨意是天子所出的，还是那家大臣所奏的？

陈　洪： 此乃是枢密院王勤所奏的。

杨排风： 枢密院王勤与王强是一党，啥是退兵，明明叫咱们一死。

（唱）上前抓过皇王旨，（夺过）扯碎又用手来揉。

骂声王勤狗奸党，奸贼做事礼不周。

我家代代忠良将，谋害我们把命休。

三关众将把城困，文武百官如山丘。

哪个出马都可以，偏叫我府又出头。

这是一个苦肉计，我们焉能中计谋？

奸贼做事真可恨，就欠二目一齐抠。

千刀万剐难消恨，就欠扒皮把筋抽。

越气越恨心起火，先拿钦差报报仇。

两手用劲按在地，（按地）照面就是一拳头。

陈　洪：（白）哎呀，打我干啥呀？

杨排风：（唱）打你略微解解恨，然后我就上龙楼。

推到昏君小幼主，奸党一个也不留。

放了六爷出牢狱，保着六爷坐龙楼。

越打心中越有气，

陈　洪：（唱）疼得难忍只磕头。

小姑奶奶饶了我，

　　　　（白）小姑奶奶，这事与我何干？我这挨打挨得够冤枉。
佘太君：排风，快些住手！他本奉旨所差，不能难为，让他面朝复命去吧。
陈　洪：谢过太君。
佘太君：排风，你今打了钦差，只怕天子必不甘休。
杨排风：怕他何来？犯罪无非犯到底，有何惧哉？
佘太君：咳，老身也讲不起了。
　　　　（天子上，王勤、寇站）（太监上）
陈　洪：万岁，奴婢前来交旨。
天　子：你可宣来太君吗？
陈　洪：万岁，太君不但不来，排风扯碎圣旨，痛打钦差，请主定夺。
天　子：呀，这还了得？
　　　　（寇上）
寇　准：万岁，依臣看来，必是太监说话不周，惹恼太君，也是有的。依臣拙见，莫如差枢密院王勤奉旨前去，无有不来之理。
天　子：好，旨意下，王勤上殿。
王　勤：万岁。宣召为臣，有何国事？
天　子：爱卿，领朕旨意，去到天波府宣佘太君带领女将退敌。
王　勤：为臣领旨。
　　　　（同下，柴郡主出）
柴郡主：（诗）郡马被困在牢内，叫人时刻不安宁。
　　　　（白）贵家柴郡主。
　　　　（排风上）
杨排风：禀郡主，杨洪来报，说有枢密院王勤奉圣旨前来，太太身体乏困，特命郡主前去接旨。
柴郡主：哦，这个奸贼，贵家早已知道，他往日行事不正。排风，吩咐四名家将大厅伺候，待我接旨。
　　　　（摆场，四将站，王勤上）
王　勤：圣旨到，跪接。
柴郡主：你也不用宣读，我且问你，你可是枢密院王勤吗？
王　勤：正是。

柴郡主：你叫你外甥到三关私杀众将，好放北国进兵，谋害杨郡马，与王强同谋一党，是不是？你可知我就是柴郡主。

王　勤：哎呀，皇姑千岁，臣不知，多有罪了。

柴郡主：你快把你与王强同谋之事从实招来。

王　勤：哎呀，这是没有的勾当哪，千岁。

柴郡主：量你也不能实说，我也不用细问。家将，将老贼重打八十大板，以正轻视皇姑之罪，拉下去。

家　将：哈。（拉下去，打完）禀皇姑，刑杖已毕。

柴郡主：撵出府去。

（王勤上）

王　勤：罢了我了，可恨寇老西子，你不该保我前来挨了一顿好打，等着有机会要不报仇，誓不为人。讲不起，回朝交旨便了。

（摆场，八王、寇上）

王　勤：万岁万万岁，臣来领罪。

天　子：爱卿，又挨打了不成？

王　勤：万岁，柴郡主不但不接圣旨，还将为臣打了个八十大板，撵出府来，望我主为我做主吧。

天　子：呀，真乃气死人也。御林军，急到杨府，将佘太君与排风一齐绑来问罪。

寇　准：慢着，旨意慢行。

天　子：寇爱卿，为何拦住下旨？

寇　准：万岁，如今这个旨意只怕行不了哇。

天　子：怎么行不得？

寇　准：万岁，听臣奏来呀。

（唱）皇姑人急要造反，狗急就要跳了墙。
　　　三番二次出圣旨，俱被打回脸无光。
　　　依着目下事情论，杨府不能服王章。
　　　因为六郎杨郡马，全家老少俱心凉。
　　　要斩只管叫你斩，也不怕来也不忙。
　　　慢说三关众兵将，北国还要动刀枪。
　　　此时你要抄杨府，白发圣旨这一章。

　　　　　咱们御林军只几百，千军万马又何能？
　　　　　还用人家都动手？就是排风也难搪。
　　　　　手使大棍谁敢惹？北国大兵都心慌。
　　　　　孟良焦赞真厉害，何况京中几个郎？
　　　　　不但事情办不好，还怕惹出大祸秧。
　　　　　杨府大小一齐反，三关众将再帮忙。
　　　　　里外攻打这一闹，我主江山不稳当。
　　　　　朝中才有几员将？都和杨府一条肠。
　　　　　哪个可是安邦将？咱们大祸起萧墙。
天　子：（白）依爱卿怎办呢？
寇　准：（唱）若依为臣愚拙见，莫如放了杨六郎。
　　　　　叫他退回三关将，镇守三关挡北方。
　　　　　从轻再说郡马罪，与那焦赞和孟良。
　　　　　或充军或是革职，千万不可把命伤。
　　　　　留他去把北国挡，又显我主仁德海量。
　　　　　不知万岁可允否？
天　子：（唱）依卿所奏理正当。
　　　　　皇兄上殿议国事，
　　　　（白）皇兄上殿。
八　王：万岁。
天　子：方才寇先生所奏，皇兄你看如何？
八　王：我看寇先生所奏，条条有理，为国分忧，五全其美，又赦了郡马，又退了三关众将，又有人抵扫北番，又显出万岁仁慈，又收回王强，正是如此。
天　子：好，皇兄与寇先生照旨行事，去吧。
八　王：为臣领旨。
王　勤：莫非状元死了四十八口，连一个偿命的也没有？
天　子：爱卿说办得不公平，你替朕办吧。
王　勤：为臣不敢。
天　子：量你也不敢，连朕也不敢，快快下殿回府去吧。

王　勤：万岁。
天　子：散朝。
　　　　（岳马上）
岳　胜：众将官攻打城池，要他放出元帅。
卒　　：（内白）开城门。
　　　　（杨六郎上）
岳　胜：原来是元帅到了，此处不是讲话之处，请到营中一叙。
杨六郎：请。
　　　　（众将站，六郎坐）
众　将：元帅多有受惊了。
杨六郎：哼，你们真把天翻过来了。
　　　　（唱）心中不悦开言道，你们真是反了天。
　　　　　　　不该杀了新元帅，不该带兵离三关。
　　　　　　　不该来了愣头鬼，劈了钦差监斩官。
　　　　　　　不致开刀废了命，何必你们心不安？
　　　　　　　越弄越闹祸越大，明明造反一样般。
　　　　　　　北国倘若知此事，趁此机会进中原。
　　　　　　　这罪可归何人也？岳弟你也太愚顽。
　　　　　　　丈夫做事不拘节，岂不被人谈笑咱？
　　　　　　　我今奉旨来劝你，急急收兵回三关。
　　　　　　　小心防守贼侵犯，不可任性太自专。
　　　　　　　我的事儿不惦念，大料不能染黄泉。
　　　　　　　孟焦二人也无恙，八王做主事能完。
　　　　　　　不知众位意下如何？
众　将：（唱）众人齐声便开言。
　　　　（白）元帅依我们看来，你聪明一世懵懂一时了。
　　　　（唱）元帅太也痴迷了，怎不回心细思寻？
　　　　　　　天子无道信奸党，屡次三番害忠臣。
　　　　　　　拿着状元当着宝，把武将哪里放在心？
　　　　　　　元帅忠心又效力，动不动地杀满门。

　　　　　自古皇帝没好货，都是信奸害忠臣。
　　　　　我们说说你不信，有几个君王对你云。
　　　　　纣王失政行无道，信宠妲己苏妖人。
　　　　　立下炮烙监刑具，还有酒池与肉林。
　　　　　商容谏言炮烙死，摘了比干忠良心。
　　　　　挖了杨任他双眼，硬逼贾氏丧了身。
　　　　　砸骨验髓拿老少，验女验男谋害人。
　　　　　逼反武成王黄飞虎，八百诸侯起烟尘。
　　　　　武王伐纣兴人马，太公为师斩将封神。
　　　　　弄的江山一旦灭，临危之时被火焚。
　　　　　吴王信佞失仁政，伍子胥一命归了阴。
　　　　　再看前朝隋炀帝，欺娘奸妹乱人伦。
　　　　　细想历代君王主，哪有几个心不昏？
　　　　　莫如推倒真宗主，保着元帅坐龙墩。
　　　　　我们回去不能够，
杨六郎：（唱）哼，心中急躁气攻心。
　　　　　留着杨景中何用？不如早死就省心。（拔剑）
　　　　　顺手拔出纯钢剑，照着脖颈恶狠狠。
岳　胜：（唱）岳胜急忙夺过剑，
　　　　（白）大哥不可行此短见，我等依从也就是了。
杨六郎：好，既然如此，快些收兵，各依旧职，听从圣旨发落。
岳　胜：我等遵命，立即拔营起寨，急回三关，防守北国进兵。元帅请回，我即收兵。
杨六郎：请。
岳　胜：请。（下，又上）元帅执意尽忠，叫人无法可使。郎千、郎万、陈林、柴平，你四人扮作平民百姓，暗暗进城，探听元帅和焦、孟二人吉凶如何。如平安无事，倒还罢了，倘若天子把他三人一同治为死罪，急回三关报信。那时大起人马推倒昏君，另立事业。如若事情紧急，你四人可保元帅无事；元帅要有差错，拿你四人问罪。
郎千等四人：得令。

岳　　胜：众将官拔营起寨，兵回三关，不得有误。

　　　　（天子出，强、勤、八王站）

天　　子：（诗）内患不了外患生，叫朕心中不安宁。

　　　　（白）朕，大宋三帝真宗在位，三关兵将大似猖狂，无人敢挡，万般无奈，命郡马出城退兵，不知如何。

　　　　（六郎上）

杨六郎：万岁万岁万万岁，罪臣杨景交旨。

天　　子：可将三关人马退回了吗？

杨六郎：万岁，三关人马撤兵回去，望我主额外施恩，赦他们无知之罪。

天　　子：郡马，你且下殿回天牢，等朕与众卿议论。

杨六郎：万岁。

天　　子：八皇兄上殿。

八　　王：万岁。

天　　子：皇兄请坐。

八　　王：谢主赐坐之恩。

天　　子：八皇兄，你看杨郡马为国尽忠，父子身亡，人人知晓，但谢状元一家四十八口被杀，亦人人知晓，若无一个人偿命，则王法不正，怎为万民之王？皇兄再思再想。

八　　王：万岁，你说得很对，按律应该正法。但怕是斩了郡马，萧后作反，咱国无有元帅，何人可挡北番？江山社稷，怕是不稳呐，万岁。

天　　子：咳，皇兄不用说了，总是皇兄有理。不必叫他偿命，郡马发配云南三年，罪满还朝，再复官职。

八　　王：万岁说的倒是。但有一件，郡马犯罪，不比别人，充军之时，不许带刑具，许他骑马，带着兵器，怕有人暗算。命刑部差人押送，明为押送，暗为服侍，还得命柴郡主、宗保、宗勉坐车相送，好跟其父学习枪马，将来与国效力。

天　　子：依皇兄所奏，也就是了。皇兄，焦、孟二人当与状元偿命才是。

八　　王：不可呀，那三关众将，义气深重，万岁要杀了孟、焦，三关再来造反，何人敢挡？

天　　子：罢了，旨意下，赦孟、焦死罪，发配郑州三十年，方许回朝。三关众将，仍任旧职，俱赦无罪，镇守三关，以挡番兵，照旨行事。

（强、勤上）

王强、王勤：万岁，状元一家四十八口，人命关天，就问一个充军之罪，与国法不合。三关众将，杀了京营指挥陶仁，明明是造反；孟、焦劈了陶义，明明是欺君！这样十恶大罪，罪不容诛，焉能赦的呀？万岁，恐今后的王法没有人遵守了。

八　王：哇，我把你这两个奸臣，还敢多言？三关众将言道，你二人私通北国。你托陶仁，无故杀斩边关大将，逼得众将无路可出，才把他杀了。状元砸碎牌坊，也是你二人指使，因我找不着你二人的实据，不好问罪，还敢多言？你说问充军之罪还轻，你说问个什么罪？

天　子：王爱卿，你说这罪轻，你二人起个罪名如何？

王强、王勤：为臣不敢。

天　子：料想你也不敢，连寡人还不敢呢。不必再奏，下殿去吧。

王强、王勤：万岁。（同下）

王　强：（内白）左右闲人免入，无令不许进内，贤弟随我来。

王　勤：（内白）来了。

（勤、强上）

王　强：可恼哇，可恨天子年轻，凡事八王做主，弄的一计不成，反白白搭去多少人命，又去了陶家兄弟咱们两条膀臂，真气死人也。

王　勤：年兄勿忧，有一计，管叫杨景死无葬身之地。

王　强：有何妙计？快快讲来。

王　勤：年兄听了。

（唱）当初杨景杀了潘仁美，就在城下松林中。

借此机会设巧计，可叫家将去行凶。

打扮都是强盗样，劫杀杨景在林中。

杀他去了一大患，北国好攻汴梁城。

不知此计妙不妙？

王　强：（唱）连说好计赛孔明。

依计而行就分派，叫声赵甲与李乙。

（二丑上）

赵甲、李乙：来了。

王　强：（唱）你二人带领兵将四十个，如此这般把事行。

成功之后有重赏，千万不可走风声。

赵甲、李乙：（白）得令。

王　强：（唱）吩咐左右摆酒宴，我与大人饮几盅。请。

（八王、六郎、焦、孟、二差人上）

八　王：（唱）手拉杨景呼妹丈，眼含痛泪把话明。

妹夫只管把心放，一年半载就回京。

单等圣上回心转，那时保你做元戎。

出旨宽恕把你赦，一家团圆再相逢。

杨六郎：（唱）听罢不由流下泪，千岁恩情报不清。

几番几次把我救，保我杨景死而复生。

今生今日难以报，来生我还报恩情。

八　王：（唱）不必挂念只管去，一路保重身安宁。

大叫孟焦二好汉，你俩充军郑州城。

罪满回到三关去，堵挡北国苦尽忠。

话不多言分了手，（同下）

（太君上）

佘太君：（唱）太君府中早知情。（对上）

我儿今日充军去，不知母子何日逢。

儿呀，一路之上要小心。过河遇水心要细。

逢山遇林必有盗，防备敌人暗行凶。

你与你妻柴郡主，带去宗保宗勉二儿童。

再给你丫鬟人两个，再带家将杨孝与杨忠。

他二人忠实又伶俐，凡事见景能生情。

公事紧急你去吧，

（白）儿啦，不必留念，杨忠、杨孝与你六爷拉马，与你郡主套车，准备启程。

（诗）今日母子两分散，不知何日再相逢。

二　差：请郡主登车。

柴郡主：知道了。

（过场）

（山寇出，升帐）

董　明：（诗）任意横行不怕天，抢夺经商上高山。

（白）我乃飞毛胆董明。

宋　亮：我乃卷毛兽宋亮，在乱草岗为王剪径，自幼好打不平之事，有了人命，本地不敢居住，逃到外边，占了这乱草岗为王。那年下山，打到太行山，打来两个强盗，一名孟良，一名焦赞，我四人大战一天，不分胜败，后来多亏花刀岳胜，出来讲和，我几人拜为生死之交。听说已降大宋，在杨景帐下为将，镇守三关，并未与我通信，真是无理。想必是军情事忙，也是有的。今日无事，何不下山，一则巡哨，二则做些买卖有何不可？

董　明：有理。喽啰们，一半巡山，一半抢劫，不得有误。

（王强家将上，扮强盗）

赵　甲：（诗）装扮杀人放火盗，去杀杨景在松林。

（白）我赵甲。

李　乙：我李乙。你我二人奉了主人之命，带领四十名家将，俱各头扎手巾，用五色涂面，在松树林劫杀杨景。上命差遣，盖不自由，只得等候行事便了。

（六郎马上，二差步，忠、孝跟车）

杨六郎：（诗）人犯王法身无主，我犯王法还自由。

（白）我杨景，咳，充军出京，走了几日，前边就是黑松林了。忽然想起当年事。

（唱）为报仇在此处来过一趟，劫杀仁美在这方。

黑松林内把他等，刺他二百零六枪。

报了父仇戴天恨，不愧父母生一场。

今日又问充军罪，细想多亏八贤王。

杀了谢家四十八口，弟兄又杀钦差一命亡。

焦孟两个冒失鬼，劈杀陶义更不当。

三关众将又造反，处处都为杨六郎。

死有余辜是定理，气死王勤和王强。

　　　　　回想王强把我遇，上吊救我未命亡。
　　　　　为告仁美写过御状，如今为何变心肠？
　　　　　必是关心他门婿，人之常情理应当。
　　　　　行程正走天过午，松林不远在前方。
　　　　　吩咐小心把林过，
　　（赵、李上）

赵甲、李乙：（唱）二贼闯出气昂昂。
　　　　　（白）呀，何处过客？快些说明来历，献出金银，叫你过去。
　　（二差上）

二　差：你们这伙强盗，真乃瞎眼，我们是差官，解送犯人的，哪有金银？快些闪路。

赵甲、李乙：你们解送何人？

二　差：我们解送朝廷钦犯，要提此人，大大的有名。

赵甲、李乙：快说。

二　差：此人就是天波府杨郡马、扫北大元帅，因遭官司，发配云南。

赵甲、李乙：好，我二人正要劫他，快快留下，饶你们不死。
　　　　　（唱）大叫二解差，听我说一遍。
　　　　　　　　我们两个人，剪径把路断。
　　　　　　　　不劫客商人，不劫庄稼汉。
　　　　　　　　专来劫犯人，遇见难逃窜。

二　差：（白）你看这两强盗，要留一个犯人有什么用处？你俩什么名字？

赵甲、李乙：（扮成孟良、焦赞）
　　　　　（唱）我名叫孟良，他名叫焦赞。
　　　　　　　　元帅杨景他，乃是一条线。
　　　　　　　　我俩也充军，郑州走一遍。
　　　　　　　　半路杀差官，这里来逃窜。
　　　　　　　　来要我元戎，同心把事干。
　　　　　　　　话不用多说，你俩快滚蛋，

二　差：（白）可恼，
　　　　　（唱）两个公差人，气得颜色变。

　　　　　　大骂二贼奴，胡说真讨厌。
　　　　　　拿起大铁链，
　　　　（杀一阵，二差败下，六郎马上，拿剑）

杨六郎：杨景急上前。（二差上）

　　　　（白）你二人保护车辆，我堵挡强盗。

　　　　（盗上对）你二人是哪个？为何劫杀犯人？

赵　甲：我乃孟良。

焦　赞：我乃焦赞。前来劫夺杨景，同上三关。

杨六郎：哇，你哪是孟良？哪是焦赞？分明是我的仇人，假扮强盗，前来杀我，看剑。（杀下）

　　　　（董明、宋亮马上）

董　明：我董明。

宋　亮：宋亮。下得山来，走有四十多里，并没有顺手的买卖。

　　　　（内喊）

董　明：呀，前边乱喊，不知何故，上前看来。

宋　亮：有理。

　　　　（二差急上，杨忠、杨孝赶车下）（忠、孝上）

杨忠、杨孝：哎呀，不好，不知哪里来的强盗，将郡马围住，恐车辆有失，快跑。

众　　：跑哇，下不得车呀。

杨宗保：真乃可恼，这车跑得如飞，下不去，这可怎好？车夫住车！住车！

　　　　（二差上）

二　差：车跑得远远的了，快追呀。

　　　　（对上车）

董明、宋亮：（白）住车！往哪里跑？

杨忠、杨孝：呀，这还有一伙强盗，没处跑了。

董　明：喽啰们，抢着车辆回山。（抢车，绑忠、孝，同下）

二　差：（上）坏了坏了，跑出虎口，又入龙潭了，这里有一伙强盗，把车辆家眷都抢了去，杨郡马也不知生死，车、人也没有了。你我怎样交差？活着也是无用，莫如找棵小树，咱俩一头一个吊死吧。倒省事，叫强盗拿去受罪，有理。

（六郎上，与众盗杀，贼首死）

杨六郎： 贼首一死，其余四散，不必追赶，急急找车辆，行路要紧。（下，又上）呀，家眷车辆哪里去了？待我找来。（下，又上）哎呀，不好，车辆并无下落，莫非中了贼人奸计？待我急找来。

（二差上，摆林）

二　差： 咳，咱二人就在这棵树上吊死吧。（拴套）

（六郎上）

杨六郎： 二位解差，为何要寻短见？

二　差： 呀，原是郡马，我二人无活路了。

杨六郎： 这是为何？

二　差： 我看那些人围着你一人杀，准死了，车辆与家将都被强盗抢去了，追又不敢追，回去交差又交不了。

杨六郎： 不用着忙，随我一同找来。

二　差： 有理。

董明、宋亮：（内白）喽啰们，将马带过。（上，坐）好也，幸而下山抢来车辆，内有一位美女，两个幼童，两名家将，两个丫鬟，金银不少，定是搬家的车辆。喽啰们，将那几个男子连那幼童绑在寨门以外，把那个美女子带上来。

卒： 哈。

（郡主、二个丫鬟上）

柴郡主： 好个山贼，清平世界，朗朗乾坤，竟敢拦路打抢，将你奶奶抢上山来，欲待怎样？

董明、宋亮： 美人不要动怒，抢你不为别事，因山寨缺少一个压寨的夫人。

柴郡主： 强贼呀。

（唱）用手一指大声骂，万恶贼子无法无天。
　　　清平世界抢男霸女，不怕官兵抄你山？
　　　奶奶本是金枝叶，焉敢容你乱胡言？
　　　劝你好好放了我，不然就是灭顶灾。
　　　我的夫主知此事，杀你斧剁与锤颠。
　　　扒皮还要抽你的筋，把你贼眼剜一剜。

董明、宋亮：（唱）好个泼妇真撒野，咒骂大王礼不端。

　　　　　我说你快点应下吧，不然叫你挨皮鞭。

　　　　　吩咐喽啰绑下去，把她吊在一高杆。

　　　　　皮鞭沾水着实打，看她应咱不应咱？（绑下）

　　　（喽啰上）

喽　啰：（唱）喽啰上前忙禀报。

　　　（白）报寨主得知，山下来了三个人，口口声声要大王献出车辆，万事皆休，如若不然，放火烧山。

董明、宋亮：起过了，这还了得？喽啰们，随我杀下山去，不得有误。

　　　（对上）

杨六郎：大胆山贼，抢夺人口，还不送出，等待何时？

董明、宋亮：报名上来。

杨六郎：我郡马杨景。

董明、宋亮：住口，你是胡说，那郡马杨景现为扫北大元帅，焉能到此？一派鬼话。

杨六郎：本是实情。

董明、宋亮：住口，你要实言相告，就放回你的车辆家眷，如其不然，难讨公道。

杨六郎：山寇要问，原是如此这般，现有二位公差，有文书请看。

董明、宋亮：拿来我看。（二人送书，山贼看书介）哎呀，果然真的，待我下马请罪。（下马，跪）郡马在上，我二人不知郡马到来，多有冒犯，望乞恕罪。

杨六郎：你二人为何这样称呼？

董明、宋亮：郡马不知，我二人与孟良、焦赞结拜，自从他二人投降元帅，我二人也有心前去，等他们回音，并未来信，故此在这山上为王。方才车上的妇女是你什么人？

杨六郎：那是我的夫人柴郡主，那两个幼童是你两个侄儿。

董明、宋亮：这就是了，快些请上山去，设摆酒宴，与郡马压惊，郡马请。

　　　（摆场，同上）

杨六郎：二位贤弟，快将他们放回。

董明、宋亮：是，喽啰们，快将他们放回，好好地款待。

（柴上）

柴郡主：郡马何时上的山？

董明、宋亮：郡主嫂嫂，方才多有受惊了，恕我恶人言语不周，面前恕罪。

柴郡主：好说，不知者无罪。

董明、宋亮：郡马为何不在此多住几日？不上云南，咱兄弟同上三关堵挡番兵。天子不问罪便罢，若问罪，将在外，军令有所不受，何必愿作罪犯充军呢？

杨六郎：贤弟不知，我杨门代代忠良，焉能抗君违法？如今杀了谢经武四十八口，又杀了两名大臣，多亏八贤王保奏，治一个充军之罪，再要不服，大大的非礼了。二位贤弟，如愿上三关投岳胜也可以，如不去，暂忍一时，等我罪满回朝，再奉书相请。

董明、宋亮：好，吩咐喽兵们设摆酒宴，一齐入席。

杨六郎：请。（内打五更）二位贤弟请回。

董明、宋亮：哥嫂路上保重吧。

（柴上车，杨上马）

杨六郎：吾杨景，辞别董明、宋亮二人，离了高山，快奔大路吧。

（唱）自古英雄爱好汉，果然豪杰爱魁元。
高山别离二贤弟，充军发配到云南。
晓行夜宿来得快，饥食渴饮不非凡。
真乃各地不一样，较比汴梁差天渊。
只见房子竹子盖，围墙也用竹子编。
那边一堆黄白草，一领芦苇盖得严。
天气暖和还好受，一到寒天才觉难。
人犯王法身无主，老母不知怎挂牵。
不知何日回故土，一家相逢得团圆。
越思越想心着急，心中好似滚油煎。
思想到此流下泪，

柴郡主：（唱）郡主车上又开言。
郡马不必过烦恼，不必忧愁心放宽。
君子还有贫穷事，虽然被贬不算贫寒。

路上无人当贼看，又送礼物盘费钱。
家中带来银不少，绸缎衣物样样全。
云南也有干净地，耐忍心儿过几年。
富贵不贪贫儿乐，威风不屈是英贤。
君子之心可大可小，能屈能伸丈夫男。
古来也有被贬者，哪个不是文武双全？
文王也曾困羑里，七年之久才回还。
后来归回本国去，吊民伐罪成圣贤。
将来也有发达日，困龙得水才见天。

杨六郎：（唱）杨景听罢心畅快，
二　　差：（唱）两个解差把话言。
　　　　　（白）禀郡马，面前离三贤诸葛城不远。
杨六郎：只得入城寻店住下，明日上王府，递交文书。
二　　差：是。（下）
　　　　　（店小二上）
合、义：（诗）奉了店主命，迎接贵客人。
　　　　（白）我们合、义二人，奉了主人之命，在这诸葛祠中，设摆酒宴。扫除厅堂里外清洁，迎接京中的贵客。说是罪犯与店主是契友，命咱小心迎接。准备三四天了，每日到城外，今日还得迎接。
合、义：有理。前面来了车马，同上前问来。（二差上）二位上差请了。
二　　差：请了。
合、义：请问二差，可是由东京来的么？
二　　差：正是。
合、义：可是在京做扫北大元帅的杨郡马么？
二　　差：对啦。
合、义：请到我们这里来住吧，我们迎接好几天啦。
二　　差：你们怎知我们来呢？
合、义：那就不用细打听了，来了自然明白，随我来。
二　　差：来了。
　　　　　（杨上）

合、义：贵客多有劳乏，我们迎接来迟，多多得罪。请入我们店中，我们店东终日盼望，听说早晚必到诸葛祠，故而准备公馆，又干净又雅素，请。

杨六郎：你主人是哪个？姓甚名谁？

合、义：那时自然明白，此处不是讲话之地，请。（同下）

（摆场，同上）贵客请坐，我去倒茶。（下，又上）我二人吩咐厨下备宴。

杨六郎：（白）此处倒也清雅，郡主，咱就在此住吧。

柴郡主：郡马与何人认识？这等招待，于心何忍呢？

杨六郎：我想此处也没有亲友。二位上差与杨忠、杨孝到外客厅安息用饭去吧，明日好递公文。

杨宗保：爹爹，孩儿到外边看看去。

杨六郎：我儿千万不要远走。

杨宗保：是。

杨六郎：郡主，你看这祠堂，乃是大汉时代诸葛武侯七擒孟获、平定南方之时，这里百姓敬仰于他，修下祠堂，供奉香火。我今日到此，明日亲身参拜才是。

（保上）

杨宗保：启禀爹爹，外边来了一人，和你相貌一样，进店来了。

杨六郎：哦，哪里来的这样人？待我去看看。（下，内白）呀，原是任贤弟。

任堂惠：快让我见嫂嫂。

杨六郎：（上）郡主，这就是我常说的任堂惠贤弟。

柴郡主：这就是了，原来叔叔在此居住么？

任堂惠：正是。

柴郡主：任叔叔请坐。

任堂惠：小弟告坐。

柴郡主：宗保、宗勉，上前见过你叔父。

杨宗保、杨宗勉：是，叔父在上，小侄叩头。

任堂惠：请起请起。

杨宗保、杨宗勉：是。

任堂惠：六哥、六嫂子，小弟早已打听六哥充军之事，故此备下房屋，此处清净，也好居住，等公办完，去到小弟家中一叙。

杨六郎：贤弟如此费心了。
任堂惠：不知六哥为何犯了充军之罪？
杨六郎：咳，贤弟听了。

（唱）自从汴梁分手后，为兄昼夜惦心间。
　　　立劈潘豹犯了罪，父子九人去雄关。
　　　天子五台去了愿，北国困住五台山。
　　　我父子五台救圣驾，也曾大破幽州关。
　　　金沙滩赴双龙会，我父子死了若干个。
　　　后来我父碰死李碑下，七弟被害乱箭穿。
　　　舍生忘死告御状，三番两次受颠险。
　　　好容易死了潘仁美，北国韩昌又犯边。
　　　元帅印我亲身去挂，与韩昌大战好几番。
　　　后来南北讲了和，北国永远不犯边。
　　　退守三关倒无事，不想朝中出了奸。
　　　太宗老皇归了位，三帝真宗坐金銮。
　　　新科状元谢经武，砸了牌坊惹祸端。
　　　老母因气得了病，为兄探病看老年。
　　　孟焦二位私出府，挖了状元他心肝。
　　　为此惹下杀身祸，将我发配去云南。
　　　幸亏贤弟你在此，诸事仗你才周全。

任堂惠：（唱）原来竟有这样事，六哥只管放心宽。
　　　　弟兄在此常居住，咱二人终日叙心田。
　　　　就有一事为难得很，

　　　（白）六哥，别事不愁，只有一事可怕。

杨六郎：哦，哪件事呢？
任堂惠：六哥不知，云南王性情固执，凡一切充军罪犯，都是惊惶而进，先打一百杀威棒，死了不管，不知死了多少了。你来到这里，人地两生，也没有门路，等小弟明日多花银两，上下打点，先免去杀威棒再说。
杨六郎：贤弟处处有情，为兄感恩不尽了。
任堂惠：自己兄弟，说不到此，天已不早，小弟告辞，明日听信。

杨六郎：请。

任堂惠：请。

（六郎送下，又上）

杨六郎：郡主，多亏任贤弟周全，咱夫妻不受苦了。

柴郡主：郡马，这也是吉人天相，只说此地无相识，不想他乡遇故知。

（中军出）

黄　丙：（诗）性直刚烈无私情，王府军中第一名。

（白）我中军官黄丙，在云南王府听用，内中大小事情，由我执掌，王爷秉性刚烈如火。

（卒上）

卒：　　禀员外，有大商人任堂惠求见。

黄　丙：我与他有交情，到此必有大事，就说有请。

卒：　　有请任爷。

任堂惠：来了。（上）黄兄，我这里有礼了。

黄　丙：好说，任贤弟请坐。

任堂惠：告坐。

黄　丙：贤弟，夤夜到此，有何大事？

任堂惠：仁兄，你我至交，我也不能瞒你。我有一位救命恩人，犯了充军之罪，发配至此，因他身体有病，仁兄明日过堂之时，在王爷跟前多进美言，免去一百杀威棒，不但小弟感情，连那犯人也感恩不尽。不知仁兄肯否？如要周全，小弟不惜千金谢意。

黄　丙：你我弟兄，何用谢意？但此事不是推辞，因王爷性直刚烈，不容说话，从来不受外人礼物，禀正无私，我也难以主裁。等明日看事做事，能做到的事，尽量不袖手旁观就是了。

任堂惠：多谢仁兄，请。

黄　丙：请。

（同下）

（完）

第二十二本

【剧情梗概】 杨六郎充军发配至云南，谁知云南王柴宗训是柴郡主的胞兄，遂得到柴王的悉心照料。孟良、焦赞半路逃回三关，烧了守关大军的粮草，逼得岳胜率领众将造反，重新回到太行山落草为寇。岳胜上书天子，告知离关的原因是朝廷薄待忠良。天子大怒，王强乘机献计将六郎赐死。于是，天子派王强至云南宣旨，赐死杨六郎。柴王等人极力阻止，然六郎执意遵旨。任堂惠因与六郎相貌相同，决意替其赴死，六郎假扮任堂惠护送柴郡主与二子返回汴梁。

（升堂，柴坐，黄中军站）

柴　王：（诗）世袭王爵镇云南，秉性刚烈不怕天。

（白）孤家云南王柴宗训。先父柴荣卖伞为生，后来创成事业，继承郭彦威而有天下，国号大周。赵主晏驾，孤王年交七岁，文武扶我登基，不料陈桥兵变，赵匡胤黄袍加身，赵普、高怀德、潘仁美保他为君，将我降至云南葛城边远之地为云南王，无事永不朝参。我有一个妹妹，称为皇姑，父皇在世，招赘杨门为配，至今二十余年，也无音信。不知配给杨家哪位公子，这也不在话下。

（卒上）

卒：禀王爷，今有东京解差求见。

柴　王：命他进来。

卒：哈，王爷有令，东京解差进见。

（二差上）

二　差：来了，王爷千岁在上，东京刑部府衙解差李文、李五叩头。

柴　王：公文呈上来。

二　差：是。

柴　王：哦，原来军犯一名，杨景因杀人一案，徒刑云南三年，罪满回京，你二人堂下伺候。

二　差：是。

柴　王：中军，将犯人摔堂而入。

中　军：哈。（下，内白）殿前武士听真，将犯人摔堂而入。

（将杨摔倒翻跟头）

杨六郎：千岁王爷在上，犯官杨景叩头。

柴　王：哦，看你有些个本领，一摔而立并未受伤。我且问你，不知身居何职，因何杀人，一一地说来，如有一字言差，难免皮肉吃苦。

杨六郎：千岁容禀。

（唱）犯人延昭名杨景，祖居河东火塘寨。
　　　火山王杨衮是我祖父，父亲继业迁都汴梁。
　　　忠心扶保大宋主，南征北战挡番邦。
　　　功劳立的无其数，凌烟阁上把名扬。
　　　只因萧后造了反，父子俱各死疆场。

柴　王：（白）问你是何官职？

杨六郎：（唱）永安公扫北大元帅，镇守三关挡犬羊。

柴　王：（白）因何杀人呢？

杨六郎：（唱）如此杀了谢经武，四十八口命俱亡。
　　　天子不忘汗马功，问个充军到边疆。

柴　王：（白）你既充军，为何带家眷？

杨六郎：（唱）因为郡主心不放，故此跟来到南方。

柴　王：（白）那郡主姓甚名谁？

杨六郎：（唱）柴王国主亲生女，人称皇姑女娥皇。

柴　王：哦，

（唱）听罢不由心犯想，莫非他是郡马郎？
　　　广闻其名未见过面，因我多年不在朝纲。
　　　果真若是妹夫到，本王必得请到后堂。
　　　又想到此不可莽撞，我何不与夫人商量商量？
　　　吩咐一声把堂退，犯人带下在二堂。（同下）
　　　退回后宅归了座，

（白）夫人哪里？

柴娘娘：来了。

（唱）走进王妃柴娘娘，千岁呼唤有何事？

（白）千岁呼唤，有何事议？

柴　　王：爱妃请坐。

柴娘娘：有座。

柴　　王：爱妃不知，方才来了一案罪犯杨景，问明来历，才知是咱妹妹柴皇姑嫁与东京杨家那位公子，多年不见，难辨真假。此人正是天波府之人，又说他是郡马，还带着家眷，他的夫人正是柴郡主。正是妹夫遭了官司也未可定，我欲将杨景带到后堂细细盘问，若是妹夫，好认亲戚。

柴娘娘：千岁主意不错，小妃闪在屏风后面看着，你就问来。（下屏后）

柴　　王：中军，将杨景带到这里来审。

　　　　　（是）（带杨上）

杨六郎：千岁在上，犯人叩头。

柴　　王：杨景，你家中都有何人？详细说来我听。

杨六郎：千岁容禀。

　　　　　（唱）千岁要问家中事，听我细细说分明。

　　　　　　　　我父名叫杨继业，我母她佘太君受过皇封。

　　　　　　　　我弟兄本是人八个，还有妹妹二花容。

　　　　　　　　大哥延平二哥延定，大嫂金定二嫂冯赛伦。

　　　　　　　　三哥延广人人晓，四哥延辉大有名。

　　　　　　　　三嫂名叫刘月云，四嫂名叫赵美荣。

　　　　　　　　五哥延德出家了，云秀英本是五嫂她的名。

　　　　　　　　我名延昭排行第六，人称六郎郡马公。

　　　　　　　　我的夫人柴郡主，本是柴王女亲生。

　　　　　　　　七弟延嗣枪马勇，七弟妇杜金娥数她武艺精。

　　　　　　　　八弟延顺不知下落，八弟妇名叫李翠平。

　　　　　　　　还有宗保与宗勉，柴氏皇姑她亲生。

　　　　　　　　因为犯了国家律，将我发配诸葛城。

　　　　　　　　皇姑心中放不下，情愿跟来随我行。

　　　　　　　　家眷住在诸葛祠内，那里我有结拜一弟兄。

　　　　　　　　姓任堂惠人忠厚，与我上下打点人情。

　　　　　　　　为免一百杀威棒，不想千岁不受私情。

　　　　　　　　这是一桩实情话，并无一言假话明。

柴　　王：呀，

　　　　　（唱）上前一把忙拉住，连把妹夫叫几声。

杨六郎：（白）千岁这是为何？

柴　　王：（唱）你当我是哪一个？我是柴王你妻兄。

　　　　　　　 皇姑是我同胞妹，不想今日得相逢。

杨六郎：（白）千岁，不可错认人哪。

柴　　王：（唱）为兄就是柴宗训，虽没见面我也闻名。

杨六郎：（白）如此，妻兄在上，受我一拜。

柴　　王：（唱）连说不可快请起，爱妃快来认亲情。

柴娘娘：（白）来了。（上）妹夫可好？

杨六郎：莫非这是我嫂嫂？

柴娘娘：正是。

杨六郎：多有失敬。

柴娘娘：好说。

柴　　王：（唱）吩咐一声摆酒宴。

柴　　王：（白）中军。

中　　军：有。

柴　　王：设摆酒宴，孤与郡马压惊，代庆相认之喜。

中　　军：是。

柴　　王：郡马，孤叫你嫂嫂坐轿请来妹妹和外甥，都来王府居住。

杨六郎：皇兄不必，诸葛祠倒也清净。明日叫令妹和外甥到府上拜望也就是了。

柴　　王：既然如此，孤家四个家将伺候，一切用具由这里送去。明日升堂，备好公文，打发差官回去，不知两个差人待你如何？

杨六郎：他二人待我甚好。

柴　　王：这等赏他二人路费，另外赏银二百两，回京复命。郡马在此住上三年二载，孤也添了膀臂，有谈心之人了。

杨六郎：皇兄说的极是，小弟回去告知郡主，她好放心。

柴　　王：有理。

杨六郎：请。

柴　　王：请。

（郡主出，宗保、宗勉站）

柴郡主：（诗）但愿圣旨早来到，夫妻父子回故乡。

（白）贵家柴郡主，今日郡马上王府去了一日，天晚不见回来，好叫人放心不下。

（六郎上）

杨六郎：郡主，我回来了。

柴郡主：郡马满面喜悦，莫非没挨一百杀威棒之刑么？

杨六郎：郡主不知，不但没挨一百杀威棒，而且吃了个酒足饭饱而回。

柴郡主：这是为何？

杨六郎：郡主不知，原来这云南王是你兄长，问明来历，认了亲戚。明日娘娘亲身来接你母子上王府居住。

柴郡主：好，真乃天之大喜。奴家廿余年没见过家中之人了，不想此处相遇。郡马，我有一事。

杨六郎：郡主，有何事情？

柴郡主：只因你与叔叔相貌一样，让你哥俩闹得不清不混的，明日你买两匹布来做两件袍子，在各人的左衿上绣一个字，你的袍子绣一个"景"字，他的袍子绣一个"惠"字，省着错认人，岂不是好？

杨六郎：好，郡主所见不差。天已不早，安息了吧。

（诗）只说充军是大凶，不料这里遇亲情。

（二解差出）

二解差：（诗）解差解差，跑腿应该。

（白）我吴良，我吴义，你我奉了刑部堂喻，领了囤票，押解犯人，一名孟良，一名焦赞，这两个愣鬼也不叫人说话，他说歇着就歇着，说走就走。咳，住店还得服侍他们，尽要好的吃，把领的盘费都花干了，把咱们的衣服都卖了，给他们打酒喝了，不好了就骂，咱二人这差事真糟糕。咳，走有多少日子了，按说几天就到，他也不走哇。那不是还坐着呢，讲不起，央告央告他走两步。哈哈，我说二位爷爷，天不早了，走两步吧。

（孟、焦上）

孟良、焦赞：放屁，黑了住店，乏了歇息，饿了吃饭，何必唠叨？再要多说，吃

　　　　　　　我一顿好打。
二解差：是，是，是。
　　　　　（唱）不敢回答倒憋气，这个差事倒了霉。
　　　　　　　人家都说解差管犯人，咱俩反受犯人管。
　　　　　　　不敢说来不敢讲，怕吃他的眼前亏。
　　　　　　　勉强带笑呼二位，你看日没天要黑。
　　　　　　　前无村来后无店，此时天上日又没。
孟　良：咧，
　　　　　（唱）今日对你说实话，有件事情说明白。
二解差：（白）说什么呀？
孟　良：（唱）从今以后你俩不要管。
二解差：（白）这话怎说呢？
孟　良：（唱）只要你们把我随。
二解差：（白）怎样？
孟　良：（唱）咱们不用郑州去。
二解差：（白）去哪儿呢？
孟　良：（唱）投奔三关走一回。
　　　　　　　要是不听我的话，立刻把你狗命追。
二解差：（白）咳呀，我的祖宗，这回你可把我们俩倾了。
孟　良：（唱）倾不倾的我不管，求活就得把我随。
　　　　　　　不然我就打死你，
二解差：（白）哎呀，我们求活呀。
孟　良：（唱）烧了公文火化灰。
　　　　　　　叫你深水凭鱼跃，天高任着各鸟飞。
二解差：（唱）不敢扭别跟着走，不管高低天色黑。
　　　　　　　晓行夜宿非一日，夜宿晓行把话回。
　　　　　（白）爷爷面前就是三关。
孟　良：好，你二人随我进城便了。
　　　　　（岳升帐，千、万、林、千站）
岳　胜：（诗）英雄豪气志长存，排兵布阵韬略深。

　　　　　上阵全凭刀与马，敢与国家定乾坤。

　　（白）本帅岳胜，自从东京回来，郎千、郎万、陈林、柴干四人回来说元帅充军云南，孟良、焦赞二人充军郑州，倒也放心了。

　　（卒上）

卒：　　　报元帅得知，孟良、焦赞二人在辕门外候令。

岳　胜：呀，他二人为何回来？必有缘故，命他们进见。

卒：　　　是，命你二位进帐。

孟良、焦赞：来了。（上）大哥在上，我二人参见。

岳　胜：二位贤弟为何回来得这样快？莫非天子赦罪不成？

孟良、焦赞：什么赦罪？我二人自己赦了。

　　　　（唱）要问这事情，听我从头讲。
　　　　　　我俩是充军，本来不是谎。
　　　　　　走了多少天，自觉不快畅。
　　　　　　走到路途中，对着解差讲。
　　　　　　叫他跟我来，三关快快敞。
　　　　　　也不受他拘，也不受他绑。
　　　　　　专来见大哥，有了方法想。
　　　　　　莫如弃三关，烧了粮与饷。
　　　　　　去到太行山，还是去放抢。
　　　　　　任意自逍遥，那该多心畅。
　　　　　　强如宋家官，终日把北挡。
　　　　　　就凭咱本领，这也不是唠。
　　　　　　何必受他拘？不吃他粮饷。
　　　　　　做个自在王，谁敢多言讲？

岳　胜：（唱）贤弟言太差，做事太粗莽。

　　（白）你二人不要胡说，你想你杀了四十多条人命，才办个充军之罪，岂不是额外施恩？你二人还不遂心，又偷跑回三关，王法一点也没有，还要上山为王，你想此事，行得行不得？

孟良、焦赞：什么行得行不得？谁受他拘管？我就知道杀人不偿命。你既不愿意，我二人也不强求，下帐喝酒去了。

岳　　胜：这两个鲁夫，真乃任性。众将官。

众将官：是。

岳　　胜：防守城池。

众将官：哈。

（焦、孟上）

焦　　赞：二哥呀，你看岳胜胳膊肘往外扭，不随咱。这么着，趁着天黑，把粮草放上一把火，然后烧了仓库，天子必要问罪，一定就随咱们去了。

孟　　良：对，好招好招，走放火去。（下，又上，放火）

焦　　赞：着了着了，走上帐见他，看他怎办。

（卒上）

卒　　：报元帅得知粮草着火了。

岳　　胜：哎呀，吩咐众将快些救火。

（硬唱）闻听急报吃一惊，急忙出帐吓黄脸。（上）

吩咐军卒把水泼，极速救火不可晚。

军　　校：（唱）三军闻听不消停，用桶打水来回转。

火借风威越发凶，烧得粮草没一点。

三军以后怎么活？只怕天子要问斩。

岳　　胜：（唱）岳胜着忙回帐中，烧了粮草罪不浅。

愁得大帐转悠悠，

焦赞、孟良：（唱）孟良焦赞往下赶。

失了粮草罪不轻，天子必把脑袋砍。

莫如弃了三关城，太行山中去做贼。

强如被拿上京中，叫人拿刀伤一款。

回头叫声众将军，事到如今休辗转。

讲不起的将反造，大家说说反不反？

众　　将：（唱）众将连说反了吧，元帅不要太死板。

既做武将大将军，怎么没有这样胆？

一齐大喊闹哄哄。

（白）反了好，反了好。

岳　　胜：咳，罢了罢了，众位既然同心合意，事已至此，我也不得不然了。众将官，如今天子无道，宠信奸贼，苦害忠良，并无用武之地，大家齐奔太行山，积草屯粮，无拘无束，单等人马养成大队，另立事业，众位可愿从否？

众： 我等愿从。

岳　胜：写书信一封下到京中。叫天子快快献出元帅，万事皆休，如若不然，杀奔京都，人鸟不漏，待我写来。（写介）军校。

军　校：有。

岳　胜：将此书下到京中，众将官，人用战饭，马食饱草，收拾细软之物，齐奔太行山，不得有误。

（摆朝，众官站）

众　官：（诗）金鸡报晓龙门开，文东武西两边排。

王　强：（白）下官王强。

王　勤：下官王勤。

王强、王勤：圣驾临轩，分班伺候。

（天子出）

天　子：（诗）龙楼凤阁高千丈，一统大业永千秋。

（白）朕，大宋真宗在位，自从郡马充军去云南，二解差回京复命，孟良、焦赞二人发配郑州，至今并无音信，八皇兄抱病不来朝参，今设早朝。内臣。

内　臣：有。

天　子：传朕口旨，哪家有本早奏，无事散朝。

内　臣：领旨，哪家有本早奏，无事散朝。

（黄门官上）

黄门官：慢散朝纲。

天　子：何人有本？

黄门官：黄门官有本。

天　子：随旨上殿。

黄门官：万岁，黄门官接得三关表文一道，请主御览。

天　子：内臣。

内　臣：是。

天　　子：呈上来，爱卿归班。
黄门官：万岁。
天　　子：不知三关本章何事，待朕拆开看来。
（唱）拆开表文铺御案，这道表章也太差。
　　　　上写三关众将士，誓与昏君细观察。
　　　　我等在外苦征战，终日卧雪把头掖。
　　　　太平天下叫你做，拿着我们武将不算什么。
　　　　元帅他父子为国死得苦，如今你把他充发。
　　　　三关没有杨元帅，众将三军乱如麻。
　　　　倘若北国再犯境，我问你保护边疆有哪家？
　　　　现如今粮草全都失了火，三军饮食俱缺乏。
　　　　人心一变止不住，叫我等也没有法。
　　　　孟良焦赞出回转，太行山众将不听你管辖。
　　　　我们齐归高山去，与你去书早回答。
　　　　要不放回杨元帅，兵精将足汴梁发。
　　　　拿着奸党看刀剁，三宫六院一齐地杀。
　　　　推倒昏君另立业，那时后悔别怨咱。
　　　　书不尽言是如此，呀，看罢表文怒气发。
　　　　好个一伙边关将，竟敢造反无王法。
　　　　朕今发兵抄山寨，把你个个都绑拿。
　　　　恨罢一会把众卿叫，哪个领兵去山崖？
　　　　竟问数声无人语，
王　　强：（唱）王强上殿把话发。
　　　　我主万岁臣有本，
　　　　（白）万岁，依臣看来，三关众将造反，定是杨景主使，叫他们造反，好免他充军之罪。
天　　子：依卿怎办呢？
王　　强：依臣拙见，莫如差人到云南，赐杨景死罪，再差大将抄山。边关众将知杨景已死，心情一乱，不战而散，然后去守三关，以除外患，也不敢侵犯，岂不两全其美？

天　子：好，依卿所奏，朕急刷旨，命卿带领校御四十名，尚方宝剑一口，鸩酒一瓶，白绫七尺，叫他自尽，然后将首级取回交旨。

王　强：微臣领旨。

天　子：散朝。

（王强马上）

王　强：（诗）今日方随心头愿，定与贤婿报仇冤。

（白）老夫王强千方百计，方得遂心，今日去云南取杨景的首级，杨景哪杨景，我看这回你往哪里走？

（唱）只因奉了萧后命，来入中原做内应。
　　　用尽千谋与百计，事事未能成大功。
　　　为害一个杨元帅，白白搭上状元公。
　　　全家死了四十八口，没有一个把命偿。
　　　又死陶仁与陶义，才弄得杨景把军充。
　　　事事都坏在八千岁，泼死泼活理不通。
　　　幸而他今有了病，这回才得成大功。
　　　这回到了云南地，杨景准死不用生。
　　　大宋没有杨景在，北国萧后好进攻。
　　　夺了宋室得天下，江山与我对半分。
　　　我在南来她在北，老夫也能坐坐龙庭。
　　　心中欢喜催马走，远远望见云南城。
　　　开言便把校尉叫，

（白）校尉们。

校　尉：有。

王　强：眼前就是云南城，一入王府便了。

（柴王出）

柴　王：（诗）在边关无拘无束，真似那海外诸侯。

（白）本御柴宗训，幸喜杨郡马充军到此，认了亲戚，他姑嫂见面投缘，请他们到王府来住，郡马再三不肯，我也从未强迫，诸葛祠倒也清净，一切费用都由本府送去，不由半载有余，倒也无事。

（卒上）

卒： 报千岁得知，钦差大人府外候见。

柴　王： 这等，待我迎接。

王　强： 圣旨到，跪接。

柴　王： 万岁万岁万万岁。

王　强： 奉天承运，皇帝诏曰：君叫臣死则死，父叫子亡则亡，兹尔大逆杨景罪犯天条，杀状元四十八口，不问抵偿，而仅充军，是朕格外施恩。然而，该逆不念及朝廷，主使其部下孟良、焦赞半路逃走，又让三关众将反上太行山，罪不容恕。钦命兵部尚书王强捧旨，及尚方宝剑一口，白绫七尺，鸩酒一瓶，命杨景自行方便。取下人头，回京交旨。云南王照旨行事，不可徇私。望诏谢恩。

柴　王： 万岁万岁万万岁。人来，将圣旨供奉龙亭。

卒： 哈。

王　强： 参见千岁。

柴　王： 平身，你且馆驿歇息。

王　强： 千岁，圣旨紧急，杨景在何处？就此时行事。

柴　王： 今日天晚，明日行事。

王　强： 是。

柴　王： 中军。

中　军： 有。

柴　王： 你急急去到诸葛村如此如此，叫你郡马爷逃走，快去。

中　军： 是。

柴　王： 孤将他放走，看还把我怎样，掩门。

（六郎上，柴、二子站）

杨六郎：（诗）虽然外边风景好，总有思家一片心。

（白）我杨景。

柴郡主： 柴郡主。

杨六郎： 郡主，咱来云南半载有余，多亏任贤弟照顾，又得柴王认下亲戚，这事倒也省心。

柴郡主： 郡马，我这几天总是心神不安，不知所为何事。

（中军上）

中　军：郡马、郡主，如此不好了。
杨六郎：哦，黄中军有何不好，快些说来。
中　军：京中差官到来，宣读圣旨，说孟良、焦赞惧罪逃回三关造反，众将反上太行山去了。天子大怒，说是郡马主使，钦命兵部王强持尚方宝剑一口，白绫七尺，鸩酒一瓶，叫你自行方便，取人头回京。千岁命我与郡马送信，叫你们急急逃走才是。
柴郡主：呀，竟有此事，可不吓死人也。（倒）
杨宗保、杨宗勉：（白）母亲醒来。
柴郡主：哎呀。

（唱）乍闻凶信身无主，不知不觉多半天。
　　　半晌缓过一口气，杏眼如波泪如泉。
　　　叫声郡马苦了你，可怜你一生九死好几番。
　　　咱夫妻发配云南地，受尽多少饥和寒。
　　　指望罪满回家转，一家老少得团圆。
　　　从空掉下杀人剑，斩断恩爱并头莲。
　　　怎么又来追命旨？他们造反与你何干？
　　　恼恨天子太昏聩，糊里糊涂把你杀。

杨六郎：（唱）这是我的尽头日，前走无路后退难。
　　　　　痛尽伤心如酒醉，
杨宗保、杨宗勉：（唱）宗保宗勉二目圆。
　　　　　　　　母亲不必过悲痛。孩儿有个好机关。
柴郡主：（白）有何妙计？
杨宗保、杨宗勉：（唱）我弟兄同上王府去，见我舅舅走一番。
柴郡主：（白）做什么去呢？
杨宗保、杨宗勉：（唱）杀了钦差王老狗，四十名校尉用刀餐。
　　　　　　　　然后同回太行山去，推到昏君宋江山。
　　　　　　　　保我爹爹做皇帝，大封功臣太平年。
　　　　　　　　我二人就是皇太子，母亲是国母乐安然。
　　　　　　　　何必这样哭无了？
杨六郎：（唱）小小的畜生太狂颠。

　　　　　　　咱杨家世代忠良将，今做乱臣贼子臭名传。
　　　　　　　君叫臣死就得死，死后美名也不冤。
　　　　　　　说罢迈步往外走，

柴郡主：（唱）郡主急忙用手拦。
　　　　（白）郡马不可呀不可，你想你要自投身死，抛下老母寡妻，还有幼子，他们尚未成人。咱杨家父子九人，如今只剩下你一人。你再要一死，剩下一群寡妇幼子，真乃叫人可怜。郡马再思再想。
　　　　（唱）拉住郡马不放手，泪流满面我把话说。
　　　　　　　咱杨家父子九人九只虎，保着大宋锦江河。
　　　　　　　公爹他李陵碑下一碰死，七郎八虎剩你一个。
　　　　　　　上有老母年高迈，剩下寡妇一大窝。
　　　　　　　宗保宗勉还年少，为妻岁数也不多。
　　　　　　　母子三人身在外，叫我可靠哪一个？
　　　　　　　我兄长他既放你走，海角天涯把命脱。
　　　　　　　但等有了安静日，回家隐遁理才合。
　　　　　　　只顾尽忠身一死，岂是丈夫所为的？
　　　　　　　郡马再思你再想，

杨六郎：咳，
　　　　（唱）郡主不要太啰唆。
　　　　　　　既做忠臣不怕死，哪怕把我下油锅。
　　　　　　　但愿我死后你回转，将我灵柩往家挪。
　　　　　　　替我孝顺高堂母，教训二子费心窝。
　　　　　　　不用我再细吩咐，我就去见柴皇哥。
　　　　　　　将袖一甩扬长去，

柴郡主：（唱）母子三人无奈何。
　　　　（白）黄中军。

中　军：有。

柴郡主：你看郡马去了。只怕凶多吉少，你就急急回去见了千岁，千万保他无事。

中　军：那是自然。

柴郡主：儿啦。

杨宗保、杨宗勉：有。

柴郡主：你去找你任叔叔前来商议商议。咳，苦哇。

（柴出，强站）

柴　王：（诗）凭空撑起萧墙事，好叫孤王少主张。

（白）孤，柴宗训，已命黄中军暗告郡马逃走去了。一夜未回，大料是逃走了。

（六郎上）

杨六郎：千岁在上，杨景参驾。

柴　王：哦，杨景，你可知罪么？

杨六郎：小人知罪。

柴　王：如今孟良、焦赞造反，率领三关众将返回太行山，天子说是你主使，可是真么？若有此事，定按国法。你要有屈情，只管对孤家说来，别看天子拿你问罪，有孤王做主，保你无事。

杨六郎：千岁，孟良、焦赞逃走乃是我命他们逃走，三关众将造反也是我给他们的密书，件件不虚，情愿领死。

柴　王：哼，岂有此理，杨景你是疯了，为何不打自招呢？

杨六郎：千岁，一人做事一人当，怕死贪生算什么好汉？

柴　王：哼哼哼，你真称得起好汉。

王　强：既然犯人认罪，就请千岁下令，微臣就要施行了。

柴　王：哇，好个大胆的差官，你既仗着圣旨，孤已将旨接到就是了。杨景既发配到孤家，这里乃听孤的分配。你本京中之人，来到孤家的银安殿，竟敢多言语，就欠掌嘴。

王　强：是是是，微臣知罪。

柴　王：退下。

王　强：是。（下）

柴　王：郡马太野鲁，孤用话指引与你，还不知情，还故认罪，难道你不顾你一家老小么？你要逃走，孤家把你放了。天子问罪，孤家我撑着，看他把我怎样。

杨六郎：千岁不用费心，我情愿一死，宁可做忠臣，决不逃走。

柴　王：咳，郡马，你聪明一世，糊涂一时了。

　　　　　（唱）眼含泪，郡马呼。
　　　　　　　　今日之事，你太糊涂。
　　　　　　　　朝中那些事，不是不清楚。
　　　　　　　　天子年轻昏聩，朝中尽是奸毒。
　　　　　　　　孟良焦赞虽造反，与你何干说不出。
杨六郎：（唱）尊千岁，办事粗。
　　　　　　　　放我逃走，也太糊涂。
　　　　　　　　若走连累你，你也得遭诛。
　　　　　　　　钦差回京复命，连你也难逃出。
　　　　　　　　犯罪宁可一人当，拉扯别人不对付。
柴　王：（唱）他问罪，来拿吾。
　　　　　　　　边缘之地，万里路途。
　　　　　　　　行兵太不便，人不服水土。
　　　　　　　　无粮草已尽，他就难以站住。
　　　　　　　　自古道山高皇帝远，他也不敢来惹孤。
杨六郎：（唱）虽有理，不对付。
　　　　　　　　我意已决，宁可被诛。
　　　　　　　　忠臣不怕死，死后美名出。
　　　　　　　　杨家世代保宋，做事不能反复。
　　　　　　　　不用偏向我赴死，
柴　王：（唱）柴王无奈气长出。
　　　　　（强上）
王　强：（唱）王强上前呼千岁。
柴　王：（白）哼，王强。
王　强：微臣不知。
柴　王：量你也不知道，听孤道来。
　　　　　（唱）平民被斩不用讲，要杀皇亲有章程。
　　　　　　　　斩人必得六声炮，午时三刻才施刑。
　　　　　　　　不许城内把人斩，出城十里那才中。
　　　　　　　　周围先用步弓打，少一尺来欠规承。

方圆准得无生地，四外全用青布蒙。
芦棚高搭三丈六，护法场的兵丁全都穿青。
设大酒席把天祭，然后得监斩官九跪溜平。
披麻戴孝面前跪，提着名儿叫三声。
布幡扎上四十九个，满斗焚香活祭灵。
诸事齐备禀我知道，要少一件斩不能。

王　强：（唱）哎呀，臣也没带那些金银，买不起呀。
柴　王：（唱）孤家与你先垫上，回京还我也能行。
王　强：（唱）叩头连连说遵命，
　　　　（白）千岁，咱斩的那犯人并不是皇亲，千岁。
柴　王：王强。
王　强：有哇。
柴　王：你可知道杨景他是何人？
王　强：臣不知。
柴　王：他本是孤家的御妹夫，孤是柴宗训，郡主是孤的御妹，你可知道？
王　强：哎呀，千岁，微臣该死。
柴　王：下去办来。
王　强：是是是。
柴　王：哦，御妹夫，你快回诸葛祠与我妹妹商量，还有一宿之功，明日再说。
杨六郎：是。
柴　王：你看郡马去了，只得慢思良策便了。
　　　　（诗）是亲三分向，还得费神思。
　　　　（郡主出，二子站）
柴郡主：（诗）心如芒刺意不宁，不知郡马吉和凶。
　　　　（白）奴柴郡主，郡马不听解劝，带怒请罪去了。方才命人请来任叔叔，又命家将杨忠、杨孝跟去打听，说今日不斩，钦差上街买布扎幡，在王府也不知怎样。
　　　　（六郎上）
杨六郎：郡主，我回来了。
柴郡主：郡马回来了。

杨六郎： 正是。

柴郡主： 官司怎样？

杨六郎： 哼哼哼，可笑你兄长，不识时务，两次三番放我逃走，我意已决，他看无法解劝，又作一桩假话蒙哄差官上街买布扎幡，说斩皇亲得放六声炮追魂，扎青布幡四十九个，方圆用布围住，监斩官披麻戴孝，摆酒活祭亡灵，今日一夜延迟，等明日正法，执意要放我逃走。你想，要是别人既然犯法，还能叫自己回来，岂不可笑？

柴郡主： 哦，郡马，我哥既然放你逃走，你何不今夜逃走，免去祸事儿？

杨六郎： 郡主你想，我杨景岂能只顾自己，连累别人不成？断断不能。

（任上）

任堂惠： 六哥回来了。

杨六郎： 贤弟来了，请坐。

任堂惠： 有座。

杨六郎： 贤弟何时来的？

任堂惠： 小弟来了多时了，不知事情怎样？

杨六郎： 如此这般，明日出斩。

任堂惠： 哥哥，既然云南王要放你逃走，哥哥为何不走？岂去赴死呢？

杨六郎： 贤弟，我宁可做忠臣，绝不违抗圣旨。大丈夫生而何欢？死而何惧？

任堂惠： 哥哥，难道你不惦家中老母么？

杨六郎： 贤弟，岂不知尽忠不能尽孝，忠孝不能两全。

任堂惠： 六哥，你死倒不要紧，倘若北国萧后知道，杀进中原，无人敢挡，那时国破家亡，如何是好？

杨六郎： 我既然已死，哪怕国家天翻地覆，一旦无常，万事皆休。

任堂惠： 六哥心意已决，我也不再解劝与你。你看月色东升，咱弟兄何不畅饮几盅，以为永别之念。

杨六郎： 好。

任堂惠： 你我弟兄前庭去饮。

杨六郎： 倒也是的，贤弟随我来。

（唱）一同任弟前庭去，

柴郡主：（唱）郡主回房自伤心。

杨六郎、任堂惠：（唱）弟兄二人前庭进，

（摆场，六郎、任上）

任堂惠：（唱）堂惠执意把酒斟。

　　　　大哥请饮这盅酒，明日弟兄两离别。

　　　　可恨我眼望兄长无法救，我堂惠枉为一世人。

　　　　但只见一轮明月当空照，忽然一计上在心。

　　　　我何不替六哥救死换生，以报救我性命恩？

　　　　而且我与六哥模样相仿，真假难辨该我得救难中人。

　　　　说罢开言六哥叫，小弟有话对你云。

杨六郎：（白）贤弟有何话说呢？

任堂惠：（唱）你看看，半轮明月明又亮，咱二人到望海楼上走一番。

杨六郎：（白）那里做什么呢？

任堂惠：（唱）一则弟兄去观景，二则解了小弟闷心。

杨六郎：（白）如此为兄随你前去。

任堂惠：（唱）手拉六哥往外走，随身带着剑一根。

（下，又上）

任堂惠：（唱）煞时来在桥头上，六哥呀，你看看月儿发暗雾沉沉。

　　　　六哥呀，今日弟兄还见面，最可叹你我一夜之间两离分。

　　　　咱弟兄，自从汴梁分了手，时刻不忘救命恩。

　　　　天遂人愿你来到，实指望聊表小弟心。

　　　　不成想，半空掉下杀人剑，真如同摘去小弟我的心。

　　　　兄长哇，生我无用之人有何用？六哥呀，交我这友不值半毫分。

　　　　常言说替死换生今真遇，兄长哪，交我这样朋友有何因？

　　　　有一事，求六哥哥应允我，留下点，离别之物不离身。

杨六郎：（白）贤弟，兄有何物件只管说来。我也没有别的，这金枪宝马送给贤弟以为留念。

任堂惠：（唱）兄长你的枪马全无用。

任堂惠：（白）小弟不求别物，只求把兄长袍子换给小弟就算兄长之恩了。

杨六郎：这有何难，就此换来。（换介）

任堂惠：兄长，你可知我换袍之意吗？

杨六郎：为兄不知。

任堂惠：六哥我见你执意不肯逃走，小弟不能解劝，万般无奈说观景，来到桥头换了衣袍。

杨六郎：换袍怎样？

任堂惠：兄长，天下可以没有我任堂惠，不可没有杨景。我任堂惠不过是个商人，家中有千顷地、百间房子，还有银两，也不过富贵而已。六哥扫北大元帅，镇守三关，北国不能犯界，中原百姓不受刀兵之苦，安居乐业。倘若六哥一死，中原无能征战之人，必然国破家亡。从情而论，我任堂惠可有可无，情愿学羊角哀、左伯桃之事替六哥一死。

杨六郎：呀，贤弟住口，此事断断行不得，快些收此念头。

任堂惠：六哥执意不允，兄死弟也不能独生，我先死哥哥面前，以尽弟兄之情，试试也罢。

杨六郎：（六郎拉）贤弟不可不可。

任堂惠：六哥不应，断断不生。

杨六郎：贤弟，我应下也就是了。

任堂惠：六哥既应下了，快快逃走。

杨六郎：咳，贤弟决意要行此事，请上受为兄一拜。

任堂惠：大丈夫做事不拘小节。兄长，这是宝剑一口，以备防身，作为小弟纪念。兄长你就假充小弟云南口音，你学熟了，瞒住人的耳目。差官去后，你假充小弟之名，何时进京，何时远走他乡，据势而定，不可留恋外乡。

杨六郎：咳，罢了哇，罢了，我杨景就此抛你去了哇。（哭，下）

任堂惠：你看六哥去了，不免回家，等明日假充六哥到府替死便了。

（柴郡主出）

柴郡主：（诗）独对孤灯愁无限，思想郡马痛伤怀。

（白）贵家柴郡主，郡马执意要去赴死，苦劝不听，叫人无计可施。方才与任叔叔前庭饮酒去了，大料必然劝他回心转意。天有三更，不见回房，令人放心不下。

（假六郎上，坐，不语）

柴郡主：郡马回来了，为何不语？任叔叔哪里去了？你可有回心没有？（咳）郡马呀，大丈夫做事不可过于固执，听我一言相劝哪。

（唱）大丈夫做事不可拘小节，尽忠不在死与活。
　　　虽然说君叫臣死当从命，也应当看他做得合不合。
　　　现下朝中出奸党，天子年幼少智谋。
　　　信宠奸党忠被害，明明要图谋大宋锦山河。
　　　郡马世代忠良将，如同擎天柱一棵。
　　　事分轻重有大小，不能轻生把命豁。
　　　你死后万一北国兴人马，何人能以敌番贼？
　　　一来与国除大害，第二是黎民百姓少受折磨。
　　　死了不但没益处，死后大罪身上搁。
　　　再者说家中老母亲年高迈，你当尽孝伺候着。
　　　咱杨家老的老来小的小，剩群寡妇做什么？
　　　你一死孝也不全忠未尽，做出事来太无谋。
　　　（咳）你怎哼咳不言语，事到如今是怎着？
　　　郡马呀快把主意拿定准，（四更）听听打了四更锣，
　　　天色不早快逃走，天要明亮走不脱。

任堂惠：（白）走什么，我上王府受刑去也。（要走）
柴郡主：郡马回来，郡马回来。
　　　（唱）上前一把忙拉住，大放悲声泪如梭。
任堂惠：（白）快些松手。（推倒柴，任下）
柴郡主：（唱）跑将起来高声叫。
　　　（白）宗保、宗勉快来。
　　　（宗保、宗勉上）
杨宗保、杨宗勉：母亲为何大声呼叫？
柴郡主：咳，儿啦，你父方才回来一言不发，为娘苦劝半天，他带怒王府领死去了，是我上前拉住，他将为娘推倒在地，叫之不应，这可如何是好？
杨宗保、杨宗勉：母亲，事已至此，不如咱母子赶到王府，见我舅父，保留我父不死。
柴郡主：有理，事不宜迟，看轿伺候。
　　　（六郎对上，假任白）
杨六郎：嫂嫂，我六哥哪里去了？

柴郡主：任叔叔，昨夜由外边回来，坐在床上，一言不发，我再三解劝，叫他逃走，他不但不听，反把我推倒。

杨六郎：哦。

柴郡主：带怒投堂领罪去了。

杨六郎：呀，竟有此事，嫂嫂与侄儿咱一起赶到法场，倘若云南王无法解救，咱好收殓六哥的尸首。

柴郡主：罢了罢了，苦哇。

（柴王出）

柴　王：（诗）思念郡马心太愚，再三放他总不宜。

（白）孤，云南王柴宗训，可叹郡马执意不肯逃走，定要赴死，孤劝之不听，无奈定一缓兵之计，叫监斩官扎幡祭奠，延长时刻，好放郡马逃走，已将郡马放回诸葛祠，郡主妹妹劝说，大料必然逃走去了。杨景一走，看那差官把孤王怎样？

（强上）

王　强：启禀千岁，诸事齐备，快把犯官杨景提来正法，下官好回朝交旨。

柴　王：孤已命中军去提，不久提到。

（假杨六郎急上）

任堂惠：千岁千岁千千岁，罪臣前来领死。

王　强：呀，杨景你手提宝剑，莫非说要杀钦差不成？

任堂惠：罪臣不敢，我杨家世代忠良，焉能做出此事？君叫臣死，不死不为忠良，父叫子亡，不亡那是不孝。我情愿死，但我杨景身为国家大臣，焉能到法场受刑？待我自刎而死，以报皇恩。（自刎死）

柴　王：呀，郡马妹夫杨景六郎，你死得刚烈，可，可不痛死人也。（倒）

中　军：千岁醒来，千岁醒来。

王　强：你看杨景已死，趁着柴王爷昏倒，待我取下人头，回朝交旨。（取血头介）校尉，急急带马回朝。

中　军：千岁醒来。

柴　王：哎呀，罢了我妹夫哪。

（郡主、保、勉、真杨六郎上）

柴郡主：郡马夫主，郡马夫主，可不痛死我也。（倒）

杨宗保、杨宗勉：母亲醒来，母亲醒来。

柴　王：妹妹醒来，咳呀。

柴郡主：痛急发昏倒在地，不知不觉无了魂。

　　　　　半晌缓过一口气，二目之中泪纷纷。

　　　　　哭声夫主死得苦，叫声郡马太狠心。

　　　　　再三再四不听劝，决意一死报主君。

　　　　　你今一死只顾你，抛我母子靠何人？

　　　　　可怜你为国一场身先死，临死落个无头魂。

　　　　　早知要是有今日，也不发配来充军。

　　　　　莫非说生有处来死有地，来到云南丧了身。

　　　　　老母在家不知晓，要听说也得哭得发了昏。

杨宗保、杨宗勉：罢了，我那死去的爹爹呀！

柴郡主：又听我儿叫声父，如同钢刀刺我心。

　　　　　儿啦，十几岁的孩子没了父，怎不叫人痛伤心？

　　　　　越哭越痛无完了。夫主哇。

柴　王：妹妹别哭了。

杨宗保、杨宗勉：你怎当起我舅舅，到底把我父亲杀了？罢了，我那死去的爹爹呀。

柴　王：不怪两个孩子埋怨于我，孤真是枉为人了。孤要扯了圣旨，杀了王强，焉有此事？恨死我也，悔死我也。我自枉一个云南王，连一个郡马都救不了，愧死孤也。（倒）

中　军：千岁醒来，千岁醒来。

柴郡主：王哥哥醒来。

杨宗保、杨宗勉：舅父醒来。

柴郡主：儿啦，此事也不怨你舅父，你舅父再三劝你父逃走，他执意不肯，又是自刎而死，叫他有什么办法呢？快唤你舅父醒来。

杨宗保、杨宗勉：是，舅父醒来，舅父醒来。

柴　王：咳呀。气死我也。（站起）中军。

中　军：有。

柴　王：拿令箭一支，点五百削刀手，各骑快马，追赶王强，赶到哪里杀到哪里，抢回人头交令！（得令）妹妹，人死不能复生，不可过于悲痛，暂将郡马尸体装殓起来，举家搬入王府。

柴郡主：哼，哥呀。

（唱）小妹意欲随郡马死，儿们成了业障人。

恼恨昏君真无道，不该斩杀忠良臣。

昏君那，万里江山不愿坐，你怎眼瞎心也昏？

保国忠良你不顾，偏要信宠老奸臣。

你今不是杀郡马，件件斩的锦乾坤。

萧后要是再造反，看有何人敌番军？

郡主越哭心越痛，

杨宗保、杨宗勉：（唱）宗保宗勉泪淋淋。

爹爹已死不顾我，怎不怜儿们未成人？

从今后何人再教枪与马？再不能教我们排兵把阵临。

从今后无父之子谁照顾？爹爹呀，怎不叫儿痛伤心？

哭罢多时呼舅父，

（白）舅父，可怜我父屈死。你老真不如八千岁，我那位舅父为我父子事，上殿打过皇上，杀死四十八条人命才问个充军之罪。你还是我亲舅父，我爹爹又在你的府上，就是王强用一张圣旨，将首级拿回汴梁。

柴郡主：求哥哥写一公文，好奏明天子。

柴　王：妹妹执意回家，为兄也不能强拦，但路途遥远，必得用人保护。

杨六郎：千岁放心，小人情愿保护嫂嫂回京，管保无事。

柴郡主：哥哥，此人是替死换生的朋友，与郡马长得相貌一样。小妹因难辨真假，做袍绣字为记，郡马的金枪宝马也都与他了。任叔叔武艺高强，一路保护，料也无事。

柴　王：好，既然如此，孤也放心，明日派四十名勇壮军校，护送妹妹。

柴郡主：多谢哥哥。

柴　王：人来。

卒：　　有。

柴　王：将郡马尸体用檀香木棺椁盛殓起来。

卒：　　哈。（抬下）

柴　王：妹妹与甥儿随我后堂饮宴，任壮士前庭饮酒，黄中军奉陪。

柴郡主：（诗）骨肉相逢遂心喜，夫主一死甚是悲。

（强急上）

王　强：（诗）忙忙如丧家之犬，急急如漏网之鱼。

（白）老夫王强幸喜斩了杨景，大功成就，不敢由大路而行，怕是有人追赶，暗从小道回京，走了多日，面前离京不远。军校们，快些进城。

（完）

第二十三本

【剧情梗概】王强带着假杨六郎的首级回京复命,八王得知此事,伤心欲绝。六郎来到替自己一死的任堂惠家中,向任夫人说明真相。任夫人深明大义,并未怪罪。寇准因首级顶上无三根红发,怀疑杨六郎未死,前去禀明八王。六郎护送柴氏与二子回府,途中将真相告知夫人。到了天波府时,王强前来试探,柴氏命二子将其痛打一顿。寇准上杨府对佘太君讲明真相,让佘太君试探真假。太君在证实任堂惠就是六郎后,使用苦肉计将他赶出杨府,要他远离京城,隐姓埋名。天子不听劝阻,降香五台山,辽国驸马韩昌知其情,率大兵围困。天子派呼延赞冲出重围,去搬救兵。

(摆朝,众臣站,天子出)

天　子:(诗)一统华夷太平春,五色云车驾六龙。

(白)朕,大宋天子,三帝真宗在位,已命王强去云南,去取杨景首级,多日未回,好叫寡人放心不下。今设早朝,内臣传朕口旨,哪家有本早奏,无事散朝。

内　臣:领旨,阶下文武听着,圣上口旨传下,哪家有本早奏,无事散朝。

黄门官:慢散朝纲。

天　子:何人有本?

黄门官:黄门官有本。

天　子:随旨上殿。

黄门官:万岁。(上)万岁万岁万万岁,今有王兵部由云南回来,午门候旨。

天　子:宣上殿来。

黄门官:领旨。

(内白)圣上有旨,王兵部上殿。

王　强:万岁。(上)万岁万岁万万岁,臣来交旨。

天　子:王爱卿,可将逆臣杨景首级取到。

王　强:已取到,请我主验看。

天　子:呈上来。

王　　强：（献上）万岁。

天　　子：好哇，爱卿功劳不小，候朕加封。

王　　强：万岁。（下，站）

天　　子：众卿听着，今有杨景私勾三关众将谋反，朕命兵部王强奉旨密下云南，
将逆臣正法，取来首级。

（袍、普上，叩）

王袍、赵普：万岁，此事做得臣等不明。杨元帅在世忠良，保主江山，征南战北，
功高如山。既然有罪，正法也该通知六部大臣，私自将郡马斩首，
于礼不合，臣等不服。

天　　子：众卿不知，杨景私与三关众将去信，叫他们烧了粮草，反上太行山为王，
又给朕来信，硬叫赦回杨景。此事大逆，要不除治斩来，大祸不小。

王袍、赵普：万岁，杨元帅私通三关众将，有何凭据？

天　　子：太行山寇书信为证。

王袍、赵普：哎呀，万岁，糊涂之甚，凭一纸书信，就杀了国家大臣。没有杨元
帅，北国倘若兴兵，何人拦挡？

天　　子：你等一派胡说，像这样佞臣，朝中有他不多，无他不少，要不正法，焉
能立国？你看已将他人头割下，我看北国反与不反？（扔头下）

（众臣叩首）

寇　　准：哎呀，杨郡马，你死得好不明白，好生可怜哪！

（唱）一见人头落在地，又惊又气又心酸。

　　　　可叹你半世英明赴流水，死得不明屈又冤。

　　　　为你费尽机关巧，我为你假设阴曹审权奸。

　　　　我为你出谋划策哄国母，才杀仁美报大冤。

　　　　我为你明奠七期暗查访，好容易出头为帅平北番。

　　　　保你是为保疆土，有你北国不犯边。

　　　　不想云南丧了命，尸首两处分北南。

　　　　生前威名今何在？不该受刑被刀餐。

　　　　从今没有太平日，不用再做自在官。

　　　　寇准哭得如酒醉，

王袍、赵普：（唱）王袍赵普叫苍天。

王强、王勤：（唱）王强王勤心中乐，

天　子：（唱）真宗座上不语言。

八　王：（内白）昏君哪昏君，

（唱）手执金锏上金殿。

（白）郡马，六郎，妹夫，可不痛死我也。（倒）

众　臣：千岁醒来，千岁醒来，千岁醒来。

八　王：哎呀。

（唱）痛触伤心身栽倒，忽忽悠悠眼睁开。

看见郡马人头在，抱住不放痛悲哀。

哭了一声杨郡马，叫声妹夫泪下来。

可叹你为江山南征北战，可叹你终年在外不回家宅。

可怜你父子只剩你一个，身为元帅忠义怀。

有你在，北国永不敢犯境；有你在，四面八方进贡来。

太平天下多亏你，我故此三番两次把你抬。

传御状告仁美孤也作主，孤为你立逼婶母赴阴台。

为你打死冯御史，孤为你常与天子把脸掰。

死了状元不叫你偿命，办个充军罪轻快。

孤只想发配云南有好处，那里天子本姓柴。

你本是他亲妹夫，也能保你免祸灾。

孤只想等有机会保举你，官复原职调回京来。

不料想凭空起了萧墙祸，昏君密旨人难猜。

私命王强斩了你，可恨柴王太不该。

怎么叫他把你斩首？真乃无用一蠢材。

郡马呀，你今一死不要紧，只怕是宋室江山也要衰。

恼恨昏君太无道，又恨奸臣你是歪。

越哭越痛喉咙哑，猛然之间把头抬。

看见王强贼老狗，哎呀，一股怒气冲上来。

手举金锏往下打，奸贼看打，（王强下）哼，奸贼逃走真吊歪。

回身又骂小昏主，昏君哪问你良心何处揣？

保的忠良都杀净，何人保你坐金台？

看起来皇帝你真不愿做，叫你早早去投胎。

一脚踢翻龙书案，照着天子用铜拍。看打。

天　子：（唱）不好，真宗天子往后跑，

八　王：（唱）气得二目发乜呆。

又痛郡马又恨天子，气火交加大病来。

头迷眼黑站不稳，咕咚一声地下摔。（倒）

众　臣：（唱）众臣扶起急忙唤，

（白）千岁醒来，千岁醒来。

八　王：哎呀，罢了我了。

众　臣：千岁觉着怎样？

八　王：哼，一阵头迷眼黑，四肢无力，你们将杨郡马的首级送到天波府去，好心劝解老太君与众女将，不要生出意外。倘若太君一恼，众寡妇翻脸，咱君臣难保。先把孤王搀回府去，等我将养几天，再找天子与王强算账。

众　臣：是。

（王氏出）

王书贤：（唱）夫主去会杨郡马，一夜未回心不安。

（白）我王书贤，夫主任堂惠，为人豪爽，家业富足，骡马成群，以商为业，我夫妻甚是和美。因那年在东京遭了官司，多亏天波府杨郡马搭救，他二人结下生死之交。回家每日思想，欲报大恩，幸而杨郡马发配到此，正是我夫妻报恩之日。与杨郡马买了诸葛祠居住，日供柴米，料尽救命之恩。忽然京中来人，要取杨郡马的人头，愁得我夫妻无法解救，夫主上那里探听去了。一夜不见回来，叫人放心不下。

（丫鬟上）

丫　鬟：启禀奶奶，杨郡马有事要亲身见奶奶讲话。

王书贤：呀，恩人到来，待奴迎接。（下楼，上）哦，你不是夫主吗？

杨六郎：贤弟妹，不要错认了人，我是杨景。

王书贤：不对不对，夫主不要取笑，占我便宜，因为你与六哥一样相貌，六嫂与你哥俩做的袍子明明是惠字，你还哄我何来？

杨六郎：哎呀，贤弟妹不知，因为京中来了差官取我之头，我决意定要去领死，怎奈我那任贤弟诓我到望海楼上观景，以散心为名，他说要与我换上袍子，我不知是计，我与他换了衣袍，他才说出要替我一死，为兄再三不允，他手执宝剑，就要自刎，我万般无奈，应允于他。如今他已投堂领罪，自刎而死，首级拿回京中去了。

王书贤：呀，此话可是当真？
杨六郎：千真万真，哪有撒谎之理？
王书贤：可不痛死我了。（倒了）
丫　鬟：奶奶苏醒，奶奶苏醒。
王书贤：哎呀。

（唱）半晌缓过一口气，二目微睁胸内憋。
　　　如坐舟车一般样，痴瞪多时泪下抛。
　　　哭声夫主倾了我，不想你今日一命绝。
　　　怎不告诉为妻我？连句话儿也没说。
　　　夫主哇，自从奴家把门过，如鱼得水俩和谐。
　　　夫妻并未红过脸，相亲相爱倒体贴。
　　　知疼知热多亲近，忽然之间把我抛。
　　　今后有话对谁讲？剩我如同孤雁栖。
　　　纵有家财有何用？又没有一男半女香烟接。
　　　哭罢多时止住泪，心中又把主意叠。
　　　我夫既然为朋友，难过我就不体贴。
　　　人已死了哭无益，停悲止泪软切切。
　　　六哥呀，你弟既然替你死，也算知恩无的曰。
　　　前都多亏六哥你，不然早就一命绝。
　　　此时理应舍身救，愿兄长远走他乡要坚决。
　　　我们无用兄挂念，夫主命尽奴家守节。

杨六郎：咳，

（唱）贤妹果然明大义，为兄日后再报德。
　　　现有宗保与宗勉，日后来与一个把香烟接。
　　　我明日奏知王爷他知道，假充名姓见王爷。
　　　送你六嫂回京去，我再四方访豪杰。
　　　等着国家用我处，定与天子把话曰。

　　　　功成名就奏圣主，定封贤妹夫人号。
　　　　与妹立碑传万世，不亏贤妹女豪杰。
　　　　话不多言我去也，

王书贤：（唱）叫声丫鬟听我曰。
　　　　（白）丫鬟，你是我心腹之人，今日之事不许对外人言讲，连府内之人也不许说明，有人要问就说你老爷上东京去了，尚有走漏风声，不但杨郡马有祸，白费了你老爷一片心血。

丫　鬟：是，奴婢知道了。

王书贤：棒打鸳鸯散，失散永不回，夫哇。
　　　（寇准出）

寇　准：（诗）怀国事忧愁无尽，叹忠良死得不明。
　　　　（白）本都寇准，昨日拿着杨景的人头回府来，一边走着一边思想，我记得杨郡马顶心有三根红发，因人头有血，难以辨明，将八王送回王府，是我在自己衙内用水洗净，看得明白，并没有那三根红发，令人犯疑。我想也许有人替了郡马一死，也未可定。但不知是何人呢？他怎么相貌与郡马分毫不差呢？真乃异事，我不免带着人头去南清宫，我见八王说明此事，叫他也欢喜欢喜。左右，看轿，一到南清宫。
　　　（八王出，病状）

八　王：（唱）恨昏君宠奸用佞，叹郡马被害倾生。
　　　　（白）本御赵德芳，咳，自从金殿怒打王强，昏君逃回后宫，我正想追入宫院，一阵头迷，气火交加，昏倒在地。回府以后，太医调治，勉强地好了一些。咳，可怜保国的忠良死于非命，这大宋江山不能安稳了。
　　　（陈林上）

陈　林：启千岁，寇天官求见。

八　王：看坐，有请。

陈　林：是，有请寇天官。

寇　准：来了。（上）千岁贵体欠安，为臣问候参拜。

八　王：先生免礼，请坐。

寇　准：为臣告坐。

八　王：先生来见本御，有何事故？

寇　准：千岁，为臣特来与千岁贺喜。

八　王：咳，天官你是戏耍孤家来了，孤因郡马一死，愁重如山，哪来的喜呀？

寇　准：千岁，依臣看来，杨元帅未死。

八　王：哦，你待怎样讲？郡马未死，现在哪里？与我请来。

寇　准：为臣也不知道在哪里。

八　王：好个东西，竟敢戏耍孤家，该当何罪？陈林，看我的金锏伺候，叫你知道孤的厉害。

寇　准：是，为臣知道。

八　王：既然知道，为何这样大胆？

寇　准：千岁不要性急，为臣因有可疑之处，前来与千岁商议，千岁立不容缓，向我要郡马，我可哪里去找？

八　王：你有何可疑之处，快些讲来。

寇　准：臣早知杨郡马顶心有三根红发，昨日在金殿未加详细，故此犯疑，来见千岁。

八　王：哦，如此说来，死的可是何人？他怎与郡马一样？即使相貌相同，也不替人家一死呀。

寇　准：依臣拙见，必是云南王帐下之人，怀忠义愿替郡马一死，也许有的。不然或者牢囚之人犯了死罪，与郡马相貌相仿，云南王把他替了郡马，也未可知。

八　王：先生暂将人头送入杨府，交与太君，再候消息。

寇　准：是。

八　王：(诗) 浑浊不分连共礼，水清自现两般鱼。

寇　准：千岁请。

（杨大郎出）

杨六郎：(诗) 恨只恨时衰运败，喜只喜性命得活。

（白）杨景，自从离了云南走了多日，柴氏在路上哭哭啼啼，昨日晚上我秘密地对她说了实话，她偏不信，我摘下帽子叫她看了看三根红发，她才放心。咳，就是没有赦旨，不敢漏出真名，依然假充任堂惠。柴氏还是叔嫂相称，单等把她母子送到家乡，我再回转云南，贩卖几百头耕牛赶到北方。倘遇到机会，立功赎罪。方才打过早尖，只得赶路。（下，

　　　　内）有请郡主上车。
柴郡主：晓得了。宗保、宗勉。
杨宗保、杨宗勉：有。
柴郡主：搀娘来。
杨宗保、杨宗勉：是。
柴郡主：（唱）柴氏皇姑把车上，不由自己犯颠夺。
　　　　　　暗夸郡马瞒得好，连我也不知打得几更锣。
　　　　　　自己妻子能瞒过，何况王强该怎么？
　　　　　　但等一到天波府，满斗香烟谢神佛。
　　　　　　咳，可惜任叔叔死得苦，舍身救友头一个。
　　　　　　这样义气天下少，最可敬王氏弟妹更贤德。
　　　　　　并不抱怨知仁义，可怜她哭了一个半死不活。
　　　　　　临别时说了不少知心话，可怜她孤身女靠哪一个？
　　　　　　郡马要有出头日，粉身碎骨报恩德。
　　　　　　郡主车上自赞叹，
杨六郎：（唱）杨景催动马奔驰。
　　　　　　云南表文早奏主，替死人头天子见过。
　　　　　　他怎知我今埋名在世上？大料着八王他也不明白。
　　　　　　只会把人都瞒过，见着母亲也不说。
　　　　　　万一风声要走露，大罪难免身上搁。
　　　　　　怎对起我那死去任贤弟，我定要轰轰烈烈才使得。
　　　　　　晓行夜宿非一日，今离京城路不多。
　　　　　　吩咐一声把城进，

　　（众人上）

众　人：（唱）街上人等怔愣愣。
　　　　　　方才过去这匹马，后跟的本是皇姑车。
　　　　　　骑马的正是杨郡马，几十名护卫紧跟着。
　　　　　　听说他死云南地，难道说人死了还能活。
　　　　　　明明他是杨郡马，

　　（白）呀，方才去的明明是杨郡马，奔杨府去了，不免急急报知兵部尚书王强便了。

（佘太君出，坐）

佘太君：（诗）思儿不断千行泪，想媳时常闷在心。

（白）老身佘太君，自从那日天官送来人头，老身哭了个死去活来，终日想念，茶饭懒食，就要离别人世了。

（洪上）

杨　洪：启禀太太，天大之喜事。

佘太君：咳，何喜事？

杨　洪：我六爷同郡主、二位少爷从云南回来，眼看到府门了。

佘太君：胡说，郡主与公子回来倒是有的，你六爷已经被斩人头，早已看过，焉有复生之理？

杨　洪：太太不信，去看看便知真假。

佘太君：如此，排风。

杨排风：有。

佘太君：后堂报知你奶奶小姐们，随老身去看看。

杨排风：晓得。

佘太君：待我出府一观，便知详细。

（唱）欠身迈步往外走，

众女将：（唱）后堂惊动女娇娃。

秀英金娥心中喜，八姐九妹乐无涯。

一家老少齐来到，府外观看用目瞧。

个个看着都发怔，不知真假暗惊讶。

杨六郎：（唱）杨景早已下了马，

柴郡主：（唱）皇姑下车手把宗保宗勉拉。

杨六郎：（唱）六郎才要入府去，

王　强：（白）慢着，

（唱）王强上前用手拉。

抱拳当面说恭喜，郡马一路多劳乏。

下官那日云南去，奉旨去把郡马杀。

不想有人把你替，郡马命大没染黄沙。

　　　　　　看来还是国家幸，不怕北国反叛他。
　　　　　　天子知道必赦罪，职上加职把官加。
杨六郎：（唱）听罢不由心犯火，咯吱咯吱暗咬牙。
　　　　　　我今将他活打死，只当云南身被杀。
　　　　　　才要动手又犯想，自己复又把气压。
　　　　　　自己妻子都哄过，何况老贼王强他？
　　　　　　思想一会主意定，哧溜哇啦把话发。
王　强：（唱）王强一见哈哈笑，郡马不必瞒哄咱。
　　　　　　你虽然言语不对人未改，闹些这个为什么？
众：　　（唱）众人个个暗惊怕，
柴郡主：（唱）柴皇姑大怒把话发。
　　　　（白）王强。
王　强：有。
柴郡主：你可认准他是郡马吗？
王　强：郡主，他的言语改了，容貌未改，为何不认得呢？
柴郡主：哇，（王跪）奸贼呀奸贼，你真该万死，你在云南亲手杀了郡马，人头带回京来，他本云南任堂惠，与郡马结拜，又有云南表章印押，你问问跟来的军校，他是任堂惠不是？
卒：　　王大人，你认错了人，他是任堂惠，与郡马相貌一样。
柴郡主：王强。
王　强：有。
柴郡主：我把你这个老奸贼，什么是认郡马？明明是羞臊与我，真该万死。
　　　　（唱）双眉立，怒声嗔。
　　　　　　奸贼可恶，太也欺心。
　　　　　　郡马在云南，一命归了阴。
　　　　　　人头你带回京，表文早奏主君。
　　　　　　事事都由你亲见，现有云南护送人。
　　　　　　任堂惠，义气深。
　　　　　　前来送我，转回家门。
　　　　　　你敢来冒认，胆大包了身。

　　　　　　　无故前来多事，你好去奏当今。

　　　　　　　什么是来认郡马，明明是与我儿子找父亲。

　　　　　　　咬恨牙，气狠狠，宗保宗勉，

杨宗保、杨宗勉：有。

柴郡主：（唱）你们听娘云。将这老贼狗，按倒打断筋。

　　　　　　　把他活活打死，我去朝见圣君。

杨宗保、杨宗勉：（白）是。

　　　　　　　（唱）弟兄二人说遵命，上前抓住按下尘。

　　　　　　　　　照面打，把拳伸。

　　　　　　　　　劈头盖脸，鲜血淋淋。

王　强：（白）哎呀，郡主饶命罢，饶了我罢。

杨宗保、杨宗勉：（唱）下边用脚踢，使上力十分。

　　　　　　　　　一下连着一下，越打越有精神。

　　　　　　　　　蟒袍玉带全扯碎，纱帽打得碎粉粉。

王　强：（唱）哎呀，痛死我，泪淋淋。

　　　　　　　浑身上下，疼痛刺心。

　　　　　　　皇姑快饶命，可怜我为臣。

　　　　　　　叩头不住哀告，

柴郡主：（唱）叫他去罢回府门。

杨宗保、杨宗勉：（白）是。

柴郡主：滚出去。

王　强：是。

　　　　（唱）王强爬起心不死，隐在暗处看假真。

佘太君：（唱）太君这里忙吩咐，

　　　　（白）杨洪。

杨　洪：在。

佘太君：吩咐大厅摆下酒宴，款待云南护送军兵，将任堂惠让进书房好好款待，媳妇先随我一到上房问话。

柴郡主：是。

　　　　（寇准出）

寇　准：（诗）见有疑心事，令人犯思寻。

（白）本部寇准，方才家将回报，说有柴皇姑扶灵到在府门以外，众人回禀，眼看说是有任蛮子，长得与郡马一样，王强上前相认，被柴郡主二子痛打一顿，此事令人可疑。依我看来，这个任蛮子，定是郡马了。我不免以参太君为由，访访是郡马不是，左右。

卒：　是。

寇　准：带马一到天波府去看望太君。

卒：　是。

（太君出）

佘太君：（诗）见堂惠想起杨景，叫老身如剑刺身。

（白）老身佘太君，今天柴氏媳妇与孙儿回来，带来一人，与我儿六郎一样，更叫老身伤感。回到上房问过柴氏，也说他是任堂惠，世上同样人是有的，生得倒也奇怪。

（洪上）

杨　洪：启禀太太，寇天官求见。

佘太君：哦，天色已晚，他来有何事故？有请寇天官。

寇　准：来了。（上）老太君在上，下官拜见。

佘太君：大人请坐讲话。

寇　准：告坐。

佘太君：不知大人到在我府有何事故？

寇　准：下官特来与太君贺喜。

佘太君：咳，我儿杨景一死，今日尸身回家，老身哭个不了，哪来的喜呢？

寇　准：太君不知，王强杀的不是郡马。

佘太君：哦，你待怎讲。杀的不是真六郎，却是哪个？

寇　准：我也不知道他是哪个。

佘太君：你怎见得不是我儿六郎。

寇　准：下官拿着人头回府，用水洗净，看那人头顶上并没有那三根红发。

佘太君：哦，你怎知我儿头顶心有三根红发呢？

寇　准：因当初在三法司审他之时，我就看过了。

佘太君：哦，大人倒也留心。既知无有此发，送人头时为何不对我说明？

寇　　准：太君差矣，郡马本犯罪之人，好容易有人替死，我怎敢泄露？今听我府家将报道说，有一位蛮子前来护送郡主，王强又到面前相认，不用说这个任蛮子定是郡马了。太君何不叫进任蛮子？摘帽一认便知真假。如果真是郡马，急急叫他远走高飞，埋名隐姓，等有机会再出头露面，与国效力。若不然，大祸不远矣。

佘太君：先生说得有理，待老身看来。

寇　　准：下官告退回府。

佘太君：请。杨洪。

杨　　洪：在。

佘太君：将任蛮子领到我的内房，有话问他。

杨　　洪：是。（领六郎上）

杨六郎：太太在上，小侄叩头。

佘太君：起来。

杨六郎：是。

佘太君：杨洪。

杨　　洪：是。

佘太君：把住上房门，不许别人入内。

杨　　洪：是。

佘太君：任贤侄，老身叫你不为别事，因你与我儿结拜一回，今又亏你送回我的儿妇，老身感恩不尽。我杨府有这样一个规矩，凡与我儿结拜之人，来到我府，老身必得与他亲身梳发，略表老身认亲之意。来来来，打开头发，老身与你梳洗。

杨六郎：太太不必多劳，我自家来，头发早就梳好了。

佘太君：咳，这些日子，焉有不乱之理。

杨六郎：是是是。

　　　　（唱）口中答应心犯想，莫非母亲他知情？
　　　　　　　不然为何要梳发？不敢违抗只得应。
　　　　　　　伸手摘下沿毡帽，现出头发把太太呈。
　　　　　　　就请太太动贵手，

佘太君：（唱）太君木梳拿手中。

无心梳头顶心看，拿过灯光看分明。

呀，果然顶心红发在，整整三根无有零。

心中大怒骂逆子，伸手就是一巴掌。（打六郎）

逆子竟敢哄骗母，蒙君作弊罪不轻。

杨六郎：（白）咳，娘呀，

（唱）母亲不必将儿恨，（跪）孩儿还有事禀明。

佘太君：（白）快些实说。

杨六郎：（唱）自从发配云南地，多亏结拜一盟朋。

与儿买下一豪院，柴米银子日日供。

又得王爷柴宗训，他本是我大妻兄。

认下亲戚无他事，住了也有半年零。

不想圣旨又来到，取儿首级不容情。

说儿私通太行山寇，有心谋反罪难容。

柴王再三叫我走，孩儿我宁可一死不逃生。

任贤弟一定要替我一死，他的人头带进京。

因我与他同相貌，掩人耳目难辨清。

送他母子回府后，打算不对母亲明。

恐怕风声泄露了，天子知道了不成。

儿欲想远走他乡埋名姓，后等机会再立功。

不想母亲看破了，快与孩儿想调停。

佘太君：咳，

（唱）太君带泪把儿叫，

（白）咳，儿啦，为娘只当你真死了，不想此义士救你之命，真是难得。儿啦，京中你也住不得了，倘若天子知晓你顶心有红发三根，万一验看，其祸不小。为娘就去升帐，用个苦肉之计，责打你一顿，撵出府，远走他乡，隐姓埋名。你且回在书房去罢。

杨六郎：是。

佘太君：杨洪，击鼓升帐。

（升帐，众女站）

众：　　天已黄昏，不知击鼓何事，你看太太升帐来也。

（君上）

佘太君：（诗）定下苦肉计，要哄老奸臣。

（白）老身佘太君。杨洪。

杨　洪： 在。

佘太君： 急到书房，把任蛮子唤来。

杨　洪： 是。

（假任上，跪）

杨六郎： 太君在上，任堂惠叩头。

佘太君： 好个大胆的任堂惠，你与我儿结拜，我儿一死，你不该心怀不良，要占据柴氏媳妇，幸亏她是贞节烈女，方才对我言明，说你心还未死，跟进京来，你，你真该万死。

（唱）用手一指声断喝，大骂蛮子了不成。

我儿与你结一拜，他死你就变心胸。

调戏媳妇柴郡主，哪知她誓死不从。

至今你还心不死，假意送她来献功。

按律就该把你斩，老身不忍把你倾。

吩咐拉下与我打，四十大板莫留情。

家　将：（唱）家将答应齐动手，急忙按倒地流平。

两个按着一个打，一个旁边数得清。

喊叫吆喝四十到，

佘太君：（唱）吩咐一声快住刑。

给他二十两白银马一匹，立刻赶出不留情。

带怒退殿回后面，

家　将：（唱）阖府人等俱吃惊。

不敢多言不敢问，

（六郎拉马上）

杨六郎：（唱）杨景拉马出府中。

哎呀，两腿受伤难骑马，暗叫母亲不留情。

虽然定的苦肉计，打得两腿冒血红。

勉强上马城门奔，

（王强上）

王　强：（唱）王强暗中看分明。
　　　　　　　果然他是任蛮子，
　　　　（白）老夫王强在暗处偷听，果然不是杨景，太君把他打了四十大板，说是调戏郡主，撵出府去，看起来我这顿打挨得不屈。家将们，搀我回府。

（二卒上）

卒：　奉了家主命，夜晚来巡城。

卒　甲：你我乃是枢密院王勤的军卒，奉命巡城，查云南军卒，如有上街闲游，立刻绑上，带进府去，通通有赏。你知道因何专拿云南军兵吗？

卒　乙：我只知道因兵部王强去上云南，挨了云南的羞辱，报这个仇咧。

卒　甲：那么王兵部报仇，咱老爷呢？

卒　乙：咱们老爷与王兵部是一个人似的嘛。

卒　甲：哦，对呀，你说的我也明白咧。

卒　乙：呀，那边来了一人，唉声不止，你我上前看来。

卒　甲：有理。

（对上，六郎掉下马来）

杨六郎：罢了我了。

卒：　咳，你是何人掉下马来？

杨六郎：我是云南任堂惠，被杨府佘太君打了四十大板撵出府来，要回云南。

卒：　得了，不管你是谁，我们奉命拿云南人，把你绑上见我家老爷去，咳，走吧。

（王勤出）

王　勤：（诗）朋党为奸哄天子，明保宋主暗通番。
　　　　（白）本院王勤，命家将捉拿云南之人，与仁兄报仇。

（卒上）

卒：　禀爷，我们拿住云南蛮子一个，长得与郡马一样，乞令定夺。

王　勤：带上来。

卒：　是。

（带上六郎）

王　勤：呀，果然与杨景一样，也不管他是哪个，左右。

卒： 是。

王　勤： 将他吊在马棚，皮鞭沾水着实打来。

卒： （拉下打，又报）禀大人，有南清宫陈林手执金锏与寇天官，闯进府来，我们拦挡不住。

王　勤： 呀，他做什么来了，带我迎接。

（陈、寇上）

王　勤： 二位大人，深夜进衙，有何事故呢？

寇　准： 听家人报说，你拿住任堂惠，不知现在何处？

王　勤： 并无此事。

寇　准： 住口，此事八王早就知道，命我二人找你。

陈　林： 你还哄哪个？看我金锏打你。

王　勤： 咳呀，陈公公，不要动怒。我府家将巡夜，拿来一人，他说是任堂惠，下官还未审问，天官与公公就来了。既为此来的，这有何难？家将快将任蛮子放出府去，交回马匹行李，送他出府。

寇　准： 王勤。

王　勤： 有哇。

寇　准： 你是枢密院，不该私差家丁巡夜拿人，犯了国法，来来来，咱俩到南清宫见八王千岁去吧。

王　勤： 咳呀，寇大人，不可，下官一时之错，望求大人与陈公公见了大人多加美言吧。

陈　林： 寇先生，他既苦苦哀求，倒也罢了，何必伤了和气？

寇　准： 看在公公面上便宜他了，就此回府。

（送下，又上）

王　勤： 哎呀，好险哪，坏事没做成，险乎惹灾星。

（王强出）

王　强： （唱）几回未遂心头愿，这次大功已告成。

（白）老夫王强，杨景一死，除了我心中一大病。昨夜偶思一计，天子要去五台山了愿，群臣拦挡，并未决定，今日早朝定劝天子前往，我再修书一封，命心腹家将下到番国，好叫萧太后发兵，围困五台山，捉拿宋天子，好平分天下。待我写来。（写介）人来，将这封书信下到北国，小心莫误。左右，带马上朝。

（摆朝，八王、寇站，天子出）

天　子：（诗）一统华夷太平春，五色云霞绕龙门。

（白）朕，大宋天子三帝真宗在位。自老主归位，我朕登殿，北国并不犯边，八方宁静，四海升平，刀枪入库，马放南山，太平乐业。朕未登殿以前，许下心愿，去五台山降香。如今国家无事，正好前往与卿商议，朕今意已决。众卿听着，寡人早有心愿，去五台山降香，众卿，哪个保朕前去？

寇　准：万岁，为臣有本奏主。

天　子：寇爱卿，有本奏来。

寇　准：万岁。

（唱）连连叩头呼万岁，我主听臣奏圣明。
　　　万乘之尊不临险，何必又上五台峰？
　　　当日老主把香降，闹得北国动刀兵。
　　　死了杨家父与子，高王弟兄丧残生。
　　　现如今三关去了杨郡马，边关众将反朝廷。
　　　北国必然知此信，韩昌不能不进兵。
　　　万一有个不测事，何人能保吉和凶？

天　子：（白）文有王袍与王强，武有郑印和君保，何愁没有保驾之人？

寇　准：（唱）这些本是护国将，京中岂不要内空？

天　子：（白）八王与爱卿在朝，朕无忧也。

寇　准：（白）万岁，

（唱）依臣谏言不去好，要去只怕主多凶。
　　　事要三思为上策，事到临头悔恨迟。

王　强：（唱）王强上殿说住口，

（白）寇天官，万岁降香，乃是好事，你为何说出不利之言？大大的无礼。

寇　准：王强，我劝圣上乃是为国，为何说抗违圣旨？

王　强：圣旨既出，你不遵旨而行，反说些不利之言，就是抗违圣旨。

寇　准：王强，你明明另有私心，那五台山离北国临近，倘要知道此事，带兵困

	住五台，到那时怎么得了？
王　强：	你是胡说，现在南北讲和，几年以来并未动兵。如今天下太平，正好降香，与民同乐，也是我主仁德，怎么不好？
寇　准：	我看你是一片私心。
王　强：	你信口胡说。
寇　准：	降香不祥。
王　强：	了愿乃是好事。
寇　准：	奸贼强词夺理。
王　强：	寇准，你诽谤圣聪。
天　子：	你二人不必咬口，都是为国，何必反目？旨意下：八王、寇准监管朝事，王袍、王强、王勤陪驾，高君保、郑印、呼延赞保驾，看黄道吉日起銮，不许再奏，退朝。
众：	万岁。
八　王：	万岁，臣想降香，虽说好事，如今杨郡马一死，边关众将反上太行山，五台山离北国不远，万一北国带兵困山，如何是好？我主决意要去，不能阻拦，莫如多发人马，以防不测。
天　子：	皇兄既然细心，带兵一万，御林军三千足矣。望兄与寇天官护国，执掌朝纲，等朕回朝，另加升赏。后日起驾，不许再奏，退下。
	（升番帐，八将站）
众　将：	（诗）生来似夜叉，红发衬獠牙。 　　　　面如蓝靛染，叫喊如天塌。
萧天佐：	（白）俺萧天佐。
萧天佑：	萧天佑。
耶律休弟：	耶律休弟。
耶律休哥：	耶律休哥。
土金秀：	土金秀。
韩匡思：	韩匡思。
冷中信：	冷中信。
金成护：	金成护。
合：	驸马都督升帐，小心伺候。

（韩昌出）

韩　　昌：（诗）脑后雉尾乱飘摇，身披铠甲放光毫。

威风凛凛敌人怕，杀气腾腾万丈高。

（白）本都驸马韩昌，在萧银宗驾下称臣，官拜都督之职。那年与杨景结为生死之交，有他为帅，永不犯界。昨有王强密书到来，言说杨景已死，真宗天子五台山降香，正对机会。因此调动人马二十万，去困五台山，捉拿宋天子，易如反掌。大小将官听着，人马杀奔五台山，不得有误。

（君保、郑印马上）

高君保：（诗）真豪杰纵横四海，大将军八面威风。

（白）平南王高君保。

郑　　印：汝南王郑印。奉旨带兵保驾降香，头前开路，众将官。

众将官：有。

郑　　印：人马小心而行。

（唱）吩咐军校排队伍，保护圣驾与公卿。

逢山开路不迟误，遇水搭桥哪敢停？

晓行夜宿非一日，远远望见五台峰。

远看彩云山头罩，近看树木密层层。

传令过山加仔细，搜山已毕无敌情。（搜山内）

就请圣驾把山上，

天　　子：（唱）传令一齐上山峰。

众：（唱）保驾众将齐围护，君臣到了山门中。

（和尚老方丈上）

玄　　空：（唱）玄空长老来接驾，请主一入禅堂中。

天　　子：（白）禅师引路。

玄　　空：是。

（过摆场，天子、众臣上）

天　　子：（唱）进了禅堂抬头看，呀，另有一种幽静情。

桌上放着经几卷，名人古画画得精。

纸糊天棚明又亮，方砖铺地斗字行。

八仙桌子紫竹椅，茶壶茶碗与叩盅。

　　　　一派香烟屋中绕，古玩瓷器样样精。
　　　　东墙上挂着三仙盘道，西墙上挂着唐僧取经。
　　　　横批写着四个字，阿弥陀佛写得精。
　　　　那边配着一幅对，上联下联写得清。
　　　　上联是万金白玉非为贵，下联是唯有出家福不轻。
　　（白）观罢一回落了座。
　　（玄空上）

玄　空：请主用茶。

天　子：老禅师请坐。

玄　空：万岁在上，贫僧焉敢落座？

天　子：坐下无妨，老禅师，此庙多少僧人？

玄　空：万岁，此山分为前山、后山，共有僧人一千多名，后山乾元长老执掌，前山归贫僧主持。

天　子：朕当今日降香，多有烦扰，阿弥陀佛。

玄　空：万岁，贫僧有一言，我主莫怪。

天　子：只管说来。

玄　空：此山虽香火旺地，怎奈离北国临近，又是四面受敌之地，万岁万乘之君。常言说得好，凤不离阁，龙不离潭，我主降香，不必贪看山景，早早回京才是。

王　强：你这和尚，信口胡说，有惊圣驾，罪该万死。

玄　空：哼，阿弥陀佛，你这官粗眉鼠眼，心胸定然不正。出家人乃是一片好心，你要治罪哪个？你不要发威，贫僧是好善道法之人，不与你一般见识，修身养性是我之根本。徒弟们，打扫佛堂，请驾拈香。（内炮响，太监急上）

太　监：启奏万岁，山下来了无数人马，说是北国韩昌将五台山围个水泄不通，声声要拿万岁，与杨元帅报仇。

天　子：呀，可有些不好了，朕悔不听寇天官之言，果有不祥，这却如何是好？

郑　印：万岁勿忧。现有京兵一万，御林军三千，把住山口，多备滚木礌石，我与高君保杀下山去，呼老千岁守山，我二人去也。

王　袍：万岁，咱君臣一到山头看来。

天　子：有理。

　　　　（摆山，天子山上，韩山下）

韩　昌：山上可是大宋天子小昏君？

王　袍：住口，大胆的韩昌，南北两国已讲和，几年来并未犯界，为何今又造反？

韩　昌：宋天子，我今兴兵并不为夺你江山，我为杨元帅死得屈情，给六哥报仇。你看我身穿素衣，腰系白带，与杨元帅挂孝。可恨你年幼无知，屈杀忠良，逼反三关众将。有我韩昌在世，你休想坐太平天下，除非杨景复生。今日若不拿你与杨元帅祭灵，誓不收兵。将士们，一齐攻山，捉拿宋天子，不得有误。

　　　　（放炮乱喊）

天　子：呀，吓死朕了。

王　袍：我主放心，众将官奋勇，会杀下山去。

众　　：得令。

王　袍：万岁，快回禅堂歇息。

天　子：哎呀，可不好，吓死朕也。

　　　　（上君保与天佐杀，郑印与天佑杀）（高、郑败下）

韩　昌：番兵们攻山。

　　　　（高、郑急上）

郑　印：咳呀，不好，番兵们以多为胜，难以抵挡。众将官乱箭齐发，多放滚木礌石，把住山口。

　　　　（摆场，天子上，臣站）

天　子：吓死人也。眼看番兵无数，攻打甚急。高、郑出马，大料难以取胜。

郑　印：我主万岁，番兵骁勇，我二人大败而回，乞令定夺。

天　子：哎呀。

　　　　（唱）闻听二将败了阵，头上热汗滴下来。

　　　　　　　朕悔不听天官劝，果然今日有祸灾。

　　　　　　　番兵四面无敌将，别人出马更是白。

　　　　　　　急得不住干搓手，连叫苍天泪盈腮。

　　　　　　　只怕我朕难逃命，众卿有何巧安排？

王　袍：（唱）王袍上前呼万岁，事到如今说不来。

　　　　　　　　　除非有人闯出去，进京搬兵取将才。
天　子：（白）呀，番兵四面围困，何人敢去呢？
王　袍：万岁，
　　　　（唱）老将延赞枪马勇，我主何不把他差？
天　子：（唱）呼老爱卿听朕旨，
　　　　（白）呼爱卿。
呼延赞：万岁。
天　子：王丞相保你进京求救，你可敢去呢？
呼延赞：为尽忠何言不敢？搬兵求救那是我常干的事。等今夜初更，闯营便了。
天　子：你看呼老将军去了。
　　　　（诗）只望降香是求福，不想大祸又临身。
呼延赞：（内白）众将官。
卒：　　有。
呼延赞：闪放山口。（上）呼延赞奉天子旨意，闯营求救。细想我一辈子性情刚烈，轰轰烈烈的事做过不少。我今年过七旬，天子被困五台山，命我搬兵。来到番营外，明人不做暗事。呀呔，番贼不要做梦，呼老祖宗闯营来了，快快让路。
　　　　（唱）大喊一声把营闯，舞动钢枪快如风。
番　兵：（唱）番兵番将正做梦，忽然惊醒发了蒙。
　　　　　　　也有拿盔当着甲，也有拿旗脚下蹬。
　　　　　　　乱七八糟忙一处，
韩　昌：（唱）韩昌站立辕门中。
　　　　　　　黑夜还有人劫寨，吩咐不可去出征。
　　　　　　　乱箭齐发射敌将，
番　兵：（唱）番兵答应放雕翎。（放箭，呼上，中箭）
呼延赞：（唱）说声不好中了箭，打马而跑出了营。
韩　昌：（唱）韩昌吩咐守营地，
呼延赞：（唱）呼延赞跑出打哼声。
　　　　　　　哎呀，身上中了几支箭，只觉浑身实在疼。
　　　　　　　幸而闯出番营内，打马忍痛奔东京。

走了一夜并一日，只累得热汗透衣绫。

战马只是哝哝地叫，必是饿了不用明。

只得去找家客店，呀，不好，头迷眼黑看不清。

抱着马鞍随马走，

（宗保、宗勉步上）

杨宗保、杨宗勉：（唱）来了弟兄人二名。

杨宗保与杨宗勉，郊外闲游到城东。

呀，对面一人马上晃，看看掉下马能行。

（呼马上，掉下马）

杨宗保、杨宗勉：（唱）走上前来忙扶住，原来是呼家老国公。

人事不知地下卧，

（白）千岁醒来，千岁醒来。

（唱）叫着一声也不哼。

你我将他搀进府，唤醒送回他府中。

杨宗保：（白）咱二人将他扶在马上，先到咱府。

杨宗勉： 有理。

（扶在马上，同下）

（佘太君出）

佘太君：（诗）思念六郎心不放，不知如今在何方？

（白）老身佘太君，自从用苦肉之计，将六郎打了四十大板，如今不知哪里去了，叫老身日夜牵挂。

（保上）

杨宗保： 启禀祖母，我弟兄城外闲游，撞见铁鞭王呼延赞老千岁，不知因何掉下马来，身上中箭，我弟兄将他扶在咱府，请祖母定夺。

佘太君： 呼家乃是咱家恩人，快些搀进房来。

杨宗保： 是。（抬上呼）

佘太君： 呀，果然是呼老千岁，为何身中番箭，昏迷不醒？快些唤来。

杨宗保： 是，呼千岁苏醒。

呼延赞： 哎呀哎呀。

（唱）哎呀一声痛死我，听得耳旁有人声。

　　　　　　　强打精神睁开眼，哦，莫非我是在归阴城。
　　　　　　　上面一位年老妇，下面两个小儿童。
　　　　　　　想来这是阎君殿，阎君怎是女花容？
佘太君：（白）老千岁，醒过来了么？
呼延赞：哦，
　　　　（唱）定睛一看认得了，佘氏太君老诰封。
　　　　　　　这是宗保与宗勉，我怎来到杨府中？
　　　　　　　忍耐不住开言问，我是死了可是生？
佘太君：（白）呼老千岁原是如此这般，救到我府。老千岁为何身带重伤掉下马来呢？
呼延赞：咳，
　　　　（唱）太君要问这件事，如今大事了不成。
　　　　　　　天子降香五台山，北国韩昌知其情。
　　　　　　　大兵围困难出入，头阵败了国公二名。
　　　　　　　命我闯营来求救，身中雕翎跑回京中。
　　　　　　　信马而行不知觉，不知怎么掉流平。
　　　　　　　不知怎么到天波府，忽忽悠悠心不明。
佘太君：（唱）原来有些凶险事，
　　　　（白）呀，老千岁不知，因小孙城外闲游，偶尔相遇，老千岁掉下马来，救回我府。千岁身带中伤箭，令人难忍。
呼延赞：哦。
佘太君：杨洪。
杨　洪：有。
佘太君：将金创药取来，把老千岁的箭拔下上了药，立止疼痛。
杨　洪：是。（下，又上）将药取到。
佘太君：将老千岁扶住，起箭上药。
杨　洪：是。（起箭上药）
呼延赞：多谢太君上药之恩，箭伤不疼，国家大事要紧，我此来是奉天子圣旨，搬兵求救。请太君快想退兵之策，去上五台山救主要紧。
佘太君：咳，老千岁说到哪里去了？

（唱）自从那金沙滩赴会后，父子双双都死亡。
　　　　令公撞死李陵碑下，七郎中箭把身伤。
　　　　四郎八郎没下落，五郎出家当和尚。
　　　　父子九人九只虎，只剩一个杨六郎。
　　　　只因真宗登了殿，偏向状元害忠良。
　　　　将六郎发配云南地，他又差去老王强。
　　　　取了首级回朝转，杨府只有两个小儿郎。
　　　　十几岁孩子中何用？一群妇女都居孀。
　　　　搬什么兵来请什么将？此旨出得太不当。
　　　　就打着天子无知在年少，老千岁也该与我杨家细思量。
　　　　什么叫作求兵将？明明与我添悲伤。
　　　　太君说着痛哭起，

呼延赞：（唱）闹得延赞面无光。
杨宗保、杨宗勉：（唱）宗保、宗勉呼祖母，孙儿有话禀其详。
　　　　千岁之言是正理，祖母不可拿话搪。
　　　　天子困在五台山上，盼救兵如同盼儿郎。
　　　　咱家既食君王禄，理应救国救君王。
　　　　倘若北国把中原进，国也破来家也亡。
　　　　满朝文武难活命，咱家面上也无光。
　　　　孙儿情愿救驾去，试试鞑子名韩昌。
佘太君：（白）小小年纪如何去的？
杨宗保、杨宗勉：（唱）别看孙子年纪小，枪法无敌武艺强。
　　　　此一去五台救圣驾，同心协力灭番邦。
　　　　一则尽孝继父志，二则尽忠与君王，
　　　　三则不负呼千岁，与咱家相处也增光。
　　　　这本是忠孝两全事，哪怕为国丧无常。
　　　　太太不必相留恋，我们备马去取枪。
佘太君：（白）住口！
　　（唱）小小的孩童敢多嘴，快些退下见你娘。
杨宗保、杨宗勉：（白）是，

　　　　　（唱）不敢多言出房去，

　　（洪上）

杨　　洪：（唱）杨洪进来禀其详。

　　　　　（白）启禀老太太，八王千岁与寇天官来到府门。

佘太君：哦，杨洪。

杨　　洪：有。

佘太君：大厅煮茶伺候，待老身亲自迎接。（同下）

（完）

第二十四本

【剧情梗概】 宗保、宗勉为立功，私自前往五台山救驾。佘太君为保孙子无虞，只好答应八王、寇准的请求，执掌帅印，率军奔五台山救驾。孟良受命前去找杨五郎来太行山做军师，杨五郎不从。宗保、宗勉与韩昌战，先后被韩昌活捉，韩昌用计将二子放回，又派人追杀。孟良闯营而过，顺手放火烧了辽营粮草，并将宗保带到五台山上。岳胜等人要立宗保为君，宗保坚辞。佘太君挑战韩昌，然韩昌拒战，以致两军相持不下。为救天子，呼延赞、八王与寇准两次到太行山求岳胜下山援救。

（宗保、宗勉急上）

杨宗保：（白）弟弟。

杨宗勉：哥哥。

杨宗保：方才咱二人要上五台山救驾，太太不让，说咱俩年轻。

杨宗勉：哥哥，太太是不愿叫咱俩去的，我想高君保南唐救驾，力闯四门，大战道洪，他岁数也不大呀；呼丕显十二岁下边庭捉拿潘仁美，替咱家报仇，回朝官封王位，难道说咱们就不像他们吗？

杨宗保：对，你我趁这祖母与八千岁说话，必不注意，咱何不拉马出府？有人如问，咱就说练枪溜马。偷上五台山，杀退韩昌，救出天子，岂不是奇功一件？得胜还朝后也得个王位，祖母也就不怪罪了。

杨宗勉：对，你我取枪拉马出府。

（又上，拉马）

家　丁：二位少爷，上哪去呀？

杨宗保：上城外练枪溜马。

家　丁：小人们跟去伺候。

杨宗保：不用。

家　丁：哦，我看二位少爷出府，必须禀报太太便了。（下，又上）真不凑巧，太太迎接八千岁呢。我也不敢去报，讲不起等八千岁走了，再报吧。

（八王、寇、呼上）

佘太君：千岁与大人请。

八　王：太君请。

（摆场，同上）

佘太君：千岁与寇大人请坐。

八　王：我等告坐。

佘太君：千岁与大人来到我府，必有大事。

八　王：并无别事，本御正在府中闲坐，家将报说呼千岁回朝搬兵，到了杨府，本御甚不放心，故而同寇大人亲身来到府上一问。

呼延赞：启奏千岁，天子如今被困五台山，命我搬兵求救，身上中箭，在城外掉下马来，被宗保、宗勉救回府中，治好箭伤。我要求太君领兵救驾，太君再三不允，我正在进退两难，幸亏千岁与寇大人到来。

八　王：太君，你这就不是了。

（唱）助王救驾功臣事，天下人人理应为。

寇　准：（唱）天子盼兵如救火，太君不该来辞推。

佘太君：（唱）如今我们天波府，剩下一群女蛾眉。

八　王：（唱）众位夫人杀法勇，胜过男儿将英魁。

寇　准：（唱）众位夫人要出马，哪怕北国众番贼？

佘太君：（唱）朝中有的是保国将，单叫我妇女上阵有何光辉？

八　王：（唱）朝中将老的老小的小，太君你看还有谁？

寇　准：（唱）几家国公随驾去，剩下几个无能为。

八　王：（唱）自古家贫出孝子，国乱忠奸自明白。

寇　准：（唱）太君当以国为重，也当看八王为你杨家一回。

佘太君：（唱）若不看千岁与先生的面，早就辞官把河东回。

八　王：（唱）太君哪，不看天子昏又聩，也别看卖国几个贼。

佘太君：（唱）无可奈何头低下，

（杨洪上）

杨　洪：（唱）杨洪报事魂吓飞。

（白）启禀太太不好了。

佘太君：杨洪有何不好之事？

杨　洪：二位少爷私自出城，家将盘问他们，说出城练枪溜马，半天未回。我命家将去找，并无下落，有人看见奔五台山那边去了。

佘太君：哎呀，不好，两个无知的冤家，竟自私行，只怕凶多吉少。

寇　准：千岁，太君既不愿去，咱君臣也不必相求了。依我看咱君臣回府，明日千岁出一道旨意，召集天下英雄，挂印为帅，前去救驾，岂不是好？

佘太君：寇大人，你不用绕弯说了，你见宗保、宗勉前去，料着我必然着急，要领兵前去，才说挂榜招贤的话。天子被困，盼救兵如取水救火，焉能容得召集天下奇才么？

寇　准：哈哈，太君若不去，也没人敢去呀。

佘太君：寇大人你不用说了，老身去也就是了。

八　王：太君既去，就命为帅，杜金娥为先锋，呼千岁随营，本御与寇大人押粮，众女将随征，明日挑兵十万，一奔五台山救驾。

佘太君：有理。杨洪。

杨　洪：在。

佘太君：排筵伺候。

杨　洪：是。

八　王：倒也不必，我君臣回府准备才是。

佘太君：请。

八　王：请。

（同下。太君升帐，女将站）

佘太君：（诗）辕门战鼓响如雷，旌旗招展半空飞。

　　　　　　　将台以上生杀气，五台救驾平番贼。

（白）我无佞候大元帅佘太君，今日登台点将，带领阖府女将，率兵十万，五台山救驾，府中事交与柴郡主执掌。方才千岁旨意已下，粮草齐备。众将官，放炮起兵，杀奔五台山，不得有误。

（孟良出，坐）

孟　良：（诗）弟兄同商议，来接我长兄。

（白）俺孟良，自从六哥发配云南，我等反上太行山，落草为王。又听说天子将六哥斩首，我等气恨不过，在山扯起旗，折箭为誓，定要与六哥报仇雪恨，杀进京都，夺取大宋江山，扶保杨宗保坐殿。愁着没有军师，我岳大哥共议，命我见了五哥，说明缘故，他再三不去。正在无法可使，

　　　　　天子将兵来到，我要手提大斧，去杀皇上与那王强老狗，五哥拦挡不让。不想北国韩昌带兵困山，我也困在这里，也出不去咧。五哥命两个小和尚看着我，真乃憋闷，今日何不上山观看观看，有何不可？小沙弥，快来。

　　　　　（和尚上）

和　　尚：来了来了，孟爷有何吩咐？
孟　　良：我呆得太憋闷，你二人领我到山前、山顶潇洒潇洒。
和　　尚：孟爷，不行，怕师父怪罪。
孟　　良：无妨，有我做主。
和　　尚：不行不行，你老若去，得先禀知师父。
孟　　良：住口，你二人再要多言，吃我一顿斧子。
和　　尚：哎呀哎呀，我们领你去，领你去。
孟　　良：头前带路。
和　　尚：是。

　　　　　（宗保、宗勉上）

杨宗保：（诗）心忙急似箭，马跑如飞蝗。
　　　　（白）俺杨宗保。
杨宗勉：杨宗勉。咱二人离家走了一日一夜，天已过午，你看前面就是五台山了。四面都是番营，接连不断，讲不起闯营而过。
杨宗保：有理。
卒　　：（内报）报都督得知，有两个小幼童闯营，我等抵挡不住。
韩　　昌：（内白）萧天佐听令，上前捉拿。
萧天佐：得令。

　　　　　（对上）

杨宗保：番贼，报上名来。
萧天佐：我北国大都督萧天佐，小小的幼童，为何闯营？
杨宗保：你少爷非是无故，可笑你国兴兵造反，困住我国天子，依我劝你，早早撤兵回国，免得你少爷费事。
萧天佐：幼儿报上名来。
杨宗保：哪有闲工夫讲名道姓？看枪取你。

萧天佐：来来来。

（大杀，佐败，昌上）

韩　　昌：来的幼儿报上名来，你都督叉下不死无名之鬼。

杨宗保：番贼要问，听你少爷对你道来。

（唱）枪一指，把口开。

番贼要问，细听明白。

少爷杨宗保，辈辈是将才。

尽忠扶保大宋，可称忠义全怀。

我主降香来还愿，不该大兵困五台。

韩　　昌：（白）你是何人之子？

杨宗保：（唱）我的父，栋梁才。

姓杨名景，如今哀哉。

他老如在世，你哪敢吊歪？

无故欺压宋国，真正理不应该。

今日遇见少爷我，叫你刻下归阴台。

韩　　昌：（唱）哈哈笑，哈哈笑，把口开。

原来侄儿，小小婴孩。

我与你的父，结拜把香排。

他在永不犯界，南北永不征战。

我今不是夺天下，与你父报仇我才来。

杨宗保：（唱）番贼住口少胡讲。

（白）你不应该围住天子。如今我父一死，虽然被屈，与你何干？理应各守边界，不该趁我主降香，将天子围住。我弟兄既食宋禄，当报国恩，依我劝你，快些收兵，万事皆休，如若不然，难讨公道。

韩　　昌：住口，小畜生竟敢胡言乱语，父仇不报，还要与我作对？我与你父一拜之交，还想报仇，你是他的儿子，与宋主有杀父之仇，还不想报仇，真乃不孝。

杨宗保：你什么是与我父报仇，明明借端生是非，想占中原。有我杨家在世，焉能容你？看枪！

韩　　昌：来来来。

（大杀，韩败，下，又上）杨宗保十分骁勇，有心伤他性命，又怕有人说本督心狠。再说兴兵言明既与杨景报仇，又杀了他儿子，于理不合，不免将他擒住，再做计议。众将官下绊马索。

（宗保上，落马，宗勉又上，被擒）

韩　昌：番兵们，绑着回营则可。番兵们，将马带过。

（摆场，昌上）方才擒住杨家兄弟，番兵们，将他二人带上来。

（绑二人上）

杨宗保：番贼，给你少爷个快刑。

韩　昌：哈哈哈，好两个小畜生，我与你父一拜之交，应有个长幼尊卑之礼，口口声声番贼，若不看你父之面上，定斩不饶。

（唱）下帐伸手解开绑，叫声贤侄听我言。
　　　我不怪你因年少，说好说歹为叔担。
　　　不看活的看死的，我与你父情义相连。
　　　有他在世不犯界，不想他被害一命捐。
　　　我兴兵与他把仇报，不是来夺宋江山。
　　　朋友之义不能忘，你看身扎白带把孝穿。
　　　宋主天子无有道，信奸害贤理太偏。
　　　你弟兄假如投我国，同心协力取中原。
　　　你在南朝为天子，我在北国掌兵权。
　　　两国永不把干戈动，太平世界过百年。
　　　不知贤侄如意否？

杨宗保：（唱）摆手摇头把话言。
　　　我杨家世代忠良将，我弟兄不做无义男。
　　　家眷都在汴梁地，我们有私心亲命不全。
　　　你既然有了旧情义，快快把我放入山。
　　　不然你就杀了我，为国尽忠死也不冤。

韩　昌：（唱）咳，韩昌点头说罢了。

（白）罢了罢了，你弟兄执意不允，本督决不能杀你。番兵们，交给他俩枪马，放他们去罢。

卒：　是。

杨宗保：我弟兄去了。
韩　昌：哼，好两个奴才，连个谢谢都不道，径自去了，你想逃走比登天还难。韩大立听令，你率领兵卒五千，追赶杨家二子，赶到哪里杀到哪里，以除后患。
韩大立：得令。
韩　昌：你看韩大立去了。众番兵。
卒：　　有。
韩　昌：小心困山。

（保上）

杨宗保：二弟快走。
杨宗勉：来了。
杨宗保：（唱）宗保头前行，
杨宗勉：（唱）宗勉随后面。
杨宗保：（唱）打马紧加鞭，不住回头看。
杨宗勉：（唱）可恨韩昌他，好个老反叛。
杨宗保：（唱）劝咱反宋朝，闹些花花串。
杨宗勉：（唱）杨门是忠良，哪能做反叛？
杨宗保：（唱）把咱放出来，只怕有暗算。
杨宗勉：（唱）快奔五台山，去把天子见。
杨宗保：（唱）正然往前行，呀，追兵在后面。
杨宗勉：（唱）回马手提枪，等候来交战。

（大立上）

韩大立：（唱）韩大立吆喝，快把人头献。
　　　　　　　要想把命逃，除非来世见。
杨宗保：（唱）并不把话答，拧枪大交战。
　　　　　　　战了十数合，累了一身汗。
　　　　　　　番将力千斤，本领真不善。
　　　　　　　再要不逃生，性命阎王见。
　　　　　　　弟兄头前行，
韩大立：（唱）紧追不怠慢。

杨宗保、杨宗勉：（急上）（唱）来到山底下，高声急呼唤。

　　　　　　　　　　救人快救人，

（王强上）

王　　强：（唱）王强山头看。

　　　　　　　这是杨宗保，早已看得见。

　　　　　　　当日在府门，纱帽打稀烂。

　　　　　　　今日到此间，正好遂心愿。

　　　　　　　后面有追兵，叫他把命断。

　　　　　　　吩咐众三军，快些放乱箭。

　　　　　　　番兵来闯山，把守休怠慢。

　　　（白）放箭了，放箭了。

杨宗保、杨宗勉：（唱）弟兄回里行，围困营里面。

　　　　　　　　　　东闯与西杀，浑身出躁汗。

　　　　　　　　　　二人困番营，

佘太君：（唱）太君到前面。

（白）排风听令，你听番营杀声震耳，必是你少爷困在番营，你带兵五百，急去搭救。

杨排风：得令。

佘太君：众将官。

众将官：有。

佘太君：安营下寨，无令不得妄动。

（排风上对韩）

韩　昌：好个排风，本督被你打败过两次，今日冤家路窄，正是你死我活之日了。

（唱）心起火，眼瞪圆。

　　　小小丫头，胆大包天。

　　　本督在北国，无敌将魁元。

　　　两次被你好打，至今怀恨心间。

　　　今日冤家对头遇，若不拿你不算英贤。

杨排风：（唱）微微笑，叫番官。

　　　　　　姑娘厉害，见过几番。

　　　　　　　理应远远躲，见我一溜烟。
　　　　　　　你本手下败将，何必屡次三番？
　　　　　　　姑娘只算打惯了你，今日碰上逃走难。
韩　　昌：（唱）哇呀哇呀，声乱叫，喊连天。
　　　　　　　举起大棍，疯魔一般。
　　　　　　　恨不一下子，叫她染黄泉。
杨排风：（唱）排风用棍架住，二人打在一团。（大杀）
　　　　　　　大战足有五十趟，看打，
韩　　昌：（唱）哎呀，一棍打在左膀肩，说不好，跑如烟。
杨排风：（唱）排风大喊，追在后边，二人战山下。
　　　　（天子、王袍、王强、王勤上）
天　　子：（诗）真宗上了山，站立山头观看。
　　　　　　　瞧见番贼营盘，杀声震耳惊人胆。
　　　　　　　身不由主战一团，
　　　　　（白）众卿，你看番营之中杀声震耳，莫非咱国救兵到了不成？
王　　强：（白）为臣在山观看，并无救兵，只是方才起的杀声。
天　　子：哼，众卿，你看那边有一女将，打败番将闯进山来也。
　　　　（排风上）
杨排风：山上何人？可见着杨府二位公子没有？
天　　子：你是何人？
杨排风：我是杨府排风。
天　　子：到此为何？
杨排风：我奉主母元帅之命，因呼王搬兵，朝无良将，佘太君为帅前来救驾，有我府二位少公子，私自前来，不知困在哪里，主母命我前来寻找。
天　　子：哦，原来是救兵到了。王爱卿，在山头可见着二位公子么？
王　　强：为臣在此，并未瞧见。
　　　　（众军上）
众　　军：启奏万岁，那番营被困的就是，方才在山下喊叫，王兵部命用乱箭射下，不放入山，无奈二位公子又杀回番营去了。
天　　子：哼，好个大胆奸贼，朕悔不该不听众臣之言，中你之计谋，如今困在山中，京中来了救兵，你还不放入山，其情可恼。御林军，将王强绑下山开刀，以正国法。

王　强：万岁不可，方才在乱军之中，番兵无数，为臣怕番兵用计入山，所以未敢放入，恐惊圣驾，为臣并无别意。

天　子：哼，罢了，快些吩咐，下山救应。

王　强：为臣领旨。

（王袍上）

王　袍：万岁，你看那边，东山口打进一个和尚，十分骁勇，杀得番兵四散。

天　子：呀，果然不错，排风，你可知道那和尚是哪个吗？

杨排风：待我看来。哦，原来是五爷到来。万岁，那是杨五郎，我也去救应公子。

（唱）大棍一摆把山下，飞马闯进番兵营。

天　子：（唱）天子山上往下看，只见排风武艺精。

一连打倒几十个，如同疯魔一般同。

又见和尚打入内，救出一位小英雄。

又见大风凭空起，飞沙迷目看不清。

下了山头歇片刻，

（五郎上，大杀番兵）

杨五郎：（唱）叫声宗勉这里行。

侄儿随我杀出去，

杨宗勉：（唱）宗勉一见喜心中。（对上）

叫了一声五伯父，呀，回头不见我亲兄。

大叫伯父可不好，宗保哥哥形无踪。

杨五郎：（唱）五郎闻听吓一跳，随我寻找莫消停。（番兵又上）

战了多时不见面，五郎心里发了蒙。

（昌上）

韩　昌：（唱）韩昌催马对了面，

（白）你这出家人，为何前来交锋？报上名来。

杨五郎：我乃是杨延德，因金沙滩大战中受伤，逃走在五台山出家，因我侄儿被困，前来解救，依我劝你快快收兵，各归本国。

韩　昌：哦，原来是五哥到了。小弟韩昌与杨景八拜为交，有他在世，永不犯界，如今他被宋天子诱杀，我故此发兵与六哥报仇。

杨五郎： 报仇也罢，犯界也罢，依我劝，你快把兵退出五台山交界，此乃佛门圣地，焉能容你们搅闹？要退出此地，任凭你们争斗，出家人不管闲事。硬要在此无礼，出家人是不答应的。

韩　昌： 我今已把天子困住，焉能退兵？量你怎说不能。

杨五郎： 看铲打你！

韩　昌： 来来来。

（大杀，二人下，孟良上）

孟　良： 宗保，随叔叔闯出重围。

杨宗保： 是。孟叔叔从何而来？

孟　良： 此处不是讲话之地，随我往外攻杀。

杨宗保： 是。

（韩昌上与五郎杀，昌败）

杨五郎： 韩昌败回营去，不必追赶，寻找侄儿便了。（下，又上）番兵回营，宗保不见，莫非回山不成？待我上山寻找便了。

（孟、保上）

孟　良： 宗保，咱叔侄过了九座大营，你可别离开马后。

杨宗保： 是。

卒：（内报）报都督得知，又有红脸大汉带一幼童，往外闯去。

韩　昌： 这还了得？带马追赶。

（孟、保上，一过，昌追下，又上，孟回马）

韩　昌： 呀，你不是孟良么？

孟　良： 正是。原是三哥，你我在两狼山结拜以后，多日不见，一向可好？

韩　昌： 你今意欲何往？

孟　良： 韩三哥听了。

（唱）自从结拜把手分，我们镇守三关口。

　　　南北讲和不动兵，太平无事太也久。

　　　然后出了大事情，皆因状元那恶狗。

　　　夸官砸碎下马牌，太君气得身子抖。

　　　上殿见了小昏君，真宗天子太别扭。

　　　　　　绑出太君还要杀，出旨要拿众家口。
　　　　　　多亏八王保下来，回府太太病许久。
　　　　　　差人三关叫六哥，私自探病回家走。
　　　　　　太太要吃状元心，我与焦赞就去取。
　　　　　　因此惹出大祸来，发配充军带着走。
　　　　　　我二人半路逃了生，回到三关一声吼。
　　　　　　烧了粮草反出来，占山为王太行走。
　　　　　　听说六哥一命亡，大家齐心把宋取。
　　　　　　缺少一人做军师，这样人是真没有。
　　　　　　故此来请杨五郎，再三不去真执拗。
　　　　　　我带宗保回高山，坐殿好喝太平酒。
　　　　（白）都告诉你们啦，放我过去吧，不然和你拔香头子。

韩　昌：好，你也反宋，我也给六哥报仇。你我是一家人了，一定放你过去，我给你令箭一支，管保没人拦挡。

孟　良：谢过三哥，改日再见，我就去也。（同下，又上）果然任我行走，无人拦挡。我想有这机会不可错过，那边是他的粮草堆，给他放上一把大火，他军中无粮，定会撤军。将来宗保坐殿，他北国也少反几次，定是这个主意。待我取出火葫芦。（放火介），哦，着咧着咧，宗保快随我回山。

杨宗保：来了。

卒：　　（内报）报都督得知，粮堆失火咧。

韩　昌：哎呀，快些救火。
　　　　（唱）听报不由心害怕，吩咐救火快筛锣。

番　兵：（唱）番兵个个不怠慢，泼水救火如蒸锅。
　　　　　　不知怎么失了火，番兵饮食靠什么？
　　　　　　霎时粮草烧一半，火灭烟消齐念佛。
　　　　　　幸亏风力不算大，不然可就了不得。

韩　昌：（唱）韩昌吩咐快归帐，明日搬粮回北国。
　　　　　　番营闹到大天亮，

孟　良：（唱）孟良早已回山坡。

（白）宗保，你且在此等候，我先进帐，叫将校接你。

杨宗保：是。

（升帐，十二人站，岳胜坐）

岳　胜：昔日边关为副帅，今做高山大王尊。

（白）太行山寨主岳胜，自从弃了三关，带领众将反上太行山，招聚人马无数，单等兵足粮广，一定夺取大宋的江山与元帅报仇。前日大家商议缺少军师，已命孟良上五台山去请五郎，去已多日不见回山，叫人放心不下。

孟　良：岳大哥，小弟交令。

岳　胜：你可把五哥请来没有？

孟　良：五哥我倒没请来，可请来杨宗保，他坐殿岂不是好？

岳　胜：好，现在哪里？

孟　良：现在帐外。

岳　胜：待我迎接，拜他为君，另立事业。

杨宗保：众位叔父在上，小侄有礼。

岳　胜：宗保，请上坐，我们大家参拜新君。

杨宗保：不可呀不可，众位叔父，想我杨家昔日忠心保国，焉能做此反叛之事？小侄万难从命哪。

（唱）带笑开言尊叔父，此事万万我不应。

我杨门自从投宋保太祖，忠心不二立大功。

凌烟阁上三千人，哪里没有我杨家名？

祖父死于北国内，我父九死无一生。

因为杀了谢经武，发配才到云南城。

奸贼王强取首级，我父忍死苦尽忠。

先人如此怀忠义，我焉能不孝坏祖名？

宁可一死不从命，

岳　胜：（唱）岳胜寻思不吱声。

孟　良：（唱）孟良听了气不忿，抽出大斧骂畜生。

竟敢违背叔父命，叫你试试孟火星。

我们为你杨门事，大闹反过三关城。

为你父亲把仇报，你还执意不应承。

要你没用的东西中何用？叫你投胎另脱生。

举起大斧朝头砍，问你倒是应不应？

杨宗保：（唱）呀，宗保害怕忙跪倒，叔父息怒我应从。

孟　良：（唱）哈哈大笑忙挽起。

（白）哈哈，起来起来，少千岁请起，早应下不就得了，何必让我这样发怒？为臣莽撞，快升正座，大家参拜新君。

岳　胜：暂且不可即位，必须选择吉日，另立国号，先参拜忠义祠，然后祭旗，面南登基，大封功臣，受众人拜贺。

众　内：有理。请少千岁后寨筵宴。

杨宗保：请。

（韩昌马上）

韩　昌：本督韩昌，小番们报道，宋朝发来人马，不知领兵人是哪个？小番们，上前叫阵。

番　卒：是，守营将校听着，传将进去，叫首将出来答话。

宋　卒：候些候些。（内报）报太君得知，有北国韩昌请太君上阵答话。

佘太君：闪放营门，待老身会他一会。

宋　卒：哈。

（太君上对昌）

韩　昌：来者这位诰命是谁？本督韩昌在此。

佘太君：番将问我，听着：我乃大宋天子驾下称臣，官拜无佞侯、扫寇大元帅佘太君。你就是韩昌吗？

韩　昌：正是。原来是盟母到了，待我下马参拜。

（唱）急忙下马将头叩，韩昌叩拜老母亲。

佘太君：（唱）为何这样称呼？

韩　昌：（唱）我与杨景结一拜，南北讲和到如今。

因为宋主多昏聩，害死六哥命归阴。

孩儿故此发人马，为我六哥把冤伸。

并非为的争国土，前日个放了母亲的二位小孙孙。

母亲快些收人马，定攻山寨拿宋君。

佘太君：（唱）太君闻听心不悦，这番言语不见真。
　　　　　　我儿自愿尽忠死，怨不了当今圣主君。
　　　　　　再者说我们南朝这个事，北国不该多议论。
　　　　　　我杨家世代忠良将，焉能反宋起邪？
　　　　　　劝你快撤人共马，各守边界纳税称臣。
　　　　　　你今硬要行无礼，我儿死后不安稳。
　　　　　　依我看明是借端中原犯，一心要把大宋吞。
　　　　　　要不然斩了我将为何事？明明显露心不真。
韩　昌：（唱）韩昌带笑把太君奉，
　　　　（白）母亲之言差矣，贤臣择主而侍，良禽择木而栖。宋天子年轻无知，信奸用佞，苦害忠良。杨元帅威震三关，哪个不晓？与宋主打下江山，太平无事之时，他信谢经武之语，竟把一个保国忠良死于非命，眼睁睁大宋江山付与流水。我今兴兵一给六哥报仇，二与大宋清理国政，与百姓除害，定要捉拿昏君，方能撤兵。
佘太君：你再三不肯，老身与你大战几合，看刀取你。
韩　昌：慢着，孩儿大胆也不敢与母亲动手。母亲请回，孩儿去也。（下）
佘太君：你看韩昌不战而回。众将官，收兵回营。
　　　　（昌又上）
韩　昌：小番们，四面各抽五万弓箭手，将佘太君大营围住，不许与她动手交战，奋勇捉拿宋天子，自有重赏。
番　卒：哈。
　　　　（摆大场）
佘太君：（内白）众将官，将马带过。（上）好个韩昌不战而回，又将营盘围住，战又不战，退又不退，这可如何是好？中军。
中　军：有。
佘太君：请八千岁与寇天官上帐议事。
中　军：哈，有请八千岁与寇天官。
八　王：来了。（上）太君有何大事议论？
佘太君：千岁，方才我与韩昌答话，既不交战，又不撤兵，这可如何是好？
寇　准：太君依下官看，咱营女将虽有武艺，韩昌又不交战，万一攻破山寨，那可糟了。莫如差人上太行山，去请边关二十四将，带领人马，前来大破番兵，易如反掌。

八　王：太君你看如何？

佘太君：恐怕他们不肯前来。

寇　准：三关众将都是大宋功臣，又是家眷都在汴梁，他们造反，天子又没连累他家眷，二则岳胜又是文武双全，有谋有略之人。千岁出一道招安赦旨，不咎其罪，官复原职，叫他们急来救驾。老太君再写一封手书，料他们没有不来之理。

八　王：好，就依寇大人之言。钦命老将呼延赞，奉旨前去加封岳胜三关大帅，帐下众将俱饶无罪，官复原职，令他们立刻发兵救驾，待我写来。（写介）呼老将军听令。（在）老将军，你奉旨与太君手书，上太行山走一走。

呼延赞：千岁，臣此去好有一比。

八　王：比作何来？

呼延赞：肉包子打狗，有去路没有回路。

八　王：怎说呢？

呼延赞：怎说那太行山上众将，别人还倒罢了，唯有孟良、焦赞本是山寇出身，生来不服王法，焉能前来救驾呢？

　　（唱）口呼千岁爷，又把太君奉。
　　　　提起太行山，叫人心乱蹦。
　　　　边关众将官，还把王法正。
　　　　唯有孟良他，生来太蛮横。
　　　　皱眉就杀人，不懂交情性。
　　　　还有焦赞他，比他更又硬。
　　　　出身是山王，杀人如玩弄。
　　　　元帅收了他，义气更深重。
　　　　如今杨景没，气得跳又蹦。
　　　　若说去请他，先得送了命。
　　　　找还找不着，何况自去送？
　　　　既有君旨出，不敢强违令。

话儿说在先，死活不一定。

八　王：看在江山为重的份上，你去吧。

呼延赞：是，为臣去就是了。

（唱）接过旨与书，下帐上马镫。

八王、佘太君：（唱）千岁与太君，等候来复命。（同下）

（呼上）

呼延赞：（唱）催马与加鞭，扫兴真扫兴。

出一辈子征，这事没少弄。

一旦被困了，搬兵把我用。

越想越憋屈，心中不安静。

既然奉命来，豁出老性命。

不管吉与凶，也得碰一碰。

正走抬头观，来到太行境。

下马往前行，

（喽兵上）

喽　兵：（唱）喽兵把眼瞪。

你是哪里人？这样不要命。

（白）呔，站住站住，你这个老头子，真没长眼，还往哪里走？

呼延赞：我是上太行山见山大王。

喽　兵：哎呀，你是哪里人？报上名来，好给你传禀进去。

呼延赞：烦劳众位通禀一声，就说有宋朝铁鞭王呼延赞要见。

喽　兵：等候了。

呼延赞：是。

（升帐，众将站，岳胜坐）

岳　胜：（诗）带领众将反三关，招军买马太行山。

无拘无束任自在，不管地覆与天翻。

（白）我金顶太行山大王岳胜，自从反出三关，率兵来到太行山，众兄弟立我为王，是我再三不肯。大家议论，找来杨元帅府中之人扶他为君。幸喜前日孟贤弟请来杨宗保，扶位与他，他再三推辞，无奈暂称千岁，等夺了大宋江山，立他为君不晚。

（喽兵上）

喽　兵：报大王得知，山下来了一人，口称铁鞭王呼延赞，要见大王。

岳　胜：吩咐两边弓上弦，刀出鞘，叫他钻刀而进。

喽　兵：哈，宋将听着，叫你钻刀而进。

呼延赞：呀。

（唱）听里面，喊一声。

　　　　不由心内，大吃一惊。

　　　　只见寨门外，炮儿响咚咚。

　　　　两边排开队伍，山兵虎狼相同。

　　　　弓上弦来刀出鞘，俱都冲我瞪眼睛。

　　　　既到此，也得行。

　　　　不可挫我，昔日威风。

　　　　南征与北战，长在万马营。

　　　　小小一个山寨，怕他不算英雄。

　　　　就是虎穴闯一闯，舍出破头撞金钟。

　　　　大踏步，往里行。（上）

　　　　走上大帐，便把话明。

　　　　口呼众好将，一向可安宁？

　　　　八王钧旨来到，太君书信一封，

　　　　就请大王接王旨，里面还有大事情。（呈书）

岳　胜：（唱）接旨意，看分明。

　　　　从头至尾，仔细定睛。

　　　　又把书信看，太君亲手封。

　　　　看罢心中大怒，旨意摔在流平。

　　　　我今不受宋朝管，请什么将来搬什么兵？

孟　良：（唱）怒恼了，孟火星。

　　　　大骂老呼，胆大心凶。

　　　　吩咐绑下去，开刀脖子平。

　　　　叫他认认寨主，先杀这个老翁。

呼延赞：（唱）呼爷带笑开言道，孟将军做事太不明。

　　　　你本是，大英雄。

　　　　镇守三关，远近有名。

　　　　吃过宋家禄，理应报朝廷。

　　　　不该兴兵谋反，起了三关边城。

　　　　引的北国来犯界，黎民百姓不安宁。

　　　　天子困，五台峰。

　　　　不去救驾，反把我熊。

　　　　你这粗鲁汉，是个老祸精。

　　　　杨景要不是你，不至云南命倾。

　　　　你今还要把我斩，问你倒是何心胸？

　　　　我呼家，世代忠。

　　　　杨家与我，本有交情。

　　　　你既为杨景，怎么把我轻？

　　　　杨景母亲为帅，现今困在番营。

　　　　不救天子也罢了，太君有难装哑聋。

　　　　我今来，到山峰。

　　　　早已舍出，老命倾生。

　　　　不用杀与砍，不用上绑绳，

　　　　我就死在你手，怕死不是英雄。

　　　　说罢蒙头撞下去，是是也罢。

岳　　胜：（唱）岳胜拉住手不松。

　　　　（白）老将军不可，咱们与杨家都是一样，皆因天子不明，屈杀国家忠良，保他无益。老将军既来，我等看老将军与太君之面，也不保宋，也不反宋，宁可在山为王，不吃宋家俸禄。要想我们出山，除非杨元帅复生，别话休讲，喽兵。

喽　　兵：在。

岳　　胜：将呼老将军鞭马交还，送他下山去罢。

喽　　兵：走吧走吧。

呼延赞：咳，罢了罢了。

岳　　胜：你看呼老将军去了。众将官，小心山寨。

（呼马上）

呼延赞：咳，罢了罢了，我呼延赞老来老去，竟丢人不尽咧。这个没脸挨得真不值，几乎丧命，孟良这个鲁夫，比我还冒失。幸亏岳胜将我送下山了，不免回去见千岁便了。

（八王、寇坐）

八　王：（唱）进不能进退无路，真是左右两为难。

（白）本御赵德芳。

寇　准：下官寇准。随军来到五台山下。番兵四面安营，闯不进去，韩昌又不与太君交战，屡次闯营，都被乱箭射回。弄得战不能战，退又难退，老守空营，无计可施。已命呼老将军去太行山搬取岳胜去了。他们要来，不愁番兵不退。

呼延赞：（内白）众将官，将马带过。（上）千岁在上，为臣交令。

八　王：老将军一路多有辛苦了。

呼延赞：要说辛苦倒不辛苦，就是命苦。

（唱）奉命去上太行山，早知此事是扯臊。

　　　果然应了我的言，该我老呼倒了灶。

　　　见我不容把话说，扔了旨意地下撂。

　　　说黄道黑多半天，大骂天子太无道。

　　　孟良就要把我杀，我也打算命不要。

　　　岳胜拦挡放我回，临来言语说得妙。

　　　要想他们下高山，除非杨景他活了。

　　　看我情面有许多，不然五台也来闹。

　　　来拿天子与王强，定与元帅把仇报。

　　　这是一往事情由，

八　王：呀，

（唱）八王闻听魂吓掉。

　　　举止失措少主张，放声大哭把脚跳。

寇　准：（唱）寇准一旁劝一声，为臣还有一拙道。

（白）千岁不可悲伤，当此之时，事关紧急，莫如千岁亲自前去相请。

八　王：哎呀哎呀，你这是送孤一死。那孟良性如烈火，杀人不眨眼，谢经武一家四十八口，他都杀了，何况孤王？不用再说，他们都恨天子，焉能容我？我去不得，去不得。

寇　准：无妨，为臣保驾，管保无事。

呼延赞：老臣再要个二皮脸，一同寇大人保着，千岁可去。

八　王：咳，事到此间，孤也顾不得许多了，就此前去，吩咐外边带马伺候。

寇　准：是。

（岳出，众站）

岳　胜：（诗）恼恨君王太无道，可惜忠良死得屈。

（白）俺太行山大王，花刀岳胜。

（喽兵上）

喽　兵：报大王得知，山下有宋营八千岁与寇天官，还有前头那个老将前来求见。

岳　胜：哦，我正要拿他，他自送身死，叫他们一同而进。

喽　兵：哈，大王有命，叫你们一同而进，小心着。

（八、寇、呼上，立）

岳　胜：下面立而不跪者，可是宋朝八王赵德芳。

八　王：正是。

岳　胜：哇，可恨你们为君主的，都是些狠毒之辈，我们做武将的南征北战，东挡西杀，打好了太平天下，你们就薄待我们，哼哼哼。

（唱）忘了武将汗马苦，动不动地害忠良。

杨家父子为大宋，立过大功七十二。

父子九人天下晓，为你们只剩下一个杨六郎。

忠心赤胆保着你，没有一点外心肠。

你当着南北讲和不用武，信宠一群狗奸党。

王勤王强是一党，他本是北国暗派到南方。

暗保萧后明保宋，想法残害杨六郎。

好叫北国兴人马，你还竟装糊涂腔。

应了古人一句话，敌国破了谋臣亡。

正要寻你报仇恨，天假其便到山岗。

吩咐一声绑下去，摘心喝血大开膛。

（白）绑下去！

寇　准：（唱）慢着慢着，刀下留人慢动手。

　　　　（白）刀下留人，岳元帅三思而行呀。

岳　胜：你可是寇准吗？

寇　准：正是。

岳　胜：我早知你，口若悬河，诡计多端，你来必说下词。喽兵，不容他分说，绑下去一齐开刀。

喽　兵：哈。（绑下）

岳　胜：众位弟兄们，把这老将呼延赞看起来，不要放他逃走，等杀了八王、寇准，再发落他。

喽　兵：哈。（带下去）

岳　胜：咳，众喽兵，要你们小心巡山。

喽　兵：哈。

　　　　（摆桩子，绑八、寇对面）

喽　兵：你二人饱哭一场吧，一会就要开刀了。

八　王：咳，苍天哪苍天，我君臣算是无救了。

　　　　（唱）眼望苍天叹口气，一腔怒气向谁言？

　　　　　　埋怨天官主意错，不该亲身上太行山。

　　　　　　今天果有杀身祸，不久就要被刀餐。

　　　　　　我今一死不要紧，大宋江山也要完。

　　　　　　恼恨王强狗奸党，撺掇天子把愿还。

　　　　　　又恨昏君太无道，不听忠言信谗言。

　　　　　　如今果遭杀身祸，我看你怎出这龙潭？

　　　　　　恨罢又哭杨郡马，妹夫要你在世焉有这一番？

　　　　　　八王大哭如酒醉，

寇　准：咳，

　　　　（唱）一旁痛坏寇天官。

　　　　　　暗说岳胜太无礼，怎么行事太愚顽？

　　　　　　你也吃过宋王禄，你也做过宋家官。

　　　　　　给杨家报仇也罢了，可与我等有何干？

　　　　　　去不去的犹自可，你不该把我君臣命来捐。

　　　　　　　只怕今日没有救，杨元帅你有灵有圣救救咱。

杨宗保：（唱）杨宗保正在后面演枪马，忽然悲声入耳边。

　　　　　　拴马停枪出后寨，顺着声音到寨前。

　　　　　　呀，那边绑着人两个，（上）近前一看吓一蹿。

　　　　　　哦，这不是八王皇舅父？这不是大人寇天官？

　　　　　　为何被绑在此地，好生叫人闷心间。

　　　　　　高声大叫快松绑？哪个不遵把眼剜。

喽　兵：（唱）喽卒一见少千岁，不敢多言齐上前。

　　　　　　解放绳锁落在地，刽子手一旁不敢言。

杨宗保：（唱）上前尊声皇舅父，

　　　　（白）舅父、大人，醒来醒来。

八王、寇准：哎呀，可罢了我了。

杨宗保：舅父与寇大人，清醒些了吗？

八　王：哦，你不是杨宗保么？

杨宗保：正是。

八　王：你为何到此？莫非我二人死了？到了阴间不成？

杨宗保：舅父非是阴间，甥儿如此这般来到这里。方才正在后寨展枪溜马，听见悲声，来到前寨，原是舅父与大人被绑。请问舅父，为何在此受屈呢。

八　王：咳，不消问了。

　　　（唱）自从你父云南死，天子被困在五台。

　　　　　　呼老将军取救事，被救到了你的宅。

　　　　　　你祖母再三不去战，你俩私自偷出来。

　　　　　　我与天官到你府，你祖母无奈领兵带着裙衩。

　　　　　　大兵来到五台地，韩昌出马说明白。

　　　　　　为你父亲把仇报，定把天子脑袋摘。

　　　　　　又不与你祖母战，寇天官无奈巧安排。

　　　　　　先命老将呼延赞，太行山搬兵撺出来。

　　　　　　二番我与天官到，前来搬兵把他求。

　　　　　　岳胜推出要斩首，不久就把头来摘。

　　　　　　幸亏甥儿赶到了，搭救了我君臣免祸灾。

　　　　　　　甥儿你今救了我，他们岂不把你责？
杨宗保：（唱）无妨于事跟我走，你二人书房暂时待。
　　　　　　我就去把岳胜见，叫他带兵上五台。
八　王：（白）好。
　　　　　（唱）如此真乃天大喜，
　　　　　（白）甥儿快去，天子在五台山盼救兵如同救火。
杨宗保：是，随我来。
八　王：来了。（同下）

（完）

第二十五本

【剧情梗概】 寇准和八王来到太行山上，劝说岳胜救驾，岳胜和众将起先不但拒绝，还欲杀死二人，后经宗保劝说，才同意下山解围。五台山之围解后，五郎仍留庙中念经，岳胜等人则回太行山。天子逃至雄关，不料辽国韩昌紧追不舍，战死守城元帅何忠海，再次将天子包围。六郎贩牛来到营州，见到了被贬官在此的靠山王呼丕显，二人商议救驾之策。六郎前往三关劝说岳胜等人一同救驾，岳胜与众将见元帅未亡，阖寨大喜。六郎定下以牛冲锋计，拟和辽军大战，救出天子。

（岳胜出）
岳　胜：（唱）将令已出难收回，屈杀好人理儿亏。
　　　　（白）俺花刀岳胜，一怒绑出八王与寇准，指望众将必有求情之人，不想俱皆散去，使某家骑虎难下，好生为难。
（杨宗保上）
杨宗保：叔父可好。
岳　胜：哦，原来是少千岁到了，恕臣未去远迎之罪。
杨宗保：好说，不敢，请问叔父为何将八王与寇天官绑出去问斩？
岳　胜：八王他与宋真宗都是一党，害死你父，难道说你不知道么？寇准傲慢无礼，所以把他们问斩。
杨宗保：叔父哪里知道详细？八千岁待我杨家之恩，天高地厚，为我杨家之事，与太宗老主反目，我父传御状告了潘仁美，要不是八王相助，也难杀了潘仁美。
　　　　（唱）要论那，八贤王。
　　　　　　　与我杨家，无二心肠。
　　　　　　　因为潘杨事，没少费主张。
　　　　　　　逼死他的婶母，打死御史秀冈。
　　　　　　　调回寇准审此案，才给杨门报冤枉。
　　　　　　　寇天官，世无双。
　　　　　　　忠心耿耿，保国忠良。
　　　　　　　为我杨门事，假扮五阎王。

　　　　　　后来出谋划策，哄信潘妃娘娘。
　　　　　　放出潘家父与子，松林内刺他二百零六枪。
　　　　　　大仇报，命不偿。
　　　　　　办个充军，减去法章。
　　　　　　后来战北国，大战贼韩昌。
　　　　　　南北两下罢战，家中起了祸殃。
　　　　　　因为一个谢经武，闹得搅海与翻江。
　　　　　　有焦赞，和孟良。
　　　　　　杀了状元，挖去心肠。
　　　　　　人命四十八口，并未问短长。
　　　　　　云南充军发配，带着我的亲娘。
　　　　　　老贼王强使奸计，云南我父才命亡。
　　　　　　八千岁，知其详。
　　　　　　大闹金殿，铜打王强。
　　　　　　踢了龙书案，天子脸吓黄。
　　　　　　今日要把他斩，于理太也不当。
　　　　　　望求叔父开恩典，不然小侄遂命亡。
岳　　胜：（唱）呼宗保，莫着忙。
　　　　　　既然保他，放他回房。
杨宗保：（白）我早已把他放开了。
岳　　胜：（唱）既然先释放，囚住在山冈。
　　　　　　命人牢牢看守，不叫他们回乡。
杨宗保：（白）是，
　　　　（唱）答应一声往外走，
岳　　胜：（唱）岳胜看书对灯光。
寇准、八王：（唱）寇天官，八贤王。
　　　　　　　坐在偏房，暗犯愁肠。
杨宗保：（唱）宗保把房进，带笑把口张。
　　　　　　舅父不用忧虑，大人不要心慌。
　　　　　　方才我把岳胜见，前后言语说其详。

事如此，这一桩。

虽然放了，还有勾当。

命人看在此，不叫下山岗。

大人有何意见？快些想个良方。

想法求救下山去，免得圣主受灾殃。

八　王：呀，

（唱）要如此，无妙方。

死因在此，怎救君王？

寇　准：（唱）寇准说无妨，为臣有良方。

我去亲身相见，劝他发兵勤王。

宗保领我到后寨，事关紧急非寻常。

杨宗保：（唱）随我来，到后堂。

寇　准：（唱）寇准跟随，出了厅房。

八　王：（唱）八王心不放，不知凶与祥。

（岳看书）

岳　胜：（唱）岳胜兵书观看，

杨宗保、寇准：（唱）二人走进书房。

岳　胜：呀，

（唱）猛然一见心发怔，一见寇准气满腔。

（白）寇准，你既得命乃是万幸，因何夤夜入我私宅？太也无礼。

寇　准：岳将军，言之差矣，我君臣多蒙不斩之恩，理应面谢，怎说非礼呢？

岳　胜：哼，倒也罢了，坐下讲话。

寇　准：谢坐。

岳　胜：天官，非我等不义，皆因天子不明，信奸害贤，杀了杨元帅，我等才反上太行山为王，另立事业，至死不保宋室。

寇　准：岳将军说得有理，但老朽尚有一言说来，将军莫怪。

（诗）寇准哈哈笑，将军理太偏。

只因杨元帅，命丧在云南。

真假还不定，你就反三关。

落草当山寇，可有何光鲜？

（代唱）将军你文中探花武中举，文武全才不比别人。
　　　　当初是因为权臣掌国事，使得那贤士忠良隐山林。
　　　　既然出世国家用，理应当忠心不二报国恩。
　　　　你本是三关副帅责任重，比不得孟良焦赞粗鲁人。
　　　　扔了三关带众将，一怒反上太行山林。
　　　　要路关隘无人守，才使得天子被困在山林。
　　　　你要不撤三关人马，那韩昌再也不敢把宋侵。
　　　　使得百姓遭涂炭，闹得天下乱纷纷。
　　　　看到俱是将军错，你是个知明之人自思寻。
　　　　虽然死了杨郡马，你也该差人访查真。
　　　　辨明是非论一论，清自清来浑自浑。
　　　　八王为杨家心使碎，我寇准也为杨门费精神。
　　　　天子接了你的信，暗差王强下狠心。
　　　　满朝文武全不知晓，见了郡马人头才知闻。
　　　　千岁也曾闹金銮，我也哭了几个昏。
　　　　你该捉拿狗奸党，上本奏与主当今。
　　　　外抗番寇内清君侧，才是英雄人上人。
　　　　俱隐高山身不动，莫非说一辈子久居在山林。
　　　　你说扶保杨宗保，岂不知杨家世代是忠臣？
　　　　不但宗保他不肯，就是那死去杨景魂不舒心。
　　　　一则负了朋友义，二则有辱自己身。
　　　　我君臣亲自来请你，正该发兵救主君。
　　　　对得起死去杨郡马，又对得起天波府的老太君。
　　　　丈夫当有冲天志，不该怀揣嫉妒心。
　　　　你此去救出天子杀败番将，声名远扬四海闻。
　　　　绝不该把我君臣绑，这事办得太粗心。
　　　　常言总说是非者，就得算起是非人。
　　　　就是你有天大气，也不能把送殡的埋在坟。
　　　　你说你为杨元帅，我对杨家也有恩。
　　　　有啥理由要杀我？三思免生后悔心。

再者说杨景还没死，有日见面何话云？

岳　胜：哦，

（唱）一闻此言忙忙问，

（白）寇大人，你说杨元帅没死，现在哪里？

寇　准：也不知道他上哪里去了，自从人头进京，我见了人头，验明没有三根红发。后来任堂惠保护柴郡主回来，如此这般，被太君撵出府去，如此被王勤拿住，我与太监陈林救出。后来不知哪里去了。

岳　胜：哦，听大人之言，杨元帅如在世上，我等定不反宋，方才多有冒犯了，请大人原谅。

寇　准：好说，不杀足矣，但将军理应发兵救驾才是。

岳　胜：叫我等救驾，却也不难，但必须应我三件大事。

寇　准：哪三件呢？

岳　胜：第一件，我高山粮饷不足，得叫八王上山送来喽兵的三年粮饷。

寇　准：第二件呢？

岳　胜：二件，我们救出天子，还归太行山，不受宋朝所管。

寇　准：第三件呢？

岳　胜：三件如果我六哥在世，将来我们出世做官；如若不然，我们另立新主。

寇　准：此三件事，我去禀明，八王必能应允。将军吩咐升帐，聚将急急发兵，不可迟误。

岳　胜：好，你去回禀，我就去升帐。

寇　准：请。

岳　胜：请。

喽　兵：（内白）众将听着，大王有令，齐聚厅前伺候。

（升帐，十九人站）

众　将：（诗）三通鼓声响，齐聚候令行。

孟　良：（白）俺孟良。

焦　赞：焦赞。

陈　林：陈林。

柴　干：柴干。

郎　千：郎千。

郎　　万：郎万。
刘德海：刘德海。
崔文秀：崔文秀。
戴魁章：戴魁章。
戴朝风：戴朝风。
吴　　凯：吴凯。
刘　　奇：刘奇。
黄　　虎：黄虎。
孙　　明：孙明。
鲁　　然：鲁然。
马　　训：马训。
鲁　　魁：鲁魁。
陈　　雄：陈雄。
杨　　兴：杨兴。
**合　　**：大哥升帐，小心伺候。
　　　　　（岳胜、宗保出）

岳　　胜：（唱）昔日三关副总戎，今日高山掌权衡。
　　　　　（白）俺花刀岳胜，已与杨兴、焦、孟众家弟兄商议，发兵救驾。八王已应下三件大事。点齐人马，留下一万精兵，叫黄虎看守山寨。众将官，今日下山救驾，进前有功，后退者定按军法处置。放出呼延赞，一同八王、寇准，放炮起兵，杀奔五台山，不得有误。
　　　　　（五郎出）

杨五郎：（诗）念经拜佛出家本分，勤王救驾人人可为。
　　　　　（白）出家人杨延德，自从救出宗勉，宗保不知去向。后来天子把我请上山来，带着五百僧兵保驾。可恨孟良这个鲁夫，请我下山，被我拒绝，他放火烧了我的禅堂。僧人言道，他将宗保带走，如今不知去向，叫人放心不下。今日该我去守前山口。众徒弟们，各带兵刀守山去者。
　　　　　（太君升帐，众女站）

佘太君：（诗）求战不能战，叫人闷在心。
　　　　　（白）老身佘太君，千岁与寇天官、呼老将军上太行山去了，这好几天，并未回来，好叫人放心不下。

（卒上）

卒：报太君得知，今有岳胜营外求见。

佘太君：哦，想是前来救驾，快些有请。

卒：哈，有请岳将军。

岳　胜：来了。（上）老母在上，岳胜叩拜。

佘太君：快些起来。

岳　胜：是。

佘太君：岳贤侄请坐。

岳　胜：谢坐。

佘太君：贤侄可把高山人马带到么？

岳　胜：俱已带来，以我等之见，另立新主，何苦与那昏王出力？

佘太君：贤侄说到哪里去了？普天之下，皆为王土。依我看，应当勤王救驾。天子有难，焉能坐视不理？闲事有时间再论，快想法搭救天子出山要紧。

岳　胜：母亲，依我拙见，必须先有人闯进山去，见了天子，里应外合，内外夹攻，必得全胜。你就回营，派人入山，我与孟良、杨兴二人闯进山去，咱这里准备今夜二更听山上暗号，山下从外往里杀，山上从里往外杀，我们太行山众将保护天子逃奔雄州。之后我们还回太行山去，六哥要不在世，我们永不保宋。

佘太君：后事莫论，先救天子要紧。

岳　胜：是。

佘太君：你看岳胜去了。众将官，人吃战饭，马喂饱草，但等山上号炮一响，往里攻杀。

众：得令。

（孟良、杨兴马上）

孟　良：（唱）奉了岳哥令，闯营上五台。

（白）俺孟良。

杨　兴：杨兴。

孟　良：贤弟，你我来在山下，闯营便了。

（唱）孟良当先抡大斧，后边跟着小杨兴。

　　　　　　　大喊一声杀入内，霎时杀条血胡同。
番　　兵：（唱）番兵报与萧天佐，
萧天佐：（唱）听报上马来战争。
　　　　　　（佐上对兴，大杀，同下）（孟上）
孟　　良：（唱）孟良得便往里闯，
　　　　　　（孟良杀番兵，闯下，韩昌上）
韩　　昌：（唱）来了韩昌把叉拧。
　　　　　　（孟上，对杀）
孟　　良：（唱）大战也有二十趟，
　　　　　　（孟败下，又上）
孟　　良：（唱）气坏孟良愣头青，放火烧了理才通。
　　　　　　打开葫芦放出火，
韩　　昌：呀，
　　　　　　（唱）烧得韩昌往里行。
　　　　　　不敢交战回营去，
孟　　良：（唱）喜坏孟良将英雄。
　　　　　　番贼被火烧个苦，呀，怎么不见将杨兴？
　　　　　　且不管他把山上，见了天子好请功。
　　　　　　霎时之间到山下，大喊快快传禀一声。
杨五郎：（唱）五郎山上看得准，问明来历放入山。
孟　　良：（唱）孟良说明进山口，
杨五郎：（唱）五郎引路进庙中。
天　　子：（唱）真宗闷坐禅堂内，
众　　臣：（唱）众臣相陪保主公。
杨五郎：（唱）五郎进来忙启奏。
　　　　　　（白）启奏万岁，今有孟良奉八王钦旨前来下书。
天　　子：叫他进来。
杨五郎：领旨，天子命孟良觐见。
孟　　良：来了。（上，不跪）万岁，孟良参驾。
天　　子：哼哼，好个逆贼，见了朕，并不下跪，真乃大胆。哼，无有道理。孟良

　　　　可有文书吗？拿来我看。

孟　良：是。（呈书）

天　子：待朕看来。原来八王请来太行山人马，前来救驾，叫山上人马里外夹攻。好哇，众卿，八王书信到来，原是如此如此。众卿看是怎样？

王　勤：万岁，为臣有本奏闻陛下。臣想，此番北国祸根，孟良所起，他杀了谢经武全家四十八口，我主仁德不叫偿命，办个充军之罪，他竟半路逃走，回到三关，烧了粮草，逼反三关众将，又写反书，致使杨元帅身亡，北国才敢犯界，我主被困受惊，皆是孟良之罪。这样无用之人，留之无义，望我主上裁。

天　子：王勤所奏有理，平身。

王　勤：万岁。

天　子：刀斧手，将孟良拉下开刀。

　　　　（绑上）

孟　良：好个昏君，你今将我绑了，杀我倒不要紧，只怕我那众家兄弟不与你干休。

天　子：哼，逆贼野心不退，留你必有后患，推下开刀。

　　　　（绑下，王袍上）

王　袍：刀下留人。（跪）万岁不可。

　　　　（唱）连呼万岁万万岁，千万不可信谗言。
　　　　　　孟良虽然人粗鲁，本是八王请上山。
　　　　　　前来救驾为我主，下书闯进恶龙潭。
　　　　　　今日要把他问斩，太行山众将岂不心寒？
　　　　　　外寇没退内寇乱，只怕君臣命难全。
　　　　　　我主仁德想一想，

天　子：哼，

　　　　（唱）天子点头说该然。
　　　　　　丞相所奏实有理，好歹救咱出了山。
　　　　　　吩咐一声快松绑，放回孟良朕有言。

　　　　（白）御林军，将孟良放回。

　　　　（带孟上）

孟　　良：昏君要杀就杀，要砍就砍，何必这样唠叨？给孟祖宗一个快刑。

天　　子：孟将军不要动怒，方才寡人无奈，试试你的性气，试试你的胆量。

孟　　良：哈哈哈，原来试探与我。不是某家夸口，胆小也不敢闯营，俺孟良从来没把死活放在心上。

天　　子：好，将军果然胆大过人。今夜点齐兵将，二更以后，点齐号炮，从里往外杀，全仗将军开路了。厨下用酒饭去吧。

孟　　良：好，有酒就行。

天　　子：王丞相。

王　　袍：万岁。

天　　子：咱君臣俱换便衣，急命暗暗撤了山头人马，命高君保、郑印保护后队，杨五郎带着五百僧兵，与孟良头前开路。

杨五郎：万岁，我本出家人，不愿久在军营。等我主闯出山口，为臣还要归山修行。

天　　子：依卿所奏，吩咐急急预备，以待厮杀。

　　　　　（诗）困龙自有升腾日，全仗将军血战功。

　　　　　（升番帐，六人站）

众　　将：（诗）赫赫威名震北番，全凭人马保江山。

　　　　　　　　呐喊一声地动摇，敌人闻名心胆寒。

萧天佐：（白）俺萧天佐。

萧天佑：萧天佑。

韩匡思：韩匡思。

耶律休弟：耶律休弟。

耶律休哥：耶律休哥。

土金秀：土金秀。

合：　　都督升帐，在此伺候。

　　　　　（韩昌出）

韩　　昌：（唱）带兵困住五台山，定拿兵将不容宽。

　　　　　（白）俺驸马韩昌，带兵围困五台山，明与杨景报仇，暗取大宋江山。困了多日，料他插翅难飞。佘太君前日来救，本督不与她交战，她也进不去山。昨日太行山孟良、杨兴闯山而入，十分骁勇，已命众兵困住一将，劝他投降。那将自报名叫杨兴，杀砍我国人马无数，困在里面，料他不能出去。

（卒上）

卒： 报都督可不好了。

韩　昌：何事这等惊慌？报来。

卒： 都督听报。

（唱）报报报军情，都督得知道。
　　　小人探得清，不得不来报。
　　　山上火把明，只听响大炮。
　　　出来一股兵，个个都凶暴。
　　　五百恶和尚，当先开着道。
　　　有个杨五郎，禅杖耍得妙。
　　　还有个孟良，大斧手中绕。
　　　闯进咱的营，遇着脑袋掉。
　　　都督快迎敌，看看就杀到。

韩　昌：（白）再探。

卒： 得令。

（唱）韩昌传令号：
　　　喝叫众番兵，迎敌莫后靠。
　　　才要下帐中，前营又来报：
　　　太行山大兵，足有十万号。
　　　还有京中兵，一齐杀来到。
　　　火箭一齐发，咕咚放大炮。
　　　里外两加攻，咱兵还睡觉。
　　　半夜三更天，军营乱了套。
　　　这是一往情，一点不虚报。

韩　昌：（白）再探。

卒： 得令。

韩　昌：（唱）听罢气炸肝，急得双脚跳。
　　　　叫声众将官，上前听令号。

韩　昌：（白）耶律休弟、耶律休哥、韩匡思，你三人带领人马，堵挡山上下来的人马。萧天佐、萧天佑、土金秀听令，你三人随本督，去挡山外的人马。

（佑杀下）（焦赞与昌杀下）（孟良、五郎对思）

韩匡思：宋贼，哪里走？

孟　良：番贼，看斧子罢。

（大杀，孟败，又上）番贼厉害，黑夜之间不便交战，待我用大火烧他便了。

（唱）葫芦中，冒大红。

兵营之内，烟火腾腾。

叫声杨五哥，快快杀番兵。

五郎一摆铲杖，当先率领众僧。

（众人大杀）

番　兵：（唱）番兵怕火四下跑，匡思烧得叫连声。

只杀得，发了蒙。

吓坏北国，耶律弟兄。

率众往下败，奔了自己营。

郑印、高君保：（唱）郑印与君保，护驾往外冲。

佘太君：（唱）太君早已接应，带领女将上冲。

直闯番营休落后，杀死番兵满地横。

杨排风：（唱）来了那，小排风。

抡开大棍，快似流星。

直奔番兵队，遇着一命倾。（杀兵死）

杀得尸横遍地，血水与河相同。

佘太君：（唱）正遇天子迎面到，太君上前把话明。

（白）天子出来五台山，是为万幸，大家上前接驾。

（八王、延赞、寇上，太君对天子，后跟孟、五郎）

众　臣：万岁多有受惊了，臣等救驾来迟，望我主恕罪。

天　子：众卿何罪之有？都怨寡人一时之错，险乎丧于此地？

佘太君：万岁，此处不是讲话之地，不可久站，趁太行山人马与番兵交战之际，我主急急逃走，我等保驾投奔雄关，那里有何忠海镇守，暂且安身，后回汴梁，再议军事。

天　　子：太君之言有理，你就吩咐。

佘太君：郑印、高君保、呼延赞、王强、王勤听令，你五人保护圣驾前行，杨宗保断后路，我与众女将分三队人马，急奔雄关。

孟　　良：老太君哪，我还回去帮助岳大哥，杀番兵去，用火烧他便了。（放火）着了着了，待我到那边烧去。（火烧，番败下）

（岳上）

岳　　胜：番兵败走，众家弟兄不必追赶。

（孟上）

孟　　良：好火好火，一阵烧了，忘形而逃。

岳　　胜：孟贤弟，天子可曾逃走么？

孟　　良：他们都上雄关去了。

岳　　胜：好，即刻鸣金，聚齐人马回太行山便了。

（昌急上）

韩　　昌：好烧哪，一阵大火，伤兵无数，无奈退回二十余里。

卒：　　　报都督得知，太行山人马回山去了，天子投奔雄关去了。

韩　　昌：去了多远。

卒：　　　约有八十余里。

韩　　昌：起过，我想太行山人马归山，宋兵势孤，我何不追赶宋天子，要来降书顺表？也不枉出兵一回，定是这个主意。众番兵，挑三万人马随我追赶宋王，限一夜务必赶上，违者斩。其余大兵，随后进发。（得令）就此追赶。

（呼丕显出，纱帽）

呼丕显：（诗）正直无私可对天，王爵降旨做州官。

（白）本州呼丕显，因谢经武官复原职，我心不服，与天子大闹一番。王强一本说欺君犯上，昏君听信谗言，将我王爵降为营州知州。上任之后，治得民风平稳。听说天子五台山降香，被北国困住，有心前去救驾，手中没有兵权。又听说杨元帅被贬去云南，天子命人取来首级。可叹保国忠良死得冤枉。天已二更，人来，带马巡城。

（唱）出了州城上了马，天有二更锣鸣声。

此处相离防边近，故此昼夜要查清。

怕是敌人混城内，打抢财物把事生。

现今北国又造反，天子困在五台山。
我想京中无良将，尽是老少无有能。
宋朝去了杨元帅，哪是韩昌对头兵？
保不住江山付流水，可有何人保江山？
有心单枪去救驾，又怕失了营州城。
各处巡城加防备，恐怕奸细到城中。
吩咐人役各门走，

杨六郎：（唱）杨景贩牛往北行。
自从离了汴梁地，又回云南住宅中。
王氏弟妹多贤惠，立志守节不改更。
又与我纹银五千两，贩卖耕牛做营生。
离了云南多少日，翠屏山上两英雄。
一位董明一位宋亮，情愿弃山把我从。
他二人扮作保镖样，不辞冒雪与踏风。
可叹我忠良时不至，落得贩牛走西东。
面前倒有城一座，吩咐伙伴赶牛进城。

（六郎下，又上，对店家）

杨六郎：（白）店家，你们可有宽敞的房屋没有？
店　主：有屋子洁净，客官请住小屋子。
杨六郎：好，伙伴们，将牛赶入店中，好好喂养。
店　主：客官请入上房。（六郎上，坐）客官请问用什么酒饭？
杨六郎：随便可以。
店　主：好，随后就到。（下）
杨六郎：你看店家倒也不错，不免在此住上几日，等着牛价贵时，再上市去卖。
天已不早，用饭好去休息。

（店主上）

店　主：客官酒饭已到。这位客官贵姓哪？
杨六郎：在下姓任，好说店主何名？
店　主：在下姓甘，我这家店叫甘家店。
杨六郎：此城叫什么城？营州城？

店　　主：正是。你老酒饭用好罢，待我收拾下去。（下，拿茶上）任爷请用茶。

杨六郎：费心了。（锣响九下）哦，店东，方才是什么官员？贪夜要往哪里去呢？

店　　主：任大爷不知，这是州官出来巡城。

杨六郎：哼，他一个州官，该打九棒锣不成？

店　　主：州官比州官不同，这位老爷听说是靠山王，姓呼，因为他为官傲上，圣上才贬他到此做州官来了。

（唱）这位州官爷，性气不像样，
　　　常常动粗鲁，与皇上抬杠。
　　　因此贬了他，却把州官降。
　　　皆因营州城，并没有武将。
　　　离着北国近，不得不提防。
　　　怕是有奸细，进城来抢掠。
　　　夜夜来巡城，亲自走几趟。
　　　拿住可疑人，立刻就绑上。
　　　送到南牢中，叫他一命丧。
　　　一往事说完，睡觉候天亮。
　　　说罢往外行，

杨六郎：呀，

（唱）心中自揣量。
　　　左思右想的，暗叫呼家将。
　　　你为我杨家，操心抗皇上。
　　　又遇老王强，再三打莽状。
　　　二十多岁人，性气不改样。
　　　你为我杨景，边庭走一趟。
　　　拿来仁美贼，智谋出人上。
　　　待我莫大恩，一时未曾忘。
　　　想不到今天，相会心快畅。
　　　想个计牢笼，见面走一趟。
　　　寻思一会说有了，

（白）我想一品官二品客，我贩卖耕牛也算大客商，待我写个拜帖，前去拜他，自然就得见面。定是这个主意，待我写来。（写介）将帖写完，天已半夜，盹睡片时便了。做梦想不到故人遇，真是出于意外中。

（丕显升堂）

呼丕显：（诗）昼夜巡查费神思，恐怕奸细乱华夷。

（白）本州呼丕显。

（卒上）

卒： 禀爷，今有云南贩牛客商，有明帖投递。

呼丕显： 呈上来，待我看来，上写云南客商任堂惠拜。哼，好个牛贩子，竟敢来拜本州。哦哦哦，古语云，一品官，二品客，想必有秘事，也未可定。人来，命他见我，有请客人。

（六郎上）

呼丕显： 哎呀，原来是郡马来了。哈哈，哪一阵风将你刮到这里？看起来真是神差鬼使，活该你我奇逢，巧遇至此。

（唱）上前拉住不松手，哈哈大笑喜十分。
听说你在云南丧了命，如同钢刀挖我心。
背地流了多少泪，几天茶饭懒沾唇。
只当你真一身死，谁知仍在世上存。
只因边庭拿仁美，太宗封我王位尊。
老王归位真宗坐，谢状元之事我抗君。
将我贬到营州地，几年光景今遇故人。
还是咱俩有缘分，神天保佑你来临。
手拉手儿多亲近，

杨六郎：（唱）杨景低头自沉音。
这样亲近太不雅，泄露机关命难存。
要有奸臣奏天子，连累他大祸临身。
寻思一会相谈打，（说南语）

呼丕显：（唱）闹得丕显迷了神。
愣了半天说是了，心中明白八九分。
将手一摆左右退，吩咐一声快掩门。
手拉手儿书房入，满面带笑把话云。

（白）郡马，大堂之上众目所视，你不敢露出真情，今在书房并无别人，你快说实话吧。

杨六郎：千岁，倘被奸党知道，奏知天子，刷旨一道，问你要人，岂不连累你了？

呼丕显：这就是了，郡马听说你充军云南，被王强杀了，为何又来到这里呢？

杨六郎：原是这般如此，假充任堂惠，来见千岁，探听天子动静。倘有机会，我好立功赎罪。

呼丕显：总是郡马忠心不改。如今天子说是出了五台山，奔雄关去了，未知真假。老太君为帅，高君保、郑印保驾，还有令郎杨宗保，私自离家也在营内。

杨六郎：呀。

（唱）听此话，吃一惊。
好个冤家，胆量过凶。
今才十九岁，竟敢入军营。
塞北鞑子英勇，哪个我不知情？
韩昌也有千合勇，萧天佐刀砍一下冒光星。
小畜生，真年轻。
不知好歹，前去出征。
倘遇萧天佐，难保死共生。
你有霸王之勇，却也难把贼赢。
又怕老母受惊怕，叫儿心中怎安宁。
尊千岁，听我明。
我有一计，望乞应承。
天子与众将，现在正吃紧，
如今韩昌定追，不久必到此城。
雄关没有能征将，必然逃到此城中。
有一计，且不明。
耕牛八百，望乞照应。
供给草与料，千岁要担承。
将来自有用处，暂时且不说明。
我今匹马雄关去，探探北国他军情。

呼丕显：（白）不可！

（唱）既到此，两相逢。

多住几日，听听动静。

倘若不取胜，郡马就出城。

可以将功折罪，省着隐姓埋名。

那时出头回朝转，方显赫赫大英雄。

杨六郎：（唱）我杨景，有罪名。

只恨我今，难露真名。

只有尽忠义，无有敕旨行。

今日有此机会，该着为臣露名。

千岁照应我伙伴，我去雄关走一程。

呼丕显：（唱）既要去，小心行。

凡事谨慎，不用叮咛。

你本智勇将，非比痴而庸。

明白你就前去，我在城中敬听。

杨六郎：（唱）事不宜迟我就走，

（白）事关紧急，休等明天，我就回店，收拾枪马前去。

（诗）故友相逢三年幸，又去为国探事情。

（天子、八王、寇、君保、郑印马上）

高君保：（白）万岁与众位大人快走。

（唱）君保当先开前路，

郑　印：（唱）郑印心中不安宁。

天　子：（唱）天子马上心害怕，

八王、寇准：（唱）八王寇准心担惊。

呼延赞：（唱）老将延赞随马后，

众文官：（唱）许多文官随君行。

天　子：（唱）天子不住回头看，恐怕后边有番兵。

佘太君：（唱）太君带领众女将，左右保护宋真宗。

杨宗保：（唱）宗保紧押后队走，预备追兵好战征。

天　子：（唱）天子马上长叹气，开言叫声八皇兄。

虽然闯出虎穴地，君臣可往哪里行？

	万一番兵再追上，再想逃生万不能。
八　王：	（唱）万岁不能过忧虑，咱们投奔雄关城。
	那里总兵何忠海，武艺高强杀法精。
	咱们大兵有十万，还有男女众英雄。
	过了雄关营州界，那有靠山王守大城。
众　人：	（唱）君臣正然往前走，（内喊）忽听后边有杀声。
	君臣打马加鞭跑，远远看见雄关城。
	吩咐一声将城叫，军卒答应不消停。
	说与守城众军校，
军　校：	（唱）军校报与何总兵。
何忠海：	（唱）何忠海急忙迎接出城外，同入帅府分西东。
	忠海参驾呼万岁，
	（白）万岁，多有受惊了。
天　子：	爱卿，快想退兵之计，番兵追赶来了。
何忠海：	万岁放心，等番兵到来，为臣与他决一死战。
	（卒上）
卒：	报万岁得知，番兵来了无数，将城围住，四面攻打，乞令定夺。
天　子：	哎呀，可吓死朕了。
何忠海：	万岁不要害怕，众将官抬枪带马。
天　子：	你看何爱卿去了，众卿保守四门，擂鼓助战，随寡人上城一观。
	（何忠海上）
土金秀：	众将官，攻打关城。（土金秀对）来这宋将，报上名来受死。
何忠海：	本帅雄关总兵何忠海，番贼何名？
土金秀：	我乃在北国萧后驾下为臣，韩都督帐下听用，酋长爷爷土金秀，不要走，看枪。
何忠海：	看刀。
	（土败，天上佐）
萧天佐：	宋将慢赶，萧天佐来也。
何忠海：	看刀！
	（砍不动，败下，又上）呀，不好，这番将刀砍不动，力大无穷，只怕有

些不好了。

（唱）何忠海，甚惊骇。

这个番将，真也怪哉。

刀砍身不动，火星冒出来。

浑身犹如铁打，叫人胜他不来。

眼见番兵一齐上，刀枪并举齐砍来。

萧天佐：（唱）萧天佐，马催开。（大杀）

萧天佑：（唱）又来天佑，叉奔心怀。（双战）

土金秀：（唱）土金秀也到，气恼满怀胸。

三人大战住一个，齐说快把他房。

兵器交加困在内，刀枪如同乱草柴。

何忠海：（唱）心害怕，叫苦哉。

使得浑身，骨软筋衰。

两膀实酸痛，躁汗流下来。

口内呼呼直喘，身软甲松盔歪。

挡过这边刀一口，那边钢叉又刺来。

三番将：（唱）三番将，喜心怀。

眼见宋将，掉下马来。

大家齐努力，捉拿莫迟挨。

何忠海：（唱）忠海战着番将，心中暗暗详猜。

大叫番将快住手。

（白）番将，快些住手。

萧天佐：宋将，快些投降。

何忠海：我今被你围住，也不得不投降了。

萧天佐：好，既然投降，快些扔了兵器。

何忠海：那是自然。

萧天佐：好。

何忠海：何忠海将手中刀往空中扔，顺手拔出宝剑，待我自刎而死，也罢。（死）

萧天佐：好个宋将，真乃厉害，竟然一死。众番将，攻城！

（天子急上，众臣站）

天　子：哎呀，可不好了，眼见何总兵阵亡，番兵攻城甚紧，朕只怕出了虎穴，又入龙潭了。

　　　　（唱）真宗吓得嗒嗒颤，体似筛糠一样般。

　　　　　　　将军中海丧了命，番兵四面困城关。

　　　　　　　刚刚出了五台地，困城又遭第二番。

　　　　　　　此城粮少兵又寡，日久难免破了关。

　　　　　　　真宗急得团团转，

呼延赞：（唱）呼延赞上前把话言。

　　　　　　　万岁快些写救旨，为臣搬兵走一番。

天　子：（白）你上哪里搬兵呢？

呼延赞：（唱）镇守营州臣的子，叫他救驾到这边。

　　　　　　　调动左近人共马，里外夹攻必万全。

天　子：（白）好，

　　　　（唱）爱卿要去朕准本，捏笔刷旨顷刻完。

呼延赞：（唱）呼爷接旨往外走，

天　子：（唱）吩咐众将快开关。

　　　　　　　君臣城头去观看，

呼延赞：（唱）延赞马上抖威严。

　　　　　　　大喊一声把营闯，

韩　昌：（唱）韩昌急忙到阵前。（对）

　　　　　　　并不交言杀一声，佯输诈败出了圈。

　　　　　　　吩咐下上绊马索，

呼延赞：（唱）呼爷不知中机关。

　　　　　　　说声不好掉下马，

番　兵：（唱）番兵上前用绳拴。

韩　昌：（唱）韩昌收兵升大帐，（坐）带上闯营宋将官。

　　　　（带呼上）

呼延赞：（唱）延赞挺身大声骂，番贼将我用刀餐。

韩　昌：（唱）吩咐搜翻有何物，（搜书呈上）哦，原是求救书一篇。

　　　　　　　看完用火忙焚化，绑出营外乱箭穿。（绑上，下）

韩大立：（唱）韩大立上帐说不可，莫如解送把国还。
　　　　　　　一则哥哥多受赏，二来众将有光颜。
　　　　　　　不知都督意如何？
韩　昌：（唱）好，命你解送走一番。
韩大立：（白）得令。
　　　　（唱）下帐点起兵一百，（·下）上了囚车出营盘。
韩　昌：（唱）韩昌退回后帐去，
韩大立：（唱）韩大立马上心喜欢。
　　　　　　　这回解送南朝将，国主定封我高官。
　　　　　　　强如在此来上阵，白日夜间不得闲。
　　　　　　　到家老少见了面，夫妻儿女满团圆。
　　　　　　　马上高兴甚得意，
杨六郎：（唱）杨景探事在途间。
　　　　　　　呀，只见前面人一伙，不知何事主何原。
　　　　　　　匹马单枪迎上去。（对上）
　　　　（白）哪里人马，要上哪去？囚车里关的何人？
韩大立：哎呀，你这个人放着道不走，骑马拿枪竟敢拦路?!
杨六郎：说明来历，叫你过去。
韩大立：听了。
　　　　（唱）没见你这人，无故多管事。
　　　　　　　放着道不走，再三只要问。
　　　　　　　我就对你说，你敢会怎的？
　　　　　　　我是北国人，扶保萧后帝。
　　　　　　　韩昌大都督，帐下来听事。
　　　　　　　他是我哥哥，我是他兄弟。
　　　　　　　只因宋真宗，昏君真不对。
　　　　　　　五台山降香，没事他找事。
　　　　　　　我国知道了，带兵把山困。
　　　　　　　困了多少天，不出也不进。
　　　　　　　宋朝救兵到，太君老没味。

　　　　带领众女将，真也不顶事。
　　　　儿子死净了，她还不泄气。
　　　　我们都督他，不与她见阵。
　　　　可恨太行山，这伙毛贼子。
　　　　齐打呼来的，我们不知信。
　　　　黑天瞎火的，出奇两不意。
　　　　救出宋王来，他们跑了去。
　　　　有个秃和尚，武艺真没对。
　　　　如今不见了，天子跑到这。
　　　　我们围了关，昨日见一阵。
　　　　死了守城官，四门又紧闭。
　　　　出来又闯营，活捉没费事。
　　　　我哥就要杀，我说解回去。
　　　　姓呼延赞名，也有七十岁。
　　　　这是一往情，瞎说没一句。
　　（白）得了，都告诉你了，快些闪路罢。

杨六郎： 哦，你原来是送犯人的。

韩大立： 对咧。

杨六郎： 我是劫夺犯人的。

韩大立： 哎呀，哈哈，你要找死，你可知我的厉害。

杨六郎： 我不管怎样厉害，你可认得我吗？

韩大立： 有点面熟，一时想不起来。

杨六郎： 我是镇守三关的杨景。

韩大立： 哎呀，妈呀，跑吧。

　　（众兵跑，扔囚车）

杨六郎： 哈哈，你看番兵知我厉害，飞跑而去，不必追赶。打开囚车，救出呼延赞老将军便了。

　　（打介，同上）

杨六郎： 老将军，多有受惊了。

呼延赞： 呀，原来是郡马到了，我真是两世为人了。郡马，都说你死了，却为何还在世上？
杨六郎：原是这般如此，老千岁，不要泄露我的名字。你快去营州见令郎，我上太行山去见岳胜，说服他们归降，前去救驾要紧。
呼延赞：哈哈，有杨元帅在世，就不怕番将，如此我上营州去了。
杨六郎：老千岁到了营州，不可妄动，叫令郎等候几日，但等太行山的人马到齐，共议破敌之计。
呼延赞：好，郡马请。
杨六郎：千岁请。（呼下）你看老将军去了，不免一奔太行山走走便了。

（升帐，众将站）

众　将：（诗）独霸高山任逍遥，无拘无束逞英豪。
孟　良：（白）俺孟良。
焦　赞：焦赞。
杨　兴：杨兴。
郎　千：郎千。
郎　万：郎万。
陈　林：陈林。
柴　干：柴干。
合：大王升帐，在此伺候。

（岳胜出）

岳　胜：（诗）心怀三韬六略书，排兵布阵赛孙武。
　　　　　　花刀欲动人难挡，敢称无敌大丈夫。
（白）我太行山大王岳胜，自从下山救了天子，回到高山，想念六哥，不知真的有没有了，叫人好生犯疑。

（卒上）

卒：报大王得知，山下来了一人叫任堂惠，求见大王。
岳　胜：哦，任堂惠，六哥的好朋友，今日到此，不可怠慢，快些有请。
卒：有请任爷。
杨六郎：来了。（上）众位英雄，任某有礼了。
岳　胜：你不是六郎杨元帅么？罢了，六哥呀，可想死小弟了。
（唱）岳胜伸手忙拉住，叫声六哥放悲声。

众　将：（唱）孟良焦赞也伤感，六兄今日到的哪阵风？
　　　　　　　杨兴陈林与柴干，目不转睛看分明。
　　　　　　　郎千郎万心酸疼，多年不见今日逢。
　　　　　　　都说你在云南死，人头也曾回了京。
　　　　　　　咱们一想造了反，弃了三关那座城。
　　　　　　　立志不保大宋国，要与哥哥报仇恨。
　　　　　　　前者五台救天子，也是看在寇莱公。
　　　　　　　二者太君老母面，要不怎能下山峰？
　　　　　　　推倒昏君小宋主，拿住奸臣点天灯。
　　　　　　　快些升座议大事，

杨六郎：咳，
　　　（唱）不得不把实话明。
　　　　　　我想不露真名姓。怕对不起众位弟兄。

岳　胜：（白）六哥你是怎得活命？
杨六郎：（唱）自从云南去发配，诸事倒也遂心中。
　　　　　　　不想你们三关反，王强奏主说我私通。
　　　　　　　奉旨去取我首级，任堂惠替死我才生。
　　　　　　　他与我生得一模样，故此人人都信从。
　　　　　　　如此这般把牛贩，那日到了营州城。
　　　　　　　靠山王是呼丕显，我俩定下计一宗。
　　　　　　　训牛破敌打反叛，好救天子出火坑。
　　　　　　　故而来见众兄弟，可止则止可行则行。

岳　胜：（唱）六哥既然还在世，我等情愿保江山。
杨六郎：（白）好，
　　　（唱）大家愿意听分派，
　　　（白）我在营州准备下八百耕牛，已有董明、宋亮训练。营州四门以内，各搭牛棚一座，与城墙一般高，番营的人马看得真切。再把牛饿上几天，用扎彩匠扎上草人，与北国人打扮一样，摆列牛圈之内，牛饿饥了，必然要顶草人，草人漏草，牛要吃草，如数次，牛就熟练。临用之时，将牛角绑上尖刀，等与番兵交战之时，将四门大开，往外一赶，后边用炮声震惊，牛受惊闯入番营，见人就顶，强如十万人马。然后大兵里外夹攻，定叫番兵片甲不归。
岳　胜：好，六哥此计太妙。
杨六郎：天子现在雄关，你们急差人进城，见了天子说雄关不是久居之地，叫君臣投奔营州。你们将天子救出雄关回山，召集人马以后听用，千万不可提我在世，等破了番兵，我再泄露真名不晚。
众：　　我等愿听六哥的吩咐。
岳　胜：杀猪宰羊，大排酒宴。
杨六郎：我再住上几天，好去训牛。
岳　胜：好，六哥请。
杨六郎：弟兄请。
　　　　（诗）弟兄离而又复合，真是天下喜事多。
　　　　（天子出，众臣立）
天　子：（诗）被困城中如剑刺，日夜担心坐针毡。
　　　　（白）朕，大宋真宗在位，困在城内，战了几次，俱不得胜，惧怕君臣都要饿死了。
　　　　（卒上）
卒：　　报万岁得知，番兵攻打，四面都很紧，请主定夺。

（完）

第二十六本

【剧情梗概】 宋真宗被困雄关,六郎派孟良闯破敌营至雄关送信,又令岳胜带兵里应外合,使宋真宗脱围而逃往营州。不料韩昌紧紧追赶,又围住营州。此时六郎身在营州,假充任堂惠,演练牤牛阵。被寇准认出后,合计破敌之策。六郎顶盔披甲,以昔日杨景之形象上城,辽军见后,甚为恐慌,退兵几十里。天子知道真相后,任命六郎为扫北大元帅,统领三军。军中乏粮,六郎派寇准去往辽国统帅韩昌处借粮,寇准巧言应对,竟得粮食一万石。周密部署之后,六郎让八百牤牛从四面冲锋陷阵,最后以十万兵力大胜韩昌五十万大军。孟良活捉韩昌,被杨六郎放回,期望两国重归于好。胜利后,宋真宗一一封赏,杨六郎仍带领太行山弟兄镇守三关。

(孟良马上)

孟　　良: (白)我孟良奉大哥之命,去雄关下书,还不让叫他真名实姓,叫我糊里糊涂。不管怎样,有了我六哥在世,就有了兴头了!就此走走便了。

(唱)急打马,不消闲。
　　　奉命听差,去奔雄关。
　　　想我孟老愣,做事鲁又憨。
　　　自幼好惹祸事,遭了人命关天。
　　　只因惧罪逃在外,信步投入太行山。
　　　拜兄弟,甚投缘。
　　　招兵买马,喽啰万千。
　　　逍遥又自在,没人管着咱。
　　　不想六哥杨景,率兵路过高山。
　　　收服我等归王化,战败北国守三关。
　　　不征战,太平年。
　　　京中出事,谢家状元。
　　　太君受了气,我们探老年。
　　　杀了谢家狗子,挖了他的心肝。
　　　办我充军郑州去,半路逃跑回三关。

　　　　　　烧粮草，有万千。
　　　　　　抛了城池，反上高山。
　　　　　　去信与天子，惹下大祸端。
　　　　　　天子不敢惹我，派人去上云南。
　　　　　　把我六哥首级取，多亏有人替命捐。
　　　　　　昨日个，他上山。
　　　　　　弟兄几载，才得团圆。
　　　　　　叫我把山下，这个有啥难？
　　　　　　闯营杀他几个，好给斧子解馋。
　　　　　　叫他试试祖宗我，杀他几个马倒人翻。
　　　　　　越思想，越喜欢。
　　　　　　加鞭打马，连跑带颠。
　　　　　　正走抬头看，瞧见番营盘。
　　　　　　不管高低上下，催马大斧抢天。
　　　　　　喊杀一声杀上去，
番　兵：（唱）番兵吓得跑又颠。
　　　　　　急回报，不得闲。
狼　心：（唱）末将狼心，来到阵前。（狼、孟对上）
　　　　　　好个南朝将，胆子大如天。
　　　　　　一人敢把营闯，叫你尸骨不全。
　　　　　　说罢拧枪分心刺，
孟　良：（唱）一斧砍得血直蹿。（狼死）
　　　　　　急催马，到关前。（下，又上）
　　　　　　城上守将，快开此关。
　　　　　（郑印上城）
郑　印：（唱）郑印早看见，吩咐快落栓。
　　　　　　接见孟良入内，
孟　良：（唱）带我去见龙颜。
　　　　　（天子出，八王、寇站）
天　子：（唱）天子闷坐担惊怕，

　　　　　（郑印上）

郑　印：（唱）郑印跪倒把主参。

　　　　（白）启奏万岁，今有孟良前来下书。

天　子：现在何处？

郑　印：现在帐外。

天　子：宣他进来见朕。

郑　印：领旨。有宣孟良。

孟　良：来了。（上）孟良参见。

天　子：孟将军免礼，呈书上来。（拆介）待朕看来。

　　　　（唱）撕去封皮放桌案，从上而下细留神。

　　　　　　　上写岳胜禀万岁，我主仁德有道君。

　　　　　　　探明我主身被困，番兵围住不得脱身。

　　　　　　　微臣想雄关乃是受敌处，日久粮尽大祸临。

　　　　　　　莫如投奔营州去，靠山王武艺精通艺超群。

　　　　　　　调动各地人和马，内外夹攻破番军。

　　　　　　　我这里带兵助一阵，杀退番兵救君臣。

　　　　　　　然后我还回山寨，特差孟良下书文。

　　　　　　　伏乞万岁与众议，可行可止细思寻。

　　　　　　　看罢心中好畅快，众卿听朕说原因。

　　　　　　　太行来信是如此，

八　王：（唱）八王接言把话云。

　　　　　　　此计正是如此做，孟将军你就回山林。

　　　　　　　这里静听你的信，

　　　　（白）孟将军饱用战饭，快快回山调动人马，里外夹攻。千万小心！

孟　良：是。

八　王：你看孟良去了。急急晓谕城中男女，准备枪马，听城外信炮一响，由南门而出，不得有误。

众　人：遵命！

　　　　（杨六郎马上）

杨六郎：离了高山寨，去回营州城。俺杨景辞别众将，回转营州练牛。孟良回山说明天子的情由，岳胜已点兵下了高山，我不免急急赶回营州便了。

岳　　胜：（内白）众家兄弟，压住阵脚。（马上）面前来到雄关，我等努力攻打东、西、北三门，番兵必护三面，留南边放宋天子逃走。众将官。

众将官：有。

岳　　胜：放起大炮，往里攻杀。

佘太君：（内白）众将官。

众将官：有。

佘太君：郑印、高君保在前开路，闪放南门往外冲杀。

郑印、高君保：得令。

（郑枪马上）

郑　　印：众将官，往外冲杀。

（唱）郑印提枪上了马，

高君保：（唱）高君保后面气昂昂。

杨宗保：（唱）来了小将杨宗保，头前开路赛霸王。（两军对上）

番将番兵来交战，（杀）大战疆场似虎狼。

佘太君：（唱）太君率领众女将，保护天子与八王。

（排风上）

杨排风：（唱）排风提棍押后队，闯出南门奔关塘。

（韩昌上）

韩　　昌：（唱）吩咐一声齐追赶，弃了岳胜追宋王。

岳　　胜：（唱）岳胜率兵回山寨，

韩　　昌：（唱）韩昌追赶宋儿郎。

杨排风：（唱）排风回身开言道，

（白）我劝你不要赶尽杀绝，看棍打你。

（唱）叫番贼，理不通。

屡次三番，把宋朝倾。

困住我的主，不叫回汴京。

我们即是败了，何必追赶逞凶？

依奴将来必得胜，劝你快快撤了兵。

韩　　昌：哇呀呀！

（唱）一声喊，如雷鸣。

　　　　大骂花奴，敢逞威风？

　　　　都督不杀你，看你是花容。

　　　　劝你急急回去，说与宋主真宗，

　　　　叫他献了降书表，再要不肯有死无生。

杨排风：（唱）骂番贼，把人轻。

　　　　说尽大话，小看花容。

　　　　刻下杀了你，叫你一命倾。

　　　　那时方知厉害，后悔也算不行。

　　　　说罢抡起风火棍。

（白）番贼不要逞能，看棍打你。

韩　昌：看叉。

（排风败下，又上）

杨排风：你看韩昌，真有千合之勇，难以胜敌，等他赶来，用流星锤打他便了。

韩　昌：哪里走！

杨排风：看打！

韩　昌：咳呀，不好！

杨排风：你看韩昌大败而逃，天子与太太去远，不免随后保护便了。（下）

（萧天佐对，排风上）

萧天佐：小小女将，用什么暗器伤了我国驸马？我萧天佐擒你来也。

杨排风：看棍打你！

萧天佐：来来来。

（杀，排风打介。排风败下，又上）

杨排风：这员番将，棍打头上，火星乱冒，这便如何是好？

（唱）蹦出也有十丈外，不由心中暗惊骇。

　　　　这个番将真可恼，棍打头上冒出火来，

　　　　莫非他是铁打的？这可叫我怎安排？

　　　　只见兵卒齐围裹，兵刀交加奔我来。

　　　　一齐呐喊拿宋将，刀枪剑戟乱如柴。

　　　　心中又怕急回转，（杀一阵，又败上）累得骨软筋也酸。

两膀难提烟火棍，浑身上下汗出来。
口内只是吁吁喘，甲也斜了盔也歪。
挡过这边刀一口，那边长枪刺胸怀。

番　　兵：（唱）番兵番将心欢喜，齐说要拿女裙钗。
杨排风：（唱）虚打一棍败下去，
番　　兵：（唱）番兵追赶不放开。
（云秀英刀马上）
云秀英：（唱）来了云氏秀英女，
赵美荣：（唱）赵氏美荣迎上来。
让过排风挡番将，
（云秀英对天佐）
云秀英：（唱）大叫番将休吊歪。
（白）番将不要赶尽杀绝，我们已经逃走，也就罢了，何必苦苦追赶？
萧天佐：住口！要不拿住宋天子，决不收兵！
云秀英：胡说！看刀取你。
萧天佐：来来来。
（杀，云、赵败下，又上）
云秀英：番兵厉害，不可久战，前面离营州不远，保护天子进了营州城，好做道理。
赵美荣：有理！
（韩昌上）
萧天佐：宋兵投奔营州去了，众番兵，攻打城池，不叫一人出入。
（呼丕显出）
呼丕显：（诗）暗叹英雄身埋没，不知何日得出头。
（白）本州呼丕显，自杨郡马到来，我二人见面，心中十分欢喜。他住在甘家店内，又上太行山去了几日，回来说天子不久必到此城内。他终日训练耕牛，早晚必有一场大战。我父也在这里，但愿郡马早日出头，与国效力。
（卒上）
卒：　　报！天子同众将来到城下。
呼丕显：呀！天子果然来到，必是被兵追的。左右。
左　右：有！

呼丕显：闪放城门，待我迎接圣驾。

　　　　（唱）听说天子圣驾到，急急忙忙往外迎。（下，又上）

天　子：（唱）真宗天子下了马，料觉心中得安宁。

呼丕显：呀！

　　　　（唱）叫声我主受惊了，接驾来迟望宽容。

天　子：（唱）爱卿平身少多礼，快领大家上中庭。

呼丕显：（唱）就请万岁将庭入，

　　　　（摆场，八王、寇、高、郑、太君、显上）

呼丕显：（白）万岁请坐。

天　子：（唱）眼望爱卿将话明。

　　　　悔朕当初做得差，不该降旨贬爱卿。

呼丕显：（唱）往事休提说目下，万岁怎到营州城？

天　子：（唱）如此这般说一遍，多亏了太行山的众英雄。

呼丕显：（唱）就该叫他把主保，为何让他们回山峰？

天　子：（唱）立志不把大宋保，要出世除非杨景死复生。

　　　　英雄退归山林下，可有何人退番兵？

　　　　素知爱卿多英勇，借仗神威保朕躬。

　　　　正是君臣把话讲，

　　　　（卒上）

卒：　　（唱）军卒跑来报事情。

　　　　启禀万岁说不好，

　　　　（白）报万岁得知，今有韩昌率领五十万人马将城池围了个水泄不通，乞令定夺。

天　子：再探。哎呀！这可怎好？众卿快快想办法退敌吧！

呼丕显：万岁，暂且回后堂，微臣与大人商量守城之计。

天　子：吓死朕了！

呼丕显：千岁与众位大人，番兵围困城池，这却如何是好？

寇　准：也只好吩咐众将各门把守，多用灰瓶火炮，防备番兵攻城，慢想退敌之策。

呼丕显：也只好如此。太君带领众位女将，暂住在总兵府内，千岁与众位大人住在州衙，一般武将，昼夜守城。

八　王：呼王与寇先生，随本御上城，一观番兵动静。

呼丕显、寇准： 臣等遵旨。

天子等三人：（唱）君臣三人往外走，

八　王：（唱）步出州衙到街前。

　　　　　　　正值天黑定更后，家家户户把门关。

　　　　　　　霎时到在城头上，（三人上城墙）瞧见城外番营盘。

　　　　　　　一望无边连营寨，灯笼火把照满天。

　　　　　　　看罢不由心害怕，不战自抖发怵然。

　　　　　　　只怕难出营州地，要回京城万万难。

　　　　　　　越想心中越害怕，（牛叫）忽听牛吼闹声喧。

　　　　　　　这是哪里牛声叫？

呼丕显：（唱）丕显见问便开言。

　　　　　　　这是云南贩牛客，因兵困城没回还。

寇　准：（唱）寇准开言忙忙问，贩牛客人在哪边？

呼丕显：（唱）现在住在甘家店，千岁也该回衙间。

　　　　　　　天交二鼓该安眠，

八　王：（白）有理！

（八、显、寇同下，显、寇又上）

寇　准：（唱）送至八王安歇了。

　　　　　　　叫声呼王到前边，（过场，同上，呼、寇坐）我有一事要领教。

　　　　　　（白）呼千岁，方才在城上听见城内牛叫，真叫人起疑。

呼丕显： 先生所疑何来？

寇　准： 这个贩牛客人倒也不小啊。

呼丕显： 怎见得呢？

寇　准： 这个牛圈修得高大，又有精兵把守，怎不叫人犯疑呢？请问这位贩牛的客商姓什名谁？

呼丕显： 此人姓任名堂惠。

寇　准： 哦。任堂惠。

呼丕显： 正是！

寇　准： 此人定是杨郡马。

呼丕显： 先生怎见得呢？

寇　准： 下官早知郡马未死，假充任堂惠隐姓埋名。

呼丕显：你怎知道呢？

寇　准：因见了郡马的人头，并无三根红发。后来送回柴郡主，被王勤拿住，我去救他，后来不知他奔向何处。方才你说任堂惠，不是郡马是哪个呢？

呼丕显：哈哈！先生既知，我也不必隐瞒了，此人果真是杨郡马。

寇　准：好！千岁领我去见。

呼丕显：那杨郡马恐怕泄露机密，暂时不漏真名。你我要去，换了便衣方妥。

寇　准：有理就换来。（换介）（三鼓）

呼丕显：天交三鼓，就此前往，随我来。

寇　准：来了。

（杨六郎出）

杨六郎：（诗）练牛以待破敌兵，又思无法显真名。

（白）俺杨景，由太行山回来，到了营州，与董明、宋亮练八百头耕牛，以便大破番兵。昨日在暗中观看天子和众臣、母亲大兵进城，番兵随后将城围困，我也未敢出头，等候机会，再做定夺。

（宋亮上）

宋　亮：方才东店外有两个人，说是故友来访。

杨六郎：哼！这是哪个？天黑不便迎接，就说有请。

宋　亮：是。里面有请。

寇准、呼丕显：来了。（上）任客官还未曾休息吗？

杨六郎：呀！我不知是何人，原来是二位哦。宋贤弟。

宋　亮：有。

杨六郎：你到外边看着，不准生人来我房中。

宋　亮：是。

杨六郎：千岁与寇大人请坐，容我参拜。（拜介）

寇准、呼丕显：郡马免礼，坐下讲话。

寇　准：郡马真是不忠不孝了。

（唱）微微冷笑呼郡马，你成了不忠不孝人。
现在北国猖狂得很，困住万岁主当今。
文武百官全在内，又有你母老太君。
番兵外边将城困，眼看着君臣要被擒。
大宋江山付流水，你在店中当闲人。

就算当今办事错，郡马你呀可忍心？

如要国破家亡也，也看八王有恩人。

莫非一生不出世，真成了君不君来臣不臣。

寇准着急说话紧，

杨六郎：（唱）大人息怒莫生嗔。

非我不忠又不孝，因有大罪在我身。

不敢去见万岁主，恐怕有灾大祸临。

寇　准：（白）你不敢去见主，也不敢去见八王吗？

杨六郎：（唱）八王千岁我敢见，又怕露名难破番军。

寇　准：（白）你可有破敌之策吗？

杨六郎：（唱）破敌之计先定下，大人你莫对外人云。

大人见了八千岁，还说我是名姓任。

单等破了番兵后，我再面见主当今。

军机秘事不可破，暂时忍耐把守门。

我想来春把敌破，千万不可把阵临。

寇　准：（唱）原来如此这件事，换去愁容笑盈盈。

（白）原来郡马早有破敌之计，方才下官错怪你了。

杨六郎：好。明天大人当着天子面，还是不提我的真名。我还是假充任堂惠，单等诸事齐备，再露真名不迟。目下年冬，春初过了新年，等到三月初一日。大破番兵，叫他片甲不归。

寇准、呼丕显：好。天已不早，我二人告辞了。

杨六郎：请！

寇准、呼丕显：请！

（天子出，八王、寇、郑、显坐，高站）

天　子：（诗）君臣被困营州城，看看国破不安宁。

（白）朕，大宋三帝真宗在位，被番兵困在城中，昼夜不安。贼兵攻城甚紧，倘若城破，我君臣俱若遭擒，这可如何是好？

呼丕显：万岁，臣想起一人，可以破敌。

天　子：你想起何人？

呼丕显：要把他叫来，他要上了城头，呐喊一声，众卒兵一见，管叫他胆破魂飞，远远而逃呀！

　　　　　　（唱）番兵虽然把城困，万岁不可担怕惊。
　　　　　　　　　现有一个擎天柱，
天　子：（白）却在哪里？快快说来。
呼丕显：（唱）此人就在营州城。
　　　　　　　　　此人要是把城上，番兵却也知他名。
天　子：（白）这是哪个？快快说来。
呼丕显：（唱）当初镇守三关口，他有二十四将真英雄。
　　　　　　　　　韩昌被他杀破胆，见他魂灵上九重。
　　　　　　　　　他要上城一声喊，管叫兵逃一溜风。
天　子：（唱）你说的是杨郡马？
八　王：（唱）倒叫本御痛伤情。
天　子：（唱）他已死在云南地，
八　王：（唱）人死如何能复生？
天　子：（唱）眼前若有郡马在，
八　王：（唱）哪怕北国百万兵。
天　子：（唱）明明与朕宽心解，
八　王：（唱）提郡马心如油烹。
天　子：（唱）天子也觉心伤感，
八　王：（唱）八王一阵心伤情。
　　　　　　　　　说着说着流下泪，又把呼王叫一声。
　　　　　　（白）呼爱卿，你方才说的明是杨郡马，他已死去，叫人哪里去找？
呼丕显：他虽死去，还能找出一个。
八　王：好个呼丕显！实在危急之际，还要耍笑！目下找出郡马，万事皆休。你要找不出郡马，我这一口金锏，你是知道的！
呼丕显：千岁不要着急，找出来，可是找出来，原来是一个假的，和郡马一个长相。
八　王：咳！这更是胡闹起来了。说来说去还是个假的，怎么能一样呢？
呼丕显：此人名叫任堂惠，如此这般，前来见我。我也拿他当郡马，他就利利溜溜地打起乡谈来了。
　　　　　　（唱）那个人，是南蛮。
　　　　　　　　　贩卖耕牛，来到此间。
　　　　　　　　　住在甘家店，也有好几天。

那日前来见我，称为二品客官。

见他拿他当郡马，不由心中好喜欢。

急上前，拉衣衫。

和他亲近，他打乡谈。

方知他不是，叫人好心烦。

生的面貌身体，都与郡马一般。

他若假充杨郡马，要退番兵不费难。

八　王：（唱）八千岁，便开言。

说是胡闹，实在茫然。

虽说相貌对，兵法不能全。

如何能退鞑勇？还是耍笑与玩。

不中不中不能用，枉然枉然是枉然。

天　子：（唱）这件事，搁一边。

另想办法，可保周全。

若是无别计，难出营州关。

番兵要将城攻，君臣死在此间。

再者三天与五日，营州一破都被拴。

寇　准：（唱）寇参谋，早了然。

口尊万岁，没有计全。

要是出城战，番兵势如山。

若是闭门不出，几时有个结完？

莫如叫来任蛮子，叫他破敌试一番。

（白）万岁万般无奈，莫如叫来任蛮子，假充郡马，在城上呐喊一声，那番兵一见，纵然不撤兵，必然远远退守，咱好差人求救或者逃出，强如在此受困。

天　子：事已危急，呼爱卿快些唤来。

呼丕显：领旨。（下，又上）启奏万岁，任蛮子已到。

天　子：命他进来。

呼丕显：领旨。圣上有宣任堂惠见驾。

杨六郎：来了。（上，跪）万岁万岁万万岁！任堂惠见驾。

天　子：哦。你不是杨郡马吗？怎说是南蛮子呢？

八　王：郡马起来。（拉杨六郎）你一向可好？在何处存身？怎么来到这里？叫孤
　　　　想你饭都懒餐。我君臣被困，目下有难。上天有眼，差你到来。番贼呀！
　　　　番贼呀！孤今有了杨郡马，还怕你何来呀！
　　　　（唱）紧紧拉住杨元帅，好像明珠落掌心。
　　　　（众人留神细观看）
众　人：不是元帅是何人？
天　子：（唱）真宗天子心发愣，不辨真假与清浑。
寇　准：（唱）寇准一旁心暗笑，不知郡马不用云。
八　王：（唱）八王心内精神长，骂声韩昌北朝人。
　　　　　　　今天有了杨元帅，不怕你有百万军。
　　　　　　　不怕番贼韩延寿，哪个敢挡郡马一个人？
　　　　　　　眼看营州就要破，天差元帅到来临。
　　　　　　　你要一步来迟了，何人可保我君臣？
　　　　　　　你就纵有弥天罪，孤王做主你放心！
杨六郎：（唱）杨景低头心暗想，寸功未立怎露真？
　　　　　　　先得退了众番将，后漏真名保乾坤。
　　　　　　　寻想一会尊千岁，我是蛮子本姓任。
　　　　　　　郡马与我生一样，我二人结拜交情深。
　　　　　　　现有他的枪与马，我假装元帅哄番军。
　　　　　　　要是退了番兵将，略与我主尽忠心。
八　王：（唱）八王听了撒了手，心中纳闷难辨假真。
寇　准：（唱）寇准开言呼万岁，万岁他本是云南人。
　　　　（白）他说能退番兵，就叫他上城看是如何？
天　子：你可有枪马么？
杨六郎：小人有杨郡马的枪马盔甲，现在甘家店内。
呼丕显：左右。
卒：　　有。
呼丕显：急到店中去取盔甲枪马。
卒：　　是。
呼丕显：任客官随我到后堂更衣。
杨六郎：是。

众　　人：（唱）众人一齐后堂去，二青衣抬来盔甲与刀枪。
呼丕显、高君保：（唱）丕显高君保齐动手，一齐打扮杨六郎。
　　　　　　　　　　　雪亮银盔头上戴，身披铠甲放毫光。
　　　　　　　　　　　打扮已毕把堂下，（过场）门外上马抖丝缰。
　　　（杨六郎外场，骑马介，八王上）
八　　王：（唱）八王一见更疑惑，这样打扮更像杨六郎。
　　　　　　　　头上杀气高万丈，威风凛凛世无双。
　　　　　　　　必是郡马身未死，隐姓埋名把祸藏。
　　　　　　　　果然你真活在世，孤家保你无祸殃。
　　　　　　　　心中疑情未出口，
　　　（天子、寇准、高君保同上）
高君保：（唱）高君保，细端详。
　　　　　　　分明他是杨六郎，怎说蛮子来隐藏？
　　　　　　　像他盔来像他甲，像他马来像他枪。
　　　　　　　分明他是杨郡马，他怕有罪把人诓。
众：　　（唱）众人一齐去观看，
杨六郎：（唱）杨景下马上城墙。
　　　　　　　叫声董明和宋亮，你们二人听其详。
　　　（白）你二人设下号炮，听我大喊一声，众将一齐答应，放起信炮，大开城门，捉拿韩昌，见他败走，不可追赶，急急回城。
董明、宋亮：是。
杨六郎：你看城外番兵无数，好生惊怕！
　　　（赞）对对帐房密摆，层层牛皮扎营。
　　　　　　灶内造饭烟腾腾，杀气呐喊声不定。
　　　　　　一望天边是辽兵，真乃百万之众。
　　　　　　旌旗飘飘悬半空，刀枪绕眼光明。
韩　　昌：（内白）大小番兵。
番　　兵：有。
韩　　昌：努力攻城！
　　　（杨六郎站城上）
杨六郎：呀！那不是韩昌贤弟么？在董家林内结拜，说得明白，两国永不犯界，为何无故侵宋？（土金牛、土金秀、天佐、天佑上）那不是土金牛、土金秀、萧天佑、萧天佐？好一伙番贼，有我杨景在此，竟敢逞凶？孟良、焦赞、岳胜、陈林、柴干、郎千、郎万，炮响开城，随我杀出城去。

（唱）杨景故意喊几声，

众　将：（唱）众人答应齐喊好。

韩　昌：（唱）韩昌马上细留神，往上一看吓一跳。

萧天佐、萧天佑：（唱）看见真是杨景他，心中惊慌好焦躁。

　　　　　　　　　传说杨景他死了，怎么复生城上叫？

韩　昌：（唱）果然是他错不得，中了他的机关妙。

　　　　　　寻思一会叫番兵，大小官员听令号。

　　　　　　城上又是杨延昭，再要攻城脑袋掉。

番　兵：（唱）番兵一听胆吓飞，齐说不好声乱叫。

　　　　　　快些逃命莫消停，杀人祖宗又来到。

　　　　　　他要出城来征战，咱们个个脑袋掉。

　　　　　　不顾回头快如风，退兵八十里安锅灶。

（摆场，天子上，众人站）

天　子：（唱）天子这才心欢喜，坐下不住哈哈笑。

（白）可喜任蛮子大喊一声，破了番兵，朕看他打扮起来与杨景一样，等他来时，细细问问。

寇准、呼丕显：万岁与八王千岁不用问了，那位蛮子正是杨郡马杨元帅。

天　子：哦？他他他怎么得活命呢？

寇　准：原是如此这般，郡马早有破敌之计，我主何不封他为元帅，救咱君臣回朝。

八　王：你二人知道何不早说？

寇准、呼丕显：郡马言道，必须立功，才露真名，故而不敢泄露。

八　王：好哇！快请来相见，好议破敌之策。

寇　准：领旨。郡马随我来。

杨六郎：来了。（上）万岁与八千岁，犯臣杨景隐瞒圣上，蒙蔽贤王，罪该万死，求万岁恕臣欺君之罪也。

天　子：杨郡马，朕把你死罪饶过，戴罪立功，朕让你官复原职，仍任扫北大元帅，去破番兵，收复太行山。朕回朝另有升赏。

杨六郎：微臣遵旨。（下）
天　子：（唱）今日才知真与假，哪怕韩昌再犯边？
杨六郎：（内白）众将官各守巡地，单留寇参谋、杨宗保上帐议事。
　　　　（摆帐，杨六郎、寇准、杨宗保上）
杨六郎：寇大人请坐。
寇　准：告坐。
杨六郎：先生，我今露了真名，必须大破番兵，但咱城已困了三月，粮草已尽，我请先生去借粮，不知先生可敢去否？
寇　准：哦？元帅不知上哪里去借粮呢？
杨六郎：此事别人不能，非先生不可。
寇　准：元帅请下令，下官焉敢有违？
杨六郎：好，先生接令。先生，本帅命你到韩昌那里借粮一万石，向他说明，等将他打败之时，如数奉还。
寇　准：遵命！
杨六郎：你看先生并不推辞，莫非有什么诡计不成？杨宗保听令。
杨宗保：在。
杨六郎：你接令箭一支闯过番营，去上太行山见你岳大叔，父有书信一封，叫他照书行事。
杨宗保：得令。（马上）俺杨宗保奉了父帅将令，去到太行山，出得城来，只得闯番营便了。
　　　　（韩匡思上，对杨宗保）
杨宗保：番贼，快些闪路，放你少爷过去。
韩匡思：哇！小小的幼儿，敢闯我的巡地，报上名来。
杨宗保：你少爷杨宗保，番贼何名？
韩匡思：你都督韩匡思。知我厉害，快快回去，免得费事。
杨宗保：胡说！看枪！
韩匡思：来来来。
　　　　（杨宗保杀韩匡思死）
杨宗保：这番贼被我一枪刺死，其余逃走，急急闯出番营，一奔太行山便了。
　　　　（寇准马上，二役跟）
寇　准：下官寇准，可笑杨元帅不知什么心事，命我上番营借粮。他以为我不敢去，我却并未推辞。我心中早有成竹，慢说上番营借粮，就是叫我去北国见萧银宗有何不可？有何惧哉！

　　　　（唱）他以为我胆量小，岂知我的胆包天？
　　　　　　　别说去把韩昌见，要见萧后有何难？
　　　　　　　古人也有文官者，难道我就不奇男？
　　　　　　　蔺相如两次屈秦主，全凭三寸巧舌尖。
　　　　　　　看看韩昌何厉害，见他看看有何难？
　　　　　　　霎时来在番营外，大叫番军往里传。
　　　　　　　大国参谋有事见，（下）

卒：　（白）等着往后站，
　　　（唱）番兵进帐禀因原。

（摆场，韩昌上）

韩　昌：（唱）韩昌上帐中间坐，方才禀报什么官？
　　　　　　　只得小心加防备，防备不测保万全。
　　　　（白）吩咐声弓上弦来刀出鞘，防备宋官有暗奸。

卒：　（唱）军卒传令宋官进，

寇　准：（白）来了。
　　　　（唱）帐外斜目留神观。
　　　　　　　两边排列刀斧手，个顶个的眼瞪圆。
　　　　　　　韩昌他在上边坐，（上）

韩　昌：（唱）手按宝剑怒冲冠。
　　　　　　　走上大帐更自然，

寇　准：（唱）怎知我气不长出面不改色？
　　　　　　　哈哈大笑开言语。

韩　昌：（白）嗐！你这官儿见了本都督，还不下跪参拜，还这等大模大样狂笑，难道不怕刀斧吗？

寇　准：哈哈哈，人都说北国人胆小，果然话不虚传。

韩　昌：住口，你怎看我国人胆小呢？

寇　准：哈哈哈，你这牛皮宝帐，兵将无数，怕一个文职官员，怎不胆小呢？

韩　昌：本督怎么怕你？

寇　准：你既然不怕，为何两旁设立刀斧手，吓唬哪个？

韩　昌： 哼，番兵们撤去刀斧。

寇　准： 这便才是，就请都督下帐见礼。

韩　昌： 住口！你为何叫本督与你见礼？本督乃是北国驸马、扫南大都督，与你见的什么礼？

寇　准： 哈哈哈，古语云，大国相卿，就是下国诸侯；上国士民，就是下国大夫。你说你是北国驸马、扫南大都督。我也是堂堂中国宋天子驾下称臣，官拜双天官之职，任帐下参谋之权。寇准奉天子旨意前来你营有事相商，你应当以礼相待，不该怒目横眉，成什么体统呢？

韩　昌： 哼！说来说去还是本都督不是了？

寇　准： 那当然是你的不是了。

韩　昌： 如此说，寇先生，本督有礼了。

寇　准： 下官也有礼了。

韩　昌： 先生一向可好？

寇　准： 都督一向可好？

寇准、韩昌：（同笑）哈哈哈！

韩　昌： 左右与先生打坐了。先生请坐。

寇　准： 都督请坐。

韩　昌： 大家同坐。（同笑）哈哈哈，先生到此何事？

寇　准： 我们元帅任堂惠，新封扫北大元帅，因城中缺粮，特命下官来见都督，借粮一万石。不知都督可肯允否？

韩　昌： 你们元帅不是杨景？

寇　准： 非也非也，我们元帅非是杨景，乃是任堂惠，他与杨景长得一模一样。

韩　昌： 前日在城上是何人？

寇　准： 那就是任堂惠。

韩　昌： 哼！气死人也。好个南蛮子，太也奸诈，假充杨景，吓唬于我，今日又来借粮，岂能答应？左右。

卒： 有。

韩　昌： 将这差官推出斩首，人头号令。

寇　准： 住手！我既敢来，早把生死置于度外，但我死个忠烈，美名流传万代，都督恐怕得留㭲名于后世。人人都说韩昌空为扫南的大帅，两国交锋征战，拿我这宋朝差官出气。你真不知吗？常言说：两国交兵，不杀来使。

看起来外邦北国，真不如大宋礼仪之国了。

韩　　昌：你怎看我国元帅无有礼仪呢？

寇　　准：你是明知故问，行此无礼之规，还说有礼仪？侵犯大宋，我国生擒你国大将不杀而放，你们却五台山设计、幽州巧弄金沙滩赴宴，再说你国安下害人之心，差你国军师哈尔密奇下书我国，而我国以上邦之礼款待，足见我国臣君仁德。我今到此借粮之事，应不应的是小事，却要把差官杀了，这礼仪出在哪儿？我寇准做忠良，何惧生命之亡？来，请施刑。

韩　　昌：好好好！好个有胆量的官儿。请问先生，你国像先生你这样有才能的人还有几名啊？

寇　　准：有几名？文有相如之才，武有廉颇之艺，上知天文，下知地理，诸子百家，无所不通者，不下千人。出兵带队，运筹帷幄，决胜千里，对敌冲杀，百战百胜，出乎其类，拔乎其萃的则不可胜数。

韩　　昌：你就要夸口，既有这些人才，为何死守孤城，里无粮草，外无救兵，来求之于我？

寇　　准：哈哈哈！燕雀怎知鸿鹄志，乌鸦哪知大鹏心？

（唱代板）手拈长髯哈哈笑，都督说话太平常。

大宋以仁为根本，从来不无礼侵外邦。

宋天子五台降香与民同乐，正如那四海升平安乐乡。

你们将我来围困，被我杀得走死逃亡。

幽州八十万兵与将，敌不住一个杨七郎。

金沙滩阴谋设大会，到最后赌上老国王。

后来两国一场战，你死大将多少双？

两国也已讲和好，决不该困住我主王。

别看目下将城困，没有放在我心上。

眼看不如样子比，假杨景吓坏众儿郎。

乌合之众不能用，只怕猛虎赴群羊。

别看眼下你得胜，胜败乃是兵家常。

我国新封任元帅，智勇双全胜六郎。

不定早晚一场战，怕你片甲不归乡。

劝你有粮借与我，日后脸上定有光。

前后说罢一席话，

韩　昌：哼！

（唱）韩昌低头犯思量。

（白）好个厉害官儿，口似悬河，胆大过人，真不愧为南朝天官，本督敬服，不知杨元帅是真是假。有了，寇先生你借粮什么时候还上？

寇　准：哈哈哈！我们元帅说过，等将你杀败，如数奉还。

韩　昌：你们元帅真能胜我么？

寇　准：管保必胜。

韩　昌：好！本督借你军粮一万石，看你胜也不胜。

寇　准：谢谢都督！

韩　昌：明日早晨送粮。

寇　准：好！本官告退。

韩　昌：慢着，先生痛饮几杯，再送先生进城，先生请。

寇　准：请。

（寇准马上）

寇　准：哈哈哈！我寇准，又当上一回差官。韩昌倒也直爽，应允明天交粮。我痛饮几杯，出得营来，不免回城交差便了。哪怕龙潭虎穴，怕死不算忠臣。

（升帐，五人站）

众　将：（诗）英雄埋没在深山，不怕王法不怕天。

孟　良：（白）俺孟良。

焦　赞：俺焦赞。

杨　兴：俺杨兴。

郎　千：俺郎千。

郎　万：俺郎万。

合：　　大哥升帐，在此伺候了。

（岳胜出）

岳　胜：（唱）练兵等号令，排阵杀番兵。

（白）俺花刀岳胜，当时六哥去上营州，叫我听候回信，今已数月，为何不见回信？

喽　兵：报！启禀大王得知，寨外杨宗保求见。

岳　胜：命他见我。

喽　兵：是！有请杨少爷。

杨宗保：来了。（上）众位叔父在上，小侄杨宗保有礼。

岳　胜：贤侄免礼。你到此何事？

杨宗保：叔父，这有我父书信一封，一看便知详细。

岳　胜：拿来我看。

杨宗保：是。叔父请看。（杨呈上书信）

岳　胜：待我看来。

　　　　（唱）拆开书信留神看，字字行行写得清。
　　　　　　 上写太行众兄弟，为兄杨景把信通。
　　　　　　 如今定下破城计，三月初一大动兵。
　　　　　　 太行山兵不能动，不要来到营州城。
　　　　　　 你们去上金牛岭，四面埋伏秘密行。
　　　　　　 那是北国必经路，韩昌必从那里行。
　　　　　　 出其不意劫归路，叫他片甲不归乡。
　　　　　　 成功就在此一举，千万齐心把贼平。
　　　　　　 杨宗保他就在那里，帮助好拿北国兵。
　　　　　　 书不尽言是如此，凡事小心谨慎行。
　　　　　　 看罢书字心欢喜，传令叫声众弟兄。
　　　　　　 六哥书信是如此，等候日期早动兵。
　　　　　　 山寨留下人把守，其余全奔金牛岭。
　　　　　　 吩咐已毕归后寨，

杨宗保：（唱）宗保相随在后行。

众　　：（唱）众家弟兄也下帐，暂压这事且不明。

杨六郎：再表杨景升大帐。

　　　　（升帐，十人站）

众　将：（诗）旌旗遮日月，铠甲放光芒。
　　　　　　 勇猛无敌将，战场逞英豪。
　　　　（白）呼丕显、郑印、高君保、董明、宋亮、张金定、杜金娥、八姐、九妹、杨排风。

合　　：元帅升帐，在此伺候。

　　　　（杨六郎出）

杨六郎：（诗）武子一十三篇晓，三韬六略熟心中。

　　　　　练就一座牤牛阵，定叫番兵一扫平。
（白）本帅杨延昭，练牛为阵，欲大破番兵。昨日寇参谋番营借粮，韩昌倒也慷慨，借我军粮一万石，阵上交纳。我已奏明天子，定就三月一日破敌。韩昌与我结拜一回，又借我军粮，必须先礼后兵。今日乃是三月初一日，五更用饭，出城会战。早与母亲说知，叫她带着众女将保护圣驾。命呼延赞守城，八王与寇先生陪驾。诸事已毕，太行山的人马必到金牛岭埋伏，成功在此一举。众将官，听本帅将令，本帅今日破敌兵，咱兵不过十万，北国大兵五十余万，以小敌大，必须奋勇，全仗计谋。本帅今用牤牛当先冲阵，大兵在后，只许前进，不许后退，不鸣金不许收兵，违令者定按军法。郑印、张金定听令。

郑印、张金定：在！

杨六郎：你二人带牛二百头，牛头上绑上利刃，出城直闯敌营。牛身披甲，听号炮一响，赶牛攻杀，不得有误。

郑印、张金定：得令！

杨六郎：高君保、杜金娥听令。

高君保、杜金娥：在！

杨六郎：你二人带兵二万、牛二百头，照前令行事，听号炮一响，闯出城去，直闯番营南边，违令者斩。

高君保、杜金娥：得令！

杨六郎：呼丕显、杨八姐听令。

呼丕显、杨八姐：在！

杨六郎：你二人带兵二万、牛二百头，照前令行事，攻打番营西门，不得有误。

呼丕显、杨八姐：得令！

杨六郎：董明、九妹听令。

董明、杨九妹：在！

杨六郎：你二人带兵二万、牛二百头，照前令行事，攻打敌人北方，不得有误！多加小心。

董明、杨九妹：得令！

杨六郎：宋亮、杨排风听令。

宋亮、杨排风：在！

杨六郎：你二人在城上管信炮，看我的令旗摆动，放起信炮，用五百军兵擂鼓，呐喊催促，各路兵马捉拿逃跑的番兵，一个不留。

宋亮、杨排风：得令！

杨六郎：众将官，城头立上"杨"字旗号，提枪带马，本帅与韩昌阵前相见。

众将官：得令！

（番卒内报）

番　卒：报都督得知，宋营元帅请都督阵前答话。

韩　昌：呜呀呜呀！就此提叉带马，杀上前去。

（韩昌对上杨六郎）

杨六郎：韩贤弟一向可好？

韩　昌：呀！那不是六哥杨景吗？

杨六郎：正是为兄。

韩　昌：听说你在云南死去，为何又来挂印为帅呢？

杨六郎：贤弟不知，原是如此这般，任堂惠替我一死。我假充任堂惠，贩牛为业，来到营州，正遇天子被困，我不忍心，主上有难，只得又挂了帅印。贤弟当看昔年结拜之情，

（唱）撤回人马回北国，两不相犯南北和。
一免庶民遭涂炭，二免苦苦动干戈。
各守疆土永不征战，才显贤弟有仁德。
若是不听为兄话，祸到头来难逃脱。
为兄早定破番计，一战成功把胜得。
那时片甲不回转，贤弟回国见哪个？
杨景还要往下讲，

韩　昌：（唱）韩昌大怒说住着。
杨景太也不仁了，不能暗而使奸谋。
如今我出兵好几载，寸功未立怎回国？
萧后我怎去答对？无故退兵为什么？
你无情来谁有义？见个上下以后再讲说。
就是番兵全没了，那时我也不怨六哥。
有何战法只管使，想我退兵实难说。

（白）杨景，我也知你诡计多端，事到其间我也讲不起了，有什么妙计只管使来，本督死而无怨，要想撤兵比登天还难。

杨六郎：贤弟不要后悔。

韩　昌：住口！不多说了，就攻打吧。

杨六郎：贤弟既要决战，请你先回营去。为兄向你说明，我要从四面冲踏你的连营，你回去多加小心。

韩　昌：好，我就去也。

杨六郎：你看韩昌不听良言，讲不起，传令便了。好！杨景把令旗一摆，众将官点起号炮，四面攻杀番营便了。

（唱）一声号令往下行，

众　人：（唱）城上大炮响得乱。（炮响）

四门兵将齐答应，好像天塌与地陷。

各门闯出二万兵，二百牤牛在前面。（牛角带刀闯出）

郑　印：（唱）郑印赶牛出东门，张金定率领兵二万。

一直杀入贼番营，牛见番兵乱顶窜。

撞着就是一命亡，（顶介）十万番兵剩有限。

萧天佐、萧天佑：（唱）萧家兄弟难对敌，吓得不由颜色变。

哪里来的这些牛？我国兵将顶稀乱。

（牛与番卒大战介）兄弟不敢再征战，将不顾兵急逃窜。

高君保、杜金娥：（唱）东门重围被闯开，南门闯出众好汉。

高君保与杜金娥，二百牤牛兵二万。

大喊一声出了城，乱闯番营不怠慢。

（牛乱顶，上金秀）

土金秀：（唱）土金秀一见魂吓飞，打马逃走不敢战。

呼丕显：（唱）呼丕显西门赶出牛，（牛过场，八姐刀马上）八姐提刀杀反叛。

耶律休哥：（唱）迎面来了耶律休哥，二人交锋对了面。（杀，休哥败，卒死）

瞧见兵卒俱逃亡，被牛顶得俱都散。

心中一慌手一松，

杨八姐：（唱）一刀把他劈两半。（杀，休哥死）

番　兵：（唱）番兵吓得往外逃，

宋　兵：（唱）宋兵追得急似箭。

韩　昌：（唱）韩昌北门正派兵，忽听一阵声大乱。

呀！一群大牛奔我来，好像猛虎下山涧。

	才要传令叫番兵,(牛乱顶上,卒死)
宋亮、杨排风:	(唱)宋亮排风到当面。
	带领二万生力军,杀得番兵哭又喊。

(杀一阵,顶一阵,杨六郎上)

杨六郎:（唱）杨景一手摆令旗,吩咐擂鼓来助战。
战场之中如天塌,哭爹叫娘一大片。
吩咐众将往前杀,追赶番兵休息慢。

(天佐、天佑上)

韩　昌:（唱）带领残兵往北逃,心中吓得哒哒颤。
连说厉害了不得,查点军卒不足万。
一连跑了七八十,略略心安一声叹。

（白）罢了!罢了!可笑我出师带兵以来,没有今日之败。杨景哪!你的计策狠毒哇!

（唱）好个杨景我服你,屡次净吃你的亏。
哪里来的牛几百,顶得我兵乱成堆?
五十万兵剩一万,我怎回朝脸挂灰?
怎见国王萧太后?叫我羞愧见得谁?
不如一死倒干净,丧师辱国活何为?
说着拔剑要自刎,

萧天佐:（唱）天佐拉住使不得。
胜败乃是兵常事,都督何必把命亏?
莫如回国把兵练,有日报仇捉宋贼。
何必轻生寻短见?

韩　昌:哦!

（唱）长吁一声大放悲。
可恨老天不加护,叫我几次不把心遂。
南朝要是有杨景在,要想扫宋费难为。

（白）众位都督,后边追兵不远,可往何处逃走呢?

众　人:都督万安。此处离金牛岭不远,过了金牛岭就不怕了。

韩　昌:如此赶奔金牛岭便了。

(杨六郎上)

杨六郎：众将官，昼夜追赶，拿住韩昌！

众：得令！

（岳胜刀马上）

岳　胜：俺花刀岳胜，带领众家弟兄，在这金牛岭埋伏，大料韩昌不久必到。

喽　兵：（内喊）呀！那边来了一群人马。

岳　胜：残兵残将，待我迎上去。（对上韩昌）韩昌不要走！我在此等候你多时了。

韩　昌：原来是岳大哥，你说你不保宋，为何又来劫我？

岳　胜：我六哥在世，我还得保宋。我奉杨元帅将令，在此埋伏。快快下马受绑，省得费事。

韩　昌：满口胡说，看叉！

岳　胜：来来来。

（杀，昌败，又乱杀一阵）

孟　良：哇！韩二哥还不下马受绑呢！

韩　昌：胡说！看叉。

孟　良：看斧子！（杀，孟败韩昌，又上）韩昌力尽身软，不免活捉他见元帅报功去。哪里走？过来吧！

韩　昌：呀！不好。（被捉）

孟　良：军校们绑了。哈哈哈！可笑韩昌，北国元帅，被活捉住了，真该我老孟露脸。走，报功去。

（岳、焦上）

岳　胜：焦贤弟，你看韩昌被孟良擒住，只得进营交令。众喽兵，撤了埋伏，收兵回营。

杨六郎：（内白）众将官，扎住行营。（摆场，高、呼、郑、董、宋上，六郎坐）本帅杨景，一阵大破番兵人马，来到这金牛岭下，大料韩昌插翅难飞。

（卒上）

卒：报！岳胜率众将告进。

（岳、孟、焦上）

岳　胜：元帅六哥在上，我等参拜。

孟　良：小弟活捉韩昌，他们都是废物，把番将放了好几个。

杨六郎：好！记你头功。把韩昌带上来。

孟　良：是。（带韩昌上）
韩　昌：气死人也！羞死人也！
杨六郎：韩贤弟不要羞愧，这是为兄的不是。

（唱）下帐亲身将绑解，这是为兄礼不全。
　　　你我本是一拜友，理不应该犯事端。
　　　只因各保各的主，你保北国我保南。
　　　你今虽然被擒获，绝不将你用刀餐。
　　　宁可为兄身犯罪，送你回国放你还。
　　　吩咐一声排队伍，我送贤弟回北番。
　　　左右带过一匹马，手拉韩昌下帐前。
　　　（杨六郎、韩昌下，又上。卒拉马上，六郎拉马）
　　　就请贤弟上坐马，为兄坠镫把马牵。
　　　这回你见萧太后，南北和好永不犯边。
　　　话不多说你去吧，

众　将：（内唱）众将心忿不敢言。
韩　昌：（唱）韩昌含泪扬长去，
杨宗保：（唱）宗保上来把话言。

（白）父帅放了韩昌，天子怪罪下来怎好？

杨六郎：无妨。国家兴亡，不在一将，韩昌杀之无益，又担不仁之过。番兵已败，拔营起寨，速回营州，请圣驾回转汴梁，不得有误。
众　　：得令。

（众臣出，天子坐）

天　子：一阵番兵退，多亏有贤臣，朕真宗在位。杨元帅追赶番兵去了，大料必得全胜而归。

（杨六郎上）

杨六郎：万岁，臣杨景领罪。
天　子：爱卿莫大之功，何罪之有？
杨六郎：万岁，韩昌被擒，又被微臣放了。
天　子：哼！好个大胆杨景，朕恨韩昌，定要杀之，不该放回，按律定斩不饶。
八　王：万岁不可。岂不知韩昌侵犯中原，奉国王之命，与他何干？上年南北和好，永不犯界。他与郡马又有一拜之交，郡马擒而放之，乃仁义之事。

　　　　　万岁要把郡马斩首，那北国又来犯边。上次犯边就是北国知郡马云南已死，才前来犯界，这是你不识贤之过。再者韩昌在两国对敌之际，还借咱国军粮一万石，救了满城三军之命，韩昌也是义士之人，放了怎样？你真气死人也。

天　子：皇兄不要生气。弟依皇兄所奏，赦郡马无罪。大大加封，兄看怎样？

八　王：正该如此。

天　子：罢了！各位爱卿，听朕封来：郡马官复原职，总受朕宠爱，乃带兵三十万，镇守三关。太行山岳胜等俱赦无罪，在郡马帐下听用。呼丕显随朕回朝伴驾，仍袭靠山王之职。新收董明、宋亮，加封指挥，在郡马帐下听用。其余文武百官众将，各加封赠，阵亡将士，立碑旌表，钦此！望诏谢恩。

众　人：万岁万岁万万岁！

天　子：（唱）正是：五台降香险丧命，从此永不出汴梁。散朝。

（全剧终）